从空海文学作品看古代东亚文化交流

仇云波　著

中国海洋大学出版社
· 青岛 ·

图书在版编目（CIP）数据

从空海文学作品看古代东亚文化交流／仇云波著.

青岛：中国海洋大学出版社，2024. 9. -- ISBN 978-7
-5670-3912-4

Ⅰ. I313. 99

中国国家版本馆 CIP 数据核字第 2024AZ9089 号

出版发行	中国海洋大学出版社		
社　　址	青岛市香港东路 23 号	**邮政编码**	266071
出 版 人	刘文菁		
网　　址	http://pub.ouc.edu.cn		
订购电话	0532－82032573（传真）		
责任编辑	邵成军　刘怡婕	**电　　话**	0532－85902533
印　　制	日照日报印务中心		
版　　次	2024 年 9 月第 1 版		
印　　次	2024 年 9 月第 1 次印刷		
成品尺寸	170 mm ×240 mm		
印　　张	15. 75		
字　　数	260 千		
印　　数	1—1 000		
定　　价	99. 00 元		

　　中国是世界上文化传承最悠久的国家之一。尤其是隋唐时期,中国创造了璀璨夺目的文化,并惠及邻邦。而这种文化的传承,又离不开古汉语这一文字载体,以至于在中国周边形成了"汉字文化圈"。所谓的"汉字文化圈",就是以汉字为载体进行文化传承与交流的相关区域或国家,以古代东亚的日本等国为主要代表。

　　日本从古代开始就致力于汲取中国文化,这与当时天皇贵族等统治者的积极倡导是分不开的。自从圣德太子向隋朝派出遣隋使以后,日本就正式开始了从国家层面上对于中国文化的大规模吸收。而在中国进入唐代之后,遣隋使也随之变成了遣唐使,日本继续向唐朝派遣政府船队,不但载有留学生,为了汲取当时流行的新佛教密宗,还同船派出了留学僧,又称为学问僧。

　　而当时被派遣到中国的学问僧,一般都具有一定的古汉语运用能力,例如,日本学问僧空海(774—835)。他出生于渡来人家庭,自幼学习古汉语,熟谙儒、道、释三教文化,著有《三教指归》《性灵集》《文镜秘府论》等汉诗文著作。来到唐都长安留学的空海,拜师青龙寺惠果和尚,并将自己学到的新佛教密宗带回国,在日本创立了东密真言宗。作为一名僧侣,他还具有较高的汉诗文素养,留下了许多反映古代东亚文化交流史实的文学作品。

　　关于空海,有日本学者认为他不但是一位杰出的宗教家,同时也是日本平安时代著名的文学家,是"和魂汉才"的代表性人物。日本平安时代是汲取古代中国文化的鼎盛时期,天皇贵族经常在朝廷上举行汉诗文的创作竞赛,这些汉诗后收录于《凌云集》《文华秀丽集》《经国集》等日本汉诗集中。而从唐朝长安留学回国的空海,也凭借自己出色的汉诗文、书法等才艺,积极投入与天皇贵族们的交往之中,并获得了当权者的青睐,得以顺利地在日本弘扬真言宗。

在日本,从20世纪80年代开始兴起了空海研究的热潮。主要原因在于,空海作为一名思想家,他基于中国儒、道、释三教思想创作的汉诗文作品,以及他从唐朝带回并予以发扬光大的佛教真言宗,都依旧具有生命活力,会给予人们有益的启发,甚至能够在一定程度上因应当下社会生活中人们对于古代传统文化的精神需求。

空海作为一名1200多年前来到唐朝长安留学的日本学问僧,他在中国的求学经历,以及他使用古汉语创作的汉诗文作品,还有他关于佛教思想的著作等,都带有隋唐文化的浓郁气息,这对于我们了解隋唐时期的古代东亚文化交流,亦具有史料价值,值得我们去关注与研究。

空海关于真言宗的各种著述,已经在国内佛教学研究中流传。关于他的文学作品,则是以对于其文学理论书《文镜秘府论》的相关研究居多,而关于他汉诗文相关作品的研究却比较少见。如果我们要了解当时空海的所思所想,以及他主要关注的问题,就有必要对他的汉诗文作品加以研究,这样才有机会见到有血有肉的空海"真身"。

恐怕这也是许多关注空海的人想要了解的内容:空海是如何来到中国留学的,他在唐都长安都经历了什么,他回国后又做了哪些事情,他在古代东亚文化交流中留下了怎样的印迹,他的一生究竟是怎样度过的。本书也正是带着这样的问题,开始了对于空海文学作品相关资料的收集、考查与分析研究,以全面了解这位来到唐朝留学的日本学问僧的前生今世,去聆听他的心声,去感受他在古代东亚文化交流过程中的呼吸与脉动。

本书沿循空海文学作品中的时间顺序,来分析其思想形成的过程;并通过考察其国内求学、留学长安与回国传教的经历,来了解空海在古代东亚文化交流活动中的真实情景,以绘制出空海人生轨迹的全景图,为人们还原与展开一幅离我们既远且近的古代东亚文化交流的历史画卷。为和历史文献保持一致,本书中涉及历史事件的地方采用了农历。本书也愿做一名向导,带着对于古代中国文化的景仰之情,带着对于古代东亚文化交流的好奇心,去带领读者进行一次穿越时空的文化旅行,去了解在这片祖先的土地上曾经发生的辉煌过往,以鼓舞我们更好地走向未来。

没有什么比文化交流更能促进人类文明的进步。以唐都长安为历史舞台的古代各国的文化交流,就好比人类文明的一座灯塔,将古代中国的文明之光向四周辐射出去,照亮了周边。人类的未来就在于通过这种互通有无的文化交流,来共同促进人类命运共同体的形成。因为只有文明的曙光,才能照亮人类真正充满希望的未来之路。

2024 年 6 月 30 日
作者记于大连金普新区
大黑山东麓松岚村岚山著作小区

目 录
CONTENTS

绪 论

　　唐代是中国历史发展的一个鼎盛时期。唐都长安作为丝绸之路的中心,是连接欧亚大陆政治、经济和文化的枢纽,吸引了来自世界各地的人们,日本遣唐使就是其中具有代表性的。2017年上映的电影《妖猫传》[1],就是以遣唐僧空海(774—835)为主角虚构而成的。

　　2004年4月,在西安东郊发掘出了一合墓志。墓志碑题为《赠尚衣奉御府君墓志之铭》,铭文为《赠尚衣奉御井公墓志文并序》:

> 公姓井,字真成。国号日本,才称天纵。故能衔命远邦,驰骋上国。蹈礼乐,袭衣冠;束带立朝,难与俦矣。岂图强学不倦,问道未终;壑遇移舟,隙逢奔驷。以开元廿二年正月□日,乃终于官弟,春秋卅六。皇上哀伤,追崇有典;诏赠尚衣奉御,葬令官给。即以其年二月四日,窆于万年县浐水东原,礼也。呜呼!素车晓引,丹旐行哀;嗟远人兮颓暮日,指穷郊兮悲夜台。其辞曰:"寿乃天常,哀兹远方;形既埋于异土,魂庶归于故乡。"

　　铭文记载的是一位名叫"井真成"(698—734)[2]的日本年轻人。他在唐玄宗(685—762)开元年间跟随遣唐使团来到长安,目的是为了求学问道,遗憾的是,不幸因病于734年正月去世,年仅36岁。唐玄宗对此亦感哀伤,追封他为"从五品尚衣奉御",并下令对其进行官葬。从出土的铭文中可知,这一墓志刻于唐开元二十二年,这也是国内首次发现的与日本遣唐使有关的实物资料。铭文记载了井真成的生平事迹,并指出其国号为"日本",因此成为了解古代东亚文化交流的珍贵史料。墓志铭的出土在国内外引起了反响。

那么,井真成是何时入唐的?又是以什么身份入唐的呢?一种意见认为他是以长期留学生[3]的身份,在717年(716年任命)跟随第9次遣唐使团入唐的(王建新,2004)。另外一种意见认为,他是作为短期请益生于733年(732年任命)随同第10次遣唐使船来到中国,并在翌年突然去世的(马一虹,2006)。如果井真成是在717年他19岁的时候,作为第9次遣唐使团中阶层较低的官员入唐的话,那么与他一同来到唐朝的,还有日本历史上有名的阿倍仲麻吕(698—770)、吉备真备(695—775)和玄昉(?—746)等人。

井真成墓志铭的出土,使我们的视野又重新回到了盛唐时期。唐朝以博大胸怀接纳来自各国的使节,因此,遣唐使的时代,也是以唐朝为中心展开国际交流的时代。当时的唐朝政府本着"华夷一家"的原则,热情地接待和安置了来自朝鲜、日本等世界各地的留学生。徐志民(2006:62-63)指出:

> 唐朝政府热情地接待踏上大唐国土的日本留学生。唐政府规定"蕃国使入朝,其粮料各分等第给",即按照等级供给外来使节的在唐费用,对日本使节和留学生自然也不例外。
>
> 日本学者大庭修也说:"不论抵达唐土何处,当地官员即按接待外国使节规定予以接待,同时报请长安,根据指示决定入京人数,按公差由各州县顺次护送至长安。"日本留学生随遣唐使前往长安,一路上或乘官船,或走驿站,所有费用均由唐政府提供。到达长安后,首先住进京郊的长乐驿,然后有政府官员率马相迎,并以酒脯慰劳;其次在相关官员的引领下,下榻于专门接待外国使节的四方馆,由特设的监使照料其衣食住行等;最后是使节贡献方物,等候皇帝召见。日本使节在觐见皇帝时,就会趁机提出安排留学等事宜,一般情况下,皇帝都会"所请并允"。
>
> 唐朝政府本着"华夷一家"的原则,一旦批准日本学生、僧侣留学,就会安排就学、认真教诲,与中国学生一视同仁。日本留学生大都被安排进国子监学习。国子监下分六馆,即国子、太学、四门、律、书、算馆,多数留学生在前三馆学习经史,少数人在后三馆研习法律、书画和算术等专门技

艺。因这些学馆均为官办,所以日本学生一经入学,衣食住行等所有费用均由唐朝政府提供,只是中国学生的费用由国子监直接供给,日本和其他外国学生的费用则由掌管蕃国事务的鸿胪寺供给而已。

可见,井真成也是在唐朝欢迎留学生的时代背景下来到长安学习的,遗憾的是壮志未酬身先死。在井真成客死他乡40年后的774年,日本赞岐国(现香川县)诞生了一位名字叫佐伯真鱼的男孩,并且在804年作为第16次遣唐使团的一员,搭乘遣唐使船前往唐朝的长安留学,他就是遣唐僧空海。他也与井真成一样,对唐朝的先进文化抱有极大的憧憬,为了学习大乘佛法跟随遣唐使团入唐求法。

由于当时航海技术条件等的限制,遣唐使入唐时是充满危险的。空海与大使藤原葛野麻吕(755—818)[4]乘坐的船只在出海不久便遭遇了暴风雨,船只漂流至福州沿海的赤岸镇[5],已经远离预定登陆目的地长江口了。《性灵集》[6]卷五所收《为大使与福州观察使书》一文记述了当时的情景。为了获得登陆许可,空海代替藤原大使以古汉语书写了陈情弓,其出色的文笔得到当时地方官福州观察使阎济美(?—825)[7]的赞许,使团得以顺利登陆。

随后,空海随同遣唐大使一行前往唐都长安求学,拜青龙寺的僧侣惠果(746—806)[8]为师,学习了从印度传来的密宗[9]。惠果作为不空三藏(705—774)[10]的弟子,是当时有名的密宗导师。根据空海《大唐青龙寺故三朝国师碑》一文记载,惠果的学生除了空海等来自日本的留学僧之外,还有来自诃陵国[11]的辩弘和新罗的惠日等各国的学僧们[12]。

空海在唐留学两年后,返回日本传播密教。回国后他积极与以嵯峨天皇(786—842)为首的朝廷贵族阶层建立起密切的关系,并开创了日本真言宗。同时,根据《性灵集》卷三《与新罗道者化来诗》的记载,他与新罗的僧侣也有联系,并与他们有过汉诗文的赠答。这些都反映出当时东亚文化交流的史实。

空海24岁时著有《三教指归》一书,叙述了对于儒、道、释三教的看法。并且,其弟子真济(800—860)搜集了他生平的汉诗文作品,汇编成空海私人文集《遍照发挥性灵集》(即《性灵集》)十卷,收录了他留学前后所写的文章。这两部作品都是日本平安时代具有代表性的文学作品。此外,他还著有文学理论书《文镜秘府论》以及与真言宗理论相关的多种著作。因此,空海不仅是一位宗教家,更是平安时代前期著名的文学家。为此,本书通过对上述两部文学作品的对照分析,来揭示古代东亚文化交流的史实。

注释

[1] 陈凯歌导演。剧中人物日本留学僧空海由染谷将太扮演。

[2] 据称井真成 698 年出生于日本南河内地区,19 岁时被选拔为遣唐留学生。

[3] 根据留学时间的长短又分为短期生与长期生。其中的短期生会跟随下一次来华的使团还朝,因此又称为还学生。由于他们只是为了解决某项疑问而专程来华求学的,一般在问题得到解决之后就回国了,因此后期又称为请益生。而长期留学生按规定需在唐朝学习长达 20 年,其中还有留在唐朝做官而未能归国的。并且,为了求取佛法,还随团派出留学僧,又称为学问僧,其学习期限也有短期与长期之分。

[4] 藤原葛野麻吕是奈良时代到平安前期的贵族,官职是正三位中纳言。804 年,曾作为遣唐大使入唐。

[5] 今福建霞浦赤岸村。

[6] 本书所引用空海文章的原文与释义,主要参照了日文版《弘法大师全集　增补三版》《三教指归·性灵集》《弘法大师空海全集》等著作。读者亦可对照参考中文版《弘法大师文集》。

[7] 郑州荥阳(今河南荥阳)人。804 年,曾担任工部尚书和福建观察使。

[8] 长安人,居住在青龙寺,真言宗付法第七祖。先后受唐代宗、德宗、顺宗三位皇帝尊崇,为三朝国师。

[9] 日本称密宗为密教。

[10] 真言宗付法八祖的第六祖,据称出生在斯里兰卡,汉名不空金刚,赐号为大广智三藏。720 年,于长安师从金刚智。741 年,远渡锡兰、南印度向龙智学习密教,同时搜集经典,于 746 年返回长安,受到玄宗、肃宗、代宗的礼遇,翻译了《金刚顶经》等众多经典。被誉为四大译经家之一,是密教的大成者。

[11] 诃陵国,相当于现在印度尼西亚的爪哇岛中心部位。

[12]"故得若尊若卑虚往实归,自近自远寻光集会矣。诃陵辨弘经五天而接足,新罗惠日涉三韩而顶戴。"

第一章
时代的弄潮儿

第一节　空海的诞生和时代背景

一、空海的诞生和出身门第

1.《三教指归》自序

空海在其处女作《三教指归》一书序言[1]记录了写作动机、成书时间等相关信息,为我们提供了最原始的研究资料。以此为线索可以了解他所处的时代背景、个人成长经历乃至入唐求学的过程。该书序言如下。

文之起必有由,天朗则垂象,人感则含笔。是故鳞卦聊篇周诗楚赋,动乎中书于纸。虽云凡圣殊贯古今异时,人之写愤何不言志?

余年志学就外氏阿二千石文学舅[1]伏膺钻仰,二九游听槐市,拉雪萤于犹怠,怒绳锥之不勤。爰有一沙门呈余虚空藏闻持法[2],其经说:若人依法诵此真言一百万遍,即得一切教法文义暗记。于焉信大圣之诚言,望飞焰于钻燧。跻攀阿国大泷岳,勤念土州室户崎。谷不惜响明星来影[3],遂乃朝市荣华念念厌之,岩薮烟霞日夕饥之。看轻肥流水则电幻之叹忽起,见支离悬鹑则因果之哀不休。触目劝我谁能系风?

爰有一多亲识,缚我以五常索,断我以乖忠孝。余思:物情不一飞沉异性,是故圣者驱人教网三种,所谓释、李、孔也。虽浅深有隔并皆圣说,若入一罗何乖忠孝?

复有一表甥,性则很戾,鹰犬酒色昼夜为乐,博戏游侠以为常事,顾其习性陶染所致也。彼此两事每日起予,所以请龟毛[4]以为儒客,要兔角而作主人,邀虚亡士张入道旨,屈假名儿示出世趣,俱陈盾戟并箴蛭公,勒成三卷名曰三教指归,唯写愤懑之逸气,谁望他家之披览?

于时延历十六年腊月之一日也。

文中首先指出写作目的在于"言志",即为了抒发胸臆,并说自己从少年时代起就跟随舅舅阿刀大足学习《诗经》《楚辞》《周易》《老子》等三教经典。空海的舅舅大足曾在朝廷做官,担任过伊予亲王(?—807)[5]的侍讲。在他的帮助下,空海于18岁时进入京城的大学寮[6](即"槐市")学习。他认为自己学习的刻苦程度不亚于中国古代的孙康、车胤、孙敬、苏秦等贤人,并说自己在求学期间遇到了一位沙门,这位沙门传授给他"虚空藏求闻持法"。由于深信经文中所说的,念诵此真言[7]一百万遍就能对各种经典过目不忘,于是离开大学进入山林中潜心修行。这期间他游历日本各地,徜徉于山海之间,并获得了修为效验,由此使他的人生产生了重大转折。空海通过山林修行愈加体会到了人生的无常,认为京城中那些衣轻裘骑肥马往来穿梭于街头的贵族们,就如同闪电、泡影般虚幻;见到世上那些如同"支离疏"(《庄子·人世间》)一样衣不蔽体的人们,也不禁哀伤于导致他们穷困潦倒的因果,并由此厌倦了京城的生活,自己出家的决心坚定,就如同绳索无法拴系住刮过的风一般。

看到空海已经偏离了既定的人生道路,原本对他的出人头地满怀期待的舅舅和师长们,纷纷以忠孝思想来劝告他,试图阻止他出家。空海对此深感郁闷,指出儒、道、释三教都是圣贤的教诲,遵循哪一种都不违背忠孝的原则;还有一个原因就是担心自己品行顽劣的外甥,认为他之所以性格顽劣粗暴,是因为没有受过良好的教育,受到了不良环境的熏染。为了解决自己心中的这两个烦恼,空海就在文章中虚构了龟毛(儒教代言人)、兔角公(主人)、虚亡士(道教代言人)、假名儿(佛教代言人)以及蛭公(品行不良者)等5位人物,来论述三教的优

劣,并记录写作时间为 797 年腊月一日,当时日本正处于桓武天皇(737—806)
统治时期。序言渲染了他当时的心境,为文章的展开做好了铺垫。

2. 空海的诞生及其家庭背景

从序言中的时间记载可知,此文是空海 23 岁时的作品。那么,他的诞生及
其家庭背景又是怎样的呢? 日本有很多关于空海的传说,在关于他诞生的各种
传记中,也阐述了不尽相同的观点。对此陈舜臣(1985:79-84)写道:

> 宝龟五年(七七四)六月十五日,空海出生于赞岐国多度郡屏风浦。在
> 同一天,远在唐朝长安的不空三藏圆寂了。后来知道了这件事情的空海,
> 开始相信自己是不空的转世。……空海诞生的翌年,他所属的佐伯一族的
> 长老佐伯今毛人被任命为遣唐使。佐伯今毛人是东大寺大佛殿修建的功
> 勋人员。空海的母亲阿刀氏,据说是渡来人的后裔。表舅(母亲的兄弟)阿
> 刀大足,是凭借学识在朝廷做官的人。传授学问的工作,是渡来系家族世
> 袭的职务。关于他的父亲佐伯先生,在空海的《遗诫二十五条》中有"昔
> 征敌毛被班土矣"的记述,说明他出身于担任武职的门第。空海既受到了
> 父系的武的方面的熏陶,又受到了母系的文的方面的教育,是在文武两途
> 兼备的家庭氛围中长大的。空海被称为神童,他的表舅阿刀大足也认定他
> 是有培养前途的人,因此亲自对少年空海进行学问指导。由于他是亲王的
> 侍讲,是当时一流的学者,空海从小就接受他的辅导,可以说从一开始就
> 有着得天独厚的条件 [8]。

陈舜臣指出,空海 774 年 6 月 15 日诞生于赞岐国多度郡屏风浦,即现在的
香川县善通寺市。其母亲阿刀氏是渡来人 [9] 的后裔,舅舅阿刀大足在朝廷做
官,从事着只有渡来系家族才能胜任的传授学问的工作,他的父亲佐伯一族历
来担任武职。可见空海出身于文武兼备的地方豪族之家,其幼年的成长条件是
优越的。特别是他从少年时代开始,就接受当时一流学者阿刀大足的指导,可
以说具备了得天独厚的学习条件,为他日后的成长奠定了坚实的基础。另外,
其父系佐伯氏一族的长老佐伯今毛人(719—790) [10] 是修建东大寺大佛的有功
人员,在空海诞生翌年曾被任命为遣唐使。文中写道,由于空海的生日与不空
的圆寂日期一样,都是 6 月 15 日,因此,"后来知道了这件事情的空海,开始相

信自己是不空的转世"。

可是,空海的诞生日期究竟是不是 774 年 6 月 15 日？宫崎忍胜(1991)提出了不同的观点,认为空海 774 年诞生于赞岐国多度郡,乳名称为真鱼,父亲是多度郡郡司佐伯直田公,母亲是阿刀氏的女子。并且,根据《三教指归》序言以及《性灵集》卷三所收《中寿感兴诗》的记载,可以确定空海诞生于宝龟五年,但是认为其诞生的具体月份和日期不明。宫崎忍胜还指出,人们开始相信弘法大师是不空金刚的转世,是从镰仓时代中期才开始的。因此,空海是不空的转世这一说法,似乎也缺乏具体的佐证。尽管如此,现在的真言宗根据上述传说,将 6 月 15 日作为空海的生日,并定期举行名为"青叶祭"的纪念活动。

不空是真言付法的第六祖,在公元 719 年的时候,成为金刚智三藏(671—741)[11]的弟子,学习了金刚顶经系列的密宗。对此,斯坦利·威斯坦因(2015:59)指出:

> 与玄宗关系最密切、对东亚密教贡献最大的两位僧人是一行与不空。……相比于一行的以经典阐释之学术贡献与天文、数学之世俗学问研究而闻名,不空更多的是以布教、神异与翻译著称。虽然出生在中亚,父亲是印度人,母亲是粟特人,梵名阿目佉跋折罗(Amoghavajra),但由于他九岁就被带到中国,所以不空基本上被认作是一位中国的密教大师。当金刚智在公元 719 年抵达长安时,不空当时十四岁,成了他的弟子,并向他学习梵文。

据说 741 年在恩师圆寂后,不空又到了南印度,跟随龙智学习,并获得了金刚顶经系的密法,随后他又携带了 500 部梵文书籍返回了长安。空海的老师惠果,正是不空三藏的嫡传弟子。不空为了在中国扩大密教的传播,竭尽了全力。而后世的人们将空海的生日与不空的圆寂日期联系在一起,认为他是不空的转世,或许是为了称颂祖师的功德吧。

另外,关于空海的出生地点,目前也存在着分歧。武内孝善(2008)认为空海不是诞生于赞岐国,而是出生于母亲的家乡畿内地区。关于空海的出身门第,立川武藏(1998)认为其父亲佐伯直田公的家族是当时地方上的豪族。佐伯一族最早是在 5、6 世纪被大和朝廷征服的虾夷人,后作为隶民被安置于赞岐等地。加藤精一（2015）指出，由于佐伯家的祖先是朝廷贵族大伴家的分支，家族历代担任国守的官职，负有守护皇室的责任，并且在武功上屡有建树，因此可以说空海是出身于武士的门第，而母系阿刀氏一族据说是归化人[12]的后裔。可见良好的出身门第，为空海后来的求学和成长奠定了坚实的基础。

3. 空海的舅舅阿刀大足

序言中还有关于他的舅舅阿刀大足的记述。也就是说，空海在其作品中提到的第一位人物，就是他的舅舅。文中记录了大足的官职和学问等，并说自己从少年时代起就跟随舅舅学习儒学文章。在《文镜秘府论》中，也有"贫道幼就表舅，颇学丽藻"的记录。可见大足对少年期空海的成长带来了举足轻重的影响。那么，阿刀大足是一位什么样的人物呢？宫崎忍胜（1991：33-39）写道：

> 空海的生母是阿刀氏的出身。除了有一位表舅（母亲的兄弟）是伊予亲王的侍讲（儒学家）、名字叫做阿刀大足之外，关于赞岐宿祢阿刀大足家的详情无从知晓。可是在《续日本后纪》的空海卒传中，有"从五位下阿刀宿祢大足"的记载，从他与大学的冈田博士位阶相同这一点来看，可以知道大足也是杰出的学者，属于中级官僚。可以说阿刀氏本身就是屈指可数的豪族。……在《续日本后纪》庆云元年二月二十日的条目中，有"从五位上村主百济，改赐阿刀连（姓）"的记载，说明了阿刀氏与百济系渡来人的关系。……奈良、平安初期的阿刀氏，虽然已经没有了往昔的祖先物部氏那样处于中央政界的权势，但是仍然属于知识阶层的一个豪族。

文献指出空海母系阿刀氏的祖先与百济系的渡来人有关，即使到了奈良和平安时代，阿刀一族也是作为知识阶层中的一个豪族而闻名。因此，他的母亲和舅舅都出身于知识阶层，大足是与冈田博士[13]具有同样位阶的儒学家，在朝廷担任伊予亲王的侍讲，属于中级官僚。

空海从少年时期开始，就接受书法入门辅导，学习《千字文》以及《文选》中收录的诗赋文章，并学习了当时新传入日本的"汉音"[14]。当时"汉音"（又称"唐音"）是唐朝的正统语音，来源于隋唐时期的中原音，其出现稍晚于"吴音"。而在日本的大学、官场以及佛教界流行的，却是早先传入日本的"吴音"。由于古代中国江南地区经济文化比较发达，与日本的交流也比较活跃，因此以吴国的语音为代表的"吴音"传入日本。因此,作为唐朝普通话的"汉音",相对于早前传入日本的"吴音"来说,无疑是代表唐朝文化的前沿学识。阿刀大足跟随当时在日本做官的唐朝人袁晋卿(生卒年不详)[15]学习了"汉音"。

袁晋卿是作为唐朝政府派出的护送使到达日本的,735年他护送遣唐大使多治比广成(?—739)以及日本留学僧吉备真备、玄昉等人返回日本,而前文提到的井真成原本也是要搭乘本次遣唐使船回国的。袁晋卿精通《文选》《尔雅》的音韵学,不久即被朝廷任命为大学的音博士[16],为唐音在日本的普及做出了很大的贡献。

在《性灵集》卷四《为藤真川举净丰启》一文中,有关于袁晋卿生平及其小儿子净村净丰(生卒年不详)的记载内容。这篇启文写于816年冬,是空海代替大学头[17]藤原真川(生卒年不详)向右丞相藤原园人(756—818)举荐其授业恩师净村净丰的启文。据启文记载,袁晋卿"诵两京之音韵,改三吴之讹响,口吐唐言发挥婴学之耳目,遂乃位登五品职践州牧"[18]。其中的"两京之音",是指在洛阳京和长安京地区流行的"汉音",而"三吴之讹响"则是指在三吴(吴郡、吴兴、丹阳)地区流行的带有乡音的吴地方言。也就是说袁晋卿到日本后致力于推广"汉音",教育年幼的学生使他们接受唐朝文化的熏陶。他在日本为官入仕并依靠学识而建功立业,778年被赐姓清村(或称净村)宿祢,最终官至五品。

并且,根据上述启文的记载可知,袁晋卿最小的儿子净村宿祢净丰也曾在阿刀大足之后担任过伊予亲王的"文学",官至六品。袁晋卿在任职期间共生育了9个儿子,其中弘、秀二子(生平不详)出仕为判官,但是不幸都短寿而逝。而他最小的儿子净村宿祢净丰,曾是藤原真川的授业恩师,也子承父业在日本担任"汉音"的教师,他曾担任骏州(今静冈县附近)录事,也即律令制下文官的官职,随后又迁任中务卿亲王(伊予亲王)的"文学",官至正六位。由于受到藤原仲成(宗成)谋反的牵连,中务卿亲王被废除亲王位,于807年吞药而亡。受此牵连,净村净丰也仕途受阻,生计窘迫,难以为继,于是他的学生大学头藤原真川请空海代写举荐恩师净丰为官的启文,希望继续让净丰从事"汉音"的教学工作。

从记载中还可以看出,大足与袁晋卿一起供职于朝廷并有着密切的交往,使他有机会学习最前沿的学识,而他又将这些学识及时地传授给了空海。入唐回朝后的空海,又在大学寮长官藤原真川的请求下,代为书写举荐袁晋卿第9子净丰担任讲授"汉音"的官职。可见,当时也有袁晋卿这样在日本致力于传播唐朝文化的唐朝人,唐朝热情地回应了古代日本对于唐朝最前沿学识的渴望。那么空海是从何时开始跟随大足学习儒学的呢?高木訷元(2009:6-9)指出:

> 空海从十五岁时跟随母舅阿刀大足学习文书(《续日本后纪》承和二年三月庚午条)。这与《三教指归》序言中"余年志学就外氏阿二千石文学舅伏膺钻仰"的叙述相符合。……在《三教指归》的序言中,将阿刀大足称为"文学";在宽平七年(八九五)三月十日贞观寺座主所著《赠大僧正空海和上传记》中,有"延历七年戊辰,就外舅伊豫亲王文学(其名未详)俗学间焉(时年十五)"的记录。所谓"文学",是为亲王讲授经典的人,与管家各设置一人(〈家令职员令〉第五)。如果这些记述是事实,阿刀大足就是桓武天皇最宠爱的伊予亲王的侍讲。可是关于阿刀大足是伊予亲王的侍讲的时期,没有可以凭信的史料。

通过对比史书《续日本后纪》与《三教指归》序言部分的内容,可以了解到空海从15岁时起就开始跟随阿刀大足学习文书了。同时,根据《赠大僧正空海和上传记》中的记载,大足当时是伊予亲王的"文学",是为亲王讲授儒家经典的儒官,但是具体从何时开始担任这一官职并无确切资料可知。

总之,关于空海少年时期求学的经历以及他的舅舅大足的相关史料极少。根据空海在《三教指归》序言以及《文镜秘府论》中的叙述,结合日本的史书记载,使我们对于大足有了大致的了解。阿刀大足对于少年空海十分器重,因为他的身上寄托了家族的希望。同时大足也成为少年空海的榜样,是他成长过程中举足轻重的人物。

二、时代背景的影响

1. 古代东亚的形势和渡来人

一般认为,空海的母系阿刀氏与百济系的渡来人相关,并且有记载显示,在空海诞生的第二年,阿刀一族中的佐伯今毛人就被任命为遣唐使。从中可以管窥当时的日本与唐王朝以及朝鲜半岛的百济进行文化交流的情况。

中日交流从公元前 1 世纪就开始了。在中国的史书如班固所著《汉书·地理志》、南宋范晔撰《后汉书·东夷列传》、晋陈寿撰《三国志·魏书·东夷（倭人）传》中，就有关于古代中日交流的记录，据此可以了解 3 世纪前半期日本列岛的情况。关于 5 世纪的日本，在《晋书·帝纪·安帝》中，记载了倭王赞（生卒年不详）在 413 年遣使前来进献方物的情况。另外，南梁沈约撰《宋书·东夷列传》中，记载了倭王赞"万里修贡"的情况。倭的五王为了寻求作为宋的边境镇抚官的"安东（大）将军"的称号，向中国派遣使节，其中倭王武（生卒年不详）在 478 年的上表文中，记载了日本大和政权致力于国内统一以及与朝鲜半岛的百济、高句丽的相互关系等情况。对此，沈仁安（1990：34）指出：

> 公元 413 年，倭王赞在相隔了一个半世纪后，第一次向中国东晋王朝"献方物"。从此以后，倭五王展开了频繁的对宋外交。……如表一所示，从 413 年到 502 年，在将近一个世纪的时间里，倭五王向中国南朝各王朝遣使计达 13 次。……这说明，倭五王继承了自奴国王以来的传统，每当倭国王位交替或中国改朝换代之际，必遣使中国，以取得中国王朝的册封，借此提高自己的国内权威和国际地位。倭五王频繁遣使主要是为了巩固王权和维护统一的需要。

关于 6—7 世纪时的日本，在唐魏徵撰写的《隋书·东夷·倭国传》中，有从 600 年以后的遣隋使所了解到的关于日本国情等的记载内容。并且，古代中日交流不仅限于两国间的交流，在不少场合，是通过朝鲜半岛来完成各项交流事业的。虽说是中日之间的交流，实际上作为古代东亚文化交流的一环，必须在古代中国、朝鲜、日本三国之间的政治文化交流这一大的框架下进行讨论。对此，西谷正（1990：6-14）写道：

> 以公元前后为中心的时期，倭与汉帝国的直接接触，是通过朝鲜西北部的乐浪郡进行的。……在四世纪初，邪马台国成长起来，建立了大和政权。那时的朝鲜，也相继在北部出现了高句丽，在南部出现了百济、新罗以及伽耶诸国。……国家间的国际外交华丽地展开的时期，是从四世纪末开

始到进入五世纪,在日本列岛的各地盛行修筑巨大古坟的时期。……时光流逝,从六世纪后半期跨入七世纪时,日本的古坟出土了中国的文物,朝鲜北部高句丽的影响也可见一斑,从中可以看出新的展开。首先,进入六世纪以后,百济向中国北朝的北齐派遣了使节。这体现在北朝文化对百济的影响上,进一步说,正是由于百济与倭保持了密切的关系,北朝的文物才经由百济重新传入了倭国。……如上所述,日本一方面与百济的关系变得更加紧密,又开始了与高句丽的直接交涉。……进入到七世纪后半期,新罗与隋和唐朝联合,消灭了高句丽和百济。其结果,与日本友好或者具有同盟关系的高句丽和百济的流亡者来到了日本,并且带来了高句丽和百济的文化。

可见,古代的中日交流很多场合下是通过古代朝鲜的新罗、高句丽、百济等达成的。公元元年前后,古代日本通过朝鲜西北部的乐浪郡与汉帝国直接进行接触。乐浪郡位于朝鲜半岛的西北部,在现在的平壤附近,是前汉武帝在公元前 108 年消灭了卫氏朝鲜、在朝鲜设置的四郡之一。后汉末期其南半部分脱离成为带方郡,乐浪郡于 313 年为高句丽所灭,作为中国文化向东方传播的枢纽,对朝鲜以及日本文化影响很大。

5 世纪,很多来自中国的渡来人从朝鲜半岛远渡日本,带去了新的技术和文化。特别是,日本从这个时期开始正式接受汉字文化,并将渡来人的一部分编成史部,担任王权的文书事务和外交等工作[19]。在应神天皇时期,渡来人王仁[20]和阿知使主[21]等人,被编到了史部,主要从事文书、记录等工作,担任了文笔方面的职务。进入 6 世纪以后,通过向中国的北朝(386—581)派遣使节的百济,北齐(550—577)的文物流入了日本。并且,进入 7 世纪后半期以后,高句丽和百济又被与唐朝联合的新罗所灭,来自高句丽和百济的亡命者来到了日本,这就是所谓的来自朝鲜半岛的渡来人。除了国家间的文化交流这个公共渠道以外,依靠渡来人的私人渠道的文化交流也应该受到关注。6 世纪时,儒教、医学、历法等先进文化也陆续流入日本,对古代日本的国家体制和思想文化带来了很大的影响。并且,根据《日本书纪》中的记载,佛教在 6 世纪中期由百济传到了日本[22]。佛教被传入日本,也是由于渡来人及其子孙信奉佛教的原因。佛教正式传入日本伊始,也出现了崇佛派苏我氏与排佛派物部氏的对立,由于苏我氏战胜了物部氏,佛教得以在当权者的推动下流传开来。可以说,百济在中国文化向日本传播的过程中起到了重要的作用。笹山晴生(2007:17)指出:

> 当时百济和高句丽同新罗的对立不断激化,另一方面,由于日本与中国之间的直接交流,面临着不得不通过百济输入中国南朝文化的状况。在六世纪前半期,五经博士、历法博士等技术人员也被百济交替地派遣到日本,佛教也与儒教和历法同样,是以这种百济与日本的政治关系为背景,被传到日本的。当然佛教不单是以公共渠道传入日本的,根据《扶桑略记》的记载,可以看出当时佛教也经由渡来人这一私人的渠道传入日本。

如上所述,以百济与日本的政治关系作为背景,儒教、历法、佛教等中国文化,通过国家的公共渠道以及渡来人的私人渠道这两种途径传入日本,并为古代日本的国家体制和文化事业的建设发挥了重要作用。据推测,空海的母系阿刀氏的祖先,也是在这样古代东亚国际关系的形势和背景下进入日本的。他们以家传的学问作为谋生手段,活跃在日本列岛上。空海的舅舅大足作为渡来人,也是用家传的儒学来服务朝廷的。掌权者们通过跟随渡来人学习,积极地接受中国文明的熏陶。并且,在儒教之后,佛教也被引进日本,儒教和佛教一同为推古朝(593—629)所重视,以此来推进国家的政治体制和文化事业的建设。

2. 圣德太子和遣隋使的派遣

推古朝的圣德太子(574—622)是飞鸟时代的核心政治家,对古代日本的国家建设事业做出了很大的贡献。他是用明天皇(?—587)的第二皇子,又称为厩户王,593年在伯母推古天皇(554—628)即位后成为摄政。为了建立中央集权的国家体制,同时重视儒教和佛教,他通过制定冠位十二阶和宪法十七条,完善了官僚体制。宪法十七条体现了圣德太子的政治理想,可以看出其中受到了儒教、佛教、法家等思想的影响。并且,圣德太子在编纂史书的同时,对佛教也表现出了极大的热情,在修建法隆寺的同时,还用汉语著述了《三经义疏》[23]。圣德太子通过借助中国传来的儒教和佛教文化来确立新的国家体制。

在确立新的国家体制的同时,圣德太子也积极推进对隋外交的改善。为了更好地汲取以儒教和佛教为代表的中国文明,他向隋朝派出了使节。松尾光

（2002：96-97）写道：

> 在推古朝，制定国法并强调官僚的思想觉悟、设定了作为官僚体制秩序之根本的官阶标识制度（冠位十二阶），这是为了在对隋外交开始之际，建立起对外不至于寒酸的国内政治体制。……据《日本书纪》记载，推古天皇十五年，小野妹子被任命为遣隋使。大约是采取了通过百济、高句丽的沿岸，从辽东半岛北侧一口气横渡黄海的路线。……策划遣隋使的人，是推古天皇或者是厩户王子吧。

遣隋使的派遣，对于古代日本国家政治和文化的建设是非常重要的。圣德太子采用儒教和佛教的理念，重整以天皇为中心的国家政治体制，图谋改善对隋外交，希望建立与隋朝对等的国家关系，并且，试图通过遣隋使的派遣，使隋朝认可其作为大王家的权威。圣德太子打算引入隋朝这个统一王朝先进的国家体制和文化。上田雄（2006）指出，作为日本古代国际外交史上最有名的事例，就是从圣德太子时开始的遣隋使派遣，以及随后的遣唐使派遣。而遣隋使可以认为是后续遣唐使的先遣队。并且，关于遣隋使的派遣次数，日本方面记载了3次，隋朝记载了4次，因此推测最多可能共派出了6次遣隋使。遣隋使派遣的目的是带回先进的隋朝文化。由于当时朝鲜半岛的政情不稳定，因此就采取了直接输入中国文化的方式。为此，也派遣了留学生和留学僧随行。并且，派遣的人员多是从渡来人的子孙中选拔出来的。

毫无疑问，从圣德太子派遣遣隋使开始，古代东亚的文化交流活动就进入了一个崭新的历史时期。而后来遣唐使的派遣，使古代东亚文化的交流进入了更高的层次。这也为井真成等遣唐使们的入唐开辟了道路，并为日本佛教等文化事业的发展带来了新的契机。

3. 遣唐使的派遣和东大寺的修建

遣唐使是遣隋使的继续，也是以学习中国先进的政治体制、经济和文化等为目的的。从630年开始，到894年停止，先后共任命了约20次遣唐使，实际成行的有十二三次[24]。并且，与7世纪任命了10余次相比，8世纪只任命了3次左右。遣唐使团由遣唐大使及其随行、留学生和学问僧以及船员组成。这些团员通常是分乘四艘船,组成 250—500 人的船队奔赴唐朝。

　　唐朝是中国对外交流最为繁盛的一个时期,通过横亘西域的丝绸之路,与各国进行交流并成为世界文明的中心。同时,古代日本也试图通过遣唐使的派遣,来搜集国际情报[25]以及输入先进的中国文化。同时,与陆地上的"丝绸之路"相对应,王勇(2003)认为通过遣唐使进行的海上文化交流,也可以看作一条以吸收中国先进文化为重点的"书籍之路"。空海诞生的 774 年,是遣唐使派遣最多的时期。在他出生的第二年,佐伯今毛人被任命为遣唐使,他在被任命为遣唐大使之前,为东大寺大佛的修建做出了贡献。而大佛的建造是当时国家的一项重要事业。尾藤正英(2000:48-50)写道:

　　　　圣武天皇发布营造大佛的诏书,是天平十五年(七四三)的事情,诏书中说:"夫有天下之富者朕也,有天下之势者朕也,以此富势造此尊像,事也易成,心也难至",在要求"预知识者"协助的同时,指出"如更有人,情愿持一枝草一把土助造佛像者,恣听之"。所谓"知识"是佛教用语,意思是朋友、同志的意思,在这里主要是呼吁有财力的人们给予协助,不但如此,也号召那些不具备财力的普通人加入进来,是以要求国民们自发地协助建造佛像为目的的。

　　圣武天皇(701—756)在位的 740 年发生了藤原广嗣之乱,期间又流行"天花",这些时局的乱象是促使他建造国分寺、东大寺的直接原因。他开始笃信并皈依了佛教,希望借助佛教的力量来守护国家。他发愿营造大佛,并发布诏书呼吁国民的协助。空海的家族也积极响应了号召,对修建大佛尽心尽力。特别是佐伯今毛人,作为大佛殿修建的有功人员,受到了朝廷的重视,被任命为 775 年(777 年再次任命)的遣唐大使。遣唐使的派遣作为国家的重大事业,在少年空海的心中也烙下了印记,最终他也搭乘遣唐使船入唐,并且成为遣唐使团中杰出的一员。

第二节　人生道路的选择

一、教授儒学的大学寮

1. 律令体制下的大学寮

空海在序言中讲述了自己 18 岁时进入大学寮勤奋求学的经历。当时，日本以 645 年的乙巳事变为契机进行了大化改新。为了进行政治改革，日本试图通过学习和借鉴中国的律令制度，来确立中央集权统治体制。天智天皇（626—671？）时，以律令制为基础，开设了培养官僚的大学寮。朝尾直弘等人（2008：630）指出：

> 大学寮属于律令制度下的官衙之一，从属于式部省，掌管古代的教育、官吏培养，是依据大宝令确立的制度。专业有本科（之后的明经道）和算科，728（神龟 5）增加了文章、明法两个专业，平安初期确立了纪传道、明经道、明法道、算道的四道。官僚的子弟们成为大学寮的学生来修习学问，接受秀才、明经、进士、明法、算书等的国家考试，按照成绩授予官位，担任官僚。从奈良时代末期开始，通过平安初期的就学奖励和财政补贴，文人官僚辈出，不过到了平安后期，修习各道的家族固定化了。

可见，大学寮是律令制国家制度下的一个部门，是教育官僚子弟、培养官僚的教育行政机构。日本当时模仿了唐朝的政治制度，通过严格的考试来选拔官僚。李宇玲（2009）指出，当时日本的官僚选拔制度是模仿了唐朝的科举制。唐朝官吏的选拔由尚书省礼部进行管理，因此被称为"省试"。唐朝的科举制度，由于是根据诗赋文章的素养来选拔官僚，对唐代文学的发展起到了很大的推进作用。古代日本，在 8 世纪中后期，在大学寮通过考试来选拔"文章生"，该考试被称为"文章生考试"。进入 9 世纪之后，"文章生考试"成为式部的职权，与唐朝一样命名为"省试"。平安时代的"文章生考试"，在命名或者考试的形式以及内容等方面，酷似唐朝的进士科。在古代史中，除了中国以外，日本、朝鲜以及越南这三个国家,也都实施了科举制度。科举制对这些国家的文化教育、官僚政治及社会发展产生了深远的影响,从而形成了"东亚科举文化圈"。

　　大学寮是比照唐朝的科举制度建立起来的培养官僚的国家机关。当时,在大学寮开设了明经道等四个科目。明经道是研究和教授儒学的专业,主要学习《周易》《尚书》《周礼》《仪礼》《礼记》《毛诗》《春秋左氏传》《孝经》《论语》等,要求掌握作为律令官人所必需的儒教思想。并且,由于政府给予就学奖励和财政补贴等政策性支援,文人官僚辈出。由此可见,空海进入以培养官僚为目的的大学寮学习,其初衷就是为了像舅舅阿刀大足一样,通过学问来成为国家的官僚。高木神元(2009:15-17)写道:

　　　　在《三教指归》的序言中有"二九游听槐市"的记述,另外,在《续日本后纪》中有"十八游学槐市"的记载,因此,可以肯定空海是在十八岁的时候进入大学的。……在《遗告》中记载了"经游大学,从直讲味酒净成读毛诗、左传、尚书,问左氏春秋于冈田博士"。如果是事实的话,空海应该进入了大学的明经道。

　　　　当时的大学,行政上隶属于式部省,作为事务官,有头、助、大允、少允、大属、少属等,执掌了学生的简试、释奠等。作为教员,各专业配置有博士一人、助教二人,其他作为令外的官员,也配置了相当于讲师的直讲三人。更有作为共同教员的音博士,其他还包括书博士、算博士等,分别教授书学和算术(《职员令》一四)。作为大学的专业,明经道、文章道(纪传道)以及明法道是主要的专业,其他还有算道、书道等。

　　　　明经道也就是所谓的通识教育专业,《孝经》和《论语》是必修课程,除此之外,还要从《周易》《尚书》《周礼》《仪礼》《礼记》《毛诗》《春秋左氏传》等经典中,选择两到三种经典进行学习(《学问令》五)。根据《遗告》,空海选择了学习《春秋左氏传》(大经)、《毛诗》(中经)、《尚书》(小经)等三经的课程。《文选》和《尔雅》等则作为任选课程,不过,这一类的文藻和纪传等的基本素养,已经跟随阿刀大足学习过了。如果是按照"耳目所经,未尝不究"(《性灵集》序)所说的那样,空海进入大学之后,也一定是选择了文章道和书道等数个辅修课程一起学习。在《三教指归》的序文中,关于这个时期钻研学问的生活,记述道:"拉雪萤之犹怠,怒绳锥之不勤",使人脑海中浮现出空海不分昼夜、废寝忘食地学习的情景。

　　根据《三教指归》的序言以及《续日本后纪》的记录,空海18岁时进入京城的大学寮,并且是进入了讲解儒学经典的明经道。当时的律令制度下,大学寮的教官分为"博士""助教"。博士是指某一领域的专家,各专业配备1人,而"助教"又称为"助博士",是作为"博士"的助手设置的,定员为2名。而"直讲"作为令外官员,辅助"博士"和"助教"进行教学活动。如果空海的《遗告》[26]的记录是事实的话,他在大学寮中,跟随"直讲"味酒净成、"博士"冈田牛养等人学习了以五经为首的儒教经典。

　　空海在进行汉诗文创作的时候,学习了当时作为文章典范的必读书《文选》。空海从少年时代开始就跟随舅舅学习儒学,大学寮的课程对于他来说应该并不困难。即使如此,他在大学中的学习也是非常刻苦的,序言中说他努力的程度甚至不输给那些经典中记载的中国古人们。由于空海当时生活在以律令制为主导的国家体制下,因此他在大学寮的学习自然是以儒学为中心的课程。静慈圆(1984:16-17)指出:

　　　　现在最一般性的结论认为,当时是以儒教为中心的社会体制。这个儒教体制的根本,可以通过从奈良时代到平安时代建立国家体制的教育方面来理解。也就是说,以培养国家官僚为目的的明经道的教育,作为选修课的有《礼记》《左氏传》《毛诗》《周礼》《仪礼》《周易》《尚书》等七种,作为必修课程讲授的有《论语》《孝经》等。这一教育制度,完全是模仿中国的,甚至连授课的内容都是一样的。

　　可以看出,空海是在儒教体制的社会背景下接受了教育。当时日本模仿中国的国家制度,建立了以儒学为中心的社会体制。大学寮正是对应这样的律令制度的国家教育体制,模仿中国建立了以儒学为中心的官僚教育。以儒学为中心的明经道的教育,是以《论语》和《孝经》为必修课程来讲授的。从序言中也可以看出,大学寮施行的以"忠孝""五常"思想为中心的儒教教育,完全模仿了中国的教育体制,甚至连授课的内容都一样。日本为了推进律令制,构建了与其相适应的以儒学为中心的教育体制。渡边照宏(1993:34-35)写道:

　　让我们来管窥一下奈良时代国家大学教育之一斑吧。当时的大学把儒教教育当作中心,作为大陆文化移植期的一种现象是理所当然的。这与明治初年我国的高等教育把西学也就是欧洲的学问研究作为主流并最终出现"和魂洋才"这样的新词汇的情况是一致的。奈良末期相当于西学的内容,有《周易》《尚书》《周礼》《仪礼》《礼记》《诗》《春秋左氏传》外加《孝经》或《论语》。

　　奈良时代的大学教育,是以中国文化的移植为目标,把儒学作为中心。奈良末期的汉学,讲授《周易》《尚书》《孝经》还有《论语》等内容,这也是适应当时的国家制度建设的需要,是培养国家官僚的学问基础。大学寮正是培养所谓"和魂洋才"的教育机构。并且,大学寮的教师们也多到唐朝留过学,在掌握了中国最新的学问后,进入大学寮授课。例如,根据《日本纪略》记载,在大学寮讲授五经的伊予部家守(出生年月不详),就在776年入唐留学,学习了《春秋公羊传》《春秋谷梁传》,回国后,于784年获得政府的许可,将上述两种传记加上《春秋左氏传》,开始讲授关于春秋三传的新课程。并且,根据《续日本后纪》和《日本纪略》的记述,他的儿子也继承了他的学问。和岛芳男(1965:8)写道:

　　　宝龟年间伊予部家守跟随遣唐使入唐,学习了五经特别是学习了《春秋》的《公羊》《谷梁》二传,回国后历经了直讲、助教并成为博士。延历三年(七八四)与之前的《左氏传》相配合,首次讲授了春秋三传,此后一直到宝龟十七年,针对上述的公、谷二传,也各自依照经典进行了长期的授课(《日本纪略》《令解集》)。家守的孩子善道真贞,……专门讲授三传、三礼,特别是《公羊传》的授课,获得了专属的声誉(《续日本后纪》《日本纪略》)。

　　由此可见,在当时律令制的国家体制下,以儒学为中心的大学寮的教育,不但讲义内容完全模仿中国,就连讲解讲义的教员们,不少人也都有入唐留学的经验。处于这样的时代潮流中的空海,自然也想通过在大学寮中的学习,来成为律令体制下国家的官僚。

2. 古汉语的流行

从少年时代开始，空海就接受了以儒教思想为中心的中国文化的熏陶。进入大学寮之后，进一步熟读儒学经典，具备了汉诗文创作和书法等素养。这些都与空海出生和成长的时代背景有着密切的关系。空海出生和成长的时代，是奈良时代的末期，日本积极地吸收以儒教、佛教为代表的中国文化，是古代东亚文化交流的隆盛时期。随着百济人等渡来人的到来以及遣唐使的派遣，中国文化被源源不断地带入日本，人们逐渐具备了以汉字为载体的中国文化的素养。当时古代东亚文化交流的时代背景，促使日本列岛上的人们积极地学习古汉语。对此，福永光司（1996：50）指出：

> 《古事记》记载了应神天皇时期从百济传来《论语》《千字文》，《日本书纪》记录了应神天皇十六年皇太子菟道稚郎子以百济的王仁为师学习汉文典籍的经历。自此以来，及至《怀风藻》写作的八世纪中期，也就是到奈良中期为止的期间，除了接受从朝鲜来的众多学者、学问僧的归化之外，还间有数次主动向大陆派出留学生、留学僧。日本吸收古汉语学问的历史，经历了数百年专心致志的努力以及成果的积累，在空海跟随舅舅阿刀大足学习古汉语并且进入京城大学学习的西历八世纪末期，经日本人之手写成的汉诗和汉文的水准之高，就连真正的中国文人，也要对他们的能力刮目相看，甚至给予高度的评价。

可见，为了更好地吸收中国文化，必须具备古汉语的能力。因此，从皇室到社会知识阶层，都在积极地学习古汉语。他们不但跟随来自朝鲜半岛的众多学者、学问僧学习，还主动出击，通过向中国派遣留学生、学问僧，来汲取古汉语的滋养。在当时，学习和掌握古汉语成为治国理政的一大要务。在此背景之下，官僚的子弟们被安排进入大学寮，跟随那些学成回国的遣唐留学人员学习中国文化。因此，空海生活的时代，也是古汉语相关的学问在日本隆盛的时期。在这样的社会风潮中，空海进入了大学的明经道，认真学习以培养官僚为目的的各种儒学课程，并具备了古汉语的深厚素养。例如《三教指归》就是用四六骈俪体的古汉语写成的，这也体现了日本数百年来汲取古汉语学问的成果。并且，贵族们也被要求具备良好的儒学素养，中国文化成为当时贵族社会趋之若鹜的

学识。尾藤正英(2000:63-64)写道:

> 由于桓武天皇与渡来人有着密切的关系,又对引进中国文化怀有极大的热情,并且在律令体制之下,以儒学为中心的中国文化的素养是担任高级官僚的贵族们所必须具备的素质,因此,在平安时代初期的九世纪前半期,以朝廷为中心的汉诗文的创作变得非常盛行,以《凌云集》《文华秀丽集》《经国集》为题的三部敕撰汉诗文集为代表,包括僧空海的《性灵集》等,编纂了很多的汉诗文集。

与渡来人有着密切关系的桓武天皇(737—806),热衷于引进中国的先进文化,直接鼓励了以贵族为首的知识阶层对于古汉语的刻苦钻研,空海的《性灵集》也是在这种情况下编写而成的。桓武天皇为了革除奈良时代僧侣干预政治的弊端,于794年迁都平安京(今京都),试图通过各种改革来改良律令政治。在律令制之下,贵族知识阶层也被要求具备以儒学为中心的中国文化的素养。这些都是以桓武天皇对中国文化的热情作为背景的。由于皇室的垂范及提倡,在宴会等的场合,贵族们汉诗文作品的竞作和赠答等颇为流行,同时小野岑守(778—830)等人又奉敕编撰了《凌云集》等三部著作。簇拥在天皇周围的贵族阶层,以宫廷为中心进行着汉诗文的创作。

与此同时,当时日本佛教学的传播和发展也是依靠古汉语的学问来支撑的。福永光司(1996:36-37)指出:

> 从朝鲜传来我国的中国的佛教学,是依靠汉语的学识来支撑其深厚的根底的,因此缺乏汉语的学力无法学习佛教,反过来在学习佛教时也能培养汉语的学力,这些都与汉语的学问是不可分割的关系。与汉语的学问存在着不可分割的关系的中国乃至于朝鲜的佛教学,从最初被传到日本的六世纪中期,直到圣德太子的时代,已经积累了半个世纪以上的学习的传统。

可见,不但是儒学的学习,佛教的摄取也要有相应的汉语素养作为基础。因此,日本进入平安时代以后,迎来了古汉语传播的隆盛时期。空海从少年时代开始熟稔儒学,青年时在大学寮里更加勤奋学习,自然具备了古汉语的深厚学力。同时,从《三教指归》一书中大量引用儒、道、释三教文献就可以看出,空海在以儒学为中心进行学习的同时,必定对道教与佛教的学习也倾注了相当的精力,而这些都离不开深厚的古汉语修养,同时它们之间也是相辅相成的。这些也都与当时古代东亚文化交流的时代背景密切相关。

二、"求闻持法"与密教志向

1. 与某位沙门的交往

空海在大学寮中学习的所有课程都是以儒学为中心设置的,但同时他也对佛教抱有很大的关心。因为他所生活的奈良和平安时代,儒教和佛教都受到了统治阶层的推崇,并被利用来为国家的政治和文化建设服务。在当时律令制的国家体制下,通过学习儒学成为官僚贵族,是出人头地的最好渠道。他学习的初衷,应该也是想通过学习儒学走上官僚仕途之路。那么,空海是从何时开始接触佛教的呢?陈舜臣(1985:84-85)指出:

> 一般认为,空海从很早的时期开始就已经接触佛教了。他出生和成长的佐伯家,被浓厚的佛教气氛笼罩着。在他出生二年后,佐伯今毛人兄弟就在奈良修建了佐伯一族的氏寺。佐伯院也就是香积寺,现在大致判明了它的遗迹,曾经是相当宏伟的建筑。即使是在佛教的氛围中长大的,从空海的宗教修养的深度来推测,他一定经历过惊心动魄的宗教体验吧。

当时佐伯氏一族在南都城的奈良修建了家族寺院的香积寺。由于佐伯一族与佛教有着深厚的因缘,空海从年幼时期就已经开始接触并受到佛教的影响。并且,家族的长老佐伯今毛人也曾为营造东大寺的大佛竭尽心力。而东大寺所供养的大佛坐像,被称为奈良大佛,既是华严宗的本尊毗卢遮那佛,同时也是密宗的教主大日如来。因此,空海从小时候开始就应该对这个大佛有所耳闻了。或者说,正是由于这个大佛的造立,才引起空海对于佛教的极大关心,乃至于日后立志于密教的修行。另一方面,也有人认为空海从少年时代就开始受到了佛教的影响,他有可能出生于类似于管理私人寺院的别当这样的家庭[27]。

空海在学习儒学的同时,对儒学以外的佛教及道教经典也非常精通,这从

《三教指归》中就可见一斑。该书所引用的儒、道、释三教经典的数量庞大,光是与佛教相关联的内容就涉及 27 部类 681 卷的内容,可见他也涉猎了很多佛教方面的书籍。对于佛教的关心,可以说为他未来的人生道路提供了另辟蹊径的可能性。可是,对空海来说,虽然对佛教抱有很大的关注,但比起将来成为一名比丘,走像大足一样入仕为官的人生道路,才是更加自然的选择。因此,他从家乡来到京城,并进入大学寮中学习。但是根据他的自序,原本通过学习儒学成为官僚贵族的理想,由于与某位沙门的交往产生了动摇。这位沙门有可能是在山林修行密教的僧侣,因为与那位沙门见面以后,不久空海也进入山林之中,开始了密教的修行[28]。关于那位沙门的情况,赖富本宏(2011:29-31)写道:

> 在《三教指归》的序文中有"爰有一沙门呈余虚空藏闻持法"的记载。大概在真鱼开始关注以南都为中心的佛教时,一位出家的僧人向他介绍了包括从古密教向新密教的发展到如何供养虚空藏菩萨和进行修法等最新传来的密法。……关于这位"沙门"的身份,熟谙南都佛教的堀池春峰先生认为,他不是南都的权僧勤操,而应该是在不幸中去世的大安寺的僧人戒明。以上山春平先生为首的不少学者赞成这个见解,笔者也左袒其观点。
>
> 戒明出身于赞岐东部昌盛一时的豪族凡直氏,在大安寺学习三论宗和华严宗,天平胜宝四(七五二)年,追随遣唐大使藤原清河等人入唐,钻研佛教二十五年。……戒明晚年下行到九州,在大宰府讲解了华严经。延历十(七九一)年前后,在南都周边逗留的可能性较大。

上文认为那位沙门不是南都的权僧勤操(758—827)[29],可能是在不幸中逝去的大安寺的戒明(生卒年不详)[30]。而空海是不是通过戒明学习了这个密教的修法不得而知。但是也有学者认为,根据空海的自序,就是"一沙门"而已,没有必要去追究到底是谁[31]。

由于深信经文中所说,只要诵读真言一百万遍,就能记住一切教法和文义,因此空海进入日本阿波地区的大泷岳及土佐的室户岬,专心修持此法。上坂喜一郎(1970)指出,空海之所以修持"求闻持法",是为了记住更多的经典,因为背诵经典是取得优异成绩的前提。唯有如此,才能尽快地出人头地、光宗耀祖。空海是否达到了增强记忆力的效果无从考证，但是获得了"明星来影"[32]的修为体验。而《御遗告》中对此记载为："或上阿波大泷岳修行，或于土左室生门户崎寂暂，心观明星入口，虚空藏光明照来显菩萨之威现佛法之无二。"空海原本希望通过此法来记住更多的儒学经典，可是通过山林修行，反而坚定了自己出家的想法。

2. "求闻持法"与山林修行

空海在山林中修行的"求闻持法"，据说能使人达到诸愿满足、增强记忆力的效果。一般认为"求闻持法"是在唐朝时传入中国的，该法门在印度成立后不久就被带到中国。它作为一种冥想的修法，是在密教成立之后逐渐发展形成的，是一种形式复杂的修持方法。

从公元 4 世纪开始，密教的经典逐渐流入中国，但密教第一次得到朝廷的积极鼓励和公开承认则是在玄宗朝。《虚空藏求闻持法》这一经典，最初是由善无畏（637—735）[33]翻译成汉语的。善无畏于 716 年到达长安，翻译了以《大日经》为首的大量密教经典，而另一位印度僧人金刚智于 720 年来到中国，他们都受到了唐朝皇帝的欢迎和重视。斯坦利·威斯坦因（2015）指出，唐玄宗对于与道教同样具备超能力的密教产生了极大的兴趣，因此对于善无畏与金刚智是持欢迎态度的，还让他们在西明寺、大慈恩寺等处翻译密教经典，这都为密教在中国的发展奠定了基础。善无畏奉诏在西明寺菩提院翻译经典，在众人的协助下，首先翻译出了《虚空藏菩萨能满诸愿最胜心陀罗尼求闻持法》（"诸"一说"所"）并呈献给玄宗皇帝。他所译出的"求闻持法"属于初期密教的经典。那么，"求闻持法"等密教经典是如何传入日本的呢？赖富本宏（2011：26-27）指出：

（前略）之后，由空海将两部大经体系化，以《大日经》和《金刚顶经》构成新密教。在密教发展史上，对于此前存在的、具有威力的陀罗尼信仰，以及将其尊格化后产生的变化观音、虚空藏菩萨等特定菩萨的信仰文化，称为"初期密教"。并且，对于其中出现的佛像、尊像以及佛具、法具等表现形式，从美术史研究的立场出发，也经常将其称为"古密教"。

无论是称为初期密教也好，还是古密教也好，将那些作为文献根据的诸多陀罗尼经典一揽子带入我国的，无疑是入唐僧玄昉（？—七四六）。

玄昉是大和人,俗姓阿刀氏,与空海的母系是同族。根据《扶桑略记》卷六等记载,他从位于大和的冈寺的义渊那里学习了新兴的法相宗,养老元(七一七)年,作为遣唐使的一员入唐,跟随唐僧智周研习了法相宗等学问。头脑明晰且富有行动力的玄昉,被当时唐朝的皇帝玄宗(在位七一二—七五六)赐予了只有高僧才允许穿的紫衣袈裟,回国之际,又被赐予了当时由崇福寺的智升最新编纂的一切经(大藏经)五千余卷以及总目录《开元释教录》。他于天平六(七三四)年搭乘遣唐使节的返航船,与吉备真备等人一起回国了。

玄昉按照圣武天皇和光明皇后等人的指示,努力推广由中国请来的伽梵达摩译的《千手千眼观世音菩萨广大圆满无碍大悲心陀罗尼经》和仏陀波利译的《佛顶尊胜陀罗尼经》的功德和威力,推荐千卷写经等,致力于将从盛唐时期到中唐时期在中国大为流行的初期密教的诸佛和陀罗尼等传播于日本。并且,根据近年的研究,在玄宗时期的开元八(七二〇)年,印度的密教僧金刚智已经到达了洛阳、长安等地,从《开元释教录》中也包含有他翻译的《金刚顶瑜伽中略出念诵经》这一点来看,也有人认为,不排除玄昉直接与金刚智见过面。

无论如何,我们有必要铭记的是,解说十一面和千手等变化观音的功德的初期密教经典,以及别系统的《金刚顶经》和《大日经》等中期密教经典,在空海诞生的四十年之前,已经被传入了我国。

通过上文可知,与随后被空海体系化的新密教不同,最初的密教被称为"初期密教"或者"古密教"。在密教僧善无畏到达长安翌年的717年,与空海的母系阿刀氏同属于一族系的玄昉,也作为遣唐使的一员入唐了。值得注意的是,如果井真成也是于717年入唐的话,那么他与玄昉就是同为第9次遣唐使团的成员。他原本预定乘坐第10次遣唐使船回国,可是却在734年的新年突然逝去,长眠在异国他乡了。而玄昉在唐留学时,学习了以法相宗为中心的内容。看到头脑明晰且勤奋学习的玄昉,玄宗皇帝也颔首赞许,并赐给他只有高僧才被允许穿着的紫衣袈裟,以及最新编写的大藏经[34],可见玄宗对他的重视。玄昉于734年搭乘遣唐使船回到了日本。回国后的玄昉,为日本密教的传播注入了新的活力。

据说在空海诞生的 40 年前，初期密教经典和中期密教经典，已经被玄昉等遣唐僧们带入了日本。可是"求闻持法"的传播途径是怎样的呢？赖富本宏（2011）认为这一经典是由道慈（？—774）[35] 带回日本的。道慈是奈良前半期三论宗的僧侣。702 年入唐，718 年回国，他在唐朝逗留学习了 16 年，比玄昉更早地接触到了初期密教。根据中世纪佛教史料《三国佛法传通缘起》的记载，道慈在唐朝期间住在西明寺。他回国之前，与来自印度的密教僧善无畏在长安相遇，并跟随他学习了密教。被授予了初期密教经典《虚空藏求闻持法》的道慈，在善无畏来到唐朝的 2 年后返回了日本。这样，该经典被他及时地带回日本，并在南都奈良的修行僧及优婆塞僧之间开始流行，是山林修行所依据的经典。赖富本宏进而指出，空海在《三教指归》序言中提到的"一沙门"，并非勤操，更有可能是与道慈一样同属于三论宗僧侣的戒明。

立川武藏（1998）指出，印度从 4 世纪开始，初期大乘佛教的教义和实践体系大致完成，开始以密教的形式进行传播，而 6 世纪是密教兴起的时期。密教的内容此后被善无畏及金刚智等人传入中国，而此时在唐朝长安也居住着来自日本的求法僧，因此密教的经典也就被道慈、玄昉等遣唐学问僧带回了日本。实际上，在空海入唐之前，《虚空藏求闻持法》《大日经》《金刚顶经》等大量的密教典籍就已经传入了日本。因为根据 8 世纪中叶《优婆塞贡进解》的记载，《理趣经》等含有密教因素的大乘佛教经典已经在优婆塞等在家信徒之间流传，他们还念诵了"千手观音陀罗尼""虚空藏菩萨咒"等密教的符咒，进行密教的修法实践。不仅限于优婆塞，在僧侣和沙门之间也传阅着密教的经典。在这样的密教传播的氛围中，对于正在大学寮中学习的空海来说，在专注于儒教经典的同时，很有可能对密教也抱有很大的关心。正因如此，空海才会被"一沙门"授予了这一密教的修法，并进入山林之中进行该法的修行。

可是，当时在日本盛行的山林修行是如何产生的呢？宫家准（2001）指出，其实当时在吉野和葛城的山林里，出现了模仿道教神仙们结草衣辟谷的山林修行者。与此同时，奈良佛教的僧侣们也进入山林中修行密教法门。佛教在飞鸟时代由国家引入，是以祈祷守护国家为目的的。还有，像唐朝的鉴真（688—763）[36]、印度的菩提仙那（婆罗门僧正、704—760）那样，以传教为目的来到日本的僧侣也不少。这些渡来僧和入唐僧作为学问僧活跃着，不过在山寺中修行的僧侣也不少，例如曾在吉野的比苏寺修行的唐朝僧人神叡、道璿，再如深居在室生寺修行的兴福寺的贤璟、修圆等人。求闻持法是在山顶、树下、山中的塔、净室等僻静之处,打开月轮中绘有虚空藏菩萨的绢布,接着念诵护身法、结界法等之后,继续唱诵真言,反复观想真言在绢布的月轮中显现、发出金色的光辉进入自己的头顶,再从口中出来并返回菩萨那里,以此进入"入我我入"的境界,以空海为首的众多山林修行者进行了这一修法。如此这般,受到道教入山修行影响的渡来人,以及具有山林修行传统的佛教的僧侣们,进入之前一直被普通人当作圣地来祭拜的山岳中进行修行,并且下山以后,受人们的委托,进行咒术等宗教活动,在治病、祈雨等方面"颇具效验"。当地的人们认为这些山林修行者获得了山神的力量,所以才能有这样的效验,因此对他们敬畏不已。

不单是空海,日本佛教的另一位先驱者最澄(767—822)也同样选择进入山林中修行。最澄据称是中国系的归化人,比空海大 7 岁。他在东大寺受具足戒,尽管是朝廷认可的僧侣,却离开东大寺,进入故乡附近的比睿山中进行山林修行。立川武藏(1998)指出,山林修行者们,有着初期密教的瞑想法及唱诵真言陀罗尼的咒术的一面,具有通过山岳修行获得治病、祈雨等特异功能的特征。掌权者们被其不可思议的能力所吸引,让僧侣们为他们进行治病和祈雨。8 世纪时,在佛教密法、道教的神仙思想以及咒术的相互融合下,逐渐形成了日本古代的山岳信仰,出现了很多入山修行的人们。而这些被称为"山林斗薮"的修行者中,一部分人是未被国家认可而自行出家的人们,因此被称为"私度僧"。私度僧进入山林中修行,无疑是当时日本佛教的一个显著特点,这些私度僧成为推动日本佛教发展的新动力。

如上所述,与受戒得度的最澄不同,空海是以私度僧的身份入山修行的。虚空藏求闻持法的传来,丰富了日本山岳信仰的内容,融合了虚空藏求闻持法、道家神仙道与咒术的山岳信仰,成为日本新佛教形成过程中的一个显著特征。一边念诵真言陀罗尼,一边观想虚空藏菩萨的最新修行方法,引起了山林修行者们的极大关心。私度僧们进行的山林密教实践,也为日本佛教带来了新的气象。当时在大学寮中以儒学为中心进行学习的空海,大概厌倦了等级森严的封建礼教,也想进入山林之中呼吸清新的空气。在山林中修行虚空藏求闻持法,对于空海来说,恐怕不仅仅是作为私度僧的一种修行方式,也许在他的脑海里会时常浮现出遣唐使入唐求法的事迹,也期盼着有朝一日能像他们一样作为学问僧入唐,并借此达成比成为普通官僚更为高远的人生理想。因此,离开京城的大学寮之后,空海暂时隐身于山林之中,一边刻苦地进行着密教修行,一边为日后的入唐做必要的准备,耐心地等待着时机的到来。

三、作为学问僧入唐求法

1. 成为私度僧的原因

空海之所以即使以私度僧的身份也要出家成为僧侣,是与当时的社会背景分不开的。在当时的日本,掌权者认为佛教能够起到守护国家的作用,予以大力引进并高度重视,并将其作为国家的重大事业极力推广。因此,除了通过学习儒学来成为官僚,还可以通过参与国家的佛教事业来达到出人头地的目的。

佛教于 538 年被正式传至日本后,围绕着应该如何对待佛教,在日本的掌权者之间产生了争论,并由此发展为权力斗争。圣德太子成为摄政后,对佛教表现出了极大的关心,撰写了名为《三经义疏》的佛经注释书籍,指出"世间虚假,唯佛是真"[37],表达了对佛教的崇信。因此,后来他也被日本佛教界称为"和国的教主"。可见,日本的佛教甫一出现,就与国家的最高掌权者密切相关,是被当作国家宗教确立起来的。竹村牧男等人(2013)指出,统治者继承了重视佛教的传统,经过圣德太子崇佛、大化革新、天武天皇的时代,不但寺院的数量增加了很多,而且各地区的每个家庭都制作了佛舍。并且,当权者为了利用佛教护佑国家,专门将佛教经典《金光明经》印刷并分送到各地,令民众在正月新年一周左右的时间里持续诵读。在圣武天皇时,还发布了将东大寺作为总国分寺[38]的国分寺制度的诏书敕令。由于受到了以天皇为首的掌权者的重视和推广,佛教作为一项国家的重大事业,其影响也不断地得到深化,获得了长足的进步。到了奈良时代,通过遣唐学问僧以及鉴真等渡来僧的共同努力,日本形成了三论宗、成实宗、法相宗、俱舍宗、华严宗、律宗等六个佛教宗派,即所谓的南都六宗。南都六宗与此后被空海和最澄等人请来的密教相对,被称作显教。

自圣德太子派出遣隋使,到之后遣唐使的派遣,都是为了学习和模仿隋朝和唐朝先进的国家制度,试图将日本建设成为律令制国家。在律令制这一国家制度中,也颁布了与佛教相关的法令,也就是律令国家的僧尼统制。尾藤正英(2000:48-50)指出:

从七世纪末的天武、持统朝开始,仿效唐朝的国家制度制作了律令制的法律体系,八世纪初进一步形成大宝律令,随后又将其改定为养老律令,最终完成了律令制的建设。在这部律令之中有僧尼令,制定了与僧(男)和尼(女)相关的各种规章制度。其规定相当严格,没有政府的许可禁止出家成为僧尼。获得许可也就是得度者也有人数的限制,同时禁止僧尼在寺院以外进行宗教活动。为了实现这一由国家进行的统一管理,从僧侣中选择出僧纲,也就是设立僧正、僧都、律师等僧官,并且进一步将其置于治部省所属的玄蕃寮来管辖。因为玄蕃寮是管辖与外国之间关系的政府机关,因此佛教当时被看作是外来宗教。

可是这种统一管理的制度,因为是模仿了唐朝等的制度,未必具有实行力,因此从很早的时期开始,就存在没有得到官府许可的僧尼,也就是出现了很多自行出家的私度的僧尼。其理由之一,是因为如果成为僧尼,就可以从国家的课捐杂税中脱身出来。不但如此,从政府这方面来说,也很难说有意愿强行推行这一统治制度。这体现在圣武天皇(在位七二四——七四九年)时进行的东大寺的大佛营造的事业上。

可知从 7 世纪末开始,日本开始仿效唐朝的国家制度来建立自己的律令体制。养老律令的出台,标志着日本在 8 世纪最终形成了律令制的法律体系。而养老律令中也有关于僧尼管理的规章制度。根据这个法令,没有政府的许可禁止出家成为僧尼。如果获得政府的出家许可,被称为得度,可以成为朝廷认定资格的僧尼。并且,每年出家的人数也受到限制,得度僧尼被禁止在寺院以外活动。政府设置了僧正、僧都、律师等僧官,他们从属于治部省的玄蕃寮管辖。可见从中国引进的佛教被看作外来宗教。虽然如此,政府对于僧尼的管理和控制也并非总是严厉的。由于成为僧尼可以免除国家的课税和徭役,因此就出现了不少以个人的意志出家的僧尼,他们被称为私度僧。在这样的社会背景中成长起来的空海,耳濡目染了统治者对佛教的重视,并且,他也看到了遣唐留学僧回国后的荣耀。因此,在他的心中,也会想像遣唐使们那样通过入唐学习和求法,来达成自己更远大的理想。这或许是空海决定成为私度僧的原因所在。

以统治者的重视为前提,奈良时代佛教取得了繁荣发展,以奈良为中心形成了六个宗派,被称为南都六宗,是代表日本佛教旧势力的既得利益者。由于以天皇为首的当权者对于遣唐归国学问僧的过度宠信,导致了僧人干政的问题。王颂（2015:148—150）指出：

> 奈良时代由于圣武天皇、孝谦女皇崇信佛教、重用僧侣,僧侣干政的现象较为严重。
>
> 最早干预政治的是玄昉。玄昉自归国后就受到了圣武天皇的重用,与吉备真备一起成了天皇的心腹。作为门第出身并不高的僧侣,玄昉干政引起了上层贵族的强烈不满……
>
> 玄昉之后的道镜[39]在弄权方面达到了登峰造极的程度。道镜虽然隶属于法相宗,但在义学方面毫无建树,只以修习各种秘术著称。他曾在葛木山修习如意轮法,在内道场习禅,并曾用宿曜秘法治愈了孝谦上皇的疾病,因而得到上皇的宠信……
>
> 玄昉和道镜公开干政的行动扰乱了律令制度,道镜篡权更直接威胁到了天皇制的正统合法性,触犯了统治集团的根本利益,因而遭到了统治集团的集体抵制。不仅如此,他们的行动还败坏了佛教的整体声誉,暴露了佞佛的制度性危害,为奈良时代佛教繁荣发展的形势蒙上了一层阴影。

奈良时代的僧人干政,是在当权者崇信佛教的背景下产生的。从唐朝留学回来的玄昉、道镜（?—772）、吉备真备等遣唐学问僧们受到了天皇的信任和重用,从而使他们有机会接近权力的中心,并最终走上了弄权干政的道路。其代表人物道镜,因为治愈了孝谦女皇（718—770）的病而受到重用,但由于试图篡夺皇位的阴谋被识破,于770年被流放到下野,并于两年后殁于该地。此后继承皇位的光仁天皇（在位770—781）对佛教进行了肃清运动,加强了对僧侣的约束,同时,也认可了没有被国家正式承认的山林修行。781年即位的桓武天皇,为了摆脱奈良传统佛教的势力,于794年将都城迁往平安京,试图重塑日本佛教。

坂上康俊（2009）指出,古代日本引入佛教的根本目的,就是为了通过僧人的诵经来护佑国家。因此,律令体制下加强对于佛教的管理和约束也是势所必然。由于奈良旧佛教势力出现了僧人干政的问题,使桓武天皇下决心通过迁都来摆脱僧人对于政治的干扰。除了迁都以外,桓武天皇还制定了一系列的法律法规。例如,将僧尼像公务员一样地进行配置,并且举行赋予僧侣资格的受戒仪式,也必须保证得度的僧尼具有护佑国家的诵经能力。同时,戒坛也只是限定在以东大寺为首的三个寺院中设立。

在古代,日本遣唐学问僧得到了国家的资金支持,与遣唐使团一起入唐,就是为了从当时佛教中心地的唐朝学习并引入新的佛教。毋庸置疑,这也是从圣德太子时期开始的传统,朝廷的统治者对于新佛教的传来翘首以盼。为此,以国家的名义向唐朝派遣了很多留学僧,希冀借助佛教的力量来护佑国家。因此,遣唐使肩负了从中国引进新佛教的重任。在引进中国佛教的过程中,一方面,由于当时中国的佛教水平远高于日本,有时僧侣们将在修行中遇到的问题以及对于教义的疑问,委托入唐的学问僧请中国的高僧们给予解答,这一现象称为唐决[40]。另一方面,入唐僧也肩负着降服新罗护佑国家的使命。尽管如此,很多时候他们也需要乘坐新罗的商船往返于日本与中国之间,同时也从新罗的商人那里得到了很多的帮助[41]。这些都反映出古代东亚文化交流的史实。

可以说,当时日本政府不断向唐朝派遣学问僧,目的就是为了汲取唐朝先进的佛教文化。桓武天皇于794年迁都京都,就是为了摆脱奈良旧佛教势力的影响,并且希望通过在新京城引入新的佛教理念,重建对于新佛教的尊重,并在此基础上达到以新佛教护佑国家的目的。因此,当时的空海和最澄也正是看到了国家对于引入新佛教的渴望,才选择了与代表旧佛教势力的南都六宗不同的山林修行的道路。他们所生活的时代,正面临着日本佛教即将迎来剧变的时期。摆在空海面前可选择的人生道路中,除了通过学习儒学成为官僚以外,还存在着以佛教来获得荣光的前进道路。

空海比普通人更加清晰地规划着自己的前进方向,并坚定地走在自己设定好的人生道路上。因此,空海离开大学寮并进入山林修行成为私度僧,并非一时的冲动,而是为了回应时代需求的必然选择。

2. 作为得度僧入唐求法

根据《御遗告》的记载,空海在年满20岁的时候,被当时奈良大安寺首座勤操带到和泉国槇尾山寺(今大阪府和泉市施福寺)剃发出家,法名"教海",不久改法名为"如空"[42]。但是此时的空海并未获得国家的正式认可,仍属于私度僧。22岁时又改法名为"空海",据说是因为他在四国室户岬附近的洞窟中修持"虚空藏求闻持法"的时候,亲身体验到了"我心如空,我心如海"的修为境界,因此才将法名改为"空海"。24岁的时候空海写下了《三教指归》一书,从那时开始到入唐之前，其行踪无从考证。

据推测，当时所谓的古密教已经传到了南都奈良，空海应该已经接触到了密教经典《大日经》。根据《御遗告》所说，由于空海在东大寺大佛殿立下了誓愿，在梦中被告知《大日经》藏在大和国高市郡（现奈良县橿原市）的久米寺东塔下，由此得到了《大日经》。可见空海决心入唐求法的直接原因，是为了解开自己心中对于《大日经》中难以理解之处的疑惑[43]。空海受梦中启示得到《大日经》，这与空海是不空的转世之说有异曲同工之处。那么，空海是怎样以得度僧的身份入唐的呢？井筒信隆（2011：40-41）指出：

> 有一种说法认为空海是在二十岁出家，二十五岁的时候得度的。可是在《续日本后纪》崩传中，有"年三十得度"的记载。进一步说，根据延历年间颁布的太政官符（案）、空海度牒，目前认为空海在三十一岁出家并得度的说法比较有说服力。根据这个史料，我们可以知晓空海的俗名以及在这个太政官符颁布的时间点上，他已经开始使用"空海"这一法号了。
>
> 不过，也有人认为有可能将出家、入唐时间的延历二十三年误写为延历二十二年四月七日了。理由之一是，虽然空海实际入唐是在二十三年，却被人误解为在二十二年遣唐使船首发的时候，空海也乘船出发了。
>
> 从难波津起航不久，遣唐使船就遭遇到了暴风雨，船只也因此而破损。据说由于当时船只失事属于凶兆，因此留学僧全部被替换了。空海是在翌年遣唐使船重新出发时，作为候补人员而临时成为留学僧的一员的。真相是为此需要正式得度出家，空海匆忙于延历二十三（八〇四）年四月，在东大寺戒坛院接受了具足戒，并且于五月份从平安京匆忙地出发了。据说太政官符是空海乘船出发、在唐朝逗留期间才颁布的。

由此可知，由于遣唐使船遭遇了暴风雨，船只受损而被迫折返，等待重新补充缺员再次起航。这为空海提供了期待已久的机会，他在804年成为了遣唐使团的人员补缺，并于4月7日出家得度，4月9日在东大寺戒坛院接受了具足戒[44]，成为国家认可并发给度牒的"官许僧"，从而结束了之前自度出家的"私度僧"的历史，随后于5月12日跟随遣唐使船从难波津（今大阪港）出发奔赴唐朝。而在空海入唐之后，才正式颁布了太政官符[45]。在政府下发的"度牒"(比丘身份的证明书)上写有"空海"这一法名,可见他在成为学问僧的时候已经开始使用"空海"这一法号了。因此,空海在经过长时间地等待时机之后,终于乘着时代的潮流扬帆起航了。井筒信隆(2011:41-42)进而指出:

> 可以说,空海作为候补人员乘上了遣唐使船是一件幸运的事情,在严格的限制之中突然得度,并实现了入唐的梦想,除了得到佐伯家族的经济上的支援以外,还被认为是获得了与阿刀大足有关联的伊予亲王的暗中支持。……这时天台宗僧侣最澄正乘坐在遣唐使船上。平安时代初期,奠定了日本佛教基础的二人,意外地有着同样的命运。在同一个时代见闻唐朝佛教的情况,成了以后二人密切关联的契机。……翌年的延历二十三(八〇四)年七月六日,结束了修复和人员补充的四艘船,再次从肥前国松浦郡田浦港出发。空海与藤原葛野麻吕大使同乘在第一艘船上,最澄乘坐的是第二艘船,向着西面的唐朝出发了。据说为了祈祷航海的安全,各自书写了一卷《金刚般若经》来护佑航程。最澄还制作了十一面观世音菩萨雕像,以祈愿航海的安全。

空海由于乘员补缺的原因,得以与最澄乘坐同一批次遣唐使船入唐,不能不说是一种奇特的缘分。同样作为渡来人后代的空海和最澄,敏锐地感受到了当时日本引进新佛教的律动,并先后进入山林中修行,又一起入唐求法,由此拉开了日本佛教新时代的序幕。

由于空海具备出色的汉语水平,因此被安排与藤原葛野麻吕大使同乘第一艘船,是为了在入唐的时候,让他担任翻译。最澄被安排乘坐第二艘船,根据《睿山大师传》的记载,与他同行的还有他的弟子义真(781—833)[46]。义真自幼学习汉音并略通唐话,作为翻译与最澄一同出使唐朝。空海乘坐的遣唐使船,在8月份漂流到了福州长溪的赤岸镇(今福建霞浦赤岸古村),虽然当初的目的地是扬子江沿岸地方。因此,在颇费周折之后,遣唐使一行人于10月登陆,并于12月进入长安,住在了东市附近宣阳坊的官邸,从而开始了在长安的留学生活。

805年2月,藤原葛野麻吕踏上了归国的旅途,空海则从朝廷的宿舍迁居到西明寺。702年入唐的三论宗的僧侣道慈曾住在这里,并跟随善无畏学习了密教。西明寺也是日本求法僧永忠(743—816)^[47]在唐留学时居住的地方。他跟随777年的遣唐使团来到长安,在长安已经留学27年了。二人在长安相见后,永忠就跟随藤原大使踏上了回国的旅途,而据说空海在西明寺的住处就是永忠曾经住过的房间。

空海随后开始寻访长安城中的大德高僧。5月末在西明寺志明、谈胜法师的引导下,空海拜访了驻锡于青龙寺的真言密教第七祖惠果和尚,并成了他的弟子。惠果认定空海是密教传薪的法器,将其作为自己付法的弟子,在短时间内密集地为他进行了密教的灌顶传法。按照密教的仪轨,6月上旬为他进行了胎藏界的灌顶,7月上旬进行了金刚界的灌顶,8月上旬进行了传法阿阇梨位的灌顶等传法仪式。在为空海进行了犹如泻瓶般的密集灌顶传法之后,惠果劝说他立即返回日本,以便尽快将密教传播到日本。惠果于806年1月圆寂。此时空海到达长安正好经过了一年的岁月,或者说空海仅有一年的求法时间。

与空海不同,最澄是作为短期留学的遣唐请益(还学)僧来到长安的,因此于805年回到了日本。而空海原本是作为长期学问僧来到长安的,按照规定需要在唐朝留学20年,但是空海在806年1月8日恩师惠果圆寂之后,遵照恩师的遗嘱,希望尽快回到日本弘扬密教。正在这时,日本遣唐大使高阶远成(756—818)一行人来到了长安,他是在藤原葛野麻吕回国复命后突然被任命为遣唐判官的,目的是尽快接回尚在长安的遣唐使们。空海于806年正月写了《与本国使请共归启》,同时也为与其一起入唐的橘逸势(782—842)代写了《为橘学生与本国使启》的启文,一起交给了高阶远成。橘逸势是平安初期的贵族,据日本传记记载,他"为性放诞,不拘细节",由于擅长书法,与空海、嵯峨并称为日本的"三笔"。他本应与空海一样长期留学长安,却以经费不足为由,请求提前回国。

高阶远成在收到了空海写的两篇启文以后,立即于正月期间上奏大唐朝廷。根据《旧唐书·东夷列传·日本传》记载:"贞元二十年,遣使来朝,留学生橘逸势、学问僧空海。元和元年,日本国使判官高阶真人上言:'前件学生,艺业稍成,愿归本国,便请与臣同归。'从之。"文中的高阶真人即遣唐大使高阶远成,在获得唐宪宗的允许后,一行人于3月辞别了长安,向越州(浙江绍兴)出发。由于是从明州(浙江宁波)登船回国,因此他们一行人于4月抵达了明州附近的越州。到达越州以后,为了能带回更多的书籍文物,于是空海上书越州节

度使,请求协助搜集内外文书。他在《与越州节度使求内外经书启》(《性灵集》卷五)中写道:

思欲决大方之教海,灌东垂之亢旱。遂乃弃命广海访探真筌。今见于长安城中所写得经论疏等凡三百余轴,及大悲胎藏金刚界等大曼荼罗尊容,竭力涸财趁逐图画矣。然而人劣教广未拔一毫,衣钵竭尽不能雇人。忘食寝劳书写,日车难返忽迫发期。心之忧矣向谁解纷。空海偶登昆岳未得满怀。仰天屠裂无人知我。途远来难何劫更来。嗟乎何计也。夫重舶一日千里猛风之力也,遍觉虚往实归大王之助也。临日月而得水火,附凤鹏而届天涯。感应相助之功妙矣哉。伏惟中丞大都督节下,天纵粹气岳渎挺生,且儒且吏,综道综释。弹压班马金声玉振。……伏愿顾彼遗命悯此远涉。三教之中经律论疏传记,乃至诗赋碑铭,卜医五明所摄之教,可以发蒙济物者,多少流传远方,斯乃大士之所经营,小人之所不意。倘遂渴仰,茂绩英声刻镂肌骨,山海沛泽万劫粉身。……

启文表现了空海希望求取更多内外书籍的迫切心情,虽然他已经于长安城中搜集并抄写了300余轴经论疏等,并请人绘制了大曼荼罗画像,但是感觉自己搜集到的不过是九牛一毛。他想到自己一旦回国后再无机会来到大唐,焦虑的心情难以自已,因此恳切地请求越州节度使能够协助搜集更多书籍。尤其是启文中提到除了以儒、道、释三教经典为中心搜集以外,还希望搜集诗赋碑铭、卜医五明等可以发蒙济物的内容。

空海在文章中提到自己为了搜集和抄写经书、绘制大曼荼罗等图画,已经竭尽全力并耗尽了财力。当时日本前往唐朝的留学生,有政府资助的,也有需要自己筹集资金的。最澄由于受到了桓武天皇的"外护"[48],具有充足的留学资金。而空海也在阿刀大足等人的帮助下,筹集了一定的留学资金[49]。入唐使节,根据唐朝规定,都由唐朝政府提供在唐求学期间所需的食宿费和旅费等必要的资金支持。但是,在空海为同伴橘逸势向日本国使提出的《为橘学生与本国使启》(《性灵集》卷五)中有如下的记载:

留住学生逸势启,逸势无骥子之名,预青衿之后,理须天文地理谙于雪光,金声玉振缛于铅素,然今山川隔两乡之舌未遑游槐林,且温所习兼学琴书,日月荏苒,资生都尽。此国所给衣粮仅以续命,不足束修读书之用。若使专守微生之信,岂待廿年之期。非只转蜉命于壑,诚则国家之一瑕也。(下略)

空海指出,橘逸势虽然作为留学生来到唐朝学习,但是由于汉语水平不足,未能进入被称为"槐林"的国子监下属的太学学习,而是在长安自行温习了以前所学习的内容,并四处访师学习了"琴书"等技艺。可见橘逸势在长安是以自己喜爱的书法等方面的内容为中心进行学习的,这也与他身为贵族子弟的闲情逸致相符合。可能是因为花钱大方的原因,导致了留学经费的不足,而唐朝所提供的衣食等必要留学经费仅够维持基本的生活需求,不足以维持长期留学,因此橘逸势想提前结束留学生活,跟随日本使节回国。

从空海的上述两篇启文中可以看出,来到越州的空海,在临近归国之前,也面临着资金不足的问题。如果想进一步搜集图书文物等,就必须向地方政府求助。唐朝政府支持外国留学生来华求学,不但皇帝对于留学生的要求"所请并允",还要求地方政府官员予以积极协助。在这样的历史背景下,空海自然也与先期回国的最澄一样,得到了越州地方长官的大力支持,因此又得以搜集到了更多的经书等资料。这也反映出空海求学之心的迫切,当然他这样做的目的也如同他在文中写到的那样,是为了"发蒙济物",也就是为了报答国恩和利济众生。

空海随后离开越州,于8月到达明州,以出发回国,并于10月前后到达大宰府。回国后空海请遣唐大使高阶远成代他向朝廷呈交了请来目录与上表文。空海作为时代的弄潮儿,从地方国学进入京城大学寮,又从在山林中修行的私度僧到被选为官度僧代表日本出使中国,恰似鲤鱼跃龙门一样,一跃而登上了古代东亚文化交流的历史舞台。而在他得到惠果的衣钵传授回国以后,又踏上了开宗立派的道路。

注释

[1] 阿刀大足,儒学家,是桓武天皇第三皇子伊予亲王的学士(文学),受俸禄两千石。"文学",是指日本律令制下在亲王家讲授儒家经典的官职名称,每位有官职的亲王配备一位

"文学"。《文镜秘府论》中有"贫道幼就表舅,颇学丽藻,长入西秦,粗听余论"的自述。阿刀大足是空海的"表舅",或称母舅、阿舅,也就是空海母亲的兄弟或者表兄弟。至于是兄长还是弟弟,目前尚无确切资料可知。

[2] 所谓"虚空藏求闻持法",是以虚空藏菩萨作为本尊的密教修法,据说有显著提高对文章的理解能力、增进记忆力的效果。

[3] 谷不惜响:即来自山谷的回响,指修行时与大自然的相互感应;明星来影:指修行获得了效果,感应到了作为虚空藏菩萨化身的"明星"的映照。"明星"或是指金星。

[4] "龟毛""兔角""蛭公"比喻实际上不存在的事物,在中国隋代完成的汉译佛教经典《合部金光明经》寿量品中有:"设使龟毛等,可以为衣裳,……假令水蛭虫,口中生白齿,……兔角为梯橙,从地得升天。"

[5] 桓武帝的第三皇子,806 年担任中务卿,又称中务卿亲王。伊予亲王深受桓武帝的喜爱,据《日本后纪》等史书的记载,桓武帝殁后的 807 年 10 月,藤原仲成(宗成)谋反,他被认为是幕后主使,与母亲一起被幽禁,最后吞药而亡。

[6] 是模仿隋朝的国子监而设置的律令体制下的教育机构。"大学寮"隶属于式部省,与各地设置的培养地方官的"国学"不同,是专门为培养中央高级官僚而设置的国家最高学府,简称大学。

[7] 密教的咒语。真言(短句)和陀罗尼(长句)。另外,本书关于佛教名词的注释,主要参考了丁福保编《佛学大辞典》。

[8] 本书中所引用日文文献的相关内容,均由本书作者翻译成中文。

[9] 关于渡来人,王颂(2015:37)指出:"公元 3、4 世纪以后,列岛居民对外来种族开始区别对待,将自大陆、朝鲜半岛新来的移民称作'渡来人',并且将此前几个世纪移居到列岛的日本人也看作渡来人系统。'渡来人'在日本古代文明史上发挥了重要作用,佛教就是由渡来人在官方传入之前通过民间渠道传入日本的,早期的佛教徒也以渡来人为主。"

[10] 奈良时代的公卿。正三位。为修建东大寺而尽力,被任命为造东大寺司长官。784 年参与营造了长冈京。

[11] 唐朝的高僧。真言宗付法八祖的第五祖。出生于南印度。720 年入唐,在洛阳的资圣寺与弟子不空、一行从事译佛经事业。译出了《金刚顶经》等经典,同时建立了灌顶道场,与先入唐的善无畏一起弘扬了密教。

[12] 对于归化人,王颂(2015:38)指出:"日本的上层统治者纷纷笼络利用渡来人集团,一些渡来人大姓还由此获得了较高的政治社会地位。但自奈良、平安时代起,日本的'小中华'意识越来越强烈,对外来人口和外来血统开始产生歧视。平安时期(8 世纪)编纂的《新撰姓氏录》效仿中国的说法,将渡来人视为番人,列入'番族'。此后又借用中文'归化'一词,将渡来人视为'归化者',以文明中心自居,将外来人口视为夷狄。不过《新撰姓氏录》显示,在平安京(京都)和畿内五国之内,渡来人系统的诸氏占据了 1/3,说明渡来人在当时

的政治文化核心地区仍拥有较强的势力。"

[13] 冈田牛养(生卒年不详),是空海在大学寮时的老师,讲述《春秋左氏传》等课程。

[14] 对于幼年空海所接受的教育,西宫纮(2018:32)写道:"真鱼已经从母亲那里接受了书法入门辅导,把由书圣王羲之的字体汇集而成的韵文《千字文》作为临摹的范本。有时还尝试用自己掌握的汉字来书写母亲喜欢的《文选》中收录的诗句。由于母亲很喜欢魏朝诗人曹子建等人的诗赋文章,因此经常读给真鱼听。读的时候使用的是洛阳、长安地区的汉音,而这是她兄长大足教给她的。"

[15] 735年作为唐朝政府的护送使旅居日本。因为精通《文选》《尔雅》的音韵学,被任命为大学的音博士。随后任日向守、玄蕃头,进而担任大学头、安房守等官职。778年被赐姓清村(净村)宿祢。

[16] 日本律令体制下,式部省大学寮的博士之一,主要为明经科的学生讲授经书的读音。定员2人,官职相当于从七位上。

[17] 日本律令制下大学寮的长官,定员1人,官职相当于从五位上。

[18] 文中写道:"真川等启:昧金照面必待莹拂,童蒙开眼定因师训。然则恩重者师德为最,如今故中务卿亲王之文学,正六位上净村宿祢净丰者,故从五位上勋十一等晋卿之第九男也。父晋卿遥慕圣风远辞本族,诵两京之音韵,改三吴之讹响,口吐唐言发挥婴学之耳目,遂乃位登五品职践州牧,男息九人任中而生。弘秀两人,则任经中外俸食判官,并皆降年短促不幸殒,最弟一身孑然孤留,是则真川等受业之先生也。文雅陶冶廉贞养素,去延历中沐天恩于骏州录事,次迁亲王文学,忽遇罹时变进仕途穷。……伏惟相国阁下,……伏愿贷恩波于涸鳞,赐德华乎穷翼,则汉语易咏吴音谁难?……"

[19] 王颂(2015:52)指出:"早期负责文字工作的大都是渡来人。例如部民中的史部,就是负责文字记录、抄写政府档案的下层官吏,……除了汉字和汉文,中国文化的代表儒学也被介绍到了日本。与佛教一样,儒学也是由日本的传统盟国百济输入的,……毋庸置疑,汉字、汉文以及儒学的引进,为佛教传入日本提供了方便,也为日本佛教深受中国佛教影响奠定了基础。"

[20] 生卒年不详。是来自百济的渡来人,据说其祖先是汉高祖。在《日本书纪》中记载了他在应神天皇的时候远渡日本,将《论语》《千字文》等带到了日本,担任中央政府负责文字记录的"博士"一职。他还曾担任皇太子菟道稚郎子的老师,被认为是日本正式接受中国学术的文教兴隆之祖。

[21] 生卒年不详。使主是敬称,又写作阿智使主,也称阿智王、阿知直。据说是后汉灵帝的曾孙,是大约4世纪末、5世纪初应神天皇时期的渡来人。据《日本书纪》等的记载,应神天皇20年,他与儿子都加使主率领一族17县的人们,经由朝鲜半岛的带方郡来到日本。应神朝末年,又奉天皇之命出使吴,带回了4位织女和缝女。

[22] 坂本太郎(1967:105):"6世纪时,钦明天皇十三年(552年)冬天10月份,百济的

圣明王，……进献了释迦牟尼佛的金铜像一尊，幡和盖若干，经藏和论藏若干卷。"

[23] 是《法华经》《胜鬘经》《维摩经》这三部佛教经典的注释书。

[24] 关于遣唐使派遣次数和实际成行次数有各种不同的说法。徐志民（2006：62-63）指出："据日本学者木宫泰彦统计，日本从 630 年到 894 年间共向中国派遣了 19 次遣唐使，实际成行 12 次，带来日本留学生 26 名，僧徒 92 名。"刘岳龙（2008：394）指出："据《新唐书》《旧唐书》和日本史籍所载，在唐代，日本共派遣唐使共十四次，实际成行十三次，送唐客使四次，迎入唐使一次。"

[25] 王金林（1999）指出，关于第一期（630—659 年间）的遣唐使所负有的军事使命，相关史料极为缺乏，在中国的学界也几乎找不到详细地论述这个问题的论文。与学界的关心相反，这个时期的遣唐使，特别是第二次、第三次、第四次的使节团，明显地配合日本对朝鲜半岛政策的调整，把收集唐朝的军事情报作为主要任务。

[26] 根据最近的研究，比较有说服力的见解认为《遗告》是后世伪造的作品。

[27] 高木訷元（2009：11-13）指出："还有一种说法，认为空海的娘家位于现在善通寺伽蓝以西的地方。那里从白凤时期开始就已经有私家寺院了，也有人推测空海出生于管理寺院的别当一类的人家。"

[28] 陈舜臣（1985：84-85）指出：序言中只有"一沙门"的记载，也没有指出那位沙门的名字。通常认为这位沙门是在山林中修行的僧人，他对空海宣扬了佛理，空海也信受奉行了。他所说的道理一定是明晰且深邃的。或许这位沙门曾在南都（奈良）钻研过佛学。但是，从他修持秘法这一点来看，据推测可能是没有被编入律令体制的山林修行者。

[29] 勤操（758—827），姓秦氏，大和（今奈良县）人。奈良后期、平安前期三论宗的僧侣，跟随大安寺信灵学习三论宗。后创建石渊寺，被称为石渊僧正。又担任东大寺的别当，大僧都。

[30] 奈良时代的僧侣，俗姓凡。出生于赞岐，在奈良大安寺学习华严。

[31] 武内孝善（2008：18）主张："自古以来，人们认为传授求闻持法的师父是石渊寺的勤操僧正，但是笔者认为，《三教指归》中仅有'一沙门'的描述，应该尊重大师的这个记述。"

[32] 北尾隆心（2003：360）指出："可是最近的研究认为，作为弘法大师空海的虚空藏菩萨求闻持法的一大特征的'明星'，是善无畏三藏所译《虚空藏菩萨能满诸愿最胜心陀罗尼求闻持法》中完全没有记载的要素，而是在日本被联系在一起的。但是可以明确的是，莫如说它是存在于密教以前解说虚空藏菩萨的经典之中的要素。"

[33] 真言宗付法八祖的第五祖。716 年进入唐朝，受到了玄宗的重视，与金刚智一起奠定了中国密教的基础。

[34] 大藏经，也叫藏经。是中国的佛教经典总集的名称。近代以后，在日本也采用这个名称，有《大正新修大藏经》。

[35] 奈良时代三论宗的僧侣。大和人,俗姓额田氏。702 年入唐学习三论宗,据说曾跟随善无畏学习了密教。718 年回国后住大安寺,宣扬三论宗。

[36] 唐代高僧。日本律宗的开山宗祖。被称为过海大师、唐大和上。因在扬州大明寺讲授戒律而声名显赫。742 年应入唐僧荣叡、普照的请求,决意东渡日本。历经 5 次渡海均以失败告终,最后不惜冒着海盗、暴风、失明等危险和苦难,于 753 年到达大宰府。在东大寺首次设立戒坛,为圣武天皇、光明皇太后等人授予了菩萨戒。758 年被赠予大和上的称号,随后建立了唐招提寺。淡海三船著有《唐大和上东征传》一书。据推测,唐招提寺的"鉴真和尚像",是在他临近涅槃之际制作的。

[37] 飞鸟时代的"天寿国绣帐"上刺绣的句子,被认为是圣德太子所说。

[38] 根据 741 年圣武天皇的敕愿,在诸国(地区)设置的官寺。在实现护佑国家的目的的同时,也成为巩固中央集权和强化对民众支配的精神支柱。以奈良的东大寺作为总国分寺,以法华寺作为总国分尼寺。到了中世纪,有很多已经荒废了。

[39] 奈良后半期法相宗的僧人、政治家。据说在大和的葛城山(葛木山)通过苦行获得了超能力。因为治愈了孝谦上皇的病而受到宠爱,并由此进入政界。765 年成为太政大臣禅师,翌年登上法王之位。769 年因为觊觎皇位,被和气清麻吕等人识破而失败。770 年左迁为下野药师寺别当,并殁于此地。

[40] 所谓唐决,是指日本的僧人将教义上的疑问委托入唐僧带到中国,请中国的高僧给予解答。平安时代,天台宗存在着"唐决"的现象。唐的意思是指辽阔的中国,并非单纯指唐朝。

[41] 坂上康俊(2009:133-153):"另一方面,必须指出的是,僧侣们在往返于日本和唐朝之间的时候,必须利用新罗的商船。由于遣唐使的派遣间隔时间很长,在日本的船不去唐朝的期间内,仍然抑制不住奔赴唐朝求法的念头的话,那么就只能利用到访的新罗船只了。并且新罗的商人们大都能善意地帮助僧侣们往返于日本和中国之间(坂上早鱼《九世纪的日唐交通和新罗人》)。这样一些肩负着入唐求学和钻研佛学任务的天台宗、真言宗之平安新佛教的旗手们,遵循着佛教的使命是为了护佑国家的想法,同时也负有通过护国的修法来降服新罗的责任,这不能不说是一件颇具讽刺意味的事情。"

[42] 《御遗告》:"朝暮忏悔及于二十年,爰大师石渊赠僧正召率发向和泉国槙尾山寺,于此剔除髻发授沙弥十戒七十二威仪,名称教海后改称如空。"

[43] 《御遗告》:"此时佛前发誓愿曰,吾从佛法常求寻要,三乘五乘十二部经心神有疑未以为决,唯愿三世十方诸佛示我不二,一心祈感梦有人告曰,于此有经名字大毗卢遮那经是乃所要也,即随喜寻得件经王,在大日本国高市郡久米道场东塔下。于此一部解缄普览众情有滞无所愦问,更作发心以去延历二十三年五月十二日入唐。"

[44] 也称为具戒、大戒。是小乘佛教的僧、尼僧的戒律。守护十戒的沙弥、沙弥尼到了 20 岁时,为了成为正式的僧尼,被授予比丘戒(250 戒)·比丘尼戒(348 戒)。至今在斯里兰卡、

缅甸、泰国等地仍然实行。而在有"肉食妻带"（注：僧人可以吃肉和成家）习俗的日本，几乎已经不再实行了。

[45] 是延历二十四年 9 月 11 日由太政官发往治部省的空海的出家许可通知书。此时空海已经身在唐朝了。空海的出家、得度是在延历二十三年他 31 岁的时候。度牒的发行有 1 年的时间差。

[46] 平安时代前期天台宗的僧侣。相模人，俗姓丸子连或丸子部。在奈良兴福寺学习法相宗，从鉴真和尚的弟子处受戒，通中文。后师从最澄，入唐时曾担任翻译。为延历寺第一世座主，被称为修禅大师。著有《天台法华宗义集》等。

[47] 奈良后期、平安时代前期三论宗的僧侣。于 777 年入唐留学，住在长安西明寺。于 805 年回国，在唐时间将近 30 年。回国后桓武天皇命其担任近江（今滋贺县）梵释寺主，与空海有深交。著有《五佛顶法诀》，大僧都。

[48] 是指给予进行佛道修行的人以必要的金钱和物质上的支援，以使他们能够安心修行。又指提供支持的人。

[49] 泽田ふじ子（2014:72）："空海的情况，虽说是留学生也是自费留学生，因此与最澄不同，在唐留学年数约二十年的经费，必须全部由自己来筹集。所筹集到的二百金，除了父亲田公和舅舅等人的资助以外，应该也得到了信仰他的优婆塞和地方豪族的帮助吧。"

第二章
空海的文学作品与三教论

第一节 《三教指归》与三教论

一、三教论的产生及其影响

《三教指归》共三卷,卷上(并序)《龟毛先生论》、卷中《虚亡隐士论》、卷下《假名乞儿论》(《写怀颂》《观无常赋》《生死海赋》《咏三教诗》),分别对应儒、道、释三教学说。从序言中可知,当时的日本已经出现了三教论争的现象。所谓"三教",是指中国的儒、道、释这三个思想体系。其中儒教和道教是中国固有的,佛教则是从印度传来的。可是"三教"是从什么时候开始并称的呢?麦谷邦夫(2005:1-2)写道:

> "三教"这一词汇没有任何注释地使用到现在,这里所说的三教,是指儒教、佛教、道教等代表中国的三个"教"派的意思。很难判断"三教"这一词汇是从什么时候开始使用的,不过作为我的管见,追溯到魏晋时代就找不到用例了。作为确凿的用例,就是南朝的梁陶弘景的《茅山长沙馆碑》里有:"夫万象森罗,不离两仪所育。百法纷凑,无越三教之境。"梁武帝时

有"会三教诗"(《艺文类聚》卷七六、《广弘明集》卷三〇,《统归篇》中作
"述三教诗")。另外在北朝,周武帝命令韦夐论述三教之优劣,因而奏上
"三教序"(《周书》卷三一,《韦夐传》);同样还可以举出北周的卫原嵩所
著的"齐三教论"七卷(《旧唐书·艺文志》)等。这样看来,意味着儒、佛、
道的"三教"这一概念的普及,大致出现在六世纪以后的看法比较妥当。
这与道教的教义逐渐健全并获得了能与佛教分庭抗礼之力量的时期是一
致的。从那时开始,一说到"教",人们在意识观念中就会联想到儒教、佛
教和道教。

上文指出"三教"这一词汇最早见于梁朝陶弘景的《茅山长沙馆碑》。从
那时起开始出现《会三教诗》《三教序》《齐三教论》等关于三教对比的文章。6
世纪以后,道教为了与佛教势力分庭抗礼,其教理和教义也逐渐完善起来。随
之,包含儒、道、释含义的"三教"的概念就逐渐被广泛地使用了。

宫崎忍胜(1991:247)指出:"佛教自传来中国(后汉明帝纪元六十四年前
后)数年之后,与作为中国固有的自然宗教的道教产生了冲突,从此,在中国反
复出现了儒、道、释三教的对抗与融合的历史。"而三教纷争又是以道教与佛教
之间的冲突为主线的。对此,黄心川(2014)指出,隋唐是中国统一的封建帝国
创建时期,佛道为了适应庞大的帝国政治文化的需要,都作了各自相应的调整,
在统治阶级的支持下获得了繁荣发展,形成了"三教归一"的局面,但释道之间
的斗争也达到了一个新的高潮。三教论争中释、道之间的斗争尤为激烈,例如
由于佛教与道教的斗争,引发了北魏太武帝和北周武帝的两次废佛事件。而北
齐文宣帝时佛道之间的相互倾轧,又导致了灭道的结果。隋开皇年间召开了三
教辩论大会。唐武德年间发生了儒道联合反对佛教的斗争,贞观年间发生了释
道先后之争。及至高宗年间,举行了多次佛道大辩论,高宗、武后和中宗时又发
生了"老子化胡"之争,唐中后期也多次举行佛道大辩论,到武宗时又发生了灭
佛的法难等,这些都反映了长期以来存在于中国的宗教斗争的激烈程度。

同时,郭天沅(1990)指出,佛教的全胜优势和道教的空前发展,以及儒家正
统思想的复兴,反映了三教在唐代均占有相当的地位,这是唐王朝对三教采取
并用政策的结果。唐王朝的三教政策在不同时期的具体实施有先后、轻重之别,
三教皆在斗争中共存,共存中斗争。唐朝政府采取了三教并用的政策,是因为

不论儒教、道教还是佛教,都有利于维护封建统治。尽管如此,儒、道、释三教为了获得优势地位,彼此之间展开了激烈的斗争。在中国出现的宗教斗争和三教论争的现象,无疑也给日本带来了很大的影响。上坂喜一郎(1970:46-53)认为:

> 三教论争,曾是古代日本思想界的课题,从中国六朝开始到隋唐时代的三教论争是其最大根源。空海无疑从一开始就研究了中国的三教争论。……三教论争在中国开始出现于六朝时代。在梁朝僧佑的《弘明集》以及初唐道宣的《广弘明集》等著作中,都详细地叙述了三教论争的内容。……在中国产生的三教论争问题,不但与空海直接相关,也与古代日本思想界相关联。作为当时知识分子们认识世界的问题,就有三教论争方面的内容。可以说,空海正是在那样的背景下度过青年时期的。并且,即使在空海所属的大学中,三教论争也是主要的研究课题。

上文指出了三教论争作为日本思想界的重大课题,其根源在于中国的宗教斗争。虽然古代日本的主流学问是儒教,但是同时也存在着关于儒、道、释三教的论争。中国六朝至隋唐时代的三教论争对日本也产生了深远的影响。三教论争作为存在于古代日本思想界的共同课题,也受到了有识之士们的关注。青年空海当然也无法置身于事外,他也深入了解并研究了三教论争的内容。因为《三教指归》本身就是以唐初王淳的《三教论》、卫原嵩的《齐三教论》为范本写成的[1]。

值得关注的是,2010年,日本发现了一篇关于三教论的唐代论文的实物资料。高野山大学密教研究所在大津市石山寺发现了由唐朝前卢州参军姚辩[2]撰写的《三教不齐论》的论文。这篇论文首先由最澄在805年带回,又于翌年的806年由空海带回日本,而在此之前人们曾一度无法确认其是否真实存在[3]。1984年,高野山大学曾于石山寺发现过《三教不齐论》抄本的存在,但是当时认为是与佛教无关的论文而没有予以关注。该论文与卫元嵩的《齐三教论》的观点不同,认为三教之中佛教最为优越。藤井淳(2010:1)在他的研究报告中叙述了该抄本的发现过程:

> 《三教不齐论》是论述儒教、道教、佛教这三教的内容("三教不齐"是

指三教不尽相同),并认为其中佛教最为优越的中国唐代的论文(前卢州参军姚辩撰)。

《三教不齐论》分别由天台宗的开祖传教大师最澄以及真言宗的开祖弘法大师空海带回日本。虽然在他们回国后分别向朝廷提交的目录中都有记载,但是其内容长期以来无从知晓。可是,作为研究者的笔者,通过调查研究发现,《三教不齐论》这篇文章于1861年被东京都立图书馆的诸桥辙次文库以抄写文本的形式予以收藏。此后,又由高野山大学密教文化研究所在清查过去的调查记录时,确认石山寺收藏了由最澄请来并于1497年书写的抄本。

……另外,根据石山寺本的批注可知,传教大师最澄是在台州龙兴寺抄写了《三教不齐论》,随后,又在越州将《三教不齐论》记载在《越州录》这一请来目录上。台州龙兴寺随后荒废,其所处的位置一度无从知晓,不过现在大致得以确认。根据本次发现的批注,龙兴寺除了目前所知的"西厢净土院"之外,还有"北房"。并且,弘法大师空海在最澄驻足停留该地大约一年之后,同样也来到了越州。他上书给当地的地方长官,请求他协助搜集"三教"文献以供书写带回日本(见收录在《性灵集》中的书信"请越州节度使内外文书启")。

……通过本研究向学界介绍了中国唐朝关于三教论的珍贵文献,我认为可以对佛教学、中国学的研究做出较大的贡献。另外,又考察了《三教不齐论》从被最澄和空海请来以后,一直到江户末期流传的过程。我认为这一考察对佛教文献在日本的流传上也是重要的贡献。

上文指出最澄是在台州龙兴寺抄写了《三教不齐论》,随后又在越州将《三教不齐论》记载在《越州录》这一请来目录上。一年后空海也来到越州,同样抄写并带回了这篇论文。从最澄和空海先后抄写并带回《三教不齐论》这件事,就可以看出这篇论文的重要性。《三教不齐论》被带回日本以后,不但被记录在《御请来目录》中,还在日本辗转流传下来。

《三教不齐论》作为中国唐朝三教论的文献资料,真实地反映了当时三教交流的情况。结合卫元嵩的《齐三教论》来看,当时围绕着儒、道、佛这三教内容,存在着其教义平等或不平等这两种见解的对立,而这篇论文反映了当时学术争论的史实。这篇论文在日本一直被抄写并流传到江户末期。石山寺保管的是最澄请来的原本。藤井淳（2011:1-2）认为：

> 姚辩所著《三教不齐论》一卷，是在中国盛行辩论佛教、儒教、道教这三教优劣的唐代所撰写的论文。石山寺本（室町时代抄写）全文共十四页纸，一行写有十七字，共三百四十六行，文章长度适中。论文中有开元十一、十二年（七二三、七二四）的记录，另外根据批注，这篇论文是传教大师最澄于贞元二十年（八〇四）在台州龙兴寺抄写的（翻刻第350行），由于前面写有大历九年（七七四）的年号，一般认为大致是在七二四—七七四年之间撰写的。著者姚辩是"前卢州参军"，其事迹还在调查中，尚未能确认。他似乎是一位没有被记录在正史等资料上的人物。
>
> 其内容可大致概括如下，通过对作为佛教、儒教、道教祖师的释尊、孔子、老子的家系以及弟子的多寡等十个层面上的对比，颂扬了释尊的伟大。特别是通过对佛教和道教进行比较，认为道教对佛教的批判是站不住脚的，叙述了相较于道教的佛教的优越性。如上所述，论文主题明显是站在佛教的立场上来对三教内容进行比较。
>
> ……还有，从该论文被日本最有名的僧侣传教大师最澄以及弘法大师空海两人先后带回日本并流传至今这一点来看，可以认为其在日本佛教的流传过程中也有着重要的意义。

上文指出，据推测该文写于724—774年，而作者姚辩的事迹也不得而知。论文内容主要是通过对比释尊、孔子、老子这三教祖师的家系与弟子的多寡等十个方面，来称颂佛教祖师释尊的伟大，论述佛教的优越性，以反驳道教对佛教的批判，反映了三教论争主要是以道教与佛教的对立为中心展开的。

在最澄抄写的《三教不齐论》的第一页纸上，写有"定三教优劣不齐论"的标题，可见这篇论文的宗旨是为了论述三教的优劣，是属于三教论的文章。藤井淳（2011:106）指出：

> 近年查出的抄本姚辩撰《三教不齐论》，是涉及唐朝三教关系的文献，其稀缺性自不待言，并且由传教大师最澄和弘法大师空海二人先后请来，

因此具有重要的意义。

……十一月十三日，台州长官陆淳赠送给最澄四千张纸，因此，他与二十位抄写人员一起在龙兴寺进行了抄写。与前述石山寺本《三教不齐论》的批注进行比较，可知在得到陆淳赠送纸张的三天后，就完成了《三教不齐论》的抄写。可以说在筹措到纸张以后，最澄最先抄写的就是《三教不齐论》。由于纸张是抄写时的必需品，因此备受关注的是纸张的筹措与《三教不齐论》的抄写日期几乎是连在一起的。

通过最澄请来的《三教不齐论》的抄写过程，可见这篇论文的重要性。在当时的条件下，通过抄写来复制书籍，是一项需要花费时间和精力的事情。最澄在得到台州长官陆淳赠送的四千张纸以后，亲自与二十位抄写人员一起抄写经籍著作，并在筹集到纸张以后旋即就抄写了这篇论文，足见对这篇论文的重视。同时，也可以了解到当时唐朝政府秉持开放的态度，对于这些前来中国求学的学问僧们的要求都是鼎力相助的。在最澄抄写该论文大约一年之后，空海也来到了越州，同样抄写并带回了这篇文章。通过此事也可以了解到作为佛教徒的空海和最澄在思想上的倾向性。那么，这篇论文对空海的文学作品带来了怎样的影响呢？

二、《三教指归》与《三教不齐论》的关系

一般认为，《三教指归》（三卷）是在《聋瞽指归》（一卷）的基础上改写而成的。因为通过对比可以发现，二者正文部分的内容基本没有出入，但是卷首的序文和卷末的"十韵诗"却有较大的差异。《聋瞽指归》的序文如下：

夫烈飙倏起起从虎啸，暴雨霏霏需待兔离[4]。是以翱翔丹凤翔必有由，蜿蜿赤龙感缘来格。是故诗人，或倍宴乐以奏娱意，或怀患吟而赋忧心，视贤能以驰褒赞，悯愚恶而飞诫箴。

然人有工拙词有妍媸，曹建[5]之诗未免龃龉，沈休[6]之笔犹多病累；复有唐国张文成[7]着散劳书，词贯琼玉笔翔鸾凤，但恨滥纵淫事曾无雅词。面卷舒纸柳下[8]兴叹，临文味句桑门[9]营动。本朝日雄人述睡觉记，胜辩巧发诡言云敷，遥闻彼名尸居之士拍掌大笑，仅对其字噤痖之人张口举

声。并虽先人之遗美，未足后诫之准的。余恨高志妙辨妄乖雅制，加历山登楼羞无孙[10]王[11]之巧，临江泛海慨无木[12]郭[13]之才。将咏溺溺之青柳[14]颐一言之莫中。欲赋漉漉之白雪[15]缠八病[16]之有制，如是叹息非只一二。又忽视暴恶之儿悯其无教之所染，感意发于中怀常涌心里，闻见阙于外受未列纸上，譬如恶疮未溃笼鸟欲翔，昼夜劝意旦暮策忆，故凭彼所之[17]之文，仰此言志之义。请鳖毛以为儒客，求兔角而作主人，讶虚亡士张入道旨，屈假名儿示出世趣，俱陈盾戟并诲蛭公。蒉尔蹋发溃思疮之脓，慢凌隔句纵笼中之鸥。勒成一卷名曰聋瞽指归。但恐翔凤之下蟾螞舒翼，霹雳之中蚊响不息，非愿夔钟[18]之见闻，但凭郭处[19]之知己耳。仰望若有握卷解绮之人，先砥斤斧破弃瓦砾，面纸瞻文之士，宿楢兰荪必代荤荞，盖乖此制科罪有差。于时平朝御宇圣帝瑞号延历十六年穷月始日。

序文表达了空海撰写此文的动机。第一，他指出诗赋文章是人们内心情感的表现，或是为了表达喜悦和哀伤，或是为了褒扬贤能和劝诫愚恶，情之所至，以文言志。因此邀龟毛先生作为儒教代言人，请兔角公作为主人，迎接虚亡隐士前往阐述道教的宗旨，请假名乞儿屈尊前来讲述佛教的出世之趣，如列盾戟而论辩三教之优劣，以教诲不肖之子蛭牙公子，编成一卷称为《聋瞽指归》，并在最后记录了文章写作的日期。该文完成于 797 年腊月初一，是空海出使唐朝之前完成的作品，这是目前所知空海公开面世的第一部作品。第二，空海创作此文是为了直抒胸臆，以文言志。也就是如同文章题目所指出的那样，以劝人向善为目的，这正是佛教的出发点。第三，空海的《聋瞽指归》受到了唐朝流行作品《文选》等的很大影响。当时，张文成的小说《游仙窟》，也被带入日本并流传开来。根据《新唐书·张荐传》记载："员外郎员半千数为公卿称'鸷文辞犹青铜钱，万选万中'，时号鸷'青钱学士'。……新罗、日本使至，必出金宝购其文。终司门员外郎。"[20] 张文成被称为"青钱学士"，他的文章深受新罗和日本使节的喜爱，以至于出重金求购。被唐朝人鄙弃的《游仙窟》是以第一人称写成的，是一部言情小说。当时的空海尚未出使唐朝，因此也只能阅读《文选》等被带入日本的汉诗文集。第四，还可以了解到，空海对于中国古代儒、道、释三教的典籍和教义都是非常熟悉的，因而才能以三教之言来劝诫蛭牙公子这样的"愚恶"之人。而同时他又从佛学的角度出发，对文中提到的那些当时在中国和日本流行的诗赋文章进行了评价,认为不能起到劝人向善的作用。对于那些"暴恶之儿",深感其未受教化,不免起了劝诫他们的恻隐之心,因此才虚构了 5 位人物,写成了《聋瞽指归》一卷。从《聋瞽指归》的序文中可以看出,空海写作的初衷是为了教育那些"愚恶"之辈,也就是为那些"聋瞽"之人(心地迷失者)指点迷津。第五,序文中空海对于自己的文章能力写得非常自谦,甚至有点自嘲之意。例如,文中他自叹文采不如《文选》所收录的孙绰的《天台山赋》与王粲的《登楼赋》、木华的《海赋》与郭璞的《江赋》《游仙诗》、谢惠连的《雪赋》,并自嘲颠踬于一言之莫中,受制于诗赋创作时"八病"等忌讳的限制。尤其是在结尾部分他将自己的文章比喻为"蟪蛄舒翼""蚊响不息",甚至比喻为"瓦砾""荤莠",并说愿以南郭处士为知己,来自嘲自己的文章是滥竽充数。虽然如此,有时过谦就是自负,我们也可以认为当时的空海对于自己的汉诗文水平不仅充满自信,甚至可以说是有些自负的。这与他长期以来对古汉语的钻研是密不可分的。

并且,《聋瞽指归》卷末的"十韵诗"也与《三教指归》卷末的"十韵诗"有着不同的风格和气韵。

> 假名曰:"复座,今蔽三教以十韵诗,代汝等之谣谔。"乃作诗曰:
> 作心渔孔教,驰忆狩老风。双营今生始,并怠来叶终。
> 方现种觉[21]尊,圆寂[22]一切通。誓深梁溺海,慈厚洒焚笼。
> 悲普四生类,恼均一子众。诱他专为业,励己兼作功。
> 泛滥船六度[23],矗拔车两空[24]。能净翔寥觉,恶浊泳尘梦。
> 两谛[25]非殊处,一心为寒融。庶几扰扰辈,速仰如如[26]宫。

文中指出,孔子的儒教和老子的道教都是关于此生的学问,而无法从根本上解决人的生死问题,只有释尊的教导才是圆融无碍的,能使人脱离生死的苦海,呼吁人们尽快地进入佛教修行中去。可见,其写作的初衷和结论都是以拯救众生为目的的。如果将《三教指归》与其草稿《聋瞽指归》进行对比,就会发现二者在序文以及卷末的"十韵诗"上存在着明显的不同,这是由于它们的成书背景不同[27]。关于两书的成书时间,中垣内清贵(1967:27-33)做了如下的分析:

（前略）其结果，本书的成书年代正如他自己写明的那样，可以确定为"延历十六年腊月一日"。虽然如此，我们在作出那样的判断之前，还有必要讨论一下《聋瞽指归》的成书年代。

《聋瞽指归》的成书年代，在其序言中记录为"圣帝瑞号延历十六年穷月始日"，另外在下卷里有"未就所思忽经三八春秋"的句子，与《三教指归》的序言记录的是同年同月。可是，即使是大师也很难想象能在同月内脱稿写出两本书，因此如前所述，是否可以认为首先是脱稿了《聋瞽指归》，此后将其作为草稿并进一步完成了《三教指归》。

那么，延历十六年到底应该看做是两本书的哪一个的成书年代呢？想来《聋瞽指归》现存有被称为大师真迹的书作留存到现在，因此其成书年代好像很难改动。

因此，对于这两本书的成书年代之间的关系推测如下。

也就是说在延历十六年形成了相当完备的《聋瞽指归》，并且在其后——或者说入唐以后，总之经历了相当长的时间——改写了序文和十韵诗，并对正文的字句进行了订正，题目也改为《三教指归》，并将草稿《聋瞽指归》的完成时间依旧作为该书的成书时间而记录下来的吧。

上文指出虽然两书的成书时间都记录为"延历十六年"（797 年）的"腊月"（"穷月"），但是很难认为这两部作品是在同一个月内写作完成的。由于空海留有《聋瞽指归》一书的书法真迹，因此可以确定《聋瞽指归》一书创作于"延历十六年"的"腊月"，然后经历了较长的时间，《三教指归》有可能是他入唐归国后重新改写而成的。由于正文部分基本没有什么变化，因此依旧将原来《聋瞽指归》的创作时间记录为《三教指归》的写作时间。对此，加地伸行（1978）通过对比两篇序文的不同之处，同时考察了空海与代表中国思想的儒教（经学）、谶纬思想、三教关系等的关系，认为将题目改为《三教指归》以及序言部分等，都是空海入唐归国以后重新修订与撰写的。

另外，静慈圆（1984：16）通过比较两序的内容，指出了二者在三教论方面的变化："有必要注意《三教指归》的如下两点，第一点，《三教指归》是大师 24 岁时的著作。第二点，不用说《三教指归》论述了儒教、道教、佛教的优劣，但是在从《聋瞽指归》改为《三教指归》时，可以看出从三教批判转向三教调和的思想变化。"静慈圆认为空海对于三教论的态度，由最初的批判转向了后来调和的态度。所谓的三教调和，是指与他以往强烈否定道教和儒教的态度不同，在肯定了两教的价值之后，再进一步批评其不足之处。同样，波户冈旭（1989：143）也指出："（《三教指归》）文中出现的'教网三种'，可以看出'三教鼎立'的观点。也就是说，在指出三教存在着深浅和优劣之差异的同时，也表明了三教'并皆圣说'，显示了文章是站在三教调和论的立场上的。"

空海于 804 年入唐，而当时的唐朝正处在经历了安史之乱（755—763）的时代剧变之后。从唐太宗的"贞观之治"、唐高宗的"永徽之治"、武则天的"贞观遗风"，到唐玄宗的"开元盛世"，中国封建帝制达到了鼎盛时期，随后因为"安史之乱"而由盛转衰。郭天沅（1990：172）指出："'安史之乱'发生后，使唐帝国由盛至衰，为适应形势，统治者将三教政策在并用的基础上进一步调整为并重，从而三教的调和、融合趋向明显。"由此可见，"安史之乱"的发生，也促使唐朝政府对宗教政策进行了调整，那就是采取了三教并重的措施，这无疑也促进了三教之间进一步走向协调与融合。

而空海正是在这样的时代背景下到唐朝留学的，亲身感受到三教走向融合，也不免因此而受到触动，或许因此而反思了自己入唐之前所写的《聋瞽指归》中的不足之处。同时，入唐的经历使他的学识更加丰富、视野更加开阔。因此，留学回国后的空海，对《聋瞽指归》的不足之处进行了修订。而兴膳宏（2006：10）则从韵律的变化这一语法修辞表现的角度出发，论述了空海对文章进行修改的原因：

空海的代表作《三教指归》，被认为是日后改写自他二十四岁时写的《聋瞽指归》一书。对比两者可以发现，中间的正文部分几乎没有出入，只是卷首部分的序和卷尾部分的"十韵诗"面目迥异，甚至令人感觉是完全不同的作品。"十韵诗"是五言二十句的古体诗，归纳了借《三教指归》的主人公假名乞儿之口阐述的佛教的教导，其原型《聋瞽指归》虽然也采用了完全相同的诗歌形式，但是在韵律方面显示了很大的差异。……这是因为入唐以后的空海，在对年轻时的作品《聋瞽指归》进行改写之际，尤其注重了"十韵诗"在声律上的协调。

　　上文认为空海在入唐留学后学问视野得以开阔,发现了之前所写的《聋瞽指归》卷末的"十韵诗"在声律上的不足之处,并对其进行了改写。可以认为他在入唐以后,在与中国的汉诗人进行交往的同时,也接触到了最新的文学作品和诗歌理论著作等内容,拓展了自己在汉诗文方面的视野。空海入唐并非只关注求取佛法,唐朝最新的汉诗文作品以及文学理论书,也是他在唐期间着重学习并进行书籍搜集的内容。空海回国后于 809 年编著了文学理论书《文镜秘府论》,其中就汇集了很多唐朝文学理论方面的内容,有些资料已经散佚,只能通过空海著作中的记载来了解。书中引用了沈约、白居易、孟浩然、张九龄等人的诗歌作品,来对汉诗文的创作技巧进行解释,成为汉诗文创作时不可多得的参考书。

　　因此,学习了最新诗歌理论的空海,觉察到《聋瞽指归》的"十韵诗"在韵律上的不足之处,对其进行必要的修改也就可以理解了。并且,关于《三教指归》改题之后内容上的变化,松长有庆(2003:21-22)做了如下论述:

　　　　如果对比相当于结论的十韵诗的话,就可以清楚地看到两书对于三教的评价是不同的。《聋瞽指归》对于儒教和道教这两教的价值始终持否定的观点。而另一方面,《三教指归》在序文以及十韵诗中,一面承认儒教和道教的教导具有其自身的价值,一面最终主张佛教的优越性。相对于前书的批判性态度,后书在对待儒教与道教这两教上,采取了较为包容和妥协的态度。从三教对比的角度出发,不得不承认两部著作的内容在思想方面存在着显著的变化。

　　松长有庆认为通过比较二者的"十韵诗",就可以看出在对三教价值的评价方面,两书存在着显著差异。与《聋瞽指归》一味地否定儒教与道教的价值不同,《三教指归》一面肯定儒教与道教的价值,一面强调佛教的优越性。也就是说,空海对于三教思想的态度,从最初尖锐的批判态度,转变为在肯定三教价值的基础上强调佛教的优越性。

　　上述研究,主要通过对比分析,探讨空海将《聋瞽指归》改编为《三教指归》的原因,因此都属于发现《三教不齐论》之前的成果。关于空海请来的《三

教不齐论》,藤井淳(2011:106-110)写道:

最澄离开越州之后,空海在从长安回国的途中也访问了越州,并上书越州节度使请求协助搜集"内外"(佛经和外典)的经、论、疏。以前文中的记述并未引起人们的特别关注,经过查出《三教不齐论》并重新阅读上述内容,发现了几个值得关注的记述。

"与越州节度使求内外经书启一首"《性灵集》卷五

今见于长安城中,所写得经论疏等,凡三百余轴,……

三教之中,经律论疏传记,乃至诗赋碑铭,卜医五明,所摄之教。

除此之外,在这个上书中,还能找到"儒童迦叶""仲尼"等涉及孔子的叙述。并且,与《御请来目录》的卷数"四百六十一卷"相比,可以推测空海在越州收集到一百余卷的图书。因此,想考察一下空海怀着什么样的目的收集了哪些图书。虽然缺乏证据,但是空海到达越州的时候,是否有可能查阅了最澄在越州留下的目录呢?因为,要带回经论疏需要当地长官的许可,那就是陆淳和郑审则的印信,因此在越州应该留有最澄的请来目录的抄本。并且,可以认为空海查阅了那个目录后,在越州除了以与天台相关的著作五十二卷为中心进行搜集之外,又带回了《三教不齐论》。在空海的《御请来目录》中,与天台相关的文献还是比较特殊的,实际上在回国后,最澄为了考证还向空海提出借阅"法华文句疏二部二十卷〈天台智者撰〉""法华记一部十卷〈天台湛然法师记〉"。或许是空海知道了最澄将《三教不齐论》带回日本,重新激起了《三教指归》以来他心中存有的对于三教论的关心,关于这一点也体现在他写给越州长官的上书中。

上文指出最澄离开越州以后,空海也在从长安回国途中访问了越州,并在参考了最澄留下的目录之后,也抄写并带回了《三教不齐论》一文。根据《性灵集》卷五所收录的《与越州节度使求内外经书启》一文记载的内容推测,空海在越州收集了一百余卷的书籍。而《三教不齐论》这一论述佛教优于儒教和道教的论文,无疑再次唤起了他对于三教论争这一思想性课题的关心,使他有机会再次审视入唐前所写《聋瞽指归》的不足之处。

儒、道、释三教优劣的争论曾长期存在,既有三教平等的见解,也有三教不齐的观点。二人有意识地抄写并带回了这篇论文,显示了他们思想上的倾向性。空海通过这篇论文了解了唐代关于三教论的最新观点。同时,从他有意识地收集并将这篇论文与其他经典一起记录在《御请来目录》中,就可以看出空海十分看重这篇论文。如果《三教指归》是空海回国之后改编而成,那么必定与他带回的《三教不齐论》有着某种联系,可以认为《三教不齐论》使空海对于三教的认识产生了显著的变化。在《三教不齐论》中还有如下一段内容:

> (前略)仆者开元十一年冬,诣阌乡[28]拜扫,见蒲州女官于所部仙坛观讲老子经。洎十二年春,复有陕州道士,又于其中讲本际经[29]。并云:佛、道一种,听者不须分别。于时讲下多有博达君子,咸起异端。或有专于道教者,称佛劣而道教优。或有崇佛教者,云佛深而道浅。数辈交唱,纷纭积晨。当时更有外至者复云,非惟佛、道一种,抑亦三教并齐。终日喧喧,有如崔誉[30],各言己是,咸说他非。竟日终朝,而未能定。仆谓之曰:亦三教俱是圣言,小而论之略同,大而取之全异。渐次而学,如堂室耳。学者体之,总亦兼解,不应顿说三教并不齐也。小子狂简,辄欲论之。高才见远,未知许不。或人曰:敢闻命矣。……(藤井淳,2016)

姚辩在《三教不齐论》的上述段落中指出了写作这篇文章的原因。文中说,他于723年冬天去阌乡扫墓祭拜的时候,见到来自蒲州的女官在仙坛观中讲解《老子经》。及至724年春,又有来自陕州的道士在其中讲解《太玄真一本际经》,并说佛、道的教化本是相同的,听讲的人不需要对其进行分别。当时听讲者中有许多有见识的人,都对此产生疑问。有人称颂道教而贬低佛教,有人推崇佛教而贬低道教。大家在一起争论不休,通宵达旦。又有外来者说:"其实不但佛教、道教的教化相同,儒、道、释三教的内容也都是等同的。"大家对此终日争论不休,都无法说服对方。这时姚辩对他们说:"三教都是圣人之教化,从小的方面来看,其意趣大致相同;但是从大的方面而论,则完全不同。如能渐次学习,便可对其有所理解。学者欲领会其中道理,总归应该兼顾理解,而不应笼统地说三教并不相同。我不揣浅陋,想就此进行一下论述,并求教于见识高远的贤者。"这时有人对姚辩说:"请赐教。"于是姚辩就从三教祖师释尊、孔子、老子的家系以及弟子的多寡等十个方面进行比较,对三教的优劣进行了详细的论述。

从上文中可以看到，当时关于三教优劣的争论非常盛行，以至于作者在扫墓途中多次见闻了众人关于三教论的争论。蒲州的女官强调了佛教与道教的统一性，这也从反面印证了三教论中佛教与道教的对立曾经是最激烈的。而更有人强调不但佛教与道教是统一的，其实三教在本质上都是相同的，也就是提出了三教平等的思想。但是许多听讲的人对上述看法不以为然，都认为各自信奉的宗教才是最优秀的。作为旁观者的姚辩，见状难以袖手旁观，于是提出了自己的观点，认为三教都是圣人的教化，不能简单地说孰优孰劣，而应进行具体分析。姚辩阐述了自己对于三教的认识：三教虽然都是圣人的教导，但是它们在思想内容以及价值等方面有着明显的不同。随后，姚辩从十个方面进行比较，认为三教之中佛教最为优越。他称颂佛教的优越性，目的是回应道士们对于道教的宣扬。

值得注意的是，空海所著《三教指归》与姚辩的上述论文在内容上有相关联之处。在最澄抄写的《三教不齐论》的第一页纸中，有"定三教优劣不齐论"这一标题，这个题目表达了论文的宗旨是在于论述三教的差异。而空海的《三教指归》这一标题，也有基本相同的含义。可见这两篇文章在题目和宗旨上是大致相同的。如果对比一下就会发现：《三教指归》序文中的"是故圣者驱人教网三种，所谓释、李、孔也。虽浅深有隔并皆圣说，若入一罗何乖忠孝"，与姚辩文章中的"亦三教俱是圣言，小而论之略同，大而取之全异"的部分，不但宗旨相同，就连句中词汇的顺序等也几乎一致。

并且，如同《三教不齐论》是为了反驳道教对佛教的批评一样，《三教指归》也是以空海信仰的佛教思想与亲友们所持有的儒教忠孝思想的冲突为契机的。显然，两篇文章都是为了论述佛教优于儒教和道教而写的，都是以宗教上的争论为契机展开的。

据推测，《三教不齐论》大概写于724—774年，是在空海诞生的774年之前成书的，因此比《聋瞽指归》成书的时间要早。而空海跟随遣唐使入唐留学期间，除了学习佛学之外，还与最澄一样用心搜集了"三教"经典书籍。因此，他在入唐期间必然对于当时最前沿的学术思想予以关注。而结合他带回《三教不齐论》一文来看，他也必定关注到了唐朝关于三教论的最新思想，这无疑也使他对《聋瞽指归》的不足之处进行了反思。因此，回国后的空海，很有可能一边参考《三教不齐论》，一边对《聋瞽指归》进行了修改。他参照《三教不齐论》的三教论思想，将《聋瞽指归》的题目改为《三教指归》，从而使文章宗旨也由原来的以劝谏心地迷惘的众生为目的，改为论述儒、道、释三教思想的优劣，从而使文章的宗旨更明确、思想性更深刻。他又按照三教论的文章宗旨，重新撰写了序言部分，并结合文章主题改写了文章结尾部分的"十韵诗"，使文章能首尾一贯地围绕着三教论思想进行论述，最终完成了文章的修订。由于是在草稿基础上做的修订，因此沿用了草稿所记载的成文时间。

如果将《聋瞽指归》与《三教指归》进行对比的话，就会发现二者对于三教的态度大不相同，前者并不认为儒教、道教也是圣人的教导，对儒、道二教的价值视而不见，而后者则承认了三教都是圣人的教导。因此，《三教指归》无疑受到了《三教不齐论》一文的影响，是在中国三教论争这一思想背景下写成的。可是，空海的私人文集《性灵集》与三教论思想是否存在着联系呢？

第二节　《游山慕仙诗》与三教论

一、《游山慕仙诗》与《三教指归》的关系

《游山慕仙诗》是空海创作的一首长篇五言排律诗，位于《性灵集》卷一的卷首部分。全诗共 106 句，是对中国晋代的何劭[31] 和郭璞[32] 的"游仙诗"所做的品评。兴膳宏（2005）指出，本诗与《三教指归》一样，都是日本平安时期代表性的文学作品。吉冈义丰（1973）认为，《游山慕仙诗》与何劭和郭璞的"游仙诗"中所描述的道教神仙思想的境界不同，空海在本诗中阐述了真言密教思想。并且，波户冈旭（1976）指出，自《怀风藻》以来，日本汉诗文中所见的神仙思想，基本上都是对于中国的"游仙诗"的模仿。而本诗虽然也是对于"游仙诗"的模仿，但是表现的是佛教思想。其创作的直接动机是对《文选》所收录的"游仙诗"的批判，但是更深的内涵却是"指大仙之窟房，兼悲烦扰于俗尘，比无常于景物"。

下面从空海文学作品的时间沿革以及相互关系的角度,来考察本诗的写作背景以及与《三教指归》的关系。《游山慕仙诗》同样是由序文和正文这两部分构成的,空海在序文中阐明了诗文的宗旨。

> 五百三十言成,勒五十三字总用阳韵。昔何生郭氏赋志游仙,格律高奇藻凤宏逸,然而空谈牛蹶未说大方。余批阅之次,见斯篇章吟咏再三,惜义理之未尽,遂乃抽笔染素指大仙 [33] 之窟房,兼悲烦扰于俗尘,比无常于景物,何必神龟照心一足也。大仙圆智略有五十三焉,鉴机应物其数不少,今之勒韵意在此乎。一览才子,庶遗文取义云尔。
>
> (《游山慕仙诗》序)

上文指出本诗共 106 句、530 字,使用 53 个“阳韵”写成;空海认为何劢和郭璞的“游仙诗”尽管格调高奇、有着华丽的辞藻,但是诗中所叙述的道教神仙思想,只不过是一种狭小的思想境界,未能揭示出宇宙、人生的真理,使人不禁有意犹未尽之感。于是空海提笔落墨,写下这首诗歌,以此来阐述被称为“大仙”的佛陀的教诲,同时悲悯深陷于红尘烦恼之中的众生,以四季景物的变化来比拟人生的无常,何必仅仅满足于如同庄子笔下的“神龟”[34] 那样狭隘的神仙思想?这就好比“神龟”虽然有给宋元君托梦的能力,最终却无法逃脱被渔夫余且网住的命运。其实,人们的自性心体本自具足无碍。“大仙”也就是佛陀圆满无缺的智慧共有 53 数 [35],因此以 53 个韵脚的诗文来进行叙述,以期待人们能够鉴机识变、应物识心,明了佛法的广大智慧,这就是写作这首诗歌的本意。希望读者只应关注诗歌蕴涵的深意,而不必在意文章的文采。显然,上述序文中表现的是佛教思想与道教思想的对立。这种宗教思想上的对立,与《三教指归》序文中所显示的佛教思想与儒教思想的对立如出一辙。下面通过对比《游山慕仙诗》与《三教指归》的文章内容来考察二者的关系。

第 1 句～第 4 句:
高山风易起,深海水难量。空际 [36] 无人察,法身 [37] 独能详。

在诗文的开首部分,空海首先指出广阔无垠的大宇宙,只有觉悟了佛法的

"法身"才能察知,也即揭示了真言密教的法身思想。空海在《即身成佛义》中指出:"法身同大虚而无碍,含众象而常恒",认为法身与大宇宙等同无碍。法身思想是真言密教的中心思想,而这一法身思想实际上已经在《三教指归》卷下的《生死海赋》中叙述过。

> (前略)假名曰:俞矣,咨咨善哉,汝等不远而还。吾今重述生死之苦源,示涅槃之乐果。其旨也,则姬孔之所未谈,老庄之所未演。……夫生死之为海也,缠三有际弥望罔极,带四天表沙弥无测。……是故,自非发胜心于因夕,仰最报于果晨,谁能拔森森之海底,升荡荡之法身。……
>
> (卷下　《假名乞儿论》)

空海指出,生死之海无边无际、深不可测,众生沉浮于生死海中而无法自拔。文中通过对沉浮在生死海中的众生状态的描写,阐述了佛教因果报应的思想,强调只有通过信仰佛教、发菩提心,才能最终获得觉悟,并依靠法身从生死海中超脱出来。他在《声字实相义》中指出:"悟者号大觉,迷者名众生。"如果对比一下两部作品就会发现,与《三教指归》在卷下部分进行叙述不同,《游山慕仙诗》在诗歌开头部分就揭示了佛教的法身思想。这种不做任何铺垫地进行赞颂的写法,也反映出他创作时的自信。空海接着继续写道:

第 5 句～第 8 句:
鸹鹤[38] 谁非理,蚁龟讵巨暐。叶公[39] 珍假借,秦镜[40] 照真相。

诗文的第 5 句～第 8 句,连续借用了"断鹤续鸹""叶公好龙""秦镜高悬"等三个中国的古代典故。其实同样的典故在《三教指归》卷下已经被借用过了。

> ……咨呼见与不见愚与不愚,何其遥隔哉。吾闻汝等论,譬如镂冰画水有劳无益,何其劣哉。龟毛之兔脚未可为短,隐士之鹤足不足为长,汝等未闻觉王之教法帝[41] 之道乎? 吾当为汝等略述纲目,宜鉴秦王显伪之镜[42],早改叶公惧真之迷。
>
> (卷下　《假名乞儿论》)

在这一节,假名乞儿指出了儒教思想和道教思想的不足,认为龟毛先生的教导就像腿短的野鸭子一样,虚亡隐士的教导就像腿长的仙鹤一样。二者虽然各有自己的道理,但是都还没有达到如同佛一样觉悟的境界。而用"秦镜高悬"可以照出真相的典故,来比喻佛教思想的优越。空海借用中国古代的三个典故来论述三教思想的优劣,强调了佛教的优越性。

从《游山慕仙诗》沿用《三教指归》中曾经引用过的三个典故来看,这首诗歌无疑是要将在《三教指归》中曾经论述过的三教论内容,再次以诗歌的形式来进行表述。诗文中想表达的依旧是,儒教与道教好比腿脚长短不一的凫、鹤一样,虽然二者都有着自己相应的存在价值,但是都如同"叶公好龙",还没有达到佛教思想那样的觉悟境界。因此,只有借助如同"秦镜"一样的佛教思想,才能照见真相。由此可知,该诗在开头部分描述了法身境界之后,又重新展开了三教论这一主题。

第 9 句～第 26 句:

鸦目唯看腐,狗心耽秽香。人皆美苏合[43],爱缚似蜣螂[44]。
仁恤麒麟[45]异,迷方似犬羊[46]。能言若鹦鹉,如说避贤良。
豺狼逐麋鹿,狡子[47]嚼麏獐。睚眦能寒暑,嚛谈受痛疮。
营营染白黑,赞毁织灾殃。肚里蜂虿[48]满,身上虎豹庄。
能销金与石,谁顾诚刚强。

在这一节中,空海从佛教的视角出发,描写了俗世众生心地颠倒的生活状态。他在诗文中用乌鸦、狗、蜣螂、羊、狼、狮子、蜂、蝎子等动物来比喻人们的不良习性,批判了俗世中的人们耽于红尘名利等各种欲望的迷妄心地。描写缺乏宗教信仰的人们的生活状态,目的是为后文的儒教批判做好铺垫。同样的内容在《三教指归》卷上《龟毛先生论》中也能看到。

宜汝蛭牙公子,借耳伶伦贷目离朱,恭闻吾诲览汝迷衢。……咀嚼毛类既如狮虎,吃啖鳞族亦过鲸鲵。曾无爱子之想,岂有己肉之顾?嗜酒酩酊渴猩怀耻,趁逐望食饥蛭非俦,若蜩若螗不顾草叶之诚,靡明靡晦谁致麻子之责?恒见蓬头婢妾,已过登徒子之好色。况于冶容好妇,宁莫术婆伽之烧胸。春马夏犬之迷已煽胸臆,老猿毒蛇之观何起心意? 向倡楼而喧乐,恰似猕猴之戏杪,临学堂而欠申,还若龟兔之睡荫。……宜蛭牙公子,早改愚执专习余诲。……

（卷上　《龟毛先生论》）

龟毛先生当面指出了不良青年蛭牙公子的种种劣迹,对他进行了训诫:他对于食物的贪婪就好比鲸吞虎噬般贪得无厌;平日里捕鱼狩猎以为美食,而毫无悲悯之心;嗜酒成性,而毫不顾忌佛陀禁止饮酒的告诫;整日花天酒地,荒淫好色,而忘记了佛陀关于远离爱欲的观法;终日流连于酒肆倡楼之间,而对于学业毫无精进之心。龟毛先生在列举了蛭牙的种种劣迹之后,劝诫他尽早改变愚昧执着的心地,而专注于儒教的学习。诗中运用动物隐喻的修辞手法,对蛭牙迷妄的心地进行了描写,指出他愚迷的生活状态就像狮子、虎、鲸鱼、猩猩、蛭、马、狗、猿猴等动物一样。空海在他的主要著作《十住心论》中,称其为"异生羝羊心",也就是动物的住心。龟毛先生以动物来做隐喻,指出了蛭牙公子迷妄的生活状态,并试图用儒教的忠孝思想来劝诫和引导他。如果对照来看,就会发现《游山慕仙诗》的本节内容与《龟毛先生论》这一部分的宗旨是完全相同的。可是,对于龟毛先生所叙述的儒教思想,空海是怎样认识的呢? 接着来看下面的部分。

第 27 句～第 44 句:
蒿蓬聚墟垄,兰蕙郁山阳。曦舒如矢运,四节令人僵。
柳叶开春雨,菊华索秋霜。穷蝉鸣野外,蟋蟀帐中伤。
松柏摧南岭,北邙[49] 散白杨。一身独生殁,电影是无常。
鸿雁更来去,红桃落昔芳。华容[50] 偷年贼,鹤发不祯祥。
古人今不见,今人那得长。

这一节中,空海以蓬蒿、兰蕙、柳叶、菊花、松柏、白杨等来比拟四季的变化,指出人的生、老、病、死就如同这些景致的变化一样,实际上快如闪电;又以秋蝉、蟋蟀、大雁等动物来比喻生灭的迅疾,使人触目惊心般地感受到人生的无常就在眼前;又用洛阳郊外北邙山下王侯贵族们墓地的荒凉景象,来指出人们

61

独自出生来到世上,最后又孤独地离开人世,实际上与四季的风物一样,都是如同电光朝露般的存在,在本质上都是空虚的,叙述了生命的无常。而这一部分与《三教指归》卷下《观无常赋》具有相同的宗旨。

> 况乎吾等禀体非金刚,招形等瓦砾。……飘埃脆体,机散之朝,与春花以缤纷。翔风假命,缘离之夕,共秋叶而纷纭。千金瑶质,先尺波而沉黄扉。万乘宝姿,伴寸烟而历玄微。……百媚巧笑枯曝骨中,更难可值。千娇妙态腐烂体里,谁亦敢进。……赭堂垩室曾无久止。松塚槚坟是长宿里,琴瑟孔怀阆墓之下,无由相见之矣。……

(卷下 《假名乞儿论》)

上文指出无论是尊贵的帝王,还是娇柔的美女,都是无常的存在;人们现在居住的家也不可能永远地居住,只有长满松柏的墓地才是长久的住所;无论是恩爱的夫妻还是亲密无间的兄弟,一旦逝去就再也没有见面的机会了。如果对比两部作品,就会发现关于生长着白杨和松柏的墓地的描写等构思基本是一致的。《游山慕仙诗》延续了上述《观无常赋》的构思,通过指出以儒学为官入仕的贵族们,尽管生前享尽了荣华富贵,但是死后却埋葬于长满松柏的坟墓中,来批评儒教思想的不足之处。而对于儒教的批判,实际上为导入道教神仙思想埋下了伏笔。因为被人生无常的无力感笼罩着的人们,自然会思慕道教的神仙世界。

第45句～第64句:
避热风岩上,逐凉瀑飞浆。狂歌薜萝服,吟醉松石房。
渴餐涧中水,饱吃烟霞粮。白术调心胃,黄精填骨肪。
锦霞烂山帻,云幕满天张。子晋[51]凌汉举,伯夷[52]绝周梁。
老聃守一气,许脱[53]贯三望。鸾凤[54]梧桐集,大鹏卧风床。
昆岳右方庑,蓬莱左边厢。名宾害心实[55],忽驾飞龙[56]翔。

在这一节中,空海描写了人们憧憬的道教神仙世界的景象。神仙们厌弃了俗世的荣华,隐遁于山林之中。他们以山中的洞窟为家,穿着葛藤做的衣服,平时用溪谷的泉水来滋润喉咙，以白术和黄精等作为粮食。王子晋（王乔）、伯夷、老子、许由等古人，有着如同凤凰和大鹏一样高洁的志向，追求超凡脱俗的境界，努力从俗世的喧嚣中超脱出来。而昆仑山和蓬莱岛，自古以来就是神仙们的住处。诗中描写了远离尘世进入人迹罕至的山林中修行的神仙们的生活景象。这其实就是何劭和郭璞在"游仙诗"中描写的神仙们的世界。菅野礼行（1988：193）指出，"从魏晋到唐代，以游仙为主题的诗歌，使用与神仙相关词汇的作品的例子不胜枚举"，揭示了当时神仙思想的流行。而同样的内容，已经在《三教指归》卷中的《虚亡隐士论》中出现过。

> 隐曰：然矣，汝等恭听。今当授子以不死之神术，说汝以长生之奇密。令汝得蜉蝣短龄与龟鹤相竞。……朝游三屿之银台终日优游，暮经五岳之金阙达夜逍遥。……白术黄精松脂谷实之类，以除内疴。……访帝轩而为伴，觅王乔而为徒。察庄鹏之床，见淮犬之迹。……与天地以长存，将日月而久乐。何其优哉，如何其旷矣。……
>
> （卷中　《虚亡隐士论》）

在卷中部分，虚亡隐士试图用道教思想的"不死之神术"和"长生之奇密"，来教育和引导龟毛先生以及蛭牙公子。文中提到了蓬莱三岛、五岳洞天等神仙的居所，又指出了神仙的食物是"白术、黄精、松脂、谷实"之类，而成为神仙以后，可以与黄帝为友，与王乔（王子晋）为伴，去查看庄子笔下描绘的大鹏的居所。通过对照就会发现，作为神仙住所的蓬莱三岛、五岳洞天，作为神仙食粮的白术、黄精，还有神仙中杰出人物的王乔，以及庄子的大鹏等典故，其行文构思和叙述顺序基本上是一致的。由此可见，《游山慕仙诗》的这一节其实就是将《三教指归》卷中的道教思想以诗歌的形式再次进行了描述。

可是，空海对这样的道教神仙思想是持否定态度的。诗文中"名宾害心实"的"名"，指的是事物的现象，正如李白在诗文中所写的："夫天地者，万物之逆旅也；光阴者，百代之过客也。"佛教认为现象世界只是如同"宾客"一样的存在。在诗文中，空海认为道教神仙思想也只是停留于现象世界中，尚未认识到事实真相。"心实"也就是指心的真实存在状态，即真如实相。因此，诗文中批评了道教神仙思想没有做到密教的"如实知自心"，好似"宾客"一样只涉及了事物的外在表象,而没有深入事物的本质,会妨碍人们认识到自心的真实状态。其实在《三教指归》卷下,空海对道教的神仙思想也是持否定态度的。

> (前略)然则寂寥非想已短电激,放旷神仙忽同雷击。……无常暴风不论神仙,夺精猛鬼不嫌贵贱,不能以财赎不得以势留。延寿神丹千两虽服,返魂奇香百斛尽燃,何留片时谁脱三泉。尸骸烂草中以无全,神识煎沸釜而无专。……彼神仙之小术,俗尘之微风,何足言乎,亦何足隆哉。……
>
> （卷下 《假名乞儿论》）

在《生死海赋》中,空海借假名乞儿之口,来否定虚亡隐士的道教神仙思想,认为道教神仙们长达数千年甚至八万岁的寿命,也不过是如同电光朝露一样转瞬即逝,最终无法避开"无常暴风"和"夺精猛鬼"的侵袭;神仙们即使服用了"延寿神丹",也不能还魂,更无法脱离黄泉冥土;道教的神仙思想是小术,就好比尘世的微风一样,根本无法与佛陀这一"大仙"的教导相比拟。与上述《生死海赋》的内容一样,空海在《游山慕仙诗》中对道教神仙思想也进行了批判,是与序文内容相互呼应的。他接着描写了佛教的法身世界。

第65句～第86句:
飞龙何处游,寥廓无尘方。无尘宝珠阁,坚固金刚墙。
眷属犹如雨,遮那[57]坐中央。遮那阿谁号,本是我心王。
三密遍刹土,虚空严道场。山毫点溟墨,乾坤经籍箱。
万象含一点,六尘阅缣缃。行藏任钟谷,吐纳挫锋铓。
三千随行步,江海少一尝。寿命无始终,降年岂限墰。
光明满法界,一字务津梁。

上文在指出道教的神仙思想"名宾害心实"之后,又以"忽驾飞龙翔"进入了对真言密教法身思想的描写,认为佛教的法身思想就好比"飞龙"一样,自由自在地翱翔于真理的天空之中。"飞龙"究竟翱翔于何处呢?那就是寥廓无尘的法界,也就是真理的世界。金刚法界就好比一尘不染的、用宝珠装饰的楼阁,有着金刚一样坚固的墙壁。作为真理象征的大日如来端坐于法界的中央,而作为现象的千差万别的事物,就好比他的眷属一样无量无边。空海以金刚、遮那、心王、三密、六尘、一字等真言密教思想的要素为中心,描写了真言密教的法身境界。同样的描写,其实已经在《三教指归》卷下《生死海赋》中进行过。

　　是故,自非发胜心于因夕,仰最报于果晨,谁能拔淼淼之海底,升荡荡之法身?……然后舍十重荷,证尊位于真如,登二转台称帝号于常居,一如合理心莫亲疏,四镜含智遥离毁誉,超生灭而不改,越增减而不衰,逾万劫今圆寂,亘三际今无为,……曾成之道始于八相,金山之体坐于四康,神光神使骋于八荒,慈悲慈憿颁于十方,然后待于万类万品,乘云云行,千种千汇,骑风风投,自天自地,如雨如泉,从净从染,若云若烟,……尔乃转一音之鸾轮,攉群心之螂械,……咨咨不荡荡哉大觉之雄,巍巍焉哉谁敢比穷,此实吾师之遗旨。

(卷下　《假名乞儿论》)

　　空海指出,如果人们想要进入觉悟佛法的道路,首先需要生发菩提心。如果没有对于佛法的信仰,就无法从尘世这一生死苦海中超脱出来,就不能上升到大日如来的法身境界中去,并且指出大日如来的法身永劫不灭,其教导是至高无上的真理。空海在《即身成佛义》中指出,"龙猛菩萨《菩提心论》曰,'若人求佛慧,通达菩提心,父母所生身,速证大觉位。'",揭示了"即身成佛"的含义。可见,《游山慕仙诗》与《三教指归》一样,是为了宣扬真言密教思想的优越性。

　　第 87 句～第 106 句:
　　景行犹仰止,思齐自束装。飞云几生灭,霭霭空飞扬。
　　缠爱如葛旋,蓁蓁山谷昌。谁如闭禅室,淡泊亦徜徉。
　　日月光空水,风尘无所妨。是非同说法,人我俱消亡。
　　定慧澄心海,无缘每汤汤。老鸦[58] 同黑色,玉鼠[59] 号相防。
　　人心非我心,何得见人肠。难角无天眼,抽示一文章。

空海在诗文的最后对读者发出了召唤,希望人们树立对于佛教的信仰,从而进入真言密教的法身境界中去。他写道,如果人们真的思慕真言密教的法身世界,就应该舍弃束缚自我身心的爱欲之情,进入禅室中去实践真言密教的修法,从而获得身心的清净自然。并且,空海再次强调只有大日如来的法身世界,才是修行者应该追求的真如智慧的境界,并指出儒、道、释的三教思想,表面上看起来似乎差异不大,实际上有着很大的差别。因此,空海以这首诗歌来揭示三教的优劣。这一节与《三教指归》卷下的"十韵诗"具有同样的宗旨。

> 假名曰:复座,今当蔽三教以十韵之诗,代汝等之谣谔。乃作诗曰:
> 居诸破冥夜,三教褰痴心。性欲有多种,医王异药针。
> 纲常因孔述,受习入槐林。变转聃公授,依传道观临。
> 金仙一乘法,义益最幽深。自他兼利济,谁忘兽与禽。
> 春花枝下落,秋露叶前沉。逝水不能住,回风几吐音。
> 六尘能溺海,四德所归岑。已知三界缚,何不去缨簪。

空海在文章最后,将三教论的内容归纳为"十韵诗",强调了在儒、道、释这三教中,被称为金仙的大日如来的教导才是意义最幽深、利益最大的;不但对自己有利益,对别人也有利益,甚至对于禽兽之类的广大生灵,也怀着慈悲的心念予以拯救;呼吁人们尽早进入真言密教的修行中去。《游山慕仙诗》最后一节与上述"十韵诗"一样,为诗文的三教论思想画上了句号。

二、《游山慕仙诗》与三教论的关系

如上所述,空海的《游山慕仙诗》延续了《三教指归》中三教论的构思,按照儒、道、释的顺序展开诗文的论述,分别对应了卷上的《龟毛先生论》、卷中的《虚亡隐士论》、卷下的《假名乞儿论》。因此,《游山慕仙诗》是将《三教指归》已经论述过的三教论的内容,再次以诗歌的形式展现出来。

虽然《游山慕仙诗》与《三教指归》一样,都是基于三教论构思而成的,但是其序言中所叙述的文章创作动机却存在着差异。与《三教指归》对于亲友们"忠孝"思想的批判不同,《游山慕仙诗》是对"游仙诗"中道教神仙思想所做的批判。如果进一步考察《聋瞽指归》的序言,其创作动机与《三教指归》也是

有所不同的。《聋瞽指归》的写作目的首先是为了怜悯"愚恶"之辈，是专门为了劝诫那些耳朵听不见（"聋"）和眼睛看不清（"瞽"）的人们，也就是为了引导心地迷妄的人们而写下的。这里用"聋瞽"来进行比喻，是为了指出那些未受宗教启蒙教育的俗世众生愚迷的生活状态。那么，为什么会有这样的差异呢？

如果从时间上来看，上述三篇文章的创作时间是各不相同的。空海 791 年 18 岁时进入京城大学寮明经科中学习儒学经典著作，又于 793 年 20 岁的时候离开大学寮，进入山林中修行，跋涉于大和金峯山、葛成山、高野山以及四国的山林中。空海在 797 年腊月初一写成了一卷本《聋瞽指归》。当时的空海是 24 岁，已经成了在山林中修行的"私度僧"。《聋瞽指归》虽然也是对三教思想的阐述，但是序言和结尾的十韵诗对儒教思想和道教思想持完全否定的态度。可见，当时的空海对于三教论的见地还是不够充分的。《三教指归》三卷本是空海回国后对照《三教不齐论》改编而成的，其思想内容已经由劝诫像自己的外甥一样心地迷妄的人们，上升到对于像阿刀大足、味酒净成、冈田牛养这样一些儒者的"忠孝"思想的批判，从中可以看出空海对于三教思想认识上的变化。

而《游山慕仙诗》是空海留学回国后的作品，是在受到嵯峨天皇的外护、受到了朝廷的厚遇时写下的。《游山慕仙诗》以对于道教神仙思想的批判为宗旨，与《三教指归》的儒教批判相类似，都属于三教论的范畴，是空海在传播真言密教的过程中，为了解决遇到的关于三教优劣的思想交锋而写下的；都是以中国的三教论争为背景，并且都是以密教的法身思想为基础构思而成的。从写作时间的先后顺序可以看出，从《聋瞽指归》到《游山慕仙诗》，空海对于三教思想的认识有了明显的变化。

还有，《游山慕仙诗》把以嵯峨天皇为中心的贵族知识阶层作为批判和劝诫的对象，可以看出空海的传教对象已经从平民百姓上升到天皇、贵族。从他教化对象的变化中，可以看出空海炽热的宗教热情，他一生都在不知疲倦地努力弘扬真言密教。除此之外，空海写给平安贵族良岑安世的五首诗文也是依据三教论的构思写成的。因此，空海的三教论思想并非仅仅停留于《三教指归》，他的私人文集《性灵集》也是在三教论的思想框架下展开的。对于儒、道、释三教的品评，实际上贯穿了空海的一生。

注释

[1] 松长有庆(2003:15)指出："在中国的唐朝时代,盛行比较儒道佛三教的争论,其中著名的有唐初王淳的《三教论》(法琳《辩证论》卷六引用)、卫原嵩的《齐三教论》(《旧唐书》经籍志卷下)等,空海的《三教指归》就是以这些文章为范本写成的。"

[2] 原抄本中繁体字由上"功"下"言"合成,对应简体字为"辩"。

[3] 空海《御请来目录》中,有"三教不齐论一卷"的记录,可是,很长时间未能确认其存在。

[4] 兔离:兔指月亮。《诗经·小雅·渐渐之石》:"月离于毕,俾滂沱矣。"

[5] 曹植(192—232),字子建,三国时代魏国人,是武帝(曹操)第三子,文帝(曹丕)的弟弟。代表作《洛神赋》,留有《曹子建集》。

[6] 沈约(441—513),字休文。是南北朝时期的学者,博学善诗文,精通音韵学,创立了四声八病的学说。

[7] 张鷟(约660—740),字文成,号浮休子。是唐朝武则天时代的文人。

[8] 柳下惠,姓展,名禽,字季。是周朝时鲁国的贤臣。

[9] 指沙门、僧侣。是梵语沙迦摩那的音译。

[10] 孙绰(314—371),晋代诗人,著有《遂初赋》《天台山赋》。

[11] 王粲(177—217),是三国时期曹魏诗人。

[12] 木华(生活于290年前后),是西晋人,擅长辞赋,著有《海赋》。

[13] 郭璞(276—324),字景纯,是东晋时的诗人,现存"游仙诗"14首,其中7首为《文选》所收录。

[14] 宋玉《高唐赋》:"巨石溺溺之瀺灂兮,沫潼潼而高厉。"李善注:"溺溺,没也。"

[15] 谢惠连《雪赋》:"其为状也,散漫交错,氛氲萧索,蔼蔼浮浮,瀌瀌弈弈。"

[16] 《文镜秘府论》第五卷《论病》:"曹王入室摘藻之前,游夏升堂学文之后,四纽未显八病无闻。"

[17] 《诗经·毛诗序》:"诗者志之所之也,在心为志,发言为诗。"

[18] 夔钟:夔是指舜的典乐之臣(乐正),钟指春秋时的钟子期。夔善奏律,钟善于闻声。

[19] 指南郭处士子綦。见于《庄子·齐物论》:"南郭子綦,隐机而坐,仰天而嘘,荅焉似丧其耦。"

[20] 张鷟为张荐祖父,著有《游仙窟》《龙筋凤髓判》《朝野金载》。参见《新唐书·张荐传》。

[21] 种觉:佛证一切种智而大觉圆满,故曰种觉。

[22] 圆寂:涅槃旧译灭度,新译圆寂。圆满诸德寂灭诸恶之义也。

[23] 六度:六波罗蜜也。一布施,二持戒,三忍辱,四精进,五禅定,六智慧也。

[24] 两空:即二空。一、人空,人我空无之真理也。二、法空,诸法空无之真理也。

[25] 两谛：即二谛。一、俗谛。二、真谛。

[26] 如如：法性之理体，不二平等，故云如，彼此之诸法皆如，故云如如，是正智所契之理体也。

[27] 关于将《聋瞽指归》改题为《三教指归》的原因及时期，可参考加地伸行（中野义照，1978）的论文。

[28] 唐朝时隶属于河南道虢州，在虢州西北端，位于黄河南岸。现位于陕西潼关附近。

[29] 全称为《太玄真一本际经》，唐·玄嶷《甄正论》卷下云："至如本际五卷，乃是隋道士刘进喜造，道士李仲卿续成十卷。"

[30] 原抄本中为"言"字旁加上"暴"字，意义同"曓"。

[31] 何劭（236—301），字敬祖，西晋诗人，其"游仙诗"1首被《文选》收录。

[32] 郭璞（276—324），字景纯，闻喜人。东晋文人、思想家，博学多才，擅长诗赋文章，其"江赋""游仙诗"7首等为《文选》所收录。

[33] 大仙人的省略。又作大仙，即佛的敬称。佛称作大仙又称为金仙。

[34] 出自《庄子·杂篇·外物》第二十六："宋元君夜半而梦人被发、窥阿门，……元君觉，使人占之曰：此神龟也，……仲尼曰：神龟能见梦于元君，而不能避余且之网。"

[35] 指过去五十三佛。

[36]《金光明最胜王经》中云："如大海水量难知，大地微尘不可数，如妙高山巨称量，亦如虚空无有际。诸佛功德亦如是，一切有情不能知，于无量劫谛思惟，无有能知德海岸。"

[37] 法性的身体之意。也即佛的三身之一，觉悟了佛法的身体。在这里是法身大日如来的含义。

[38]《庄子·外篇·骈拇》："长者不为有余，短者不为不足。是故凫胫虽短，续之则忧；鹤胫虽长，断之则悲。"

[39] 见于汉刘向的《新序》。

[40] 见于晋葛洪的《西京杂记》卷三。

[41]《广弘明集》卷十三中法琳的《辩证论》："夫佛陀者，汉言大觉也；菩提者，汉言大道也。"

[42]《西京杂记》卷三："有方镜，广四尺，高五尺九寸。……秦始皇常以照宫人，胆张心动者则杀之。"

[43] 苏合香是从大秦国传来的，由各种香混合而成，据说在制作时也掺入了动物的粪便。《后汉书·西域传》：大秦国中有"合会诸香，煎其汁以为苏合"。

[44]《庄子·内篇·齐物论》中有"庸讵知吾所谓知，非不知邪"，郭象注："夫蛣蜣之知，在于转丸，而笑蛣蜣者，乃以苏合为贵。"

[45]《说文解字》十："麒，仁兽也，麋身牛尾一角；麎（麟），牝麒也。"

[46]《大日经》"入真言门住心品第一"中云："愚童凡夫类，犹如羝羊，或时有一法想

生,所谓持斋。"

[47] 见于《尔雅•释兽》:"狻麑如虦猫,食虎豹。"郭璞注:"即狮子也,出西域。"

[48]《道德经》第五十五章中有"含德之厚,比于赤子。蜂虿虺蛇不螫,猛兽不据,攫鸟不搏。"

[49] 北邙山(北芒山)也叫邙山(芒山)。在河南洛阳北郊,自古以来作为王侯和官僚的墓地而有名。

[50]"华容",指花的样子,是对美女的形容。

[51]《历世真仙体道通鉴》卷三"王子乔"条:"王君名晋,字子乔。亦名乔,字子晋。周灵王有子三十八人,子晋太子也。生而神异,幼而好道。"

[52]《史记•伯夷列传》第一:"其传曰:伯夷、叔齐,孤竹君之二子也。"

[53] 许脱即许由。

[54]《楚辞•九叹•远游》:"驾鸾凤以上游兮,从玄鹤与鹪明。"

[55] 见于《文心雕龙•哀吊》:"至于苏慎、张升,并述哀文,虽发其情华,而未极心实。"

[56]《庄子•内篇•逍遥游》:"藐姑射之山,有神人居焉。……乘云气,御飞龙,而游乎四海之外。"

[57] 梵名。云毗卢遮那如来,又称卢舍那佛,或略称遮那。

[58] 顾况的《乌夜啼》中有"此是天上老鸦鸣,人间老鸦无此声"。

[59]《尹文子•大道下》:"周人怀璞,谓郑贾曰:欲买璞乎?郑贾曰:欲之。出其璞视之,乃鼠也,因谢不取。"

第三章
空海的文学作品与无常思想

第一节　《三教指归》的无常思想

一、对于生死无常的体验

空海在《三教指归》序文中，叙述了自己求学的经历以及与佛教的因缘。他原本的人生理想，是通过学习儒学而成为官僚，这也是他进入京城大学寮学习的原因。上山春平（1992∶43-44）指出：

> 从遥远的四国赞岐进入京城的大学，在当时的律令制国家下，必定是极为困难的道路。根据当时基本法律体系的养老令，在京城设立"大学"，在地方的各国设立"国学"，大致来说，原则上大学是面向中央政府高级官僚的子弟，而国学是面向地方的国府官僚的干部子弟的。对空海来说，进入国学本来是顺理成章的路线，可是他似乎是想方设法进入了大学。因为根据养老令的规定，大学的入学年龄为"十三以上，十六以下"，而根据《三教指归》的序，空海是在十八岁时进入大学的，从这一点也可以印证上述推测。

由此可知,空海本应进入地方的国学[1]学习,但是他却想方设法进入京城的大学寮学习。之所以进入京城学习,是希望在大学毕业后走高级官僚的道路。他又在序言中指出,在大学寮学习期间,自己勤奋的程度甚至不逊色于中国古代的贤人们。像舅舅阿刀大足一样成为高级官僚,曾经是空海矢志追求的人生理想。

尽管如此,经过与某位沙门的交往,空海对密教的修法产生了极大的关心,从而动摇了他曾经的人生理想,儒学的学习并未成为他最终的目标。长尾秀则(2011:69)写道:

> 空海在大学中学习了中国儒教的代表性典籍。虽然时间很短,他在大学中学到了很多知识。但是在京城大学的学习,并未成为年轻空海的最后目的。事实上,他是作为整个家族的希望之星,为了出人头地才进入了当时作为最高教育机关的大学,在那里得到的知识对于空海以后的活动起到了很大的作用。可是,在某个时间他终于离开都城,投身于山林修行者们的行列中。这意味着远离俗世作为僧人出家了。

可见空海想方设法地进入京城的大学寮学习,是肩负了整个家族的希望。但是他中途却进入山林中修行,放弃了成为官僚的人生追求。关于自己人生理想的变化过程,空海已经在序言中进行了叙述。他进入山林修行的初衷,恰恰是为了背诵更多的儒学经典。因为他深信那位沙门所说的,通过持诵真言就能获得"一切教法文义暗记"的能力,从而进入山林中,一心一意地念诵虚空藏求闻持法。可是,通过持诵真言的修行,反倒使他强烈地感受到了人生的无常,出家的决心也变得越来越坚定了。上坂喜一郎(1970:41-42)认为:"修行虚空藏求闻持法的地方,无论是阿波的大泷岳也好,还是土佐的室户岬也好,只是在诉说着自然和时间流逝的空虚和无常。与通过持诵虚空藏求闻持法来背诵经典从而获取荣华富贵相反,这反而促使他与荣华富贵诀别,增添了他对生死无常的感受。这是空海决心离开大学成为求道者的主要原因。"对此,加地伸行(1978:73)指出:

> 当看到七八九年(延历八年)大征夷军遭受了惨败却依然营造平安京

以及七九〇年在畿内发生的疫病的惨状时,空海流露出"市井荣华,念念厌之"(全集三,三二四页)的心情。从中可以看出空海的青年时期是在孤独地批评流行学问中度过的。比起考虑现实世界生存问题的公羊学的国家论,空海萌生了对思考内在世界死的问题的佛教的关心。

上文认为空海在大学寮学习以儒学为中心的课程时,经历了789年大征夷军的大败[2],还有修建平安京的大兴土木,并亲眼看到了790年畿内疫病流行的惨状,这使他对于儒学中思考现实生存问题的公羊学产生了疑问,进而增强了对于思考死亡问题的佛教的关心。由于深感人生无常,空海从此对于属于流行学问的儒学开始投以批判的眼光。在大学寮学习的空海,表现出了对于当时三教论的关心,并最终选择了投身于佛教的道路。上坂喜一郎(1970:52)继续指出:"在《三教指归》中,由于空海不满足于儒教的教化无法解决生死无常的问题,因此寻求通过神仙思想来解决这个问题,进而最终向佛教寻求解决的方法。三教批判的问题意识,是以对生死无常的疑问为主轴从精神内侧产生出来的。"可知,无常观是导致空海出家的主要原因,同时也是文章创作的动机。他又在卷下的《观无常赋》中对佛教的无常思想进行了论述。

二、卷下的《观无常赋》

空海试图通过写文章将他的佛教思想传达给阻挡他出家的亲友们。他在卷上和卷中先后揭示了儒教和道教思想,最后在卷下强调了佛教思想的优越性。卷下《假名乞儿论》中的《观无常赋》叙述了佛教的无常观。

> (前略)爰则述怀策心,赋无常之赋,题受报之词。振铃铃之金锡,驰喈喈之玉声。唱龟毛等曰:熟寻峨峨妙高[3]崛岪干汉,烧劫火[4]以灰灭。浩浩溟瀚滉漾滔天,曝数日而消竭。盘礴方舆漂荡摧裂,穹隆圆盖灼熏碎折。然则寂寥非想[5]已短电激,放旷神仙忽同雷击。……
>
> (卷下 《假名乞儿论》)

在这一节中,假名乞儿以"无常赋"及"受报词"来劝诫龟毛先生等人,并以佛教教理的无常观来批评儒教思想的不足。文中写道,即使是高耸入银河的须弥山,也有被劫火烧成灰烬的时候;即使是浩瀚无垠的大海,也终有一天会因为太阳的暴晒而消竭;广袤无垠的大地,也会在某一刻飘零碎裂;覆盖在我们头顶的天空,也终有一天会因为烧灼而碎裂折断;即使生活在三界最高处的"非想非非想天"上的天人们,他们所拥有的长达八万劫的寿命,也是如同闪电一般的存在。空海接着写道:

> 况乎吾等禀体非金刚,招形等瓦砾。五蕴虚妄均水兔之伪借,四大难逗过野马之倏迹。二六之缘[6]诱策意猿,两四之苦[7]常恼心源,氛氲三毒[8]之焰昼夜恒燔,郁蓊百八之薮夏冬尤繁。飘埃脆体,机散之朝与春花以缤纷。翔风假命,缘离之夕共秋叶而纷纭。千金瑶质,先尺波而沉黄扉。万乘宝姿,伴寸烟而历玄微。连娟蛾眉,逐霞以飞云阁。的皪贝齿[9],添露而咸零落。倾城华眼[10],忽而为绿苔之浮泽。垂珠丽耳[11],倏然作松风之通壑。施朱红睑,卒为青蝇之蹋蹠。染丹赤唇,化为乌鸟之哺肉。百媚巧笑枯曝骨中,更难可值。千娇妙态腐烂体里,谁亦敢进。峨峨漆发,纵横而为薮上之流芥。纤纤素手,沉沦而作草中之腐败。馥馥兰气,随八风以飞去。涓涓臭液,从九窍而沸举。

这一节继续描写了人世间生命的无常,指出人的生命与上述须弥山、汪洋大海、寥廓大地、浩瀚天空等相互比较的话,就显得更加渺小而难以依靠。人们的生命并非如同金刚一样坚固,而是如同瓦砾一样易碎。人们的生命是由色、受、想、行、识这五个因缘假合而成的,就好比水中的月亮一样虚幻不实。同时,人的生命实际上是非常脆弱的,简直如同被疾风吹飞并飘扬在空中的尘埃一样。等到寿数尽的时候,恰如春天的花朵被疾风暴雨吹落一样地散去。构成万物的"地、水、火、风"这四大要素分崩离析的时候,人的生命就会如同秋天的叶子一样飘零散去。无论是身份高贵的帝王,还是貌美如花的女性,全部都是无常的存在。

空海在文章中特别指出,人们所贪恋的美女,其实也是无常的存在。当无常来临的时候,她们曾经美丽纤细的眉毛会被风吹飞,生前雪白的牙齿会如同露水一样脱落,花一样的眼目也转而化为绿苔与浮沤,漂亮的耳朵也成为松风吹过的沟壑。红色的眼睑最终变成了青蝇们的聚集之处,乌鸦们啄食着曾经染

朱的红唇。曾经妩媚的微笑消失在骸骨中,曾经娇滴滴的身姿也消融在腐败的
尸身中。之前油亮如漆的黑发,也因风吹雨打而成为散落在灌木丛附近的垃圾,
曾经白嫩的纤纤素手也因腐烂而沉沦于草丛之中。曾经如同兰花般馥郁芬芳
的体香也随风消散,臭秽的汁液从身体中徒然流出。人们所憧憬的女性的美,
在死去之后转变为其反面的丑态,谁也不想接近。女性之美实际上象征了京城
之美。井实充史(2005)指出,空海在《观无常赋》中,通过对美女死后状态的描
写,指出女性的美也是无常的,从而彻底否定了宫廷的审美意识。帝王和美女
都是京城荣华富贵的象征,也表现了世俗人们的审美意识及价值观。空海通过
对帝王和美女的无常的描写,认为自己之前憧憬的京城里的荣华富贵都是虚幻
不实的,从而否定了卷上《龟毛先生论》中通过学习儒学以出人头地的儒学思
想的教导。空海接着继续写道:

> 绸缪妻孥无异楚宋之梦遇神女^[12],磊砢宝藏宛同郑交之空承仙语。
> 飕飀松风萧瑟吹襟,聆忻之耳更在何处。玲珑桂月可怜映面,视娱之心亦
> 之何处。乃知,飒丽罗縠何应爱喜,森萃薜萝此常饰耳。赭堂垩室曾无久
> 止,松塚槚坟是长宿里。琴瑟孔怀阒墓之下无由相见之矣,婉娈兰友荒垅
> 之侧复无谈笑之理。孤伏落落之松荫空灭树边,独伴嘤嘤之禽啭徒沦草
> 前。蠢蠢万虫宛转相连,龈龈千狗咀嚼继联。妻子塞鼻以厌退,亲疏覆面
> 而逃旋。嗟呼痛哉,食百味而婀娜凤体,徒为犬乌之屎尿。装千彩而婵媛
> 龙形,空作燎火之所燃。谁可游春苑而消愁绪,戏秋池以舒宴筵。呜呼哀
> 哉,咏潘安诗弥增哀哭,歌伯姬引还深裂酷。无常暴风不论神仙,夺精猛鬼
> 不嫌贵贱。不能以财赎不得以势留。延寿神丹千两虽服,返魂奇香百斛尽
> 燃,何留片时谁脱三泉。尸骸烂草中以无全,神识煎沸釜而无专。……

本节中指出,甚至连身边的妻子和亲属也都是无常的存在。人们现在居住
的家园并非永久的居住地,而生长着松柏的墓地才是人们真正永久的住处,相
亲相爱的夫妇和兄弟姊妹一旦逝去了,就再也不能相见了。关系和睦的朋友,
如果死去就会被埋葬于荒芜的坟墓中,再也不能在一起谈笑风生了。这个世上
的人们无论贵贱,谁也无法避开无常的暴风,即使是吞下灵丹妙药的神仙们,最
终也无法从黄泉中逃脱出来。空海以死亡为中心来说明了人世的无常。正如

上坂喜一郎所指出的那样，《三教指归》是以对生死无常这个问题的疑问为出发点的。空海在《观无常赋》中，以住在都城的帝王和美人为中心揭示了人世的无常，特别是通过美女生前和死后的状态的对比，生动地描写了生命的无常，阐述了自己的无常观。

小林真由美（1992）指出，在730年书写的《瑜伽师地论》的跋文中，有关于"生死之海"的表述。将人生所面临的生、老、病、死的苦恼比喻为吞噬众生的大海，很好地表达了生死轮回的无常和恐怖。空海在《三教指归》中，通过佛教代言人假名乞儿之口，吟咏了生死无常的《生死海赋》。在平安时代的《梁尘秘抄》第二卷的《法文歌》中，也有对于人世间"生死海深""生死大海无边"的咏叹，指出众生唯有依靠佛法的船筏才能到达解脱的彼岸。可见当时的人们已经深刻地理解到了生死轮回这一人生无常的现实。

在结论部分的《咏三教诗》中，空海揭示了儒、道、佛三教对于人生无常的态度。空海在诗文中分析了三教思想的优劣，指出虽然三教都是圣人的教导，但是对于人生无常的态度各不相同。儒教以"忠孝"和"五常"思想为中心，以追求现世的幸福为目标，而道教思想呼吁人们通过服食神仙的丹药，来达到长生不老的目的。可是这个世上人们的生命，就如同春天的花朵、秋天的露珠、流水和旋风等自然中的风物一样，实际上都是虚幻不实的存在，不可能长久地存在下去。只有佛教思想才能将人们从生死无常这一苦海中解救出来。他催促人们尽快地遵从佛教思想的教导，从而超越人生的无常。

因此，空海首先在序文中提出无常观，并且在卷下的《观无常赋》《生死海赋》中，通过文学描写的手法，详细地描述了佛教的无常思想，进而在文章的最后，以《咏三教诗》来进行总结，指出只有遵循佛教思想的教导，才能最终跨越无常的生死之海。可见无常观不但是《三教指归》写作的契机，同时也是该文的思想基础。末木文美士（2009:199）指出：

二十四岁时的著作《三教指归》，其构成是佛教代言人假名乞儿批驳龟毛先生代言的儒教、虚亡隐士代言的道教，是一篇踏袭了中国古典的杰出文章，毫无遗憾地充分发挥了他的天赋和才干。在《假名乞儿论》中，收录了《观无常赋》和《生死海赋》这二个赋（押韵的文章），可以使我们了解到，对于无常以及对于浩渺无际的生死之海的真实感受，是其佛教观的基础。空海对于佛教的志向其根本动机在于如何超越人生的无常和生死。

可见无常观是空海佛教思想的基础,是他佛教志向的起点。《三教指归》的创作,是由于他在感受到生命无常这一现实问题之后,认为儒教与道教对此束手无策,在苦恼之际,转而将目光投向他认为能够解决这个问题的佛教。这也是由于他通过山林修行之后,加深了对生死无常的感受,对自己迄今为止所追求的人生道路产生了困惑。苦恼的结果就是开始由学习儒教转向追求佛教。而佛教的基本教义就是"无常"思想,认为万物生灭流转,不存在永远不变的事物。据说佛教创始人释迦牟尼,也是由于看到了生、老、病、死这一生命的无常,才开始出家修行。空海在《三教指归》中,站在佛教无常观的立场上,对于他认为的儒教和道教思想的不足进行了批判,认为只有遵循佛教的教导,才能跨越生死无常的苦海,最终到达解脱的彼岸。

第二节 《性灵集》的无常思想

一、《游山慕仙诗》

《性灵集》中也经常能见到对于生命无常的描写。例如,位于卷一开首部分的《游山慕仙诗》,就对此进行了具体描写。空海先是在序文中明确地表明诗歌的宗旨是"悲烦扰于俗尘,比无常于景物"。也就是说,为了让人们能够升起对于佛教的信仰,诗中以四季风物的变化来比拟人生的无常,希望人们能认识到生命的脆弱,尽快进入真言密教的修为中去。接下来,诗文的第27句～第44句(诗句参见前文)就对人生的无常展开了描写。

诗中指出:蓬蒿之类的植物繁茂地聚生在山谷与沟壑里面,而兰蕙之类的花朵郁郁葱葱地开放在南面向阳的山岭上。时光如梭,随着四季的交替,人的身体也会像在风霜里逐渐枯萎凋零的植物和花朵一样,因为衰老而逐渐变得僵硬起来。柳叶初绽在春雨之中,转眼就到了霜落菊花的秋天。此时寒蝉在野外鸣叫着,蟋蟀躲在帐篷里暗自悲伤,因为马上就要迎来严酷的寒冬。南面山岗上挺拔的松柏,被人们砍伐后当做了烧火的薪柴;在北邙山的墓地上,稀稀落落地生长着白杨树。人的一生独自生灭,就好比电光朝露般昙花一现,其实都是无常的存在。鸿雁飞来又飞去,昭示着季节的转换;曾经红艳艳地盛开着的桃花,也随着时间的推移,逐渐失去了往日的芬芳。人的生命又何尝不是如此?岁月就好像盗贼一样,暗中偷走了人们的青春韶华。鹤发预示着生命的衰老,并非吉祥的标志。曾经在世的先人们,早已离我们远去,如今依旧健在的人们,又有谁能长久地生活在这个世上呢?

其中"松柏摧南岭,北邙散白杨"的诗句,参照了《古诗十九首·去者日已疏》中的"古墓犁为田,松柏摧为薪。白杨多悲风,萧萧愁杀人"以及《古诗十九首·驱车上东门》中"驱车上东门,遥望郭北墓。白杨何萧萧,松柏夹广路"等句的描写。"郭北墓",即洛阳郊外的北邙山墓地,是历代王侯贵族们的墓地。自古以来,许多诗人都将北邙山作为吟咏的主题,尤其是初唐的诗人们。诗文中通过对洛阳郊外北邙山墓地的描写,揭示出人们即使成为达官显贵,也无法摆脱生死的束缚。世上的人们无论高低贵贱,全部都是无常的存在。因此,诗歌的这一节是关于无常的论述,其宗旨与《三教指归》卷下的《观无常赋》是一致的。同时,竹村牧男等人(2013:132-133)指出了日本和歌中存在的"无常"思想。

在奈良时代末期编纂的和歌集《万叶集》中,已经可以看到几首吟咏"无常"的和歌。例如下面的和歌:

四一六〇 远溯天地始,人生即无常。代代相流传,(中略)红颜逐日衰。黑发暗中白,朝悦夕忧伤。如风急逝去,似水难留驻。万物皆无常,观此泪汪汪。

四一六二 观此无常世,心绪难平静。无心问尘事,徒自暗悲伤。

这些和歌的作者是大伴家持(七一七? —七八五),他作为《万叶集》的编写者之一而引人注目,他被收录的作品大约四八〇首,是其中最多的。他作为名门望族的大伴氏的族长,在藤原氏的压迫中慢慢失势,不禁慨叹于家族和个人的命运,因而创作了感情细腻而充满忧伤的和歌,带有浓重的"无常"色彩。上面举出的第四一六〇首和歌,是长歌"哀世间无常歌"的一部分。家持感慨于不断衰老的人生命运的无常,以至于难以抑制地流下了悲伤的眼泪。另外,在第四一六二首和歌中,刻画出了痛感世间无常和自我的虚幻、感慨俗世的空虚而陷入了深思的家持的形象。这些和歌,与作为其父亲的大伴旅人的和歌中指出的"了知世无常,心绪愈悲凉"(七九三)一样,作为建立在无常感想基础上的和歌,而为人所熟知。

可见,《游山慕仙诗》中所描写的无常思想,也被吟诵在和歌中。这些诗赋文章在内容与构思上是基本相似的,都是充满了对于人生无常的无限慨叹。无论是汉诗文也好,还是和歌也好,都是借用四季的变迁来比喻人生的无常。人生也如同春、夏、秋、冬一样,经历着生命从发芽、开花,到结果、枯萎这样的变化过程。

只是,与上述和歌诗人们对于生死无常的束手无策不同,空海在诗中指出了佛教应对无常的方法。和歌歌人大伴旅人(665—731)以及大伴家持(717 ? —785)痛感人生的无常,并在和歌中表达了自己对于人生无常的感慨。但是,他们对于无常的认识,应该说仅仅停留于感觉、感受的层面上,不过是对于人生的一种感慨而已,并没有具体的应对之策。可是,空海与这些歌人不同,他反复地揭示生命的无常,并不是仅仅停留在慨叹上,而是试图通过对于无常的描写,来引导读者信仰佛教。因此,诗中对于无常的吟咏,已经超越了和歌中的"无常感",是以佛教基本教义的"无常观"作为出发点的。例如,空海在下面这首诗歌中也揭示了生命的无常。

二、《入山兴》

《入山兴》是空海赠予平安贵族良岑安世[13]的五首诗歌中的第二首,收录在《性灵集》卷一中。这首诗歌是为了回答安世的提问而写就的。在诗歌的下一节中,也揭示了人生的无常。中谷征充(2006:45-71)指出:"从第一乐章的《入山兴》,问答歌便开始了。(中略)举出了自古以来……无常的事例,指出良岑安世也无法避免无常和死亡。"中谷征充言及了《入山兴》中关于无常的描写。

（前略）

君不见，君不见，

京城御苑[14]桃李红，灼灼芬芬颜色同。

一开雨，一散风，飘上飘下落园中。

春女群来一手折，春莺翔集啄飞空。

君不见，君不见，

王城城里神泉水，一沸一流速相似。

前沸后流几许千，流之流之入深渊。

入深渊，转转去，何日何时更竭矣。

君不见，君不见，

九州八岛[15]无量人，自古今来无常身。

尧舜禹汤与桀纣，八元[16]十乱将五臣[17]。

西嫱[18]嫫母[19]支离体[20]，谁能保得万年春。

贵人贱人总死去，死去死去作灰尘。

歌堂舞阁[21]野狐里，如梦如泡电影宾。……

（《性灵集》卷一）

  诗文中写道：一到春天，皇宫御花园的神泉苑中就开满了桃花和李花，这些花朵五颜六色、争奇斗艳，但是当暴风雨来临之时，就会被雨打风吹而飘零、散落。有时候还会被前来赏花的女子们折枝带回，或者被聚集的黄莺鸟们当做食物啄取带到空中去。并且，沿着都城内河流动的神泉苑的水流，也不断地流入深渊，再也没有返回的时候。京城御花园的美丽春色，年年周而复始。生活在京城中的人们，虽然早已看惯了这样的美景，但是却没能觉察到其中昭示着生命的无常。人的生命也如同神泉苑中的自然风物一样，实际上都是无常的存在。进一步来说，无论是生活在中土大唐的人们，还是生活在日本列岛的人们，以及从古至今无量无边的人们，全都是无常之身。即使像尧、舜一样的圣君，乃至于像桀、纣一样的暴君，还有被称为"八元"的才子们，甚至被称为"十乱"的忠臣，以及周武王的五臣等，这些帝王将相和王公贵族，还有古代的美女西施和丑女嫫母，以及身体有残疾的支离疏，谁也不能永远地生活在这个世上。因为人们不论身份的高低贵贱，全都是如同梦幻泡影、电光朝露般的存在，都不过是这个世界的"宾客"而已。空海以皇家御园神泉苑的风景和生活在这个世上的人们等为例,揭示了生命的无常。

兴膳宏(2006:11-13)指出:"《入山兴》前半部分色彩浓厚地投影出万物流变的无常观,这与刘庭芝的诗(《代白头吟》)重复之处甚多。"兴膳宏指出空海文学作品中无常观的构思模仿和踏袭了唐朝诗人的诗歌。这首诗歌是针对良岑安世的疑问作出的答复。良岑安世对于空海不住在都城中,而是进入高峻寒冷的高野山中修行感到不可思议,因此写信询问其中的缘由。空海一面向他揭示人生的无常,一面用佛教思想来劝谏他,希望安世尽早从王城里荣华富贵的虚幻中脱离出来,与他一样进入深山中修行。

三、《为故藤中纳言奉造十七尊像愿文》

另外,在《性灵集》卷七《为故藤中纳言奉造十七尊像愿文》[22]这篇文章中也描写了人生的无常。

> (前略)伏惟故入唐大使中纳言正三位藤原氏,累代貂蝉两国令闻,一心授四帝,闻孝移国忠。延历末年奉使入唐,贫道叨滥学道同乘一船。暴风折柂之难,狂汰破舶之危,三江泛鹢五岭驰骐,东洛西秦关辅邮亭,契深存没约厚现当。岂谓风拨朝露雨绝夕云,白杨悴秋霜,青柏吟冬吹,空余坟墓人去何处? 临终遗余一紫绫文服,睹衣珠落思人鲠生。……
>
> (《性灵集》卷七)

文中的藤中纳言也就是藤原葛野麻吕,他曾于804年作为遣唐大使入唐。空海也搭乘他的遣唐使船入唐。在一起入唐的过程中,二人结成了互相信赖的朋友关系,空海为他写了这篇愿文。空海首先称颂了藤中纳言的功绩,并且回顾了与他一起入唐的艰辛经历。遗憾的是在回朝后的818年,藤中纳言突然逝去了。空海在愿文中写道:曾经一起入唐的朝廷重臣藤中纳言死去后,只留下了他的坟墓。就好似朝露突然被风吹散,也像雨滴与晚云一起落下。墓地的旁边生长着饱受风霜洗礼的白杨,还有被凛冽的寒风吹拂着的松柏,正诉说着人世间的如梦如幻。作为故人的他到底去了哪里? 每当看到藤中纳言临终前赠送给自己的紫色花纹的衣服时,就不禁涕泪哽咽。空海在这篇愿文中,慨叹了人世间生命的脆弱。文中通过朝露、晚云、白杨、松柏等墓地中的自然风物,来烘托出生命的无常,呼唤着人们的觉醒。

可见空海与遣唐大使藤中纳言的关系很亲密,这从《性灵集》的汉诗文中就能感受到。《性灵集》中与藤中纳言有关的文章有《为大使与福州观察使书》(卷五)、《为藤大使与渤海王子书》(卷五)、《为藤大使中纳言愿文》(卷六)、《为故藤中纳言奉造十七尊像愿文》(卷七)等。由于空海与藤中纳言的交往非常亲密,藤中纳言的死无疑勾起了他对于人世无常的感怀。这都在上述愿文中表现得淋漓尽致。此外,空海还专门将佛教的无常思想写入了《九想诗》。

四、《九想诗》

空海在《九想诗》(《性灵集》卷十)中,进一步揭示了人生的无常。在唐朝流传有"九想观"的诗歌,也现存有敦煌本各种"九想观"的诗歌。因此入唐留学的空海也有机会搜集并学习,回国后模仿创作了《九想诗》。所谓的"九想",是佛教修为的一种观想方法。现摘录诗文的相关内容如下。

世上日月短,泉里年岁长。速疾如蜉蝣,暂尔同落崩。(下略)

(新死相　第一)

丘陵虚且广,人迹隔犹断。皎洁明月度,萧瑟秋叶满。
含悲起四望,但睹尸一人。裸衣卧松丘,被发长夜眠。(下略)

(肪胀相　第二)

(前略)
既如被飘灯,复同落华枝。日往转增烂,月来更自黛。
白蠕孔里蠢,青蝇骶上飞。(下略)

(青瘀相　第三)

(前略)
青黑且宽满,脓犹瘀烂莠。九孔所流汁,一界甚臭秽。(下略)

(方尘相　第四)

（前略）

玉颜亦脓血，芳体徒败腐。臭气逐风远，膏腹炎随流。（下略）

（方乱相　第五）

（前略）

命短电光急，作松下尘埃。平生市朝华，则今白骨人。（下略）

（琐骨犹连相　第六）

寂寞希人迹，萧散远聚落。见有朽败骸，倏然在中泽。（下略）

（白骨连相　第七）

（前略）

肤血异夜月，青柳非复华。爪发各尘草，头颈散东西。（下略）

（白骨离相　第八）

山川长万世，人事短百年。骸膝已尽灭，棺椁犹成尘。（下略）

（成灰相　第九）

　　空海以上述《九想诗》叙述了生命的无常。《九想诗》描述了人死后尸体变化的九种"相"，因此又有人将其称为"九相诗"。在第一首"新死相"中，指出人们在世间度过的岁月光阴很短暂，犹如迅电流光，但是在黄泉之下的岁月却很悠长。世上人们的生命短暂，就像"阳炎"般一闪而过，转瞬间就迎来了陨落的时刻。第二首"肪胀相"中，描写了人们死后的凄惨景象，尸体被放置在远离村落的墓地中。位于丘陵中的墓地远隔人迹，唯有冷冷的月光在照拂着。冷风吹过秋叶萧瑟的墓地，远远望去，唯见一具头发散乱的尸身，赤裸地卧在山丘里，长眠在这寒夜中。第三首"青瘀相"，描写了尸体开始腐败的景象。尸身被风吹拂着，就像风中飘零的灯火、烛光一样，又好比花叶已经零落的树枝。随着日月的流逝，尸体逐渐腐败，白色的蛆虫在身体的孔穴中蠕动着，青蝇聚集在附着着残肉的骨头上面。第四首"方尘相"，描写了尸身青黑浮肿的情景，从已经化脓崩塌的尸身孔穴中流出了脓汁。第五首"方乱相"，描写了曾经如同金玉一般艳丽美好的容颜,已经开始化脓崩坍了;曾经芳香无比的身体也逐渐腐烂坏掉了。第六首"锁骨犹连相"中,描写了生命短暂如同电光朝露,转瞬间就变成了松下的尘埃。那些生前曾在京城享受荣华富贵的人们,如今已经化作一堆相连的白骨,孤独地躺在墓地中。第七首"白骨连相"中,描写了腐败殆尽的尸体,只剩下一连串的白骨浸在沼泽中的情景。第八首"白骨离相"中,指出已经死去的人们,血液和皮肤不能再生,头骨和颈骨离散在东西两边。第九首"成灰相",描写了随着岁月的流逝,就连尸体残存的骨头也全部消融了,甚至连盛敛尸体的棺椁也都腐朽殆尽而化为灰尘。空海指出虽然世上的山川可以超越万世而常在,但是人们的生命即使长寿也不过百年而已。空海以《九想诗》生动地描写了人世间生命的无常。诗文中生动逼真地描写了被遗弃在荒野中的尸体的情景,这也许与日本古代两墓制[23]的风俗有关。除了《九想诗》,在《性灵集》卷十所收的《咏十喻诗》[24]中,也揭示了尘世的无常。

空海在《三教指归》中,指出自己是因为感受到了人生的无常而决意出家。并且,在《性灵集》的汉诗文中,又反复地对佛教的无常思想进行了描写和揭示,其目的就在于警示人们尽早地觉悟到人生的无常,与他一样尽快地进入真言密教的修为中去。因此,通过对《三教指归》和《性灵集》的考察,可以得出以下结论。第一,无常思想是空海从儒教理想转为佛教理想的契机。《三教指归》是从无常观出发展开三教论,宣扬了真言密教思想。文中对于人生无常的生动刻画,在平安时代的文学作品中也是罕见的。在《性灵集》所收录的汉诗文中,也反复地诉说了生命的无常。其场景描写,从居住在遥远都城中权贵们的荣华富贵,再拉近到身边的家族成员,最后落到每个人身上,逐一地进行了揭示。可以说以死亡为中心的无常观,是空海文学作品的思想基石。第二,无常思想反映了身为宗教徒的空海的文学意识。他的汉诗文与世俗的文学作品不同,是为传教的需要而写下的。从少年时代开始学习儒学的空海,发挥了自己出色的汉诗文才能,不断地宣扬着以真言密教思想为中心的佛教思想,以诗、赋、愿文等的文学形式来表达自己的无常观,体现出独特的作品风格。空海在其文学作品中反复地揭示无常思想,也是为了实现他自己利济众生的目的。

总之,空海在京城大学寮中感受到了人生无常,促使他对自己曾经的人生理想进行反思,同时也是他新的人生道路的开始。这不但成为其文学作品的契机,也是他由儒教理想转向佛教理想的根本原因。波户冈旭(1990:63-64)指出了空海作品中的无常思想给日本文学带来的影响："平安朝以来,无常观色彩浓厚地投影在我国的文学之中,其渊源之一,可以认为是最澄、空海。"

注释

[1] 律令制下的国立地方学校。模仿了唐朝的制度,在每个国家设置教育郡司子弟的机关。主要教经学。平安后期衰落了。

[2] 佐藤信(2008:91):"桓武天皇 788 年(延历七年),任命纪古佐美(733—797)为征夷大使,翌年,大军推进打算压制北上川中游胆泽地方於虾夷势力,不过,由于虾夷的族长阿弓流为(？—802)的活跃,使征东军惨败。"

[3] 梵文的音译。在佛教的宇宙观里面,耸立在世界中央的高山。被汉译为妙光山或妙高山。

[4] 坏劫的时候发生的大火灾,据说人居住的世界将被烧为灰烬。

[5] 无色界的第四天,三界诸天的最高位。又称为有顶天、非想天,也叫非想非非想处。

[6] 佛教的缘起说之一。又称为十二缘起。

[7] 生、老、病、苦这四苦,再加上爱别离苦、怨憎会苦、求不得苦、五阴盛苦等四苦,合起来称为八苦。指人的所有痛苦。

[8] 三种毒的意思,也就是毒害出世善心的三种烦恼。一贪毒,二嗔毒,三痴毒。

[9]《文选》卷十九、宋玉《登徒子好色赋》。

[10] "倾城华眼",是对美女的形容。

[11] "垂珠",《淮南子·主术训》中有"王者垂珠饰耳"的句子,这里指以珠珥(珍珠耳环)装饰的美女的耳朵。

[12] "绸缪",指亲密;"妻孥",指妻子。"楚宋",指楚国的宋玉,见《文选》卷一九宋玉《神女赋》。

[13] 良岑安世(785—830),桓武天皇的皇子。曾参加《日本后纪》的编写,另外还是《经国集》的撰写者之一。

[14] 神泉苑。是位于平安京皇宫大内南面的禁苑,作为天皇游览和筵席的场所而修建。同时,也用于祈雨、消除疫病的法会等方面。

[15] 九州指中国,八岛指日本。

[16] 八元:《左传·文公十八年》中所提到的八位善人。

[17]《论语·泰伯第八》:"舜有臣五人,而天下治。武王曰,予有乱十人。"

[18] "西"指西施,是中国古代美女的代表,是周代越国出身。"嫱"指毛嫱,见于《庄子·齐物论》:"毛嫱丽姬,人之所美也,鱼见之深入,鸟见之高飞,麋鹿见之决骤。"

[19] "嫫母"是《列女传》中所见的丑女,是古代圣天子黄帝的妃子之一。处于四位妃

子的最下位,据说容貌很丑,但是却最聪明。

　　[20] 支离,指《庄子·人间世》中的人物支离疏,是体貌丑陋的男子。

　　[21] 唱歌的堂舍,跳舞的楼阁。

　　[22] 愿文指在向神佛许愿时记录许愿内容和宗旨的文章。

　　[23] 尾藤正英(2000:131-132)指出:"所谓的两墓也就是两个坟地,掩埋的墓地与参谒的墓地分别营造在不同的场所。……如果说参谒的墓地是受到了佛教的影响而产生,那么古代以来的日本普通平民的墓地,只有埋葬的墓地,将其称为丢弃墓地,据推测类似于尸体遗弃的性质。"

　　[24]《咏十喻诗》分别是《咏如幻喻》《咏阳炎喻》《咏如梦喻》《咏镜中像喻》《咏乾闼婆城喻》《咏响喻》《咏水月喻》《咏如泡喻》《咏虚空华喻》《咏旋火轮喻》。

第四章
空海文学与众生平等的思想

第一节　《三教指归》的蛭牙公子像

一、蛭牙公子的登场

空海在《三教指归》中虚构了"蛭牙公子"这一人物形象,目的是借此来展开三教论。同时,在《性灵集》《十住心论》[1]等作品中,也有类似的描写。蛭牙公子的"蛭牙",是水蛭的牙齿的意思,借指实际上并不存在的事物。蛭是指吸食人畜血液的水蛭,给人以不好的印象。也就是说蛭牙公子这个人物,是作为品格不良的人物形象而设定的。在《三教指归》卷上,描写了蛭牙这一人物的登场。

　　于是兔角公之外甥,有蛭牙公子者。其为人也,狼心很戾不缠教诱,虎性[2]暴恶匪羁礼仪。博戏为业鹰犬为事,游侠无赖奢慢有余。不信因果不诺罪福,醉饮饱餐嗜色沉寝。亲戚有病曾无愁心,疏人相对莫敬接志。狎侮父兄侈凌耆宿。

作为主人公的兔角公，在自己的家里举办筵席，邀请了龟毛先生，并向他介绍了自己的外甥。他的外甥名叫蛭牙公子，是个品行不良的青年，非但不遵从圣贤的教导，还具备像虎狼一样凶狠的性格。他为人不知礼仪，以赌博为业，热衷于狩猎，并且终日游荡，无所事事，做一些为非作歹的事情。蛭牙不相信因果报应的道理，整日沉溺于酒色，吃饱喝足了就睡觉。即使亲属得病，也没有一点探病安慰的心情。与他人见面的时候，也从来都不打招呼。轻侮父兄，对年长者也没有丝毫的敬畏之心。

> 于时兔角公语龟毛先生曰："盖闻王豹好谣已变高唐 [3]，纵之玩书亦化巴蜀 [4]。橘柚徙阳自然为枳 [5]，曲蓬樛麻不扶自直 [6]。庶几先生批陈秘键觉示顽心，扣揵隐铃教悟蠢意。"
> 先生曰："吾闻上智不教下愚不移。古圣犹痛今愚何易？"
> 兔角公曰："夫体物缘情先贤所论，乘时撮藻振古所贵。……今先生荡涤雾意指彼迷康，针灸童蒙归此直庄，岂不盛哉不复快乎！"

由于蛭牙公子品行恶劣，从来听不进别人的教导，因此作为主人公的兔角公，在自己的家里设宴招待龟毛先生，希望龟毛先生能对其进行教诲。兔角公祈请龟毛先生说："我曾听说中国古代的王豹喜欢歌唱，因此高唐地方的人们都纷纷向他学习歌谣；又听说前汉时期的文翁（别名纵之）有仁爱之心，喜欢对大众进行教导和感化，因此巴蜀地方的人们皆从其教化。又听说将橘柚移植到淮北就变成了枳，蓬生麻中不扶而直。希望先生能够披沥儒学之极意、教化迷途，开示秘诀，化愚顽之心地。"兔角公恳切地请求龟毛先生披露儒学的真谛，以教化蛭牙。龟毛先生欣然同意，为他们指出了遵从圣人教导的重要性。

空海首先在序文中指出自己写作的动机之一，就是为了教化如同自己外甥一样心地迷妄的人们，接着又在卷上设定了蛭牙公子这一人物，将其作为三教共同教化的对象。因此，蛭牙公子这一人物，是《三教指归》构思成立的基础。

二、蛭牙公子的性质

蛭牙公子这一人物，是作为品行不良者的化身登场的。而《三教指归》中的三教论，就是围绕着如何教化像蛭牙公子一样心地迷妄的众生展开的。因此，卷上首先就是从龟毛先生对蛭牙公子的教育和劝诫开始的。

> 爰龟毛先生心累神烦茫然长息,仰圆覆以含慨,俯方载以深思。喟焉良久颡然哈曰:三劝殷勤巨拒来命,今当倾竭微管标愚流之行迹,尽涸拙蠡陈摄心之梗概。……窃惟清浊剖判最灵权舆,并禀二仪同具五体 [7]。于是贤智如优华 [8] 蠢痴若邓干 [9],是故仰善之类犹稀麟角 [10],耽恶之流既郁龙鳞 [11]。操行如星意趣疑面。玉石殊途遥分九等,狂哲别区远隔卅里,各趣所好如石投水……。实由鲍廛 [12] 臭气犹未改变,麻亩直性亦未萌兆。遂与头虱以陶性,将晋齿而染心 [13]。表若虎皮之文 [14],内同锦袋之粪。……

文中写到,在兔角公的再三祈请下,龟毛先生欣然应允,开始叙述儒学的真意,揭示摄心之秘诀。他指出,人们之所以贤愚有别,是因为人是由天地阴阳之气构成身体的。并且,其中贤德智慧的人如同"优昙华"一样稀少,而心地愚昧者却如同"邓林"一样众多。因此,遵从善行的人们如同麒麟的角一样地稀少,耽于作恶的人们却像龙鳞一样多。人们的面孔各异,言行也不尽相同。若将人们的品行分成九等,自然存在着高下的差别。如果人们在不良的环境中成长起来,那么性格自然也会变得扭曲。而蛭牙公子品行恶劣是由于受到了不良环境的熏染,就如同人们长时间身处于鲍肆之中,已经适应了那里的腥臭味;也好像在头发中筑巢的虱子一样,其颜色也会自然而然地变黑。其不良品行,就好比虽然外表装饰着虎皮的纹饰,但是内心却如同盛在织锦袋中的粪便一样。龟毛先生接着继续说明人们遵从儒教思想的重要性。

> 余思楚璞致光必须错砺,蜀锦搞彩尤资濯江。……木从绳直已闻昔听,人容谏圣岂今彼空。上达天子下及凡童,未有不学而能觉,乖教以自通。……宜汝蛭牙公子,借耳伶伦 [15] 贷目离朱 [16],恭闻吾诲览汝迷衢。……

文中写到,楚国的玉石需要经过打磨才能现出光彩,蜀江的织锦需要在扬子江中清洗,色彩才会变得鲜艳。古人使用墨线使木材变得笔直,人只有听得进谏言才能成为圣人。无论是像天子那样尊贵的人,还是世上普通的凡人,从来没有可以不通过学习就能觉悟的人,也不存在不遵从圣贤的教诲就能通晓道理的人。龟毛先生告诫蛭牙听取圣人教导的重要性。

> 夫汝之为性，上侮二亲无告面孝，下凌万民莫隐恤慈。或弋猎为宗跋
> 涉山峒，或钓罟为业楫棹溟海。终日谑浪已过州吁[17]，达夜博弈亦逾嗣宗[18]。
> 话言远离寝食尽忘，水镜冰霜之行尽灭，溪壑贪婪之情竞炽。咀嚼毛类既
> 如狮虎，吃啖鳞族亦过鲸鲵[19]。曾无爱子之想，岂有己肉之顾。嗜酒酩酊
> 渴猩[20]怀耻，趁逐望食饥蛭[21]非侪，若蜩若螗[22]不顾草叶之诫[23]，靡明
> 靡晦谁至麻子之责[24]。恒见蓬头婵妾，已过登徒子[25]之好色。况于冶容
> 好妇[26]，宁莫术婆伽[27]之烧胸。春马夏犬[28]之迷已煽胸臆，老猿毒蛇之
> 观[29]何起心意？向倡楼而喧乐，恰似猕猴之戏杪[30]，临学堂而欠申，还若
> 黾兔之睡荫[31]。悬首刺股之勤全阙心里，提筋捕蟹之行专蕴胸中。数十
> 熠耀[32]不聚囊中，一百青蚨[33]常悬杖头。若倘入寺见佛，不忏罪咎还作
> 邪心。……如复饱食滋味徒劳百年既同禽兽[34]，燠衣锦绣空过四运亦如
> 犬豚。……闾巷有忧无相愁问慰之情，则旁观有识寒心入地。形殊禽兽何
> 同木石，体如人类何似鹦猩。

文中龟毛先生列举了蛭牙公子的种种劣迹。他轻侮父母，出入家门时从来
不打招呼；对于周围的人们也缺乏礼仪，一副轻蔑的姿态；每天进山狩猎，或者
入海捕鱼；终日四处游荡，热衷于赌博；如同狮子和老虎般狼吞虎咽，就像鲸鱼
一样地鲸吞掠食。酒醉后的模样，即使是对酒饥渴的猩猩看到后也会感到羞愧。
贪婪美食，甚至连对血液饥渴的水蛭也感到望尘莫及。每日耽溺于酒色，对于
学业的事情毫不关心，浑浑噩噩的生活状态简直跟动物没有什么两样。如果像
蛭牙这样生活的话，每天只想着美味的食物和暖和的衣服，徒然地度过自己的
一生，跟鸟兽或者犬豚又有什么区别呢？龟毛先生进而指出，如果邻人有忧虑，
应该抱着同情心去安慰。否则徒有着人的形体，心地却与鹦鹉和猩猩这样的禽
兽无异。龟毛先生叱责了蛭牙公子恶劣的习性，是为了指出他心地的迷妄，用
儒教思想对他进行教导。

随后空海又在卷下的《生死海赋》中，从佛教思想的角度，对如同蛭牙一
样心地迷妄的人们进行了描写。

（前略）假名曰：俞矣，咨咨善哉，汝等不远而还。吾今重述生死之苦源，示涅槃之乐果。……夫生死之为海也，缠三有际[35]弥望罔极，带四天表[36]渺弥无测。……其鳞类则有悭贪嗔恚极痴大欲。……其羽族则有诣诳谀谍诽谤粗恶。……若其杂类则有骄慢愤怒，骂詈嫉妒，自赞毁他，游荡放逸，无惭无愧，不信不恤，邪淫邪见，憎爱宠辱。……如是众类，上络有顶天[37]，下笼无间狱[38]，触处栉比，每浦连屋。……

（卷下　《假名乞儿论》）

假名乞儿描述了沉浮在生死海中的众生的景象。在欲界、色界、无色界中沉浮的三界众生无量无边。例如，生活在其中的鱼类，具有悭贪、嗔恚、痴妄等三毒之念；生活在其中的鸟类，善于阿谀奉迎、谗言毁谤，言语粗俗而态度傲慢；更有其他纷杂的动物们，态度傲慢而易怒，经常骂詈嫉妒、自赞毁他，终日游荡放逸、无惭无愧，对于圣贤的教化没有信心。他们缺乏慈悲心念，心中充满了邪淫、邪见，憎爱和宠辱之心炽盛。如此众多的三界众生，上达有顶天，下至无间地狱，鳞次栉比，随处可见，到处都是他们的家园和住处。

空海在《生死海赋》里描述了沉浮于生死海中的众生的景象，类似这样的众生，三界之中随处可见。不用说，类似于蛭牙一样品行不端的人们，也是迷失于生死苦海中的众生之一。空海从佛教思想的角度出发，描写了如同蛭牙一样心地迷妄的人们的生活状态。他们沉溺于贪、嗔、痴这三毒的烦恼之中，就好比沉溺于生死海中难以自拔。在《生死海赋》中，空海以鱼类、鸟类以及其他繁杂的动物为例，来比喻人们心地迷失的状态。蛭牙的恶劣习性，实际上与沉溺于生死海中的众生的状态是一般无二的。

由于这些众生心地的迷失，就像耳朵听不见的聋子（聋）与眼睛看不见的瞎子（瞽）一样。因此，空海最初将这篇文章的题目定为《聋瞽指归》，从题目的名称中可以看到，包含有要教导那些心地迷妄之人的意思。对此，福永光司（1996：56-57）指出，在《聋瞽指归》的"十韵诗"中，"将儒教和道教作为无法达成来世果报的庸俗的教导，对其持有否定的评价"，与此相对，在《三教指归》中，"姑且肯定了儒教和道教对救济众生也是有效的手段，只是其救济的方式各不相同，从而以多层次的表现手法来最终说明了佛教的优势"，指出了三教论争的本质在于如何利济众生。也就是说，空海将《聋瞽指归》改题为《三教指归》

的主要原因,是由于在如何利济众生的方面,他的思想认识产生了一定的变化。虽说如此,但是他最初确立的"俱陈盾戟并箴蛭牙"这一文章宗旨是不变的,因为蛭牙从一开始就被设定为三教共同的教育对象。

因此,在《三教指归》中描写的蛭牙公子这一人物形象,实际上就是指那些如同动物一样心地迷失的人们。并且,这一人物形象在空海的其他作品中也能看到。

第二节 《性灵集》的蛭牙公子像

一、《游山慕仙诗》

空海在《游山慕仙诗》的序文中,有"悲烦扰于俗尘,比无常于景物"的自述,也就是说诗文的写作目的是悲悯俗世中那些心地迷妄的人们。正如前面已经引用过的第 9 句～第 26 句(诗句内容参见前文),描写了俗世众生迷妄的生活状态,并对其进行了批判。例如,人们贪婪物欲的心念,就好比乌鸦的眼睛只能看到腐败了的动物尸体,又如同狗的心中只惦记着何处有臭秽的香味一样愚昧。人们痴迷颠倒的心地,就好比沉溺于苏合香味道的人们,忘记了这是掺和了动物的粪便制成的;人们的爱欲之心就好比终日推粪团的蜣螂一样,执着心地如同藤蔓般缠绕不休。这些红尘众生心地迷妄的状态,就如同迷失了前进道路的犬和羊,与有仁爱体恤之心的瑞兽麒麟的性质截然不同。这些刚强众生能言善辩,如同鹦鹉学舌一般不真实,即使遇到了圣贤的教化,他们也会视若无睹,充耳不闻。他们的生活状态就如同豺狼追逐麋鹿般,也好似狮子咀嚼麎(大鹿)獐(小鹿)一样,以睚眦必报之心耐受寒来暑往的岁月煎熬,因能言善辩而受口舌是非之果报。他们不分昼夜地汲汲于名利,以分别心进行着赞扬与毁谤,每日迷失于自己的错误言行中,为自己编织了招致灾殃的因果之网。他们心中充满了毒蜂和蝎子一样的不良念头,身上穿着虎皮豹纹的服饰。他们充满是非的我执心地足以积毁销金、积谗糜骨,又有谁会顾忌到因果之报,去努力戒除自己的刚强心念呢？诗中以佛教思想为出发点，指出了人们心中存在的贪、嗔、痴三毒的危害。空海在《般若心经秘键》中写道："哀哉哀哉长眠子，苦哉痛哉狂醉人，痛狂笑不醉，酷睡嘲觉者。"空海指出了沉浮于生死海中的众生的迷妄心地，体现了他作为宗教家的慈悲心。

《游山慕仙诗》与《三教指归》一样，采月了以动物作为隐喻的表现手法。除了沿用《三教指归》中狮子、虎、狼等比喻之外，还借用了蜣螂、毒蜂、蝎子等动物来指出俗世众生的迷妄心地。这样的修辞方法在《性灵集》的其他汉诗文中也能看到。

二、《赠野陆州歌》

《赠野陆州歌》位于《性灵集》卷一，是空海赠送给平安贵族小野岑守[39]的诗歌。中谷征充（2005:1）指出：

> 空海出生的平安初期，正是在我国文化史上少见的唐风文化隆盛的时代。根据后世的史学家们的叙述，之所以得以兴盛，其最大的原因就在于嵯峨天皇的倡导。其结果自然是在嵯峨帝的周围形成了一群文人官僚。嵯峨帝即位以后，从唐朝回国的空海才被允许从筑紫（今福冈县一带）进入京城。他进京后应嵯峨帝的要求，立即献上了从唐朝带回的最新的诗集、书籍等。考虑到这个过程的话，嵯峨帝有可能最初不是将空海看做密教的阿阇梨，而是认可并高度评价他作为文人、书法家的才能。恐怕那些文人官僚们敏锐地感受到了嵯峨帝对于空海的评价，一定是争先恐后地与空海交朋友吧。小野岑守也是其中的一人。

上文记述了空海从唐朝留学回国后的经历，以及与小野岑守的交友过程。《赠野陆州歌》是空海赠送给小野岑守的杂言诗，在小野岑守赴任陆奥[40]守的时候，为了给他饯行而写了这首诗。在当时的日本，陆奥国有虾夷[41]人的叛乱，为了镇压叛乱，小野岑守被选为陆奥国的地方官。空海在《赠野陆州歌》一诗中描写了虾夷人的情况。

> 戎狄[42]难驯边笳易感，自古有今何无？公抱大厦之材，出镇豺狼之

境……

（前略）
毛人羽人[43]接境界，猛虎豺狼处处鸠。
老鸦目，猪鹿裘，
髻中插着骨毒箭，手上每执刀与矛。
不田不衣逐麋鹿，靡晦靡明山谷游。
罗刹流，非人俦，
时时来往人村里，杀食千万人与牛。
（中略）
高天虽高听必卑[44]，况乎鹤响[45]九皋出。
莫愁久住风尘旦，圣主必封万户秩。

诗中一面叙述了边境严酷的环境，一面描写了虾夷人的野蛮和残酷。虾夷人就像猛虎和豺狼一样聚集在各处，他们披着长长的头发，瞪着像乌鸦一样的眼睛，身上穿着猪皮和鹿皮做成的裘衣，发髻中插着骨毒箭，手中拿着刀或矛，不事耕织，只是不分昼夜地在山谷中游荡打猎，追逐着麋鹿。诗中斥责他们就像猛虎和豺狼一样为非作歹，经常往来于村落之中，干着杀人越货的勾当。在这首诗歌中，空海也是以猛虎、豺狼、乌鸦等动物来比喻和叱责虾夷人的恶劣品行。这些动物已经被借用在《三教指归》和《游山慕仙诗》中。这样的表现手法，在下面的《喜雨歌》中也能看到。

三、《喜雨歌》

《喜雨歌》也是《性灵集》卷一所收的杂言歌，长达56句，描写了向上天祈求降雨并喜获甘霖之后的喜悦心情。824年2月，由于出现了旱情，空海奉嵯峨天皇敕令进入神泉苑，并进行了祈雨的修法，先后留下了《秋日观神泉苑》《喜雨歌》等诗歌。中谷征充（2012:1-15）指出，"作为农业国的我国，自古以来，祈雨礼仪是为了使国家安宁、民生安定的最重要的仪式。空海当然也知道祈雨的重要性，请来了对祈雨有效验的佛教经典《大云轮请雨经》《雨宝陀罗尼经》。……这一诗文就是描写通过祈雨的修法，使雨水降下并解除旱灾的过程，并非只是单纯地叙述祈雨这一过程的喜悦,而是将通过努力进行佛教修行祈祷解除旱灾这件事情作为契机,引导人们信仰真言密教思想为目的的一首诗。"诗文中空海记述了导致旱灾的原因。

喜雨歌

哀哀末世诸元元,聋瞽不屑圣者言。
久醉无明酒[46],不知本觉[47]源。
长眠三界梦,永爱四蛇原[48]。
身与口心行十恶[49],不忠不孝罪业繁。
拨因果,无罪福,荡逸昏迷营口腹。
生之死之笑而哭,打东打北总是由。
业障重,功德轻,临河见水火还盈。
佛身里,见地狱。七宝上,不看玉。
甘泽孜孜火四起,烧之烂之稻将粟。
山河燋竭禽鱼死,朝野亢阳泪相续。……

在这首诗中,空海认为导致干旱的原因在于末世众生们的罪业太繁多了。他们心神荡逸昏迷,每日只顾着为生计事业而四处奔走,如同长眠于三界的梦中人,以自己身、口、意的三种业力做着各种各样的坏事。其结果就会引起旱灾,以至于稻谷都被烧化了,山河都被烤焦了,鸟和鱼都渴死了。诗中指出,这样的天灾都是由于人们罪业繁重所造成的,指出了末世众生心地迷妄的状态,就像耳朵聋(聋)和眼睛瞎(瞽)的人一样,不屑于遵从圣人的教导。在这里出现的"聋瞽",实际上与《聋瞽指归》的"聋瞽"具有相同的含义。也就是说,这首诗以此来比喻那些长久地沉醉于"无明酒"中的人们,不能觉悟人生的本原。这些人长久地处于三界虚妄的睡梦之中,被贪、嗔、痴三毒的烦恼所侵袭,为"四倒"的迷妄所缠绕,造作了"十恶"的业力。并且,他们无视佛教因果的教化,每日为非作歹,根本不遵从圣贤们的教寻。因为造作了很多恶业,自我感召了各种各样的祸患,始终沉溺于烦恼和痛苦的生死海中。这些内容都是对像蛭牙一样心地迷失的人们的描写。高木紳元(2009:29)指出,"所谓聋瞽,是指被封闭在烦恼的黑暗中而不知道真相的凡夫,具体地说,是指在这个作品中登场的品行不良的学生蛭牙,意味着教诲和指示其做到应有的状态。"他指出了在《聋瞽指归》中所见的"聋瞽"的含义,实际上是用来比喻像蛭牙公子一样的心地迷妄的人们。

四、《赠伴按察平章事赴陆府诗》

《赠伴按察平章事[50]赴陆府诗》是《性灵集》卷三所收录的七言诗,是空海送给陆奥守大伴宿祢国道的诗歌。与《赠野陆州歌》一样,诗文中描写了虾夷人的野蛮状态。

> 赠伴按察平章事赴陆府诗
> (序、前略)蕞尔毛夷迫居艮垂。豺心蜂性历代为梗矣。……然犹人面兽心不肯朝贡。(下略)

> (前略)
> 毛夷蚁阵一把草,羽狄豹营半揪尘。
> 飞禽也识恩将义,猛虎尚知惠与仁。
> 治乱在吾不在敌,归心叛意为己身。
> 天简在君不须让,忘家为国是忠臣。……

空海在诗中描写了虾夷人的野蛮。虾夷人盘踞在边境地区,有着如同豺狼一样的心肠,心地秉性像毒蜂一样恶毒,历代与朝廷对抗而不愿意臣服朝贡。虽然有着人的面孔,但是心地却如同禽兽一样。他们不遵从朝廷的命令,屡次挑起叛乱。为此,天皇向陆奥国派遣地方官,打算镇压安抚他们。空海指出,大伴宿祢国道既然被朝廷任命为"按察使",就应该忘家为国,因为忠臣的使命就是努力镇压并阻止边境的叛乱。空海指出,虾夷人的阵势就像蚂蚁的阵地一样,是一群乌合之众聚集在一起,就如同杂草一样地散乱,因此没有必要害怕他们。在诗文中,空海借用豺狼、毒蜂、蚂蚁等动物,来比喻虾夷人的野蛮心地,认为他们人面兽心。福崎孝雄(2000:313)认为空海的上述观点是受到了当时大和政权的影响。

（前略）由于空海对于虾夷的理解是以《日本书纪》的记述为依据的，确实留下了一部分不恰当的文章。不得不说这是生活于那个时代的人们的局限性，空海也不例外。必须老实地承认这一点。

上文指出空海由于对虾夷人存在着错误的认识，留下了一些不恰当的文字。而这都是因为他受到了大和政权编纂的史书《日本书纪》的影响，这也表明了那个时代人们思想上的局限性。对此必须有正确的认识。可见蛭牙这一人物形象，在《性灵集》中也能经常见到。

第三节 蛭牙公子与众生平等的理念

一、蛭牙公子的"住心"

空海设定的蛭牙公子这一人物形象，是心地如同动物一样品性不良的人，实际上是三教共同教育的对象。他设定蛭牙这样一个品性顽劣的人物，目的还是为了拯救如同他一样心性迷失的人们。以《聋瞽指归》为例，从题目中就可以直观地看出，文章的目的就是为了劝诫心地迷妄的众生，是为了"悯愚恶而飞诫箴"。福永光司（1996：54）指出：

> 所谓《聋瞽指归》的"聋瞽"，在《文选》的汉枚乘的"七发"里有"发瞽披聋"，另外在唐朝道宣（五九六～六六七）的《集古今佛道论衡》卷甲引用的梁朝萧绎的上启文中有"渴爱聋瞽之士慕探赜而知回"。也就是说，"聋瞽"是指被关闭在烦恼的黑暗之中的迷途的凡夫，所谓的《聋瞽指归》，其含义可以理解为引导这些凡夫们走向终极的真理。

可见，《聋瞽指归》的"聋瞽"，在《文选》等著作里也可以见到，是指那些被烦恼所笼罩的心地迷妄的凡夫。而之所以将他们比喻为"聋瞽"，就在于设法引导他们,使他们也能进入觉悟真理的境界中去。对此,川口久雄(1984:40)做了如下的论述。

> 空海认为人是平等的,以否定人的欲望的形式予以肯定,其文学作品也到处鼓吹着这一精神。人人平等,怨亲也全都平等,即使是苍蝇和蜻蜓等飞绕的昆虫,也不论蜿蜒起伏地蠕动的蚯蚓和水蛭之类,乃至于长有毛发的兽类,以及有鳞片的鱼类,还有长有牙和角的老虎、犀牛和大象等,如同"共沐平等之智水,优游不染之莲藏"所说的那样,希求实现自由平等的均衡生活。

上文指出空海在文章中表达了无论是动物还是人类都全部平等的文学意识。所以,空海指出人们心地的迷妄状态,实际上是源自他利济众生的慈悲心愿。并且,空海诗文中所说的"聋瞽",实际上等同于《十住心论》中第一住心"异生羝羊住心"[51] 的状态。《十住心论》是空海晚年的著作,由于长期以来日本佛教界在教义思想上存在着尖锐的斗争,830 年,朝廷命各宗派撰写并进献自己宗派的教义大纲。于是,时年已经 57 岁的空海,奉命将真言宗的教义纲要归纳为《秘密曼荼罗十住心论》(简称《十住心论》)十卷,并写出缩略本《秘藏宝钥》三卷。《十住心论》是在参照《大日经》住心品中所列诸种住心的基础上,结合空海自身的发挥创造而写成的,体现了他以法身观为基础纵向判教的思想,可以说是自《三教指归》以来,空海对自己长期以来形成的真言密教思想的体系化阐述。《十住心论》中所叙述的十种住心分别是:

> 一、异生羝羊住心,二、愚童持斋住心,三、婴童无畏住心,四、唯蕴无我住心,五、拔业因种住心,六、他缘大乘住心,七、觉心不生住心,八、一道无为住心,九、极无自性住心,十、秘密庄严住心。

《十住心论》共有十种住心,第一个住心是异生羝羊心,也就是动物的住心。《十住心论》中写道:"异生羝羊心者,此则凡夫不知善恶之迷心,愚者不信因果之妄执。"即不具备道德的判断,不相信因果的定律,也就是处于如同动物一样心地迷失的阶段。武内孝善（2001：86-87）指出：

所谓十住心思想，是从动物本能的生活状态，也就是从不顾及其他人的道德意识以前的状态出发，开始萌芽产生通过自我节食以施舍他人的道德意识、相信神灵的存在并祈愿永恒生命（转世到天上）的追求宗教之心，再到具有宗教性自觉的小乘佛教（声闻、缘觉乘）以及大乘佛教（法相、三论、天台、华严），直到通向最高的密教，将不断深化提高的自我心灵的状态分为十个层次。

下面举出这十个层次的名称和心灵的状态。

第一，异生羝羊心　如同公羊一般，不顾及其他，欲望就是生活的全部，是道德出现之前的心地。

第二，愚童持斋心　施舍他人的道德意识觉醒的心地＝儒教等的立场。

第三，婴童无畏心　相信神灵的存在、祈愿生天（生于天界）的宗教觉醒的心地＝印度的诸宗教·道教的立场。以上三种住心是佛教以前的境界，总称为"世间三种住心"。

（中略）

第十，秘密庄严心　是自我本真的觉醒，为觉悟了宇宙真实状态的终极心灵。指完成了真言行的人们的心＝真言密教的立场、唯一密教的世界。

上文指出了《十住心论》是按照由低到高的排序，将世上人们的心地分为十个等级，来论述其各自所处的境界。因此，《十住心论》是将真言宗的深层内涵加以体系化的著作。空海将从《三教指归》起开始论述的三教思想，以《十住心论》进行了进一步体系化的概括和总结。他认为真言密教思想是法身大日如来在金刚法界宫殿中"自受法乐"[52]的说法，将《大日经》以及《金刚顶经》作为真言密教的根本经典。

结合《答睿山澄法师求理趣释经书》（《性灵集》卷十）一文，空海认为最澄所信奉的天台宗也是属于"显教"思想。由此可知，空海在其文学作品中是以真言密教思想居高临下地俯瞰所有其他各派的思想。如果按照其作品中涉及的人物形象进行对号入座的话,分别是按心地愚昧者(空海外甥)、儒教的不足(阿刀大足、味酒净成、冈田牛养)、道教的不足(嵯峨天皇)、显教的不足(最澄)、真言密教的光辉(空海自身)这一顺序来编排的。不用说这与空海的十住心论思想是不谋而合的。按照《十住心论》来划分的话,在《三教指归》中虚构的人物,其住心分别是第一住心(蛭牙公子)、第二住心(龟毛先生)、第三住心(虚亡隐士)、第十住心(假名乞儿)。

正如《十住心论》所指出的那样,蛭牙公子的住心是道德以前的住心,实际上是如同动物本能一样的心地,是以自己的欲望为中心地生活着。因此,空海在《十住心论》中论述了应该如何从生死海中拯救这样一些迷途众生,那就是应该遵从真言密教的教导,不应仅停留于低层次的住心,而应该不断提高自己的思想觉悟,使自己的心地境界能不断地得到升华,从而向着更高的境界提升。宫坂宥胜(2001:62)指出:"(前略)正因为人们千差万别而各不相同,所以世间才有佛教、道教、儒教。虽然教化层次在高低深浅上有差异,但全部都是圣人所说的。如果进入其中任何一个教化当中去,都是不违背忠孝的道理的,空海一直持有上述这样坚定的信念。更进一步来说,可以看出其中包含了当时所有思想的综合统一的伦理的萌芽,他五十七岁时完成的《秘密曼荼罗十住心论》十卷和《秘藏宝钥》三卷可称为开花结果。"宫坂宥胜指出了空海的佛教思想,是从《三教指归》展叶开花,以《十住心论》而结成硕果。因此,在《三教指归》中设定的蛭牙这一人物形象,经过《性灵集》的进一步描述,最终在《十住心论》中被明确定位,那就是"异生羝羊心"的住心层次。

二、利济苍生的誓愿

从《聋瞽指归》《三教指归》一直到《性灵集》,在空海的文学作品中都能看到蛭牙公子的身影。空海通过指出蛭牙的迷妄心地,来引导人们进入真言密教的修行,这是基于他利济众生的心愿。可以说从《聋瞽指归》中对蛭牙公子的劝诫开始,这种利济众生的思想就贯穿了其文学作品的始终。同时,这也是他自己的人生追求。如同他在《聋瞽指归》序言中指出的那样,其写作文章的目的在于"视贤能以驰褒赞,悯愚恶而飞诫箴",可见他在入唐之前就已经确立了利济众生的人生理想。空海在为恩师惠果所撰写的《大唐神都青龙寺故三朝国师灌顶阿阇梨惠果和尚之碑》的碑文中,表达了自己对于密教宗旨的认

识,碑文中写道:

俗之所贵者也五常,道之所重者也三明,惟忠惟孝彤声金版,其德如
天盍藏石室乎。尝试论之,不灭者也法,不坠者也人。其法谁觉,其人何在
乎。爰有神都青龙寺东塔院大阿阇梨法讳惠果和尚者也。……是以与朝
日而惊长眠,将春雷以拔久蛰。我师之禅智,妙用在此乎? 示荣贵导荣贵,
现有疾待有疾,应病投药悲迷指南。常告门徒曰:"人之贵者不过国王;法
之最者不如密藏。策牛羊而趋道久而始到;驾神通以跋涉不劳而至。诸乘
与密藏,岂得同日而论乎? 佛法心髓要妙斯在乎? 无畏三藏脱躧王位,金
刚亲教浮杯来传,岂徒然哉。从金刚萨埵稽首扣寂,师师相传于今七叶矣。
非冒地之难得,遇此法之不易也。是故建胎藏之大坛,开灌顶之甘露。所
期若天若鬼,睹尊仪而洗垢;或男或女尝法味而蕴珠。一尊一契证道之径
路;一字一句入佛之父母者也。汝等勉之勉之! "我师之劝诱,妙趣在兹
也。……

碑文指出青龙寺惠果大阿阇梨所传授的禅智的妙用在于"与朝日而惊长
眠,将春雷以拔久蛰",也就是认为大乘佛教的根本目的是启迪人们的心智,使
人们由愚迷蒙昧的心地进入到真如智慧的境界,从而摆脱人生的疾苦。惠果对
来自世界各地的门人弟子谆谆教诲说:"人之贵者不过国王;法之最者不如密
藏。"惠果认为密藏是佛法之"心髓要妙",与其他宗门相比,具有不可同日而
语的尊贵地位,是所有法门中最为宝贵的,并指出得遇密教是十分殊胜的机缘。
毫无疑问,为惠果撰写并亲自题写碑文的空海,受到了恩师的厚爱和教诲,并成
为惠果的衣钵传人。空海回国后在《御请来目录》中写道:

入唐学法沙门空海言:空海以去延历廿三年,衔命留学之末问津万里
之外。其年腊月得到长安。廿四年二月十日,准敕配住西明寺。爰则周游
诸寺访择师依。幸遇青龙寺灌顶阿阇梨,法号惠果和尚,以为师主。其大
德则大兴善寺大广智不空三藏之付法弟子也。弋钓经律该通密藏,法之纲
纪国之所师。大师尚佛法之流布,叹生民之可拔,授我以发菩提心戒,许我
以入灌顶道场。沐受明灌顶再三焉,受阿阇梨位一度也。肘行膝步学未学,

稽首接足闻不闻。幸赖国家之大造大师之慈悲,学两部之大法习诸尊之瑜伽。斯法也则诸佛之肝心成佛之径路,于国城郭于人膏腴。……

上文中空海讲述了自己跟随惠果学习密教的过程。他在 804 年 31 岁时入唐求法,并在 12 月 23 日到达了长安,住在了宣阳坊的官邸;在 805 年 2 月 10 日,搬入西明寺,随后得遇恩师惠果,于 6 月上旬开始接受灌顶传法。惠果作为大兴善寺不空三藏的付法弟子,所传承之大乘佛法,是以弘扬密乘、利益众生为目的的。他把空海看作是自己的付法弟子,专门为他传授了金胎两部大法,并为其做了传法阿阇梨的灌顶。为了接受密教的灌顶,空海在惠果处受了三昧耶戒[53]。因为密教规定,凡欲接受密法传承的人,必须誓愿遵守三昧耶戒(又称三摩耶戒,或菩提心戒),才有资格进入灌顶道场接受密法的传承,也就是誓愿学习密法的目的是利济众生。在誓愿遵守三昧耶戒以后,空海恭敬地接受了惠果的传法。空海指出这一法脉乃是"诸佛之肝心成佛之径路。于国城郭于人膏腴",即认为密法不同于其他法门,是诸佛之心髓,是指引人们成佛的途径。同时,密教对于国家来说,有"于国城郭"的作用,能够守护和保卫国家;密教对于人民来说,则有"于人膏腴"的作用,也就是能带给人们幸福和美满,给人们带来现实的利益。惠果在为空海灌顶并传授给他密教的衣钵之后,就催促他早日回到日本,将密教在本国弘扬开来,以利济苍生。文中继续写道:

和尚告曰:吾昔髫龀之时初见三藏,三藏一目之后偏怜如子,入内归寺如影不离。窃告之曰,汝有密教之器努力努力。两部大法秘密印契因是学得矣。自余弟子若道若俗,或学一部大法,或得一尊一契,不得兼贯。欲报岳渎昊天罔极。如今此土缘尽不能久住。宜此两部大曼荼罗,一百余部金刚乘法,及三藏转付之物并供养具等,请归本乡流传海内。才见汝来恐命不足,今则授法有在经像功毕。早归乡国以奉国家,流布天下增苍生福。然则四海泰万人乐,是则报佛恩报师德,为国忠也于家孝也。义明供奉此处而传。汝其行矣传之东国,努力努力。付法殷勤遗诲亦毕。去年十二月望日兰汤洗垢,结毗卢遮那法印右胁而终。……夫释教浩汗无际无涯,一言蔽之唯在二利,期常乐之果自利也,济苦空之因利他也。空愿常乐不得也，徒计拔苦亦难也。必当福智兼修定慧并行，乃能济他苦取自乐。……

上文指出惠果认为空海与自己一样是承传密教的法器，同时认为密教应该继续东传日本，因此才将密法悉数传授给了他。惠果深感自己来日无多，除了将密法传授给空海之外，还特意请宫廷画师李真等人画了大曼荼罗，连同一百余部金刚乘法，还有不空三藏转付之物以及供养法具等物品，都交付给了空海，并嘱咐空海尽快将密教及其法物供品带回日本并弘扬到本邦去，希望他"早归乡国以奉国家，流布天下增苍生福"，以使四海康泰、万人欢乐，则可以报答佛恩和师德，在为国尽忠的同时，对家人也尽了孝心。惠果再三叮嘱空海要努力弘法。文中惠果指出了密教的功用在于护佑国家，在于为苍生增福。惠果在805年的6月到8月，连续为空海进行了传法灌顶之后，他自己于806年1月8日入于涅槃。在他去世后，空海作为惠果膝下门人弟子的代表为他书写了碑文，以缅怀恩师一生的功绩。他从惠果处受三昧耶戒并获得了密教的传承，认为密教的宗旨就是自利和利他，并认为自利、利他二者缺一不可，"必当福智兼修定慧并行，乃能济他苦取自乐"。

在听从了恩师惠果的劝告之后，空海决定立即带着恩师赠予的密教法具回国。此时已是806年正月，恰逢遣唐使第四船判官高阶远成一行到达长安。他立即撰写了《与本国使请共归启》（《性灵集》卷五）并提交给大使，希望能提前结束留学生活，尽快回国弘扬密教。

留住学问僧空海启，空海器乏楚材聪谢五行，谬滥求拔涉海而来也。着草履历城中，幸遇中天竺国般若三藏，及内供奉惠果大阿阇梨。膝步接足仰彼甘露，遂乃入大悲胎藏金刚界大部之大曼荼罗，沐五部瑜伽之灌顶法。忘餐耽读假寐书写，大悲胎藏金刚顶等已蒙指南记之文义，兼图胎藏大曼荼罗一铺，金刚界九会大曼荼罗一铺（并七幅丈五尺）。并写新翻译经二百卷缮装欲毕，此法也则佛之心国之镇也，攘氛招祉之摩尼，脱凡入圣之岖径也。是故十年之功兼之四运，三密之印贯之一志，兼此明珠答之天命。向使久客他乡引领皇华，白驹易过黄发何为。今不任陋愿，奉启不宣谨启。

　　文中指出自己为了求法而来到大唐，幸遇般若三藏以及惠果大阿阇梨，获得了胎藏界、金刚界两部大法，并从恩师处获得了密教的传法与灌顶。为了承传密教，自己废寝忘食地学习教义，夜以继日地书写经典，最终得以领会与铭记，又请人绘制了胎藏界、金刚界大曼荼罗的图像，书写了最新翻译的经典二百卷并装潢完成。空海指出自己所求取的密教，是佛法之心髓，具有守护国家的作用，能够去恶扬善，为人们带来福祉；是如同摩尼珠一样的存在，能够使人超凡入圣。正因为如此，自己努力在较短的时间里掌握了需要较长时间才能领悟的密法，凭借一心求法的热忱，觉悟了密教深奥的宗旨。然而人生苦短，如同白驹过隙，如果长期客居他乡，就无法回报国家对于自己的期待，也不能尽快地造福乡邻。因此，空海上书请求允许自己结束留学生活，以便尽快回国。

　　通过上述启文内容，可以了解到空海急于回国的迫切心情。在唐求学2年之后，他已经得到了密法的传承，实现了学习大乘佛法的目标。此时尽快地回国传教，既是恩师惠果的嘱托，也是他利用密教来守护国家和利济众生的心愿之所在。启文写好以后，他请高阶远成代为上奏大唐皇帝，并获得了批准。随后，空海与高阶远成一行辞别了长安，经由明州（今宁波）回国。而在回国时他也同样经历了暴风雨，这从《高野杂笔集》所收录的上奏给嵯峨天皇的书信中就可以看出。816年，为了祈请下赐高野山作为修禅的场所，空海写了上表文，委托宫内省的助（次官）布势海上交嵯峨帝。文中写道：

　　　　空海从大唐还时，数遇飘荡聊发一少愿，归朝之日必为增益诸天威光，拥护国界利济众生，建立一禅院依法修行，愿善神护念早达本岸。神明不昧乎归本朝。日月如流忽经一纪，若不遂此愿恐诳神祇。……

　　从上述书信的内容中可以看出，空海在回国途中也遭遇了狂风暴雨，为了能够平安回国并将自己求得的密法尽快弘扬本邦，他发下了一个誓愿，回国之后必定全力弘扬密教，以守护国家和利济众生。为此，回国后要建立一座禅院并依法修行。空海祈愿能够获得善神的护佑，以尽快平安回国。在他如愿平安回国以后，为了兑现自己曾经发下的誓愿，于是上书嵯峨天皇，请求下赐高野山作为修禅的场所。空海在上表文中写到的利济众生的誓愿，其实贯穿了他的一生。在其回国后修订的《三教指归》末尾的"十韵诗"中，明确地写道："金仙一乘法,义益最幽深。自他兼利济,谁忘兽与禽。……六尘能溺海,四德所归岑。已知三界缚,何不去缨簪。"空海指出密教的教义和能为人们带来的利益最为幽深,不但自利而且利他,甚至连禽兽这样的生灵也都是其悲悯和帮助的对象;希望读者能够进入真言密教的修法中去,以脱离红尘苦海并超越三界的束缚。

他又在《赠良相公诗》(《性灵集》卷一)中写道,"传灯君雅致,余誓济愚庸",指出自己的誓愿是利济众生,去帮助那些心地迷妄的人们,使他们都能改换心智,进入觉悟佛法的境界中去,而空海利济众生的誓愿是建立在众生平等这一思想的基础上的。在他815年所写的《劝诸有缘众应奉写秘密法藏文》中,有如下的内容:

> (前略)教是迷方示南,开示众生之迷衢。……贫道远游大唐求访深法,幸得遇故大广智三藏付法弟子青龙寺法讳惠果阿阇梨,受学此秘密神通最上金刚乘教。和尚告曰:若知自心即知佛心,知佛心即知众生心。知三心平等即名大觉。欲得大觉,应当学诸佛自证之教。……欲证菩提,斯法最妙。汝当受学,自觉觉他者。贫道谨承教命,服勤学习以誓弘扬。……若有神通乘机,善男善女,若缁若素,与我同志者,结缘此法门书写读诵,如说修行如理思维,则不经三僧祇,父母所生身超越十地位,速证入心佛。六道四生皆是父母,蠕飞蠕动无不佛性,庶使豁无垢眼照三密之源,断有执缚游五智之观。今不任弘法利人之至愿,敢凭烦有缘众力。不宣谨疏。
>
> (《性灵集》卷九)

文中指出密教就好比防止迷路的指南针,可以为迷途的众生指明前进的方向。空海指出,自己跟随惠果学得最上乘的密教,恩师的教诲是:我心、佛心、众生心三心平等。也就是说密教认为众生平等,人人皆有佛性,"悟者号大觉,迷者号众生"。空海认为,如果有善男信女,不论僧俗,只要与密教结缘,认真书写诵读相关经典,按照密教的教义与理法进行修行的话,那么就可以不经过三阿僧祇劫那样漫长的时间,使父母所生之身,迅速地获得觉悟,达到"即身成佛"的境界;并且认为六道众生皆是人们的父母,蠕飞蠕动的各种生命形式,没有一个是不具备佛性的,希望人们都能通过学习密教来获得澄澈的慧眼,以照见身、口、意三密之本源,从而断除执着心地,从烦恼的束缚中解脱出来,进入真如智慧的觉悟境界中去。因此,空海以此弘法利人的至诚誓愿,希望获得有缘人的助力。

空海在831年58岁的时候,已经撰述并向朝廷提交了《十住心论》和《秘藏宝钥》,加之多年为弘扬真言密教而殚精竭虑,体力和精力消耗很大,身患恶疮。由于已经完成了《十住心论》这一思想理论体系的建构,又因"两楹之梦"感觉来日无多,遂于6月14日决意请辞大僧都[54]。获准后于8月率领弟子实惠(慧)、真雅、杲邻、圆行、道雄等人返回高野山。空海回山后为了让一切众生都能蒙受大日如来智慧功德之光的照耀,于8月22日向朝廷上表《高野山万灯会愿文》(《性灵集》卷八),祈请在高野山举办万灯、万华法会,以福泽众生。文中写道:

> 恭闻:黑暗者生死之源,遍明者圆寂之本。原其元始各有因缘。日灯擎空唯除一天之暗,月镜悬汉谁作三千之明。至如大日遍照法界,智镜高鉴灵台,内外之障悉除,自他之光普举。欲取彼光何不仰止。于是空海与诸金刚子等,于金刚峰寺,聊设万灯万华之会,奉献两部曼荼罗四种智印。所期每年一度,奉设斯事奉答四恩。虚空尽众生尽涅槃尽我愿尽。尔乃金峰高耸下睨安明之培塿,玉毫放光忽灭梵释之赫日。滥字一炎乍飘法界除病,质多万华含笑诸尊开眼。仰愿籍斯光业拔济自他,无明之他忽归自明,本觉之自乍夺他身。无尽庄严放大日之慧光,刹尘智印发朗月之定照。六大所遍五智所含,排虚沉地流水游林,总是我四恩,同共入一觉。天长九年八月二十二日。

空海发下广大誓愿,并说明举办万灯会的目的,是为了奉答四恩[55]。他准备在高野山金刚峰寺,以曼荼罗为本尊,举行献供一万盏明灯的法会。他所期待的是以智慧的明灯来照耀众生心中的无明苦恼,造福众生,并在给嵯峨的上表文中发下了誓愿,希望通过举办万灯会这样的法事活动,来达到自利、利他的目的。他心中所希望的是,一切众生都能共同摆脱无明烦恼之疾苦,最终都能凭借修习佛法而进入大觉的智慧境界中去。通过上述愿文的内容,可以了解到空海心中关于众生平等与利济众生的思想内涵。而他也正是遵循了这样的思想理念,遵照恩师惠果的教诲,以弘法利人为己任,回国后除了弘扬真言密教之外,还将利济众生的愿望贯彻到了各种实践活动当中去。例如他除了创建高野山作为真言宗大本山之外,还发心修筑了满农池、设立综艺种智院等,造作诸种事业,以守护国家与增福苍生。

满农池是一项水利设施,位于香川县多度郡满浓町。据说最初由当地国守建于701至704年间,但是在818年出现堤坝决堤现象,使水坝受到了破坏。空海于821年带领大家重新修复了水坝,使其能重新发挥作用,造福乡间。空海作为一位僧侣,能够心系百姓的日常生活,足见他利济众生的努力是全方位的。除此之外,他还模仿唐朝的教育制度,建立了日本最早的私立学校综艺种智院。如前所述,当时以东大寺等为代表的官学以及各个地方设立的国学等,只面向官僚贵族子弟,而普通民众则缺乏受教育的机会。为了改变这一局面,他于828年在位于京都九条的一座宅院里建立了综艺种智院,而这所旧宅是当时已经辞去中纳言官职的藤原三守(785—840)[56]施舍的。这是一所面向普通人的教育机构,是为了开启民智而做出的善举。所谓的"综艺",是指显教、密教和儒教等三教的学问,"种智"是指种下菩提心,因此综艺种智院又被称为"三教院"。由于当时有身份等级的差别,当时的大学、国学是面向官僚子弟的学问机构。而综艺种智院是空海模仿唐朝的私立学校建立的,并面向僧、俗招聘教师。他在《招师章》中指出:"师有二种,一道二俗。道所以传佛经,俗所以弘外书。"也就是说,这所私立学校讲授内典(佛经)与外典(佛经以外的经典),因此成为僧俗共学的学校。他又在《综艺种智院式并序》中指出,成立综艺种智院的目的,是为了给那些不能进入官办大学学习的贫贱子弟创造一个受教育的机会。因此这所私学的建立,对于日本普通民众的启蒙教育具有重要的意义。在空海去世后,因为后继无人,不久就荒废了。但是他提倡的广泛学习、平民教育的理念得以传承至今。以此为前身,日本1949年创立了种智院大学,现位于京都。村上保寿(1994:7)指出:

众生利济就是增福苍生的意思,"综艺种智院式并序"(828年)披露了空海的教育理念,可是他为什么要进行庶民教育呢?"贫道有济物意,庶几窃置三教院",也就是说,这句话表明学校设立的目的在于实现众生利济、增福苍生的社会理念,空海希望学生修得综合性的知识(综艺),也就是"兼学"。"若夫,九流六艺代济舟梁,十藏五明利人惟宝,故能三世如来兼学成大觉,十方贤圣综通证成遍智,未有作一味美膳,调片音妙曲。"

　　无论是去唐朝留学也好,还是回国弘扬真言密教也好,空海始终都以利济苍生为己任,这也是他的第一部著作以《聋瞽指归》为题的原因所在。而这一誓愿实际上贯穿了他的一生,并充分地体现在他的作品中。例如他在《三教指归》中虚构的蛭牙公子的人物形象,正是基于他众生平等、利济众生的密教思想。并且,这一思想最终被总结归纳到《十住心论》中。在三教论争这一时代背景中开始传教活动的空海,目光始终关注着如同蛭牙一样心地迷妄的人们。空海于804年入唐求法,带回当时最先进的密教,随后回到日本进行传教活动,并且在晚年形成了自己的理论体系。而他关于佛教思想的论述,都是从设定蛭牙公子这个人物开始的。随后经过《性灵集》等作品的进一步发挥,他的佛教思想在利济众生的实践中逐渐成熟起来,最终形成了《十住心论》这一真言密教的理论体系。因此,蛭牙公子这一人物的设定,是空海真言密教思想的开始,也是《十住心论》得以形成的基础。可以说这一人物形象贯穿了空海文学作品的始终。

注释

[1] 空海著《秘密曼荼罗十住心论》的略称。

[2]《史记·秦始皇本纪》:"秦王为人,蜂准,长目,挚鸟膺,豺声,少恩而虎狼心。"

[3]《孟子·告子章句下》:"昔者王豹处于淇,而河西善讴;绵驹处于高唐,而齐右善歌。"

[4]《汉书·循吏·文翁传》:"文翁,庐江舒人也。少好学,通春秋,以郡县吏察举。景帝末,为蜀郡守,仁爱好教化。见蜀地僻陋有蛮夷风,文翁欲诱进之……县是大化,蜀地学于京师者比齐鲁焉。至武帝时,乃令天下郡国皆立学校官,自文翁为之始云。"

[5] 见于《晏子春秋·内篇杂下》。

[6]《荀子·劝学》:"蓬生麻中,不扶而直。"

[7] 筋、脉、肉、骨、毛皮,或头、颈、胸、手、足的称谓。构成身体的五个部分。转指全身,身体全部。

[8] 优昙华,是"优昙"的梵文音译,是"祥瑞"的意思,"优昙波罗"的省略。

[9]《列子·汤问》:"夸父不量力,欲追日影。逐之于隅谷之际,渴欲得饮,赴饮河渭,河渭不足,将走北饮大泽。未至,道渴而死。弃其杖,尸膏肉所浸,生邓林,邓林弥广数千里焉。"《山海经》云:"夸父死弃其杖而为邓林。"

[10]《抱朴子·内篇·极言》中有"故为者如牛毛,获者如麟角也"。

[11] 班固的《西都赋》中有"沟塍刻镂,原隰龙鳞";郭璞的《江赋》中有"龙鳞结络"。

[12] 张衡的《东京赋》中有"鲍肆不知其臭,玩其所以先入"。

[13] 嵇康的《保养论》中有"虱处头而黑,麝食柏而香,颈处险而瘿,齿居晋而黄"。

[14] 枣据的《杂诗》中有"羊质复虎文"。

[15] 黄帝的臣子,耳朵擅长听音。见于班固《汉书·律历志》。

[16]《列子·汤问》:"离朱子羽,方昼拭眦扬眉而望之,弗见其形。"张湛注:"离朱,黄帝时明目人,能百步望秋毫之末。子羽未闻。"

[17] 州吁(?—公元前719),卫庄公之子,卫桓公异母弟,公元前719年在位,是弑兄夺位的恶人。见于《史记·卫康叔世家》。

[18] 阮籍(210—263),字嗣宗,母亲临终之际也不停下手中的围棋。

[19] 曹植的《洛神赋》中有"鲸鲵踊而夹毂,水禽翔而为卫","鲵"是雌鲸鱼。

[20]《淮南子·氾论训》:"猩猩知往而不知来",高诱注:"猩猩北方兽名……又嗜酒,人以酒搏之,饮而不耐息,不知当醉,以禽其身,故曰不知来也。"

[21] 贾谊《吊屈原赋》:"夫岂从虾与蛭蟥。"

[22]《诗经·大雅·荡》中有"咨女殷商,如蜩如螗",意为像蝉那样噪,"蜩"指蝉,"螗"是蝉的一种。

[23]《四分律》卷十六:"佛告阿难,自今以去以我为师者,乃至不得以草木头内着酒中而入口。"

[24] 指佛教中一日一食、过午不食的戒律。

[25] 登徒子是楚襄王的大夫。见于《文选》卷十九宋玉的《登徒子好色赋》。

[26] "冶容""好妇",是对女子相貌与品行的形容。

[27] 亦作"术婆迦"。见于《大智度论》卷十四:"有捕鱼师名术婆伽,随道而行,遥见王女在高楼上窗中见面,想像染著心不暂舍,弥历日月不能饮食。"

[28]《大毗婆沙论》卷七十:"如马春时欲心增盛余时不尔,牛于夏时欲心增盛余时不尔,狗于秋时欲心增盛余时不尔。"

[29] 为了消除对女性的爱恋执着所进行的观想。《杂宝藏经》卷八:"猕猴王言,汝宫中有八万四千夫人,汝不爱乐。……欲无返复,如屎涂毒蛇。"

[30]《文选》卷八司马相如《上林赋》中有"偃蹇杪颠",郭璞注:"皆猕猴在树暴戏姿态也。"

[31] 张衡《西京赋》中有"毚兔联猭",与狡兔同义。

[32] 萤火虫,指车胤囊萤读书。

[33] 又称青蚨,传说中的虫子,比喻金钱。见于《搜神记》卷十三。

[34]《孟子·滕文公上》中有"人之有道也,饱食暖衣,逸居而无教,则近于禽兽"。

[35] "三有际"指欲有、色有、无色有的边际,也就是指这个世界的尽头。

[36] "四天"指佛教世界观中的四洲:南瞻部洲、东胜神洲、西牛贺洲、北俱卢洲。"表"指外侧的意思。

[37] "有顶天"指三界中最高处,又称"非想非非想天"。

[38] "无间狱"指三界中最下处,"无间地狱"之略称。

[39] 小野岑守是平安前期的官僚,同时也具有作为文人的才能,在最初奉敕撰集汉诗集《凌云集》的过程中发挥了作用。

[40] 日本的陆前、陆中、陆奥、磐城、岩代这奥州五国的古名。大体上相当于现在的东北地方。

[41] 佐藤信(2008:91):"古代被称为虾夷的,是指尚未归属中央政府的居住在东北地方的人们。曾被中央的贵族们视为不同的民族,不过这是源自模仿唐朝中华思想的华夷观念,以试图建立小帝国为目标而产生的,并非人种上有差异。另外东北的古代村落遗迹的竖井式住所等,也基本上与东国(注:日本古代近畿以东的诸国,大致相当于现在的关东地区)的没有什么出入。古代的虾夷不同于中世纪被称为虾夷的以阿伊努族为中心的人们。"

[42]《汉书·匈奴传》上中有"王室遂衰,戎狄交侵"。

[43] 见于《山海经》。

[44]《史记·宋微子世家》中有"天高听卑。君有君人之言三,荧惑宜有动"。

[45]《诗经·小雅》中有"鹤鸣于九皋,声闻于野"。

[46] 佛学术语,譬喻,无明能昏沉人之本心,故以酒为譬。

[47] (术语)众生之心体,自性清净,离一切之妄相,故曰本觉,即如来之法身也。

[48] 即"四倒"。

[49] 十恶行。也就是杀生、偷盗、邪淫、妄语、绮语、恶口、两舌、悭贪、嗔恚、邪见。

[50] 伴是姓,按察是按察使。平章事是执政参议的唐朝名称,是指参议从四位上大伴宿祢国道(768—828)。他从825年时开始与空海有了亲密的交往,并于828年成为陆奥按察使。

[51] 所谓住心,是指心的住处,指心的应有状态。见于《大日经》的《入真言门住心品》。

[52] 自受法乐:(术语)法乐者玩妙法真味,而自乐之谓也,其法乐受于自身,故云自受法乐。

[53] 所谓三摩耶戒者,以三种之菩提心为戒也。

[54]《性灵集》卷九《大僧都空海婴疾上表辞职奏状》:"沙门空海言:空海从沐恩泽,竭力报国岁月既久,常愿奋蚊虻力答海岳德。然今去月尽日,恶疮起体吉相不现,两楹在梦三泉忽至。恋龙颜而呼咽,顾鸾阙而烂肝。夫许由小子犹脱万乘,况乎沙门何愿三界。伏乞永解所职常游无累,但愁幸逢轮王不遂所愿。伏请陛下,赐顾临终之一言,不弃三密之法教。生生为陛下之法城,世世作陛下之法将。心神恍惚思虑不陈。云云。天长八年五月庚辰日,

大僧都空海上表。"

[55] 四恩：一父母恩，二众生恩，三国王恩，四三宝恩。

[56] 日本平安时代初期的公卿、贵族，从嵯峨天皇还是东宫的时候就开始侍奉他，因此受到了嵯峨天皇的信任。

第五章
空海文学的儒教批判

第一节 《三教指归》的龟毛先生像

一、龟毛先生的学问和理想

空海自幼跟随舅舅阿刀大足学习儒学，具备了深厚的学养，这从《三教指归》的广征博引中就可以看得出来。卷上首先描写了龟毛先生的风貌和学问。

> 有龟毛先生，天姿辩捷面容魁梧，九经三史括囊心藏，三坟八索谙忆意府。三寸才发枯树荣华，一言仅陈曝骸反肉。苏秦晏平对此卷舌，张仪郭象遥瞻饮声。偶就休暇之日投兔角公之馆。……

可以看出，龟毛先生天生聪敏且相貌堂堂，他腹有诗书、学问广博，从儒教的九种经典（三礼的《周礼》《仪礼》《礼记》，三传的《左传》《公羊》《谷梁》，加上《易》《书》《史》，合为九经），到三种历史书（以《史记》《汉书》《东观汉记》为三史），以及作为上古帝王遗书的三坟八索（未详）都了然于胸，学识气魄甚至胜于中国古代的苏秦、晏婴、张仪、郭象等人。可见龟毛先生是当时儒士（或称儒生、儒者)的形象。熟读儒学经典的儒士们,是当时社会上学问的主导者。龟毛先生所具有的儒学素养,是成为官僚的前提。儒士把学习儒学作为出人头地的手段,因此龟毛先生首先强调了遵从儒教教导的重要性。

> (前略)爰龟毛先生心累神烦茫然长息,仰圆覆以含慨,俯方载以深思。喟焉良久辄然哈曰:"三劝殷勤叵拒来命,今当倾竭微管标愚流之行迹,尽涸拙蠡陈摄心之梗概。但悬河妙辩舌端短乏,北海湛智心府匮窦,笔谢除痾词非杀将。欲披彼趣悱悱口里,默而欲罢愤愤胸中,不得抑忍聊事摧扬,宜示一隅孰扣三端。窃惟清浊剖判最灵权舆,并禀二仪同具五体。于是贤智如优华蠢痴若邓干。是故仰善之类犹稀麟角,耽恶之流既郁龙鳞。"

为了教导蛭牙公子,龟毛先生首先在文中列举出了郭象、郑玄、陈琳、鲁连等中国古代圣贤们的例子。郭象辩才无碍口若悬河,郑玄智慧英明学识渊博。另外,陈琳的笔治好了曹操的病,鲁连的文章甚至可以达到让敌将自杀的程度。可见,儒学家们都具备出色的学识。并且,文中引用了许多与儒学相关的中国古代人物和典故的例子。另外也大量引用了《易》《礼记》《孝经》《诗经》《书经》等儒学经典的内容。文中举出了作为儒学硕学的包咸和子夏,作为书法家的钟繇、张芝、王羲之、欧阳询等古代儒学家的事迹,并且叙述了通过学习儒学获取功名的人生道路。

> (前略)如是则会宴讲义摧五鹿角,诸生论难重五十筵,森森辩泉与苍海以沸涌,彬彬笔峰共碧树以纵荣。玲玲玉振凌孙马以连瑶,晔晔金响逾杨班而贯蕊。……爰则移孝竭主流涕接僚,佩干将以锵锵,搢圭笏而济济。进退紫宸俯仰丹墀,入议万机誉溢四海,出抚百姓毁断众舌。名策简牍荣流后裔。高爵所绥美谥所赠,岂非不朽之盛事哉? 何亦更加? ……同牢同尊合卺合体,褰珠帘而对凤仪,拂金床而比龙体。凌琴瑟以调韵,超胶漆而同契。……宜蛭牙公子,早改愚执专习余海。……

龟毛先生教导蛭牙应该通过学习儒学来出人头地。因为儒士将儒学作为终生的追求，来培育自己仁义礼信的善良品行。同时，通过熟读儒学经典，就能如同朱云和戴凭这些中国古代人物一样，在辩论中金声玉振地舌战论敌；或者如同孙绰、马融、扬雄、班固这些人物一样，写出瑰丽的文章。并且，还能凭借着儒学的实力做官，在内可以参与朝廷的政务，在外可以爱抚万民。其忠孝的名声响彻天下，也会记录在史书中泽被子孙。不但如此，还能迎娶到称心如意的配偶，过上幸福美满的家庭生活。龟毛先生认为只有儒学的道路才是人生最好的理想，是蛭牙应该走的人生道路，希望蛭牙能按照他的教诲去做。福永光司（1996：59）指出："（龟毛先生）一面强调儒教的思想就是关于忠孝的教导，一面指出学问的重要性，说明了仁义礼信的道德，并且指出如果掌握了这些学问和道德，不仅能开启作为国家官僚的显达的道路，还能迎娶吉祥的配偶并过上幸福的家庭生活，从道义和功利两方面恳切地说服蛭公。"龟毛先生希望通过自己的教导，使蛭牙洗心革面、弃恶从善，改变愚昧执着的心地。

龟毛先生的学问和理想，也就是当时以官僚的道路作为目标的知识阶层的价值观，也是空海曾经的人生理想。当时在大学中刻苦学习的青年们，也都按照龟毛先生所教导的那样，埋头于儒学的学问，把成为官僚而出人头地作为自己的人生理想。关于中国古代的忠孝思想，竹村牧男等人（2013：145-147）做了如下叙述。

> 作为中国古代的思想，显示了最完整的世界观并对后世产生影响的是儒教。……孔子提出了"仁"（指人与人之间相互友爱）和"孝悌"（在家族关系中孝敬父母以及长幼有序）；孟子（纪元前三七二左右—纪元前二八九左右）提出了"性善说"（人性本善）。

> 另外，《论语》（述而）中说："子曰，述而不作，信而好古。"（孔子教导说，我只是原样地叙述古代传下来的知识，并没有任意地创作。我信赖古代的制度和政策、憧憬古代的世界。）

> ……说起儒教的伦理，孔子提倡"仁"，到了孟子的时候有了"五伦"（亲、义、别、序、信）这一人际关系的基本类别，进而董仲舒（纪元前一七六左右—纪元前一〇四左右）将其总结为"五常"（仁、义、礼、智、信。人应该经常遵守的基本德目。除了信之外的四德已经由孟子提出过）。

> ……在日本，"儒教""儒学"是作为伦理性的"教导"和"学问"；即

使在中国，与其说是宗教还不如说被当做"儒学"来理解，总之提起儒教，一般认为比起宗教性其更多具有伦理方面的意义。

如前所述，空海在大学寮的学习是以儒学为中心的。也就是说，他是按照龟毛先生所教导的那样，试图通过学习儒学来出人头地。上坂喜一郎（1970：42-43）指出，在当时的时代背景下，"在以官吏登庸作为目标的大学中，严格地遵守着儒教的尊卑秩序，将佛教和道教看作是独善其身的学问而加以排斥"。因此，"当空海离开大学要成为求道者的时候，就遭到了来自亲属和法令等的压制"，也即当时的日本社会虽然存在着三教论争，但是儒学依然是社会的主流学问。因此，空海从儒学转向佛教，自然招致了周围亲友们的极力反对。

二、空海在儒学上的造诣

在把儒学作为主流学问的社会背景中，空海也从年幼时开始就埋头于儒学的学习。从《三教指归》的序文中，就可以看到他最初以儒学的学问来出人头地的人生理想。这既与当时的儒教体制有关，也与空海家门的传统相符合。因此，龟毛先生所说的儒教的教导，其实就是青年空海曾经的人生理想。龟毛先生是寄托了青年空海在学问上的追求以及代表了他曾经的人生理想的一位虚构人物。可是由于与某位沙门的相遇而进入山林修行，他感受到了居住于京城的官僚们的荣华富贵也都是空虚无常的，因此，原本通过学习儒学成为官僚的人生理想也被颠覆了。这种思想上的变化，从卷下的《观无常赋》中就能充分地观察到。

虽然如此，不可否认的是空海的学问基础就是儒学。儒学作为他从少年时代开始的学问和理想，已经完全地渗透到他的身心血液中。空海虽然批评了龟毛先生代言的儒教思想的不足，但是他毕生都在一面从儒学中汲取学问的营养，一面借助儒学的才能进行着宣扬佛教的活动。龟毛代表了当时儒士的形象，同时也可以说是青年空海的学问和人生理想的自画像。对于经历了从幼年开始长期学习儒学并在青年时代更进一步地向着佛教领域前进的空海来说，儒学也可以说是他探索三教思想的学问基础。除了以儒学成为官僚以外，龟毛所说的儒学的学问，实际上就是空海毕生的学问。因此，空海通过卷上龟毛先生论，实际上叙述的是他自己关于儒教的学问素养。

第一，儒者首先必须读破儒学的典籍。空海已经读遍了龟毛先生所说的儒教的九种经典、三种史书以及作为上古帝王遗书的"三坟八索"等经典著作。他从少年时代到大学时代，一直致力于儒学的学习，龟毛先生所说的儒学的学问素养，实际上也就是空海自身已经具备的素养。这从他《三教指归》以及《性灵集》的汉诗文中就能反映出来。小西甚一（1985：55）指出："《三教指归》的话剧型的立意和构思，应该是以《文选》卷二十六所收的《非有先生论》（东方朔）和《四子讲德论》（王褒）为范本的吧。"其实空海的很多汉诗文，都是以《文选》等儒学典籍作为范本的，《三教指归》《性灵集》等空海的汉文诗赋，都引用了大量的汉文典籍内容。静慈圆（1979）通过对《性灵集》与《文选》的词汇和章句的对照研究，揭示了《性灵集》受到《文选》的强烈影响的事实。因此，空海博览了儒学的典籍，可以说卷上就是基于他儒学学问素养的产物。

第二，儒者必须掌握和具备像陈琳、鲁连那样出色的文章能力。正如《三教指归》与《性灵集》的汉诗文所体现的那样，空海也具备了出色的文章才能。松长有庆（2003：25）指出："空海的诗文集《遍照发挥性灵集》十卷，《三教指归》三卷所收录的很多格调高雅的汉诗文，都是以中国古代典籍中的故事为基础创作的，被作为平安初期的汉文学形成时期的代表性作品。与此同时，由空海所编辑、汇集了创作汉诗文时的范文例子的《文镜秘府论》，以及相当于它的简化本的《文笔眼心抄》，一直到近代为止，对于学习汉文学的学习者来说，都是唯一的入门书，同时也是必读书。"他高度评价了空海的汉诗文能力。空海不但自己从事汉诗文的创作，甚至还编纂了《文镜秘府论》这部汉诗文的创作理论书。

从其私家文集《性灵集》中，就能充分地了解到其出色的文章能力。例如，空海804年与遣唐大使藤原葛野麻吕一起入唐。由于遭遇了暴风雨，遣唐使船漂流到远离目的地的福州附近。不明情况的地方官最初拒绝遣唐使们登陆。直到空海代替葛野麻吕起草了《为大使与福州观察使书》（《性灵集》卷五）的上书，才获得了登陆许可。渡边照宏（1993：80-83）指出："这时空海代替大使起草的书信《为大使与福州观察使书》（不过一般认为这个题目是空海的高足真济在以后添加的）被收录在《性灵集》中，是空海众多著名文章中的杰出代表。……代替大使藤原葛野麻吕执笔是在他二十四岁写作《三教指归》以后时隔八年的事情，由这篇文章开始，空海的名字浮现到了历史的表面。"渡边照宏高度评价了他的文章能力。

　　并且，空海通过《与福州观察使入京启》，获得了跟随遣唐大使一同去唐朝首都长安的许可。另外，在留学的第二年，空海听从恩师惠果的教导打算回国。可是，当时空海是以学问僧的身份来到唐朝的，按照规定必须在唐朝进行长期的留学。而空海以《与本国使请共归启》这一上书文章，获得了回国的许可。并且，在回国前，为了尽可能带回中国各个领域的经典书籍，空海以《与越州节度使求内外经书启》这篇上书，来寻求地方政府长官的协助，成功地搜集到很多书籍并带回了日本。回国之后，空海向嵯峨天皇奉献了带回的书籍和文物，并进而发挥他出色的汉诗文才能，与嵯峨天皇建立了密切的关系。金原理（1981：13）指出："从在奉敕撰集的《经国集》中收录了与宫廷官僚无缘的空海的作品这件事情上，就可以看出空海与嵯峨天皇的密切关系。"空海通过发挥自己出色的汉诗文才能，达成了入唐留学、回国传教的佛教理想。

　　第三，儒者同时必须具备像郭象、朱云等人那样辩才无碍的论辩才能。空海自己也具备了这一能力。他在 24 岁的时候，写下了《三教指归》这一有关三教思想方面的文章，来讨论三教的优劣，批评亲属们所持的儒教思想。同时，为了批评贵族们对道教神仙思想的倾慕，他写了 106 句的五言排律诗《游山慕仙诗》（《性灵集》卷一）。并且，通过《答睿山澄沄师求理趣释经书》（《性灵集》卷十）一文，他批评了同为僧侣的最澄所持的天台思想。空海运用通过学习儒学所具备的出色文章能力，来宣扬自己信仰的真言密教的优越性，引导人们信仰密教。渡边照宏（1993：44）指出："自年幼时到二十岁前后，接受了正式的儒学教育，特别是进入国家的最高学府继续勤奋学习，在我国各宗门的祖师中也确实只有空海一个人。空海的真言密教的高度的宗教性，或者观察有关文化的各项事业，就会发现其中散发着高雅的知性的滋味。必须认识到这很大程度上要归功于他在青年时代接受了最高教育。"渡边照宏指出空海出色的文章能力主要原因在于他从青少年时期开始钻研儒学。

　　第四，儒士应该如同钟繇、张芝、王羲之、欧阳询等人物一样，具备书法的技能与修养。空海自己就是书法的名家。王勇（2001：186-187）指出："空海入唐之前，已经非常擅长书法，这从他代替遣唐大使执笔写给福州刺史的上书书信，连唐朝人都感到惊叹就可以证实。在长安逗留期间，他曾求教于书法名家韩方明，更加磨炼了本领。空海不但起草了惠昊的碑文，并亲自书写，可以佐证他不但具备出色的文采,而且书法的才能也不同凡响。"王勇指出空海在唐朝留学期间,充分地发挥了文采和书法的才能。渡边照宏(1993:57)指出:"如今观看高野山金刚峯寺现存的真迹《聋瞽指归》的话,就会被青年空海雄心满怀之雄浑的笔势所打动,这被认为是受到了奈良朝以来被盛赞的王羲之书风的影响。"松长有庆(2003:2)指出:"并且空海擅长书法的声誉很高,与嵯峨天皇、橘逸势一起被称为平安初期三笔之一。与前二者相比,空海所写的书法包含片段作品在内留存的比较多,给予后世的书法家们带来了不小的影响。"松长有庆论述了空海在书法上的造诣。书法也作为儒者的基本素养受到重视。从《性灵集》的文章中可以看出,空海与嵯峨天皇在书法方面有很多交流。他回国之后,将从唐朝请来的诗书、梵字书、古人的真迹、狸毛制的毛笔等献给嵯峨天皇。从《敕赐世说屏风书毕献表一首》《书刘希夷集献纳表》《奉献杂书迹状》《奉献笔表》(《性灵集》卷四)等文章中可以看出,空海与嵯峨天皇对书法的共同爱好加深了彼此的交流。

第五,儒士应该像中国古代的大学者郑玄一样,具备深邃的智慧。作为一代名僧的空海无疑也是那样的人物。松长有庆(2003:3-24)指出:"空海丰富多彩的世俗活动,与沿着佛教这条道路精进并作为一心一意的求道者的各宗门祖师不同,他被评价为具有作为文化人的素养的宗教家。"松长有庆指出了空海不但是佛教家,在儒学方面的造诣也很深。"《文镜秘府论》是空海编写并解说的阐述汉诗文创作原则的范本,由六卷构成。在这本书中,空海参照从中国传来的关于文学理论、音韵学等创作技巧的著作,选取其中的文章范例,进一步明确了那些原则。中国在六世纪出现了刘勰的《文心雕龙》、钟嵘的《诗品》等著名的文学理论著作,《文镜秘府论》也是能与其媲美的著作,得到了高度评价。另外,它作为日本关于汉诗文创作的唯一的理论书,受到了后世文人的尊重。"松长有庆对空海的《文镜秘府论》极尽溢美之词。

宫坂宥胜(2003:159-160)指出:"以空海的两部主要著作《秘密曼荼罗十住心论》与《秘藏宝钥》为代表,不论是《即身成佛义》《声字实相义》《吽字义》这三部作品,抑或是《般若心经秘键》以及其他所有关于解说密教教义的著作,都将难以理解的密教内涵用序言诗或者结尾诗的形式予以揭示,或者在书中每隔一段就用诗歌的形式来巧妙地总结归纳其概要。并且,在'沙门胜道历山水莹玄珠碑''大和州益田池碑''大唐神都青龙寺故三朝国师灌顶阿阇梨惠果和尚之碑'等的碑铭中,也必定会在末尾添加诗歌。或许是由于具有诗歌天赋的空海作为诗人擅长作诗的原因,不过这些应该被称为教义诗的内容,不要说生活在同时代的最澄,即使在日本佛教史上也很难见到与其类似的例子。"宫坂宥胜指出空海的汉诗文素养在平安时代的僧侣中也属罕见。因此,龟毛先生所称颂的儒士的学问素养,其实也就是空海自身对于儒学造诣的反映。可以说儒学是贯穿他一生的学问,为达成其佛教理想发挥了决定性的作用。无论是入唐留学还是回国传教,儒学修养都起到了关键的作用。

由此可见,空海的人生理想虽然最终转向了佛教,但是其学问的基础是儒学。从少年时代开始学习儒学的空海,儒学的修养已经渗透到了他的身心血液中。他在一生中,一边发挥其儒学的素养,一边进行着真言密教的传教。可以说儒学修养在他达成其真言密教这一佛教理想的过程中起到了至为关键的作用。因此,松长有庆(2003:17)指出:"龟毛先生的形象让人想起了空海的表舅阿刀大足。"但是通过上述分析可以看出,《三教指归》中的龟毛先生,不但是阿刀大足的投影,更是青年空海的自画像。龟毛先生作为一位代表了儒士的人生理想与学问风貌的虚构人物,是包含空海自己在内的当时那些将儒学作为人生理想的人们的代表,同时也客观地反映了当时日本儒学的隆盛与重要程度。空海虚构出这个人物,是为了反省自己曾经追求的通过学习儒学出人头地的人生理想,同时也是为了更好地朝着真言密教的方向重新出发。因此,《三教指归》一书也可以说是他迈向崭新人生旅途的宣言书。

第二节 与贵族们的交际及儒教批判

一、与贵族知识阶层的交往

如前所述,空海于 804 年 4 月(时年 31 岁)在东大寺戒坛院受具足戒,正式出家得度,并且作为遣唐留学僧,于当年 5 月 12 日搭乘遣唐大使藤原葛野麻吕的遣唐使船入唐求法。在入唐求学两年后,恩师惠果催促空海尽早回国将密教弘扬于日本。因此,他搭乘遣唐使船于 806 年 8 月从明州出发提前回国了。关于空海入唐留学与回国弘法,末木文美士(2009:199-200)做了如下的叙述:

> 空海于延历二十三年(八○四)入唐,另外一艘船上乘坐着最澄。空海的船由于暴风雨漂流到了南方的福州,又从那里历尽艰辛地去到了都城长安,在跟随青龙寺的惠果学习密教的同时,也充分地掌握了最新的中国文化,并于大同元年(八○六)回国了。空海本来是属于按照规定需要滞留二十年的留学生,不过由于他的恩师惠果去世,或许他认为在中国已经没有需要继续学习的东西了吧。
>
> 对于几乎是默默无闻地回国的僧侣,朝廷和贵族们冷眼以对,因此回国后三年多的时间,空海必须驻足于筑前等待时机。可是,随着对于唐朝文化有着极大关心的嵯峨天皇的即位,空海一跃成为时代的宠儿。在天皇的外护下以高雄山寺(神护寺)为中心传播密教,在弘仁三年(八一二)时,为最澄等人进行了灌顶,从而确立了自己的地位。此后,开辟了高野山作为真言的道场,更被赐予了东寺,在名声和权势中,于承和二年(八三五),结束了六十二岁的一生。期间的活动无愧于天才之名,不但作为新密教的传来者,还涉及文学、美术、书法、教育、建筑、灌溉治水、医疗等所有文化方面。

由上文可知,由于空海违反了国家的规定提前回国,因此被禁止进入京城平安京(现京都市),在大约三年多的时间里不得不于筑前(现福冈县内)待命。空海归国之后,委托遣唐判官高阶远成于 806 年 10 月 22 日付《僧空海请来目录》上表并奏进。直到 809 年 4 月 13 日嵯峨天皇即位以后,他才被允许入京,并于 7 月 16 日由和泉国(现大阪府南部)入住平安京高雄山寺(又称神护寺),此时他已经 36 岁了。

空海虽然与最澄是同一个船队入唐的,但是他们的身份是有所不同的。空海作为私费学问僧,按照规定需要长期滞留唐朝学习,而最澄是作为国家公派的短期还学僧,不需要长期滞留于唐朝。因此与最澄的到期正常回国不同,空海作为违反派遣规则提前回国的僧人,在回国后的一段时间内,受到了朝廷和贵族们的冷落。因此,他不得不驻足于筑前,默默地等待了三年。其后随着嵯峨天皇的即位,空海旋即成为朝廷的座上宾,其原因就在于嵯峨天皇对于中国文化的热爱。由于二人对于中国的汉诗文及书法等有着共同的关心,彼此之间迅速地建立起了密切的联系。例如,根据《忭灵集》卷四的记载,回国后,他应嵯峨天皇的要求,进献了从唐朝带回的诗文集、书法真迹以及毛笔等珍贵物品。根据空海写给嵯峨天皇的《书刘希夷集献纳表》的上表文记载,810 年 6 月 27日,空海派弟子实惠作为使者向嵯峨帝进奉了《刘希夷集》四卷、王昌龄《诗格》一卷、《贞元英杰六言诗》三卷、《飞白书》一卷。其中《刘希夷集》四卷是空海奉敕命而书写进献的,其他的都是作为附加品由空海主动进献的。嵯峨帝命空海书写并进献《刘希夷集》四卷,反映了他对于这部诗集以及空海书法的喜爱。

空海在《书刘希夷集献纳表》的上表文中写道:"四卷副本。右伏奉小内记大伴氏上宣书取奉进,但恐久辍挥翰笔不胜意,不免强书空污珍纸。王昌龄《诗格》一卷,此是在唐之日,于作者边偶得此书。古诗格等虽有数家,近代才子切爱此格。当今尧日丽天薰风通地,垂拱无为颂德溢街。不任手足敢以奉进。"可知在他入京后的第二年夏天,嵯峨天皇就差遣中务省文官大伴氏向空海发下了敕命,让他书写并进献从唐朝带回的汉诗文集《刘希夷集》四卷。因此空海书写了副本,并同时将从唐朝带回的《刘希夷集》四卷一起进献给嵯峨。此外,上表文中还记载了他向嵯峨献上了王昌龄《诗格》一卷,并指出这是一本备受唐朝才子推崇的诗歌理论书,是空海留学期间与某位诗作者见面交流时偶然得到的,因此向同样爱好汉诗文的嵯峨做了推荐。随同上表文一起进献的还有《贞元英杰六言诗》三卷、《飞白书》一卷。可见,空海在回国时从唐朝带回了《刘希夷集》四卷(见《书刘希夷集献纳表》)、《王昌龄集》一卷、《杂诗集》四卷、《朱昼诗》一卷、《朱千乘诗》一卷、《王智章诗》一卷(见《献杂文表》)等中唐时期最新的诗集,还有最新诗歌理论书王昌龄《诗格》一卷。

同时,根据《性灵集》卷四的记载,他还从唐朝带回了最新的书法真迹,并于 810 年 8 月向嵯峨天皇进献了下列包括书法真迹等的作品:德宗皇帝真迹一卷、欧阳询真迹一首、张谊真迹一卷、大王诸舍帖一首、不空三藏碑一首、岸和尚碑一铺、徐侍郎《宝林寺诗》一卷、释令起《八分书》一帖、谓之行草一卷、鸟兽飞白一卷(见《奉献杂书迹状》)等。除此之外还进献了带回的狸毛笔等物品(见《奉献笔表》)。空海从唐朝带回的文物等引起了嵯峨的极大兴趣,同时空海在汉诗文与书法方面的修养,也得到了嵯峨的赏识,因此对他厚爱有加。

空海凭借自己出色的学修,获得了以嵯峨天皇为首的贵族知识阶层的认可。他与贵族知识阶层的交际大致可以归纳如下。首先是他与嵯峨的交流。如上所述,空海向嵯峨奉献了从唐朝请来的文物,借此与他建立了密切的关系。嵯峨赠送给空海的汉诗文,留存有下面这几首。其一,《与海公饮茶送归山》(《经国集》),其二,《赠绵寄空法师》(《凌云集》),其三,《哭海上人》[1](《高野大师广传》)。例如,被《经国集》卷十“梵门”类诗歌所收录的《与海公饮茶送归山》,就是嵯峨写给空海的诗歌,反映了二人之间的亲密关系。

> 道俗相分经数年,今秋晤语亦良缘,
> 香茶酌罢日云暮,稽首伤离望云烟。

兴膳宏(2005:112-114)指出:“‘海公’指的就是空海。‘公’是充满亲密的敬称。通过《性灵集》所收录的文章可以知道,空海将他从唐朝请来的典籍等奉献给了嵯峨天皇,可以说和天皇建立了极为亲密的关系。二人一定是互相认可彼此出色的修养。这首诗是天皇与空海一起饮茶,并在饮茶后将他送回‘山’也就是高雄山寺时写的诗。茶,在中国从中唐时期开始就受到了广泛的爱好,在白居易等人的诗中也经常被吟咏。后通过遣唐使等传入日本,当时作为药用品受到了上流阶层和僧侣的珍爱。……诗中指出作为僧侣的‘你’和作为俗人的‘我’分手之后过去了数年,这个秋天能这样地会面畅谈也是佳缘。品酌了香味扑鼻的茗茶,已经到了天黑的时候,稽首离别时不禁感伤,一直眺望着你离去方向的云彩。”兴膳宏认为这首诗歌反映了嵯峨天皇与空海之间的密切关系。另外,《凌云集》收录的《赠绵寄空法师》这首诗歌,是嵯峨寄送丝绵给空海时附赠的诗歌。

> 闲僧久住云中岭,遥想深山春尚寒。
> 松柏斜知甚静默,烟霞不解几年餐。
> 禅关近日消息断,京邑如今花柳宽。
> 菩萨莫嫌此轻赠,为救施者世间难。

空海与嵯峨建立了亲密的关系,互相关心和挂念着对方。在春寒料峭的初春时节,嵯峨向空海赠送了丝绵,并写诗表达了对空海的惦念之情。渡边三男(1991:8-9)指出:"弘仁五年(814年)的某个时候,嵯峨天皇赐予大师绵一百屯以及御制诗一篇,大师也进献了与其和韵的诗歌,以作为奉谢。"这首诗记述了嵯峨赠送绵给空海的情况。从本诗中可以看出,空海在嵯峨的心中有着崇高的地位,被称为"菩萨"。根据本诗可以了解到,在814年的初春时节,山下的京城中已经春意盎然,柳叶也已经在春风中绽开了,由于许久未有空海的消息了,嵯峨想到深山之中春寒料峭,担心在深山中修行的空海受寒气侵袭,于是专门派人赠送给他丝绵,并在诗文中表达了对于空海的思念之情。在诗歌的末尾写到"菩萨莫嫌此轻赠,为救施者世间难",可见在嵯峨的心目中,空海是具有救助众生能力的"菩萨"。空海也给嵯峨回复了感谢的诗歌,收录在《性灵集》卷三中。

奉谢恩赐百屯绵兼七言诗诗一首并序
序(略)诗韵不改

方袍苦行云山里,风雪无情春夜寒。
五缀持锡观妙法,六年萝衣啜蔬餐。
日与月与丹诚尽,覆瓮今见尧日宽。
诸佛威护一子爱,何须惆怅人间难。

空海用七言诗向嵯峨天皇表达了感激之情,并在诗中介绍了自己在深山中修行的情况,说他自己每日在云雾缭绕的深山之中修习佛法,经受着风雪的洗礼,春寒料峭的山中到了夜里就更加寒冷。每日在这深山之中研习深妙的佛法,穿的是补丁摞补丁的僧衣,吃的是山中的野菜,一片赤诚丹心日月可鉴。幸运的是自己生活在如同中国古代的圣君尧一样的时代里,得到了诸佛的护持和天子的厚爱,因此也没有必要因为山中生活的艰苦而感到惆怅。从嵯峨赠送给空海生活必需品以及汉诗文,就可以看出他对于空海的尊敬,他们彼此之间建立了非常亲密的关系。中谷征充(2007:63-64)指出:

　　这一作品,是在刚才考察的《献柑子表》又过了一年半后写作的。这期间空海返回了高雄山寺,把该寺院作为真言道场,并于弘仁三年十一月十五日首次进行了金刚界结缘灌顶,接着又在十二月十四日举行了胎藏界结缘灌顶。……虽然中辍了向嵯峨帝奉献文物,但是从这部作品中可以看出彼此的关系更加亲密了。由于二者的诗句是逐一对应的,营造出了二人如同面对面对话一样的气氛。

　　在嵯峨天皇向空海赠送了绵以及汉诗文之后,空海也按照嵯峨的诗韵,回赠诗歌表达感谢之情。他们彼此之间在互赠物品的同时也互赠汉诗,从中可以看出汉诗文在当时的隆盛。由于嵯峨对唐朝的文化十分着迷和推崇,这也影响了他身边的贵族知识阶层,他们自然也都崇尚汉诗文的素养,沉浸在中国文化的氛围之中。而这对有着杰出的汉诗文修养的空海来说,无疑是非常有利的。空海也充分地发挥了自己在汉诗文方面的才能,积极地与以嵯峨为首的贵族知识阶层进行交流。当然这也是他弘扬真言密教的需要。关于空海与嵯峨之间的密切联系,从《性灵集》所收录的空海写给嵯峨的上表文等汉诗文中就可以看得出来。例如,卷三:《奉谢恩赐百屯绵兼七言诗诗一首并序》《敕赐屏风书了即献表并诗》。卷四:《敕赐世说屏风书毕献表一首》《奉为国家请修法表》《书刘希夷集献纳表》《书刘庭芝集奉献表》《奉献杂书迹状》《奉献笔表》《献杂文表》《春宫献笔启》《献柑子表》《献梵字并杂文表》《请赦元兴寺僧中璟罪表》。卷九:《于纪伊国伊都郡高野峰被请乞入定处表》《祈誓弘仁天皇御厄表》等。

　　从上述汉诗文中可以看出空海与嵯峨天皇之间的密切关系。例如,写于810年10月27日的《奉为国家请修法表》(《性灵集》卷四),是空海请求为守护国家而修法的上表文。当时,由于受到平城上皇的挑唆,藤原药子与其兄仲成与嵯峨天皇对立,于810年发生了被称为"药子事变"[2]的宫廷政变,同年9月被镇压。药子事变发生之后,空海上表嵯峨,希望用密教的修法来护佑国家。获得批准以后,空海在高雄山门进行了密教修法,与此同时,又向嵯峨奉献了自己从唐朝请回的各种珍品。空海通过奉献从唐朝带回的各种奇珍异宝,并以自己出色的汉诗文能力,获得了以嵯峨为首的贵族们的青睐和信任。

　　空海于811年起担任乙训寺[3]别当,并于812年11月给嵯峨天皇进献过橘子。这从《性灵集》卷四所收的《献柑子表》中就可以看出。

　　沙门空海言：乙训寺有数株柑橘树，依例交摘取来，问数足千看色如
金。金者不变之物也，千是一圣之期也。又此果本出西域，乍见有兴，辄课
拙词敢以奉上。伏乞天慈曲垂一览，轻黩圣眼伏深悚惧。沙门空海诚惶诚
恐谨言。

　　桃李虽珍不耐寒，岂如柑橘遇霜美。
　　如星如玉黄金质，香味应堪实篚篚。
　　太奇珍妙何将来，定是天上王母里。
　　应表千年一圣会，攀摘持献我天子。

小柑子六小柜　　大柑子四小柜
右乙训寺所出依例奉献，谨遣寺主僧愿演随状奉进。谨进。

　　空海在诗文中写到，乙训寺有数株柑橘树，在收获的季节，颜色像黄金一
样的橘子悬挂在枝头上。这种水果原本是西域地方的产物，谨摘下并献给天皇。
文中写到，这是依照惯例献上橘子，可以看出空海以前也曾给嵯峨献过柑橘。
他将摘取的一千个橘子，按照大小区分开，小的装了六小箱，大的装了四小箱，
然后与汉诗文一起，让寺里的僧侣愿演（生平不详）奉献给嵯峨。从诗文中可以
看出，空海精心准备并向天皇进献了柑橘。关于这一点，中谷征充（2006：1-20）
做了如下叙述。

　　正如早就为人所知的那样，弘法大师空海与嵯峨天皇的交往浓厚而
亲密，超越了单纯的君主与僧侣之间的关系。作为他们交往的一个场景并
流传至今的事迹就是，空海在乙训寺居住的时候，曾向嵯峨帝奉献了寺院
中柑橘树所结的果实以及奏上《献柑子表并诗一首》（《性灵集》第四卷）。
　　（中略）这一作品是空海依靠其书法和汉诗文的才能被嵯峨帝发现并
选拔出来，并在经过了三年左右时间的时候写成的。当时空海三十九岁，
嵯峨帝二十七岁。在此之前，空海不过是一介留学僧，而且是违反了规定

大幅缩短留学年限提前回国的、不被允许进入京城的归国僧侣。他被迫在九州等地滞留了大约三年的时间,由于嵯峨帝命令他持大同四年七月十六日颁发的太政官符进京,可以说从那时起弘法大师空海的一切都有了新的开始。随后,应嵯峨帝的要求,献上了请来的文物和汉诗以及他书写的含有箴言等内容的屏风等众多物品。可以认为,通过奉献上述文物,使他们心意相通,彼此更加亲密。不过,到奏上《献柑子表》为止,可以认为他们之间的交往是以书法为侧重点的交流。说不定通过以《献柑子表》的方式首次向嵯峨帝奏上汉诗为契机,使他最终成为以皇帝为首的诗坛之一员,从此开启了与小野岑守、良岑安世、仲雄王等诗友们的交际,并借此深入到朝廷中枢。

一般认为这一作品是在 812 年 11 月份写成的。当时空海 39 岁,嵯峨 27 岁。如前所述,在嵯峨于 809 年 4 月 13 日即位以后,空海才被允许入京,并于 7 月份入住平安京高雄山寺(又称神护寺)。随后于 809 年 10 月 4 日,遵照嵯峨的命令,空海献上了《敕赐世说屏风书毕献表一首》(《性灵集》卷四)。这是因为嵯峨从遣唐大使藤原葛野麻吕那里听说了空海在汉诗文与书法方面造诣高深,就连唐朝人也感到惊奇的事迹,于是迫切地想了解空海在书法方面的造诣,便让大舍人山背丰继带着准备装饰屏风的两枚绢布,在 10 月 3 日来到空海住处,让他从南宋刘义庆所编辑的《世说新语》一书中选取适当的内容,并用草书体书写在绢布上。翌日,空海撷取适当的语句,用草书挥毫一气呵成,然后交给山背丰继献给嵯峨,从此便开始了双方的密切交往。空海同时还进献了从唐朝请来的文物,获得了嵯峨的好感,彼此之间建立了亲密的关系。中谷征充认为在《献柑子表》之前,嵯峨与空海之间侧重于书法的交流,从这首上表文开始,空海首次向嵯峨进献了自己写的汉诗文,从此成为以天皇为首的平安诗坛的一员。嵯峨热衷于唐朝的文化,对从唐朝请回大量文物的空海给予了很大的关注。他对空海的书法和汉诗文方面的修养更是敬佩,特别看重空海。由于嵯峨的重视,空海与宫廷贵族知识阶层之间的交流也开始变得频繁起来。

另外,《性灵集》卷九收录了《于纪伊国伊都郡高野峰被请乞入定处表》一文,记录了空海于 816 年 6 月 19 日向嵯峨天皇上表请求赐予高野山 [4] 作为修行的道场,时年 43 岁。

沙门空海言：空海闻山高则云雨润物，水积则鱼龙产化。是故耆阇峻岭能仁之迹不休，孤岸奇峰观世之踪相续，寻其所由地势自尔。又有台岭五寺禅客比肩，天山一院定侣联袂，是则国之宝民之梁也。伏惟我朝历代皇帝留心佛法，金刹银台栉比朝野，谈义龙象每寺成林，法之兴隆于是足矣。但恨高山深岭乏四禅客，幽薮穷岩希八定宾，实是禅教未传、住处不相应之所致也。今准禅经说，深山平地尤宜修禅。空海少年日，好涉览山水，从吉野南行一日，更向西去两日程，有平原幽地，名曰高野，……望请蒙赐彼空地早遂小愿。……

　　空海叙述了请求赐予高野山的理由，说自己在少年时代喜爱游览山水，曾经到达过吉野山西南面的高野山。具体时间无从考证，但是应该是在空海从京城大学寮中途辍学以后，作为私度僧进入山林修行的时候。空海之所以选择上表嵯峨天皇请求赐予高野山，是因为他通过自己少年时代遍历山水，认为其中高野山中的平原幽地最适宜修禅。静慈圆（2014：17-18）指出："空海所在时代的日本，由于历代天皇尊崇佛教，因此在奈良、京都等地建有众多壮丽的寺院，寺中住有很多高僧大德，佛教十分兴隆。可是遗憾的是，进入高山深岭中修行禅观的僧人很少见，空海对此予以了批评指摘。"空海想进入高野山修行，主要原因是"深山平地尤宜修禅"。因为少年时的空海有着山岳修行的经验，认为没有比深山更适合修行的地方。并且，作为僧侣的空海，也难以融入俗世的烦扰之中去，进入高野山可以说是一个必然的选择。而他的请求很快就于同年7月8日得到了嵯峨的批准。王仁波（1989：13-20）指出："通常日本留学僧人学成归国后，日本天皇极为重视，或委以重任，或提供条件，帮助他们建立寺院，使长安的佛教各宗在日本落地生根，枝繁叶茂，广为流传。"可见真言密教能够在日本得以顺利弘扬，也是因为日本历代天皇都有重视并大力扶植佛教的传统。

　　并且，根据《祈誓弘仁天皇御厄表》（816年10月14日）的记述，空海为治愈嵯峨的病进行了祈祷。根据《弘法大师全集》中空海文章的记载，他或者帮助嵯峨天皇安抚伊予亲王的怨魂（见《东太上为故中务卿亲王造刻檀像愿文》），或者给平城天皇做灌顶（见《大和尚奉为平安城太上天皇灌顶文》），或者为了嵯峨的病进行祈祷，举行了各种各样守护国家的祈祷修法。他还于824

年奉嵯峨天皇敕令在皇家园林神泉苑进行了祈雨的修法[5]，并且经常修持祈雨法。拥有这些能力的空海，获得了嵯峨及贵族们的信赖。并且，贵族们也追随嵯峨对空海抱有很大关心。据说818年时年45岁的空海于11月16日获得敕许首次进入高野山，随后的12月，藤原冬嗣（775—826）[6]就给远在高野山的空海赠送了灯油和礼裘。空海于819年5月在高野山结界，开始着手营造伽蓝。

空海与贵族们之间也经常进行汉诗文的赠答。例如，与小野岑守之间互相赠送了诗歌。小野岑守是平安前期的官僚，从嵯峨天皇的皇太子时代开始就作为侍读，是服侍的近臣，历任内藏头等职务。同时，他作为文人也发挥了出色的才能，在最初奉敕编撰日本汉诗集《凌云集》的过程中起到了核心的作用。《日本诗纪》[7]中收录了小野岑守的40首汉诗，仅次于嵯峨天皇的44首，是创作诗歌数量较多的一位作者。他也参与了《日本后纪》的编写。小野岑守向空海赠送的五言诗《归休独卧寄高雄寺空海上人》，收录在《经国集》卷十中。在《性灵集》的卷一中，有空海写给小野岑守的诗歌《赠野陆州歌》。

滋野贞主（785—852）也与空海有诗歌的交流。他赠送给空海的七言汉诗《和海和尚秋日观神泉苑之作》[8]收录在《经国集》卷十四中。他在历任大藏卿等官职的同时，还参与了敕撰汉诗集《文华秀丽集》的编写。《日本诗纪》中收录了他的34首汉诗。《和海和尚秋日观神泉苑之作》，是为了唱和空海的《秋日观神泉苑》（《性灵集》卷一）而创作的。七言诗《秋日观神泉苑》被认为是空海遵照敕命当场吟咏的汉诗，因此滋野贞主所唱和的诗歌很可能也是当场吟咏的。神泉苑是位于平安京中的宫廷园林，以天皇为首的贵族们经常在此聚会。这首七言诗由12句组成，主要从旁观者的角度，描写了空海一行遵照嵯峨的敕命，进入神泉苑中观赏秋天景色的情景。诗歌中称赞了空海以及当时的庄严场景。

另外，仲雄王（生卒年不详）赠送给空海一首名为《谒海上人》（《凌云集》）[9]的诗歌。仲雄王是平安时代前期的官吏、汉诗人。他曾作为818年奉敕撰修汉诗集《文华秀丽集》的主要编撰人，为诗集写了序言，诗集中收录了他的13首诗歌。他当时所担任的官职是大舍人头兼信浓守，与藤原冬嗣、良岑安世、最澄、空海等人之间有着亲密的交往。这首五言诗由24句组成，主要描写了他谒见空海时的情景。诗中表现出了仲雄王对于佛法的憧憬，表达了自己对空海这样的高僧所怀有的深深敬意。而"受持灌顶法,顿入一如趣",则表明了仲雄王自己也从空海那里接受了真言密教的灌顶。当时以天皇为首的贵族们不少都曾接受过真言密教的灌顶,空海带回的密教文化受到了人们的追捧。

虽然空海与以嵯峨天皇为代表的平安贵族进行了密切的交往,但是也不可否认空海与他们之间存在着人生观与价值观的巨大差异。这当然也是基于他们对于儒、道、释三教不同的认识层次。这从空海与平安贵族良岑安世(785—830)之间的信函往来中就可以管窥一二。

二、对良岑安世的劝谏

《性灵集》卷一中收录了空海赠予贵族良岑安世的五首诗歌。一般认为这是在他进入高野山以后二人的书信往来。在请求赐予高野山作为修禅的道场并获得敕令准许之后,空海于818年首次进入高野山,开始着手在山中建立真言宗根本道场。而与他有着密切交往的安世,对于他离开京城进入渺无人烟的高野山建立伽蓝的举动感到不解,于是就托人给空海带去了问候的信函。安世写给空海的信函没有留传下来,但是空海回赠给他的5首汉诗文都被收录到《性灵集》卷一中了,从中我们可以了解到他们之间的密切交往,以及空海对于平安贵族的批判。关于空海与安世的交往,中谷征充(2006:45—46)做了如下叙述。

> 一般认为空海与良岑安世的交友,涉及多个方面,但是这里仅仅举出五首诗歌来展示其中的一个侧面。这五首诗都收录在《遍照发挥性灵集》卷一中。本文列举的空海赠给良岑安世的五首诗歌分别是《赠良相公诗》《入山兴》《山中有何乐》《徒怀玉》《萝皮函词》。其中《赠良相公诗》《入山兴》《山中有何乐》《徒怀玉》四首是作为对安世的来信的回复。遗憾的是,安世的信没有留传下来。……《萝皮函词》并不是作为回信,而是叙述了自己的情况,并将前四首诗歌放入萝皮函中,与它们一起回赠给安世。
>
> ……良岑安世是平城、嵯峨、淳和这三帝的同父异母的弟弟,又是藤原北家的正嫡、藤原真夏、冬嗣的异父同母的弟弟。由于这种特殊的血缘关系,他经常处于政权的中枢位置,是在以嵯峨帝为中心的文坛上荷负着

唐风文化的文人之一。其诗文收录在《凌云集》(二首)、《文华秀丽集》(四首)、《经国集》(九首)中。这些诗以应制诗、奉和诗、和诗居多,十五首中共有八首,其他的诗也被认为是在诗宴上即席吟咏的,单独创作的作品很少。与空海有关的诗一首也没见到,与佛教相关的诗仅有一首,是在最澄死后他登上比睿山,面对着其遗像而进行缅怀的诗文,被收录在《经国集》梵门诗中。

良岑安世是嵯峨帝同父异母的弟弟。由于这样的关系,他经常处于政治中枢的位置,是贵族知识阶层的代表。敕撰三集中收录了他的汉诗文共15首,不过其中多是奉天皇之命制作的诗歌,以及与贵族知识阶层互相赠答的诗歌。虽然安世赠送给空海的汉诗文没有留传下来,不过从空海回赠给他的五首诗歌中,可以管窥到当时二人的交流情况。

1. 《赠良相公诗》

首先是《赠良相公诗》。这首五言诗是空海对良岑安世的书信第一封回信,内容如下:

良相公投我桃李,余报以一章五言诗、三篇杂体歌。

孤云无定处,本自爱高峰。不知人里日,观月卧青松。
忽然开玉振,宁异对颜容。宿雾随吟敛,兰情逐咏浓。
传灯[10]君雅致,余誓济愚庸。机水[11]多尘浊,金波[12]不易从。
飞雷犹未动,蛰蚑匪开封。卷舒非一己,行藏任六龙[13]。

在诗序中空海指出了诗歌的写作原因。那就是自己在高野山进行修行的时候,某天突然收到了来自京城的良岑安世的信件,为此,自己以一首五言诗和三篇杂体诗作为回信。第一首是五言诗,记述了收到来自京城的信件时的喜悦心情,并且按照安世来信的内容进行了回复。空海介绍了自己的近况,说自己离开京城,就像没有固定住所的浮云,寄身于高野山的深山之中。每日过着潜心修行佛法的日子,闲暇的时候或者赏月,或者倚靠在松树下休息。有一日突然收到了安世的来信,不禁回忆起了在京城生活期间,与安世相互探讨佛法的快乐情景，读着来信感觉就好像正在面对面地畅谈一样。在阅读安世来信的时候，山中的云雾也渐渐地收敛了，他一面阅读着来信，一面深深地体会到了彼此之间友情的可贵。

另外，通过这首诗歌也可以了解到良岑安世对于佛法传承的关心，以及对于空海下山传法的期待。他恳切地向空海发出了邀请，希望他能从高野山下山并回到京城传授佛法。正是为了回应安世的邀请和期待，空海在这首诗中回答了他的疑问，并解释了自己为什么暂时还不能下山，指出自己也与安世一样胸怀着利济众生的誓愿，可是这并非一件易事。他指出真言密教的传播如今也面临着困难，因为难以为俗世的人们所接受。因此，自己才暂时避开世人居住于高野山中，等待着适合佛法传播的时机的到来。

从诗中可以看出，作为官僚的良岑安世恳切地希望空海能尽快下山，在京城传授佛法。如前所述，佛教在日本有着守护国家的使命，空海一边接受着统治者的支持和保护，一边进行着传教的活动。因此，安世认为空海应该下山弘扬佛法，为国家多做贡献。对于他的邀请，空海在信中回复说，希望他能耐心等待时机的到来。也许是由于在京城的传教活动受到了来自周围的阻力，不能按照他所期待的那样顺利展开。接着空海以第二首诗歌《入山兴》，来回答良岑安世提出的一连串的问题。

2. 《入山兴》

正如前文中已经引用并论述过的那样，在《入山兴》中，空海揭示了人生和俗世的无常。

> 问师何意入深寒，深岳崎岖太不安。
> 上也苦，下时难，山神木魅是为厣。
> 君不见，君不见，
> 京城御苑桃李红，灼灼芬芬颜色同。
> （中略，参见前文引用部分）
> 歌堂舞阁野狐里，如梦如泡电影宾。

从此诗开头的设问句就可以看出，空海进入高野山之后，很长时间都没有返回京城。对空海抱有关心的良岑安世，在担心他闭居于高野山中的生活状态的同时,对他长时间不返回京城传播佛法也感到疑惑,因此,在信中询问空海为何要离开生活条件优越的都城,住进生活条件严酷的高野山。在信中良岑安世指出了高野山恶劣的自然环境,不但上山时很辛苦,下山时也很艰难,并且高野山在当时的人们看来,是山神和树精栖息的地方,不是适合人类居住的场所。因此他询问空海,比起高野山,天皇居住的京城不是更适合人居住吗?

对于他的疑问,空海在诗中回答说,比起在都城里,高野山中的生活更加快乐。如同题目《入山兴》所表现的那样,这首诗歌专门描写了高野山中生活的快乐。同时,空海一边描写着京城的繁华景象,一边指出生活在那里的人们实际上全都是无常的存在。不但京城的繁华如此,就连生活在其中的天皇贵族们,在本质上也都是无常的,甚至生活在这个世上的所有人,也都是无常的存在,最终都会在不知不觉中离开人世,而最终化为灰尘。

从诗中可以看出,空海对于京城的繁华或许抱有某种反感,他进入高野山就是为了避开京城的喧嚣。如同《三教指归》序言中的描写,空海当年以地方官子弟的身份,从地方来到平安京就读,在以中央官僚子弟为教育对象的大学寮学习时,似乎就曾经感受到了屈辱[14]。因此,空海似乎始终对于京城以及生活在那里的官僚们没有什么好感,这从他的汉诗文中就能管窥一二。在空海的汉诗文中,常常能见到批判居住在京城中的皇室和贵族们的生活无常的描写。他在诗文中一味地否定京城中的繁华景象,并且指出即使成为帝王之身,在本质上来说也都是虚幻不实的。可见,空海虽然与以嵯峨天皇为首的贵族知识阶层进行了频繁的交往,但是对于皇室和贵族的生活方式,却是持否定态度的,是具有批判性的。

不用说,这首诗也与《三教指归》中对儒教思想的批判是同样的构思。空海在诗文中指出了京城的无常之后,又将焦点聚焦到了安世这位平安时代的贵族身上。诗中接着写道:

君知不,君知不,
人如此,汝何长,朝夕思思堪断肠。
汝日西山半死士,汝年过半若尸起。
住也住也一无益,行矣行矣不须止。
去来去来大空师,莫住莫住乳海子。

南山松石看不厌，南岳清流怜不已。

莫慢浮华名利毒，莫烧三界火宅里，

斗薮早入法身里。

诗中通过反问句式，来引起安世的注意，指出即使自古以来的帝王和贵族们，也不能长久地生活在这个世界上。既然人人都是无常之身，安世自然也不可能长久地生活在这个世上。每当朝夕思考生命无常这件事，就会使人产生忧思断肠般的悲伤心情。因此，空海直率地指出，作为贵族的安世，也与那些日薄西山、不久于人世的人们一样，同样面临着死亡的迫切威胁，不可能久居于世上，并通过举出人生无常的例子来告诫他，希望他不要被俗世的名利所羁绊，不要浮沉于京城荣华富贵的生活中，而应该立即进入佛法的修行中去。

因此，空海从佛教的无常思想出发，一面用佛教思想来批评儒教和道教思想的不足，一面试图引导人们进入真言密教的法身境界中去。这种诗文构思，是基于他从青年时代开始形成的三教论思想，即通过指出京城和帝王的无常，来否定崇尚世间功名利禄的儒教思想，这与《三教指归》卷中的下述部分具有同样的宗旨。

（前略）顾惟世俗缠缚贪欲煎迫心意，羁縻爱鬼焦灼精神。营朝夕食劳夏冬衣，愿浮云富聚如泡财，邀不分福养若电身。微乐朝臻笑天上乐，小忧夕迫如没涂炭。娱曲未终悲引忽逼。今为卿相明为臣仆。始如鼠上之猫，终为鹰下之雀。恃草上露忘朝日至，凭枝端叶忘风霜至。咨可痛哉，何异鹡鸰，葛足言哉。其吾师之教与汝所说之言，汝等之所乐与吾类之所好，谁其优劣孰其胜负。……

虚亡隐士通过揭示世俗中人们迷妄的生活状态，对龟毛先生所倡导的儒教思想进行了批判，指出世俗的人们每天以追逐名利为中心地生活着，这种生活方式非常愚昧。如果人们按照龟毛先生的教导，走通过学习儒学以出人头地的人生道路的话，那么就有可能今日还作为殿上的大臣行使着权力，明天却已经成为别人的仆人了；就好比那开始还如同盯着老鼠的猫一样，不过最终却成为被鹰瞄准的麻雀了；也好比认为可以依靠草叶为居的露水一样，却忘记了朝日将至;这样追名逐利的人生,就好比以为枝头可以依靠的树叶,却忘记了风霜严寒的日益迫近。真是令人心痛啊!俗世众生的迷妄心地,就如同那在苇叶上筑巢的被称为苇莺的鸟儿一样地愚昧无知[15],从而批评和否定了龟毛先生所倡导的儒教思想。

空海在写给安世的回信中,劝说他不要被如同浮云一样的名利所羁绊,希望他趁着自己还在世的时候,尽快地进入真言密教的修行中来。正如空海在诗文中所指出的那样,良岑安世的确是短命的。中谷征充(2006:46-47)接着指出:

> 针对良岑安世,还没有系统性的先行研究。虽然关于其生涯、事迹和经历在各种小传或者辞典的词条中有所介绍,不过其基础史料主要都是依据《公卿补任》。特别是在弘仁七年的条目中安世被补任为公卿时,其后面所付的略传是唯一完整的史料。据此,安世诞生于延历四年(七八五),他的母亲从七位下百济宿祢之(永)继的身份是女嬬,曾服侍天皇(供奉)。于天长七年(八三〇)四六岁时逝去,比空海小十二岁。
>
> 其生涯可以说是在延历二十一年(八〇二)十二月二十七日他十七岁的时候,以皇子的身份被赐姓良岑朝臣而成为臣下,并被授予正六位上的时候开始的。大同二年(八〇七)十二月,二十三岁的时候,成为右卫士大尉,最初的身份是武官。历任武官职位,于大同四年(八〇九)六月八日二十五岁的时候成为从五位下,获得了殿上人的资格。随后,追随异父同母的哥哥藤原冬嗣,顺利地获得晋升,去世前的职位是正三位大纳言。
>
> ……安世在桓武帝的众多子女(男子十七名、女子十九名)中,属于被赐姓并成为臣下的为数不多的人之一,除他以外只有延历六年被赐姓的长冈朝臣冈成。从这个意义上来说,他是很特殊的存在。他出生于桓武帝五十岁的时候,虽然不清楚他在三十六名子女中排名第几,但是应该属于排名接近末尾的孩子,因此很难与其他大多数的哥哥姐姐们有密切的交流。虽然无从知晓其生母百济宿祢永继存命到何时,不过他也从同母异父的兄长真夏与冬嗣处感受到了家族之爱与兄弟之情吧。

中谷征充认为目前可知的是良岑安世的父亲是桓武帝,母亲是百济宿祢永继。他于785年,在桓武帝50岁的时候出生,是处于36名子女中排位接近末尾的位置，并且，从 17 岁开始历任臣下、武官的工作，在 25 岁时获得了殿上人的资格，顺利地进入了中央贵族的统治阶层。只是，他在 830 年仅仅 46 岁的时候就去世了，最后的官职是正三位大纳言。安世是皇族的出身，身为武官一路顺利晋升。他所走的道路，也就是龟毛先生所说的通过学习儒学成为官僚的人生道路。安世的汉诗文素养也很高，他参与了《日本后纪》的编辑，又是《经国集》的编写者之一。可以说他也是受到了儒教的熏陶和教育并以此进入仕途做官的。可是，空海在诗文中却对安世这样的人生道路持否定态度。

从上述诗文内容可以看出，空海虽然与以嵯峨天皇为首的皇室贵族们进行了频繁的交流，但是却并不认同他们的生活方式与价值观。并且，从他在诗文形式的回信中试图直接说服嵯峨天皇同父异母的弟弟良岑安世这件事来看，就可以感受到空海对于安世的真挚情怀，可以说他与比自己小 12 岁的安世之间的交流是情真意切的。并且，从空海对于平安贵族直率的劝谏中，也可以看出他受到了王公贵族们特别的重视，从而有机会与以嵯峨为首的宫廷贵族进行平等的交流。

3.《山中有何乐》

空海接着以《山中有何乐》这首诗歌，来继续向良岑安世介绍自己在高野山生活的快乐，试图召唤他与自己一样地进入山林中修行佛法。

> 山中有何乐，遂尔永忘归？
> 一秘典，百衲衣，雨湿云沾与尘飞。
> 徒饥徒死有何益，何师此事以为非？
> …………
> 我名息恶修善人，法界为家报恩宾。
> 天子剃头献佛陀，耶娘割爱奉能仁。
> 无家无国离乡属，非子非臣子安贫。
> 涧水一坏朝支命，山霞一咽夕谷神。
> 悬萝细草堪覆体，荆叶杉皮是我茵。
> 有意天公绀幂垂，龙王笃信白帐陈。
> 山鸟时来歌一奏，山猿轻跳伎绝伦。
> 春华秋菊笑向我，晓月朝风洗情尘。

　　这首诗歌的开头部分,也采用了设问的形式。由于不解空海为何长时间不下山返回京城,于是安世就在信中询问山中有什么快乐值得他流连忘返。安世认为每日在深山中修行的僧人们生活一定会过得很艰苦,因为他们每日都要诵读佛经,身着缝满补丁的百衲僧衣,忍饥挨饿自不待言,甚至会徒然地死去,认为没有法师会赞同这样的修行方式。从诗中可以看出,安世在信中直言不讳地向空海表达了自己的疑惑之情,他无法理解空海为什么一定要舍弃京城优渥的生活,而进入自然条件严酷的高野山中修行。空海为了解除他心中的疑问,将他的问题作为诗歌的标题,并在诗中叙述了自己在高野山的生活状态。

　　在诗中,空海以在摩羯陀国灵鹫山修行的释迦牟尼和在中国五台山修行的文殊菩萨为例,来说明自己的入山修行并没有错。与在京城传授佛法的法师们不同,他是以释迦牟尼和文殊菩萨为榜样,投身到高野山这样的深山里去修行。空海指出自己是遵从了佛陀的教导,以法界为住处,是为了报答佛的恩德,才到深山中修行的。投身于高野山的自己,离开了故乡的亲友,模糊了家庭和国家的界限,甚至没有作为孩子和臣子等这样一些身份上的束缚,孑然一身地过着清贫而自由的修行生活。身在高野山上修行,虽然无法与京城优越的物质生活相提并论,但是却有生活在俗世中的人们感受不到的快乐。空海进而指出自然界的万事万物都是佛的法身在说法。作为修行者的自己,通过入山修行冲刷掉了俗世的尘累,每天都与大自然融为一体,这样的快乐是常人无法体会的。通过上述诗文中详细的描写,空海向安世揭示了入山修行的种种乐趣。接着诗中又写道:

　　　　一身三密过尘滴,奉献十方法界身。
　　　　一片香烟经一口,菩提妙果以为因。
　　　　时华一掬赞一句,头面一礼报丹宸。
　　　　八部[16]恭恭润法水,四生念念各证真。
　　　　慧刀挥斫无全牛,智火[17]才放灰不留。
　　　　不灭不生越三劫[18],四魔[19]百非不足忧。
　　　　大虚寥廓圆光[20]遍,寂寞无为乐以不。

　　在诗文中,空海继续向安世揭示真言密教法身的境界。他指出,人人本自拥有的身、口、意这三种秘密，是与真言密教所说的十方法界的真理相通无碍的。真言门的修行者秉持着真言密教的修行法门，一边吞咽着山上的云霞，一边唱诵着真言，通过这样的修为方式，来开启自己的菩提心；并且，一面掬一朵山中应季的花卉用来称颂佛的智慧，一面叩首感谢天子的恩德；然后，与守护佛法的天龙八部一起，恭敬地沐浴和浸润在佛法的智慧之中，同时与胎生、卵生、湿生、化生这众多的生命一起，通过接受佛法的教导，来觉悟人生的真谛与宇宙的真理。一旦觉悟了佛法的智慧，就会如同《庄子•养生主》中所说的庖丁那样，在心中彻底泯灭了有无和是非的分别心。觉悟了佛法以后，智慧的火焰就会烧尽所有的烦恼，甚至连灰烬都剩不下。通过密教修行所获得的法身，已经跨越了三劫，超脱了生死，进入了不生不灭的境界，即使有阻碍修行的四魔百非的干扰也不足为虑了，因为法身大日如来的大圆镜智的光芒，照彻了法界的每个角落。空海通过上述诗文，揭示了自己入山修行就是为了报答佛的恩情，就是为了觉悟真言密教的法身境界，并向安世揭示了不生不灭的法身世界的清净极乐与智慧圆满。

4.《徒怀玉》

接着空海以《徒怀玉》这首杂言诗指出了密教传法的艰难，以寻求良岑安世的理解和支持。

> 问师怀玉不肯开，独往深山取人哈。
> 君不听，君不听，
> 调御 [21] 髻珠 [22] 秘灵台，宣尼良玉 [23] 称沽哉。
> 方圆人法不如默，说听琉璃情几抬。
> 古人学道不谋利，今人读书但名财。
> 轮王 [24] 妙药鄙为毒，法帝 [25] 醍醐 [26] 谤作灾。
> 夏月凉风，冬天渊风，一种之气，嗔喜不同。
> 兰肴美膳味无变，病口饥舌甜苦别。
> 西施美笑人爱死，鱼鸟惊绝都不悦。
> 同与不同，时与不时，升沉赞毁默语君知之。
> 知之知之名知音，知音知音兰契深。

　　与前面二首诗文一样,这首诗歌也是以设问句展开的。安世在信中询问空海,他作为心中怀有玉石般智慧的法师,为何不肯在京城中为众人开示佛法。独自一人前往深山中修行,会被在京城中宣讲佛法的其他宗门的法师们笑话的。对于安世的质疑,空海在诗歌中一边采用反问的方式,一边进行着回答。"君不听,君不听",与《入山兴》中的"君知不,君知不"一样,通过双重的反问,引起安世的注意。这就好比老师在告诫学生时反复强调,生怕对方不能认识到自己所说事情的重要,体现了他对安世抱有真挚的情感。同时,空海对于自己暂时隐居于高野山而不下山到京城中宣讲佛法的理由做了如下的解释:释尊经常将如同髻珠一样宝贵的佛法的真理珍藏在自己的心底,如果没有遇到能够接受这一秘宝的法器的话,是不会轻易地拿出来示人的。再比如孔子,他怀有如同美玉般高洁的才能和品德,也不会用来与人做交易,只是在苦苦地等待着有缘人来聆听他的教诲。而红尘中那些心怀狡诈和爱耍小聪明的人,即使面对着同一件事物,也会根据自己的需要,一会儿把它说成是方的,一会儿又将其说成是圆的。对于这样一些心地执着、是非不分的俗世众生,不如保持沉默。同样,真言密教的教法就如同琉璃般晶莹剔透,如果随意地对不具备法缘的人们宣说,反而会使他们的尘心俗情更加高涨。古时人们学习的目的是觉悟人生的真理,而不是为了获取名利。可是当今的人们,他们读书的目的多是获得名誉和利益。这些人由于不具备求法的端正心念,因此即使是转轮圣王宣说的深妙的佛法,也会被他们诬蔑为毒药,反倒会对他们带来危害。就连大日如来的尊贵教法,也会受到他们的诽谤和轻慢,必然因此而招致灾祸。这就如同夏天吹来了清爽的凉风,与冬天刮过河流的寒风,虽然在本质上都是相同的,但是人们却根据自身的感受,对其产生了好恶的感情。又好比本来是同样味道的美味的饭菜,在经过病人和饥饿的人的舌头品尝以后,却因此产生了甘苦的味觉差异。再比如,古代有名的美女西施,她高雅的微笑人见人爱,有人甚至甘愿为她而死去。但是鱼儿或者鸟儿看见她时,却因为受到了惊吓而没有丝毫的喜悦,反而快速地逃走了。空海通过旁征博引古代经书典籍和运用各种比喻,来向安世说明他在高野山中修行的原因。这是因为,即使面对同一种事物,人们的看法也各不相同。因此,即使是同样的真言宗的教法,也存在着能够接受和不能接受的人,佛法的宣讲和弘扬,也要看时机是否合适。

　　如上所述,空海对于安世书信中的质疑,围绕着真言密教的兴衰,从人们对它的赞成与否定,以及说法需要等待合适的时机等几个方面,深入浅出地进行了说明,以寻求安世的理解与支持。空海在诗文中,一边批判了尘世中人们心地的迷失,一边揭示了真言密教在世上传播所面临的困难处境。通过上述诗文内容可以推测,空海在京城弘扬真言密教的时候,也许受到了其他宗门的冷眼和排挤。因此,已经进入高野山修行的空海,通过写给安世的书信来吐露自己心中的苦闷,并表明自己超凡脱俗的志向。

5.《萝皮函词》

空海在逐一回复了良岑安世信中的提问以后,将上述几首以诗歌形式写成的回信装入树皮编织成的小箱子中,同时以最后的一首《萝皮函词》,来表达他对安世的亲切问候。

> 南峰独立几千年,松柏为邻银汉前。
>
> 戴日萝衣物外久,函书今向相公边。

空海在收到了安世的来信以后,以前述的四首诗歌回答了他提出的各种问题。第一首《赠良相公诗》,记录了他收到信函时的喜悦心情,回答说自己与安世一样,誓愿以佛法来救助众生。并且,在第二首《入山兴》中,空海一边用各种比喻来警示安世与生活在京城中的王公贵族们的无常,一边催促着安世立即进山修行。第三首的《山中有何乐》,一边叙述通过证悟佛法后进入法身世界中的快乐,一边通过揭示荣华富贵的无常来劝谏安世,希望他能尽快进入真言密教法身修为的境界中去。第四首《徒怀玉》,一边批判生活在京城中那些诽谤佛法的人们的狡诈和愚昧,一边指出了真言密教在俗世中传播所面临的种种困难,希望他能理解和支持。空海以上述四首满怀深情的汉诗文,试图动之以情、晓之以理地打动和说服安世,期待着他也能与自己一样进入高野山中,专心于真言密教的修行,觉悟法身世界的快乐。因此,这些写给平安贵族良岑安世的回信,不是单纯的书信问候,而是劝谏安世进入高野山修行的邀请函,是空海基于慈悲心的真挚情怀的显露。最后一首《萝皮函词》,是写给安世的寒暄的诗文。从当时高野山的自然条件恶劣这一点来看,或许空海一口气以诗歌的形式回答了安世提出的各种问题,最后将这些信件放在用常春藤的树皮制作的小箱子中,派人一并送交给良岑安世的可能性比较大。

上述诗歌,从叙述的方式来看,一边指出京城以及居住在京城中的贵族们都是无常的存在,一边批评被京城的名利所缠绕的安世的生活状态,来催促他尽早进入佛法的修行。为了劝谏他,空海一边描述着密教的法身世界的快乐,一边呼吁和劝诱着他的信仰。这些诗文的构思方式和修辞方法,基本上与《三教指归》以及《游山慕仙诗》类似,都是基于三教论的构思。其写作顺序都是首先批评了俗人的迷妄,继而揭示了俗世的无常,最后引导他们产生对真言密教的信仰。可见,通过批判的方法来树立真言密教的方式,是空海汉诗文一贯的风格。特别是在诗文中,空海对俗人和贵族的批判相当尖锐,可以说表达了空海对于生活在京城中的王公贵族们生活状态的否定,这与他在《三教指归》中曾进行过的儒教批判如出一辙。

注释

[1] 市河宽斋(2000:14),《哭海上人》(《高野大师广传》):得道高僧冰玉清,乘杯飞锡度沧溟。化身住世何能久,尘界空留惠远名。缁侣古来以为乐,凡夫徒自感伤情。戒珠俄尔沈逝水,心印付谁云岭行。遗草能夸王怛骏,旧章宁谢马长卿。莲宫犹击罗浮磬,香阁无翻贝叶经。岁晚禅林摇落□,凉天苦月照坟扃。从此津梁长已矣,魂兮何处救苍生。注:□为缺字。

[2] 又称为"药子之乱",是平安时期朝廷内部的政变。809年4月,平城天皇因病让位于皇太弟神野亲王(嵯峨天皇)。在平城天皇退位后,为了让其复祚,受到前帝宠爱的藤原药子(平城天皇妃子的母亲)与其兄藤原仲成于810年发动政变,事情败露后受到镇压,平城上皇出家,药子自杀,仲成被诛。

[3] 位于京都府长冈京市,现为真言宗丰山派的寺院。山号大慈山,又称为法皇寺。据称是根据推古天皇的敕愿由圣德太子开基建立。811年空海担任寺院别当,成为护国道场。空海也曾在此接待了最澄的到访。

[4] 高野山位于日本和歌山县北部,为海拔1000米上下的群山所环抱,山顶为真言宗的大本营金刚峰寺。由于是以男性僧侣为中心的修行场地,1872年之前曾一直禁止女子进入高野山。

[5] 824年2月,因为出现旱情,空海奉嵯峨天皇敕令进入神泉苑并进行了祈雨的修法,先后留下了《秋日观神泉苑》《喜雨歌》等诗歌。

[6] 平安初期的公卿贵族、汉诗人。父亲是藤原内麻吕,母亲是百济永继。与桓武天皇的儿子良岑安世是同母异父的兄弟。受嵯峨天皇的信任,担任左大臣等官职。曾协助编纂《文华秀丽集》《日本后纪》。其汉诗十首收录在《凌云集》等汉诗集中。

[7]《日本诗纪》，是 1788 年时成书的汉诗集。采集了从上古开始到平安末期的汉诗。作者 428 人，作品 3 024 首。是古代日本汉诗集大成的唯一著作。

[8]《和海和尚秋日观神泉苑之作》：阇梨下自南山幽，敕许令看上苑秋。御路萧疏杨柳影，遵行直到白沙洲。回胆肃杀无纷浊，眼沸清泉一细流。小岭登攀频见惊，暗林沸入欲惊鸠。三明显照龙池阁，二道薰迎秋蕙楼。法侣相随嘉树下，不殊昔与大比丘。

[9]《谒海上人》：道者良虽众，胜会不易遇。寝兴思马鸣，俯仰谒龙树。一得遭吾师，归贪口寓住。飞流驯道眼，动殖润慈澍。字母弘三乘，真言演四句。石泉洗钵童，炉炭煎茶孺。眺瞩存闲静，栖迟忌剧务。宝幢拂云日，香刹干烟雾。瓶口挑时花，瓷心盛野芋。磬鸣员梵彻，钟响老僧聚。流览竺乾经，观释千硫赋。受持灌顶法，顿入一如趣。

[10] 崔颢的《赠怀一上人》中有"传灯遍都邑，杖锡游王公"。

[11]《庄子•天地》："有机械者必有机事，有机事者必有机心。"

[12]《汉书•礼乐志二》中有"月穆穆以金波，日华耀以宣明"。

[13]《周易•上经•乾传》："大明终始，六位时成，时乘六龙以御天。"

[14] NHK 采访班（2002：261）："提起当时的学校，是以位于平安京的'大学'和地方的'国学'为代表的，它们都是为国家培养人才的官僚培训机构。空海也曾经在这些学校里学习过。当时的律令阶级制度严格地规定了入学资格，并非谁都可以平等入学的。出生于名门望族且家长在中央政界担任官僚的学生会受到特别优待，因此作为地方官僚子弟的空海，在其中也一定感受到了屈辱吧。"

[15] 陈琳《檄吴将校部曲文》："鹡鸰之鸟，巢于苇苕，苕折子破，下愚之惑也。"

[16] 天龙等之八部众，又乾闼婆等之八部鬼神也。

[17]（譬喻）以智烧烦恼之薪，故譬以火。

[18] 三阿僧祇劫。三无数劫。

[19] 一、烦恼魔。二、阴魔。三、死魔。四、他化自在天子魔。

[20] 放自佛菩萨顶上之圆轮光明也。

[21]"调御"是如来十号之一，比喻佛就如同贤者善于驭马一样地善于统御众生。

[22]"髻珠"指发髻中的宝珠，比喻最高真理。

[23] 将孔子的文德比喻为良玉。

[24]"轮王"指转轮圣王，略称转轮王，又曰轮王。

[25]"法帝"即密教教主大日如来。"醍醐"比喻真言密教。

[26] 醍醐：五味之一，制自牛乳。味中第一，药中第一。

第六章
空海文学的道教批判

第一节 《三教指归》的虚亡隐士像

一、古代日本对道教的引进

空海在卷中《虚亡隐士论》中叙述了道教的神仙思想,从中我们可以管窥道教思想对日本的影响。道教是中国固有的宗教,是以长生不老这一神仙思想为中心的。道教以黄帝以及老子和庄子等人物为代表,在中国的影响极为深远。而佛教是在后汉明帝时期从印度传来中国,随之产生了与中国本土宗教的激烈竞争。

道教在自身成长的过程中,也是借助统治者的扶持才获得了快速发展。卿希泰(1996:13)指出:"文帝杨坚出于政治需要,对道教采取了利用和扶持的政策,这对道教的发展起了促进的作用, ……文帝杨坚对道教的扶持政策为唐道教的迅速崛起准备了条件。"道教在与佛教进行抗争的同时,其教理教义也随之变得越来越完善。道教思想与佛教思想之间既相互竞争又相互融合。道教思想以神仙思想为代表,主张通过与自然相融合的山林修行,来炼制丹药,进入羽化成仙的境界,从而达到长生不老的目的。同时,道家也有遁世的倾向,他们常常进入深山中以隐士的身份进行修行。正如《神仙传》所记载的那样,在中国历史上关于进入深山修行并最终得道成仙的传说不胜枚举。不用说,《三教指归》中的虚亡隐士,就是根据道教的神仙思想而虚构出来的人物。所谓"虚亡隐士",就是指在深山中进行隐居修行的遁世者,他们基本上断绝了与尘世的交往,世人很难寻觅其踪迹。那么道教神仙思想是何时开始传入日本的呢?福永光司(1987:9)指出:

> 日本古代文化开始与作为中国固有宗教的道教思想信仰产生明确的关联性,是从将之前使用的"国君""大君"等国家元首的名称改为道教神学用语的"天皇"这一庄严且清新的概念来称呼的时候开始的。比较权威的观点认为是在日本国刚开始以国家的形式与中国进行交往并派出遣隋使也就是圣德太子作为摄政活跃的六世纪末至七世纪初的这段时期。不过,通过对与道教相关的文献进行实证性考证,可以确定其关联性的还是在半个世纪以后的天武、持统的时期。

可见道教自古以来就对日本社会产生了深刻的影响。例如日本国君的"天皇"这一称号,就是来自中国道教的神学用语。关于道教传入日本的时期,比较权威的观点认为是在 6 世纪末到 7 世纪初,也就是圣德太子作为摄政而活跃的时期。道教传入以后,日本将国家君主的称谓由"国君""大君"改为了"天皇"的称号。日本学者指出,经过自古代日本开始的对于道教思想长期的吸收和融合,道教思想早已与当今日本人的行为方式和生活习惯乃至于信仰形态等几乎所有方面同化在一起了。例如,对日本社会影响深远的"神道""天皇"等用语本身就是来源于道教,可见道教神仙思想给日本社会带来了极其深远的影响[1]。另外,上田正昭(1989:15)认为古代朝鲜在道教传入日本的过程中起到了重要作用。

> 通过以学者下出积与先生为首的最新研究逐渐判明的是,在古代日本流传着所谓的民间道教,远超我们想象地对于日本列岛古代文化的形成发挥了重要作用。并且,来自朝鲜半岛的渡来人集团作为旗手和中坚力量起到了重要作用。

　　日本最近的研究成果显示,来自朝鲜半岛的渡来人集团作为中坚力量,在道教传入日本的过程中发挥了重要的作用。应该说中国的道教很早就被带入日本并在民间流传,而正是这种民间道教,对于古代日本列岛文化的形成发挥了重要的作用。那么日本人是从何时开始对中国道教思想产生了强烈的关心呢？对此福永光司(1996:39-42)做了如下的论述。

　　　　日本人对于中国道家道教思想的关心,从七世纪中期天武和持统天皇的时代开始迅速高涨,并且伴随着元明与元正天皇时期《古事记》《日本书纪》的编纂,特别是伴随着与日本国建立相关的古代神话的传承等文化的发展而日趋活跃起来。……天武天皇,一方面作为佛教的信仰者修建了药师寺,同时也将自己的名字称为"天渟中原瀛真人","瀛"是在《史记》封禅书中能见到的海中神仙们居住的山,"真人"是对体会和领悟了道家道教的"道"的神仙的称呼,……是对神仙道教怀有憧憬的人。天武天皇对于神仙道教的憧憬,可以说与他在壬申之乱时以吉野山为据点举兵密切相关。他重视伊势神宫的祭祀并在泊濑设置斋宫("神宫"这一词汇也能在古代中国道教的文献中见到),同时对于日本国的建立起源以及神话时代的历史等抱有强烈的关心,这些都源于他对于道教神仙思想的深深憧憬。

　　上文指出了日本从天武天皇(？—686)和持统天皇(645—702)的时代开始,对于道家道教思想的关心迅速高涨。尤其是天武天皇对于道教的神仙思想怀有深深的崇敬,他既是佛教信徒,同时也憧憬着成为道教中的神仙。他将自己称为"天渟中原瀛真人",以道教"真人"[2]的称号作为自己的称谓,表达了他向往道教神仙世界的心境。并且,他对于日本国的建立和起源怀有强烈的关心,即位后命令编纂日本国史《古事记》,其中日本建国的神话,其实就是根据中国道家道教的宇宙生成论创造的。福永光司(1996:42-43)继续写道:

　　　　《古事记》的序继承了天武天皇对于"真人"(领悟了神仙道教的"道"的人)的憧憬,以"真人"的哲学(道家道教的宇宙生成理论)来讲解日本国的创立神话。……《古事记》《日本书纪》中关于神话时代的记述,采用了很多中国道家道教的哲学内容。进而以《古事记》《日本书纪》中关于神话时代的相关记述为依据而形成教理教义的日本神道学("神道"这一词语在中国也是自《易经》《太平经》以来就作为含有宗教性世界真理之意的词汇被沿用至今),也与中国的道家道教的哲学有着密切的联系。不过,暂且放下日本的神道学,在这里想指出的是,空海又在《三教指归》中言及了这样的宇宙生成理论。

可见,日本的《古事记》《日本书纪》中与神话时代相关的记述,主要采用了道家道教的思想哲学。不但如此,日本的神道学也是基于《古事记》《日本书纪》中关于神话时代的记述而形成其教理教义的,因此与中国的道家道教的哲学思想有着密切的关系。并且,空海在《三教指归》的《龟毛先生论》中写道:"窃惟清浊剖判最灵权舆,并禀二仪同具五体",意思是说盘古氏开天辟地分化阴阳,人类禀赋此阴阳二气,生成五体之躯,成为天地之间最具灵性的生命。显然,这一部分的论述,也是基于道家道教宇宙生成理论而写就的内容。另外,关于中国的道教思想的内涵,森三树三郎(2003:72)做了如下的论述:

> 构成后世道教的主要因素是神仙学说。初期道教主要以神仙学说为基础,但是随后为了提高其权威性而引入了道家(老庄)特别是老子的思想,在最后阶段大量地引入了佛教思想。
>
> 道教的核心是神仙学说,不过神仙学说本身实际上也是由养生术、炼金术、巫术等具有各自独立起源的其他诸要素混合而成的。

上文认为中国道教思想的主要构成要素是神仙学说,并且为了提高权威性而引入了老子和庄子的思想,在后期也受到了佛教思想的影响。道教的神仙学说还包含养生术、炼金术、巫术等诸多要素。亘古以来,很多修行者受到了道教神仙思想的影响,他们为了避开俗世的喧嚣和嘈杂,进入深山中,专门以神仙的养生术、炼金术为中心进行修行,祈愿能够达到长生不老的目的。这样的道教神仙的修行方法也被带入了日本。宫家准(2001:31-32)指出:

> 到了飞鸟、奈良时代,来自中国的渡来人等带来了道教。道教是以进

入灵山修行成为长生不老的仙人为目的的。根据在我国也被广泛阅读的吴代葛洪（二八九—三六三）《抱朴子》的记载，入山术是在入山之际，首先必须进行七日甚至是连续百日的斋戒，以此来祭祀诸神灵。然后还需要选择吉日和吉祥的方位，悬挂镜子身配入山符才能进山。在入山前，还要念诵咒语和踏出左右交错的禹步（反闭）。入山后应住在草庵和洞窟之中，身着藤蔓植物树皮结成的藤衣，并断绝五谷以松果为食，通过这样的修行来获取仙药，并获得役使鬼神、用火、飞行等超自然力。即使在我国大江匡房（一〇四一～一一一一）的《本朝神仙传》中，也记载了这种仙人的修行。可是，由于道教原本是中国的民俗宗教，因此日本并不是以道士传教的形式，而是以由渡来人和学问僧们请来的形式引进的。

可见，到了古代日本的飞鸟、奈良时代，道教被渡来人和学问僧们带入了日本。葛洪（289—363）所著的《抱朴子》一书，也早早地传入了日本并被广泛地阅读。并且也有人根据《抱朴子》中记载的入山方法进入深山中修行。这些入山修行者，为了获得如同神仙一样的超自然力，在山中的洞窟或草庵中修行。在《本朝神仙传》一书中记载了日本道教修行者的故事，并且指出了道教在日本的传播途径，是经由来自中国和朝鲜半岛的渡来人带入日本，或者是由遣隋或者遣唐的学问僧带回日本的。

如上所述，道教传入日本列岛以后，对于古代日本文化的形成起到了至关重要的作用，对于从民间百姓到皇室贵族的社会生活及国家的政治文化等各个方面带来了深远的影响。道教文化在古代日本社会中广泛地传播，自然也给空海带来了很大的影响，在三教论思想盛行的时代背景下，空海也不可避免地对道教思想进行了深入的了解，这从《三教指归》卷中的《虚亡隐士论》中就可见一斑。

二、虚亡隐士的道教思想

在《三教指归》卷上，空海借助"龟毛先生"这一虚构人物，阐述了自己对于儒教思想的认识。可是，他随后又在卷中的《虚亡隐士论》中自我否定了上述基于儒教思想的人生理想，并借助"虚亡隐士"这一虚构人物，叙述了自己对于道教思想的认识。空海首先对虚亡隐士的相貌和神态进行了描写。

　　虚亡隐士，先在座侧，佯愚沧智和光示狂。蓬乱之发逾登徒妻 [3]，褴褛之袍超董威辇 [4]，傲然箕踞莞尔微笑，陈唇缓颊睢盱告曰："吁吁异哉卿之投药，前视千金之裘犹对龙虎，今观寸步之蛇若瞻鳋鳋。"如何不疗己身之膏肓，辄尔发露他人之肿脚？ 如卿疗病不如不治。……

　　与龟毛先生相貌堂堂的形象不同，虚亡隐士头发蓬乱超过了登徒子的妻子，衣衫褴褛赛过仙人董威辇，这是因为他为了浑俗和光而佯装愚昧，为了隐藏智慧而假装疯癫。当他听了龟毛先生劝诫蛭牙公子的说辞之后，不禁傲然箕踞，莞尔微笑地反驳了他所持有的儒教思想，指出龟毛先生的教导，就好比医生在投药治病时，药不对症而徒劳无益。龟毛先生的说教远观好像身着千金之裘，颇有龙虎之威风，但是近看却是似龙而非龙的寸步之蛇，细瞻之下不过是似虎非虎的鳋鳋而已。虚亡隐士认为他的教导就好比自己身染重病却不去治疗，反倒嘲笑别人脚肿了一样可笑。空海运用比喻的手法，描写了虚亡隐士这一道教思想代言人的神态样貌，与中规中矩的龟毛先生形成了鲜明的对比。虚亡隐士一出场，就表现出了道家神仙思想中浑俗和光的境界和风貌，并立刻对龟毛先生的儒教思想展开了犀利的批判。为了劝诫龟毛先生、兔角公与蛭牙公子等人，他接着叙述了道教神仙思想：

　　隐士曰：夫赫赫弘阳辉光熻朗，然盲瞽之流不见其曜。碬碬霹雳震响猛厉，聋耳之族不信彼响。矧太上秘录言邈凡耳，天尊隐术如何妄说。歃血遗盟太难得闻，镂骨示信何曾易传。所以者何，短绠汲水怀疑井涸，小指测潮犹谓底极。苟非其人闭谈喉内，实非其器秘柜泉底。然后见机始开择人乃传。……

　　虚亡隐士指出了道教神仙思想的宝贵，并说不应随意地对俗世的人们述说，而只应传授给与此有缘的人们。上文的"盲瞽之流""聋耳之族"，指的就是尘世中心地迷妄的人们，这与《聋瞽指归》这一题目所显示的宗旨是相同的。如前所述，蛭牙公子是被作为"盲瞽之流""聋耳之族"的代表而设定的，是三教共同教化的对象。空海认为，心地迷妄的人们不会轻易地遵从三教的教导，就像眼睛失明的人无法看到太阳的光辉，也如同耳朵失聪的人们听不见霹雳的响声。

　　并且,虚亡隐士接着以"太上秘录"和"天尊隐术"的道教思想来教诫龟毛先生等人。所谓的"太上秘录"是老子的教导,一般认为老子是春秋战国时期的思想家。道教成立于后汉末期,尊老子为开宗祖师。老子留下《道德经》,主张"自然无为"的思想。而"天尊隐术"指的是黄帝的教导。黄帝是中国古代的帝王,被尊奉为中华民族的人文始祖。秋月观暎(1955:70)指出,最迟可能在战国末期,黄帝和老子并称,被称为"黄老"[5]。虚亡隐士所说的"太上秘录"和"天尊隐术",也即作为道家祖师的"黄老"的教导。从上述内容中可以看出,空海在钻研儒学的同时,也对不断传入日本的"黄老"思想产生了极大的关心。毫无疑问,他也深入地研究过道教经典和教义的内容。进而,虚亡隐士展示了"太上秘录"和"天尊隐术"的内容:

　　　　隐曰:然矣,汝等恭听。今当授子以不死之神术,说汝以长生之奇密,令得蜉蝣短龄与龟鹤[6]相竞,跛驴驽足[7]与应龙[8]齐骏。并三曜[9]以终始,共八仙而相对。朝游三屿之银台终日优游,暮经五岳之金阙达夜逍遥。……

　　空海借虚亡隐士之口指出,如果按照道教的教导进行修行,就能达到与长生不死的神仙们一样的境界,逍遥自在地生活。所谓"不死之神术"和"长生之奇密",指的是道教神仙思想的核心内涵长生不老。并且,文中指出尘世中普通人的寿命如同蜉蝣一样短暂,其心性迷妄如同跛驴驽马一样踟蹰不前;只有通过修为成为神仙,才能拥有长生不老的寿命,并如同有羽翼的黄龙般翱翔于天际。文中继续指出,道教神仙们的寿命,是与天上的日、月、星一样能够长久存在的事物,并且成为神仙以后,就能够与早已成仙的八位仙人们为伴,早上遨游于海中三座神山[10]上白银的宫殿中,晚上来到渤海东面五岳(见《列子·汤问》)的黄金楼阁中,通宵达旦地游乐着。关于道教神仙学说以及海中的三座神山,秋月观暎(1987:35-36)写道:

　　　　当时中国出现了基于阴阳五行学说来强化天(神)的法则的倾向,与此同时也产生了形成道教教理学说中枢部分的新主张。无非是原始的神仙学说，揭示了成为不老不死的神仙的方术。在关于中国古代历史方面最值得信赖的《史记》之"封禅书"中，记载了在公元前三、四世纪左右，位于渤海沿岸的齐国和燕国等的诸侯王们，向传说中位于东海上的三座神山瀛州、方丈、蓬莱派遣了使者，试图求取仙药的故事，当时的诸侯们没有不为神仙学说所倾倒的。在著名的秦始皇帝（在位公元前二二一～二一○）派徐福（市）带领数千童男童女前往东海求取不死之药的有名事件以前，神仙学说就已经以各种各样的形式为人所知了。

上文指出在中国古代原始的神仙学说之中，已经揭示了成为不老不死的神仙的方术。并且，神仙学说逐渐成为道教教理学说的中心思想。东海中的三座神山，也就是瀛州、方丈、蓬莱，成为古代的王公贵族们憧憬的地方。在秦始皇向东海派遣徐福（又称徐市）之前的公元前3、4世纪左右，渤海沿岸的齐国和燕国的诸侯王们，就已经开始向海中的三座神山派遣使者，试图求取仙药。

如前所述，天武天皇称自己为"天淳中原瀛真人"。"瀛真人"的称呼，在道教的神仙学说中，是指在被称为"瀛州"的海中神山上居住的神仙。当然，道教的神仙学说传入日本之后，也给以皇室为首的贵族阶层带来了很大的影响。从《万叶集》的吉野歌以及《怀风藻》的吉野诗等内容中就能看到，以天武天皇为首的王公贵族们对神仙学说抱有极大的憧憬。在天武天皇、额田王、大伴旅人们的短歌诗句中，吟咏了作为仙境的吉野山。因此，在道教思想如此盛行的情况下，空海不可能感知不到贵族知识阶层的思想倾向。虚亡隐士接着向龟毛先生等人说明了神仙们之所以能够获得长生的秘诀：

　　隐曰：夫大钧陶甄无彼此异，洪炉镕铸离憎爱执。非独厚彼松乔薄此项颜，但善保彼性与不能持耳。养性之方久存之术，厥途极多不能具述，聊摄大纲示其少分。又昔秦始皇汉武帝，内心愿仙外事同俗。钟鼓铿锵已夺耳聪，锦绣灿烂忽损目明。红脸朱唇不能暂离，鲜鳞生毛不退片食。卧尸作观流血为川。如是事类难以陈说。流以涓滴泄以尾闾，心行相违徒深费劳。是犹覆方底于圆盖愿其能合，极功力于寒冰求其飞焰。何其愚哉。……

虚亡隐士指出像赤松子和王子乔一样的仙人们，并非天生就是长生不老的，而如同项橐和颜回一样的才子们，也并非天生就是短命的。人是否能保持自然的本性，决定了是否能长生不老。因为关于养生之术和长生之策，其方法极为繁多，难以一一叙述，在这里只是揭示其中的概要。从前，秦始皇和汉武帝想成为神仙，不过其生活方式却与俗世的人们没有什么区别。他们耳朵中充斥着乐器的喧嚣，身上穿的衣服色彩艳丽夺目、令人眼花缭乱，乖巧可爱的美女们片刻也不离左右，饮食顿顿都不能缺少鲜鱼和鲜肉。虽然其内心憧憬着成为神仙，可是却过着跟俗人一样的生活，这样的生活方式实在是愚蠢啊。

文中以赤松子和王子乔为例，揭示了成为神仙的秘诀在于保持自然的本性。这也是老子和庄子"自然无为"的思想。赤松子和王子乔都是《列仙传》中记载的人物。据说赤松子是神农时的雨师，曾前往昆仑山并在西王母的石室中栖身过；而王子晋是周灵王的太子晋，一边吹着笙一边骑着白鹤升仙了。吉原浩人（2003）指出，最早从战国时期开始，两者就被作为神仙的代表而被人们相提并论。赤松子也被称为赤精子或者赤诵子，王子晋也被称为王子乔或者王乔。并且，这二位仙人经常被作为仙人的代表，被合称为"松乔"。作为在中国的文学作品中经常出现的人物，在日本以空海和菅原道真（845—903）为首，很多僧俗的诗文中都引用了二者的名字。虚亡隐士继续揭示了如何才能成为神仙：

> 手足所及豸蠓不伤，身肉之物精唾不泄。身离臭尘心绝贪欲，目止远视耳无久听。口息粗语舌断滋味，克孝克信且仁且慈。蹶千金以如蚕芥，临万乘而如脱屣。视纤腰如鬼魅[11]，见爵禄如腐鼠[12]。怕乎无为淡然减事，然后始学不异指掌。但俗人尤所玩好，则道侣甚所禁忌耳。若能离此得仙非难。五谷者腐脏之毒，五辛者损目之鸩，醴醪者断肠之剑[13]，豚鱼者缩寿之戟[14]。蝉鬓蛾眉伐命之斧[15]，歌舞踊跃夺纪之钺。大笑大喜极忿极哀，如此之类各多所损。一身之中既多如此敌，若不绝此仇长生久存未有所闻。离此于俗尤难，绝此得仙尤易。……

虚亡隐士接着指出要想成为神仙，首先必须按照道家老子思想的教导，选择"自然无为"的生活方式。为此，甚至连小虫子都不伤害，以培养自己善良的品德。并且要爱惜自己的身心，不使其过度消耗，以保持生机。还要尽量避开污秽的地方,心中要除去贪婪的欲望,眼睛不要远眺,耳朵不要长时间地听音。口中不说谗言,舌头不品尝美味。对父母要孝顺,与别人接触要诚实,通过仁德来保持慈爱之心。并且,应不屑一顾于千金的财宝,也不羡慕帝王贵族的富贵。看见腰肢纤细的美人也不动心,对于成为高官的诱惑嗤之以鼻。遵循自然无为的大道,享受恬淡无欲的生活。如果能保持这样的心境,就能在自己眼前展开成仙的道路。俗人非常喜欢的事情,也就是修行人要刻意去避开的事情,如果能从俗世的喧嚣和烦扰中逃脱出来,那么成为仙人也并非可望而不可即的事情。类似于五谷和五辛这样威胁到人们身心健康的外部因素极多。如果能断除这些,那么成为仙人就变得很容易了。文中告诫人们,为了成为神仙,首先应该远离世俗的生活,应该秉持"自然无为"的生活方式。松田智弘(1999)认为,空海在《三教指归》中论述了《龟毛先生论》(儒)、《虚亡隐士论》(道)以及《假名乞儿论》(佛)。不用说,结论是佛教优于儒教、道教。在这一比较论中,可以看出空海将道教的宗旨看做是对不老、不死的长生之术的说教和传授,目标是为了成为仙人。为此,必须禁止杀生、断绝所有世俗的欲望,不可接触俗事。还应断绝五谷、五辛、酒肉,以及美女、歌舞、喜怒哀乐等。在此基础上,才可以服食成为仙人的药物。

如上所述,道教思想与龟毛先生的以儒学来出人头地的教导不同,主张恬淡无欲的生活方式。为了成为仙人,首先应该远离世俗的生活方式,进入淡泊无欲的境界之中。人们要走成仙的道路,首先应该脱离俗世的嘈杂。在此基础上,才有可能进入神仙的修行道路中去。虚亡隐士又指出了具体的修为方法:

> 必须先察其要乃可服饵耳,白术黄精松脂谷食之类以除内病,蓬矢苇戟神符咒禁之族以防外难。呼吸候时缓急随节,扣天门以饮醴泉,掘地府以服玉石。草芝肉芝以慰朝饥,茯苓威僖[16]以充夕愈。则日中沦影夜半能书,地下彻瞻水上能步。鬼神为隶龙骥为骑,吞刀吞火起风起云。如此神术何为不成,何愿不满。

虚亡隐士指出了如何按照道教的养生术灭调养好自己的身心。修为者进入深山之中,以白术、黄精、松脂、谷实等作为粮食,可祛除身心的疾苦而获得健康。并且,使用蓬做的箭和芦苇做的戟,还有护身符和符咒禁令等,来抵御外部的危险。另外,调整呼吸并施行导引之术,吐故纳新,摄取新鲜的生气。用鼻子去吸入清新的空气,并吞咽舌下涌出的如同醴泉般甘甜的津液。从大地中挖掘出玉石等仙药来进行服食。早上以灵芝和肉芝等作为早餐,傍晚以茯苓、威僖之类的食物作为晚餐,以此来养育身心。如果能按照上述的方法修行,那么就会拥有常人所不具备的能力。例如白日隐形,夜半能书,透视地下,水面行走。不但如此,还能驱使鬼神、跨飞龙和骑天马自由地飞翔。除此以外,吞刀吞火和起风起云也不困难。如果能掌握这些神奇的法术,不管什么事情都能达成,所有的愿望都可以实现。空海在上述段落中,叙述了道教的饮食方法、呼吸导引术以及咒术等入山修行的方法,进而指出,对于那些追求道教神仙境界的隐士们来说,他们最为尊崇的道术,就是能使人成为神仙的炼丹术:

> 又有白金黄金乾坤至精,神丹练丹药中灵物。服饵有方合造有术,一家得成合门凌空,一铢才服白日升汉。其余吞符饵气之术,缩地变体之奇,推而广之不可胜计。若叶彼道若得其术,即改形改发延寿延命,死籍数削生叶久长,上则跨苍苍而翱翔,下则蹑倒景而徜徉。鞭心马而驰八极,油意车[17]以戏九空[18]。放旷赤鸟[19]之城,优游紫微之殿[20],视织女于机上[21],要姮娥于月中。访帝轩[22]而为伴,觅王乔而为徒。察庄鹏之床,见淮犬[23]之迹,穷列马之厩[24],尽牵牛之泊。任心偃卧逐思升降,淡泊无欲寂寞无声。与天地以长存,将日月而久乐。何其优哉如何其旷矣,东父西母何足怪乎,是盖吾所闻学灵宝之密术欤。

文中指出了道家的"灵宝之密术"。道家《道藏》有"太上灵宝五符"等"灵宝"密术的记载,可见空海对于道教的相关内容是非常熟悉的。文中写道,对于世人来说最为珍贵的东西,就是天地的精气凝结而成的黄金和白金之类;对于修行者来说,最神奇的妙药,就是神丹和练丹这一类药中的灵物。如能遵从道教思想的教导,进入深山里去修行,在调养身心之后,还应锻炼和制作神丹和练丹。因为只要吃了这神仙的丹药,就能与家人一起白日飞升,进入道教神仙的世界中去。除此之外,还有吞神符、食生气以及缩地术、变形术等各种各样的"灵宝"密术,推而广之简直是数不胜数。

文中继续指出,如果能遵循道教思想的教导,即使是老年人也会重新变回年轻人，白发也能变为黑发；还可以延长人的寿命，从生死簿中消除自己的名字。如果按照上述修行方法成为神仙，就能在天空中自由飞翔，能够在俯瞰太阳的高天上尽情游乐。通过鞭打"心"这匹马，就能进入被称为"八极"的天空的尽头旅行；如果给"意"这辆车注油，就能在包含四方、四隅与中央的宇宙之九域中徜徉。并且，还能在被称为"赤鸟"的太阳城市中漫步，也能在被称为"紫微"的天帝宫殿中玩耍。然后，还能去织女星观看织女在织机上织布，又能飞到月亮上面去邂逅嫦娥。还能去拜访打败蚩尤的轩辕黄帝，并能与仙人王乔（王子晋）成为志同道合的朋友。能一起去察看庄子所描述的翼展几千里的大鹏的住处，去参观那因为舔食了主人的仙药而跟随主人一起升天的淮犬的遗迹，并一同前往牛郎星的住处去拜访。神仙们可以随心所欲地升天入地。他们恬淡无欲，寄身于寂静无声之处。他们的寿命就如同天地一样长存，其快乐也如同日月般长久。神仙们居住的世界是如此快乐无忧，是如此宏伟旷达，人们为什么还要对东王公与西王母的存在感到奇怪呢？

　　如上所述，空海叙述了他对于道教神仙世界的认识，并借此批评了阿刀大足们的儒教思想的不足；通过强调道教神仙思想的优越性，表达了自己认为道教优于儒教的观点。不用说，上述《虚亡隐士论》中叙述的关于道教的学识，都来自空海对于儒、道、释三教学识的不懈探索。洼德忠（1983：229）指出，《虚亡隐士论》在很大程度上正确地介绍了唐代的道教思想。这虽然是基于空海的才能，同时也说明了当时已经有相当多的道教经典被传入了日本。洼德忠高度地评价了空海对于道教学识的认知程度。《三教指归》引用的道教典籍也很多，例如引用了老子撰写的《老子》，周朝庄周撰写的《庄子》（别名《南华真经》），晋朝葛洪所著的《抱朴子》《神仙传》，汉朝刘向撰的《列仙传》，汉朝河上公撰的《老子经》等经典著作。空海借虚亡隐士之名，叙述了自己所认知的道教神仙思想。可以说，上述关于道教思想的学识，都是空海长期以来学问探索的一部分。

三、对虚亡隐士的批判

　　卷中的《虚亡隐士论》，其实是为卷下的《假名乞儿论》做好了铺垫、埋下了伏笔。在卷下，假名乞儿通过《生死海赋》对虚亡隐士的道教神仙思想进行了评论：

（前略）然则寂寥非想[25]已短电激，放旷神仙忽同雷击。……无常暴风不论神仙，夺精猛鬼不嫌贵贱，不能以财赎不得以势留。延寿神丹千两虽服，返魂奇香百斛尽燃，何留片时谁脱三泉？……尸骸烂草中以无全，神识煎沸釜而无专。……彼神仙之小术，俗尘之微风，何足言乎，亦何足隆哉。……

假名乞儿说道，当无常来临之时，即使是位于寂静的"非想天"上的天人们，他们长达八万岁的寿命，也会如同闪电般瞬间消逝；那些心性逍遥自在的神仙们，他们长达数千年的悠长寿命，也会如同雷击般顷刻间瓦解。因为无常的暴风不论你是不是神仙，夺人精神的厉鬼也不会在意人们身份的贵贱，不能因为你有钱有势就能得以幸免。即使服用了延寿丹、还魂丹，也不能使人起死回生，更无法从黄泉中超脱出来。那些神仙们的小术，就如同尘世的微风一样，根本微不足道，不值一提。可见，空海在卷上否定了儒教思想之后，在卷下以假名乞儿的名义，再次否定了道教神仙思想。

可是，空海在其汉诗文中对于道教神仙思想的批判，在逻辑上也并非都是经得起推敲的。例如，《三教指归》卷中的虚亡隐士先是揭示了"太上秘录"以及"天尊隐术"，然后劝诫龟毛等人说："汝等恭听，今当授子以不死之神术，说汝以长生之奇密"，指出如果能按照道教神仙思想进行修行并成为神仙，那么就能如同赤松子与王乔等神仙们一样长生不老，每日逍遥快活地畅游于天地宇宙之间。所谓"不死神术"和"长生奇密"，是道教神仙思想的核心内容，是指以道教的养生术、导引术、炼金（炼丹）术等为中心的修行方法，可以使人从死亡中超脱出来，并说神仙们的寿命与天地一样长久、快乐与日月一样永恒。可是，空海随后又在卷下的《假名乞儿论》中，以佛教的法身思想否定了上述的道教神仙思想。本来已经在卷中指出，如果成为神仙就能从黄泉中超脱出来，而龟鹤遐龄、寿同日月。可是却又在卷下写道，即使服用了神仙们延寿的丹药，也不能从黄泉中超脱出来。原本已经在卷中指出，如果成为神仙就能长生不死，与天地比寿，与日月齐光，可是却又在卷下批评说，即使成为神仙，也无法摆脱无常的暴风，其寿命也会如同闪电那样瞬间消散。如果对照卷中和卷下就会发现，空海在卷中指出道教神仙的寿命如同日月一样长久，而又在卷下法身是如同太阳般的存在。既然二者都是如同日月般的存在，应该不存在差异，可是在卷下又指出，与被称为大仙的佛陀的思想相比，道教的神仙思想简直就是微不足道的小术。空海原本在卷中指出，如果成为神仙，就能掌握驱使鬼神的能力，可是转而又在卷下指出，即使成为神仙，也无法摆脱"夺精猛鬼"的束缚。可见文章在逻辑叙述上明显存在着自相矛盾的内容。文中的批判显示出了空海在思想上的倾向性，显然这是由于他自身对于三教思想的优劣存在着个人主观上的好恶与取舍。当然，空海对于儒教思想和道教神仙思想的批判与贬抑，归根结底是出于他宣扬真言密教思想的需要。加藤周一（1999：138）指出："正如《三教指归》的标题所显示的那样，这是一种护教论，过度装饰的文体，至少在今天的读者看来，其内容未必适当。换言之，华丽的文采和文章格式与文章的思想内容之间，明显不相一致。"

如上所述，卷中虚亡隐士叙述的道教神仙思想，不但是空海自身的学问素养，也是当时以朝廷贵族为代表的日本知识阶层所倾慕的学问内容。毫无疑问，将儒学作为学问基石的空海，对道教神仙思想也进行了真挚的求索。虽然空海最后转向了佛教，甚至为了宣扬其所信奉的真言密教思想，对儒教思想和道教思想进行了贬抑与批评，但是不可否认的是，儒教思想和道教思想也是空海自身的学问素养中不可或缺的重要组成部分。并且，道教思想对空海的影响，不仅仅停留于《三教指归》中，在《性灵集》等其他汉诗文作品中也能看到。

第二节　《性灵集》的道教批判

一、《游山慕仙诗》的思想背景

1.《文选》的流行

如前所述，空海在《性灵集》卷一《游山慕仙诗》中，对何劭和郭璞"游仙诗"中的道教神仙思想进行了批判。为了理解《游山慕仙诗》，首先有必要从收录了"游仙诗"的《文选》开始考察。《文选》是中国现存编选最早的一部文学总集，由梁朝的萧统（昭明太子）组织编写，又称为《昭明文选》。这部著作编选收录了从周代开始到梁代为止七八百年间具有代表性的诗赋文章。那么，《文选》是在何时传入日本的呢？小尾效一（1976：1）指出："《文选》首次传入日本，似乎是在相当古老的时期。只是，具体是何时传入的并不清楚。不用说，607年（日本推古天皇十五年）秋天，小野妹子奉命出使隋朝，两国的邦交从此开始展开，从那时起，就开始正规地大量输入汉文典籍了吧。"可见，《文选》在很早的时期就被传入了日本。随着遣隋使的派遣，许多汉文典籍被日本的使节带回国，成为日本治国理政时的参考。圣德太子试图模仿隋朝的政治和法律制度，来建立日本统一的国家体制。因此，他于604年颁布了《十七条宪法》，其中第五条的内容如下：

> 五曰，绝餮弃欲，明辨诉讼。
> 其百姓之讼，一日千事。一日尚尔，况乎累岁？
> 顷治讼者得利为常，见贿听谳，有财者之讼，如石投水；乏者之诉，似水投石。
> 是以贫民则不知所由，臣道亦于焉阙。

文中有"有财者之讼，如石投水；乏者之诉，似水投石"的表述，其中的"如石投水"和"似水投石"的句子，正是来源于《文选》所收录的李萧远的《运命论》[26]。因此，毫无疑问，圣德太子的《十七条宪法》也受到了《文选》的影响。不但如此，在《三教指归》的卷上，也有"如石投水"的表述：

> 操行如星意趣疑面，玉石殊途遥分九等，狂哲别区远隔卅里，各趣所好如石投水。……

可见，圣德太子的《十七条宪法》和空海的《三教指归》，都受到了李萧远的《运命论》的影响。《文选》传入日本的记录，见于《续日本后纪》第三十五卷、光仁天皇宝龟九年（778年）12月的条目中[27]。根据记载，唐朝人袁晋卿于圣武天皇在位的735年作为送唐使跟随遣唐使团进入了日本，时年十八九岁，因为对于《文选》与《尔雅》有研究，受到了朝廷的重用，担任大学音博士，并一直留在日本。这或许是日本史书中关于《文选》的最早记载。根据上述史

料,《文选》在奈良时代以前,就已经传入了日本。冈田正之(1954:169-170)写
道:"清少纳言的《枕草子》指出,'文指文集、《文选》、博士的申文',一语言尽
了平安时代文学的内涵,《文选》和《白氏文集》实际上是当时汉文学界的一大
权威。"可见当时日本的知识阶层对于《文选》的重视程度。他继续指出:"在
我国奈良、平安两朝,《文选》非常受欢迎,作为当时汉诗文的标准和范本,被学
者们珍重和争相传阅。主要原因在于当时除了《文选》之外很难找到同类的著
作,同时也是因为受到了隋唐时期《文选》广为流传的影响。"因此,《文选》在
汉诗文繁荣的平安时代,对于当时的文人们来说,是作为汉文学素养方面最基
本的参考书籍,而深受人们的重视。由于这部著作精选了很多隋唐以前有代表
性的文学作品,因此作为当时日本汉文学者写作时的范本,在进行汉诗文创作
时,是不可或缺的存在。

关于空海从《文选》中所受到的影响,小岛宪之(1971)通过出典论的研
究,指出空海的《三教指归》大量地引用了汉文典籍、佛教经典等的内容,特别
指出,《文选》是作为文章的范本而受到重视的。再如前文中已经提到的,小西
甚一指出《三教指归》的话剧型的构思是以《文选》卷二十六所收的《非有先
生论》(东方朔)和《四子讲德论》(王褒)作为范本的。还有,静慈圆通过对《性
灵集》与《文选》的相关词汇和章句的对照研究,指出《性灵集》受到了《文
选》的极大影响。从上述研究中可以看出,空海受到了《文选》的很大影响。
其实就连《游山慕仙诗》本身,也是以何劭和郭璞的"游仙诗"为范本写成的五
言律诗。不但是空海,《文选》也是以嵯峨天皇为首的宫廷文人们创作汉诗文
时不可或缺的范本。菅野礼行(1988:204)指出:

> 总之,从当时人们将《文选》《艺文类聚》等书籍作为常备书籍这一点
> 来看,有充分的理由认为,以嵯峨帝为首的文人们共同拥有郭璞的"游仙
> 诗",并将其作为诗文创作时的参考资料和必备的文学素养。特别是对于
> 嵯峨帝来说,由于他喜欢读书并拥有冷然院文库中众多的汉文典籍,自然
> 比其他作者更能吸收和领会郭璞"游仙诗"诗句的精髓。

可见《文选》《艺文类聚》等书籍,是作为当时文人们的常备书籍而存在
的。并且,郭璞的"游仙诗"等作为作诗时的范本和资料,被以嵯峨天皇为首的

文人们仔细地玩味和品读。在积极地吸收唐朝文化的平安时代,《文选》受到了充分的重视,并被认为是贵族阶层的必读书。因此,《文选》收录的何劭和郭璞的"游仙诗",也被当做作诗的范本而被人们喜爱和阅读。

2. 对神仙世界的思慕

将"游仙诗"作为作诗范本的宫廷汉诗人们,也受到了诗文中体现出来的道教神仙思想的影响。冈田正之(1954:90)指出:"在我国奈良时代,传来了这些老庄神仙的清谈思想,例如越智广江吟咏'老庄我所好',进入了神仙的境界之中。"文学作品说到底是以潜藏在作者内心深处的思想为基础写成的。平安时代汉文学者们的作品也毫无例外地显示了这种思想倾向。川口久雄(1996)指出,平安前期汉诗文的世界,有着对神仙思想的思慕以及向密教思想倾斜这二种倾向,并指出当时宫廷汉诗人与带回密教的僧侣们之间的密切交往是其主要原因。当时的平安文艺界,由围绕在天皇周围的宫廷诗人们主导的同时,也活跃着以空海为首的僧侣们。

以天皇为代表的宫廷汉诗人们将对道教神仙思想的倾慕直接地在诗歌中进行了讴歌。菅野礼行(1988:194)指出:"'人事少'这一表现,在嵯峨帝以前我国的汉诗中是没有先例的。可是,这一表现所描绘的超俗闲寂的境界,在《怀风藻》中却经常被吟咏。特别是在游览、侍宴的诗歌中,经常运用与神仙相关的故事和词语来进行讴歌,特别是也有很多诗歌将吉野当作仙境来赞美和讴歌。这一喜爱使用向往神仙的文学表现形式的倾向,是《怀风藻》所具有的代表性诗风之一。"也就是说,宫廷汉诗人们对道教神仙思想的思慕,已经成为创作诗歌时的一种倾向与特征。

这种倾向从作为平安时代"文艺旗手"的嵯峨天皇的诗歌中也能看到。松田智弘(1999:243)指出:"可以清楚的是,在仁明朝存在着这种道教的观念。除此之外,例如在嵯峨太上天皇的《重阳节菊花赋》中,可以见到'玩神仙之灵药,忘尘俗之世情'这样的表现。因此可知,在平安朝初期就存在着道教的观念。"可以看出,在当时的日本,以天皇为首的知识阶层,对于中国的道教思想并非疏远,思慕神仙世界的倾向还是很显著的。道教神仙思想,其实对以嵯峨天皇为首的宫廷诗人们带来了很大的影响。石岛快隆(1969:12-13)指出:"帝王在获得了富裕和权势之后,更进一步祈求长生不老,希望这种富足长乐的环境能够永远保持下去,不想失去享乐的生活。"此语指出了帝王和贵族们思慕道教神仙思想的原因。关于道教的神仙思想对嵯峨天皇带来的影响，西本昌弘（2007：15-16）做了如下的描述：

可以认为，书法真迹和汉诗文等文物，与作为其背景的思想有着密不可分的关系，那就是唐朝流行的神仙思想。《凌云集》等敕撰汉诗集所收录的嵯峨天皇的诗风中，能够看出他对一隐士的憧憬。嵯峨上皇所居住的冷然院和嵯峨院等名称的背景中，含有对神仙和隐士所栖居的山水的憧憬。关于嵯峨在弘仁一四年四月四日退位时的心境，《日本纪略》同年四月辛亥条中写到"思欲托山水而送百年，玩琴书而了一生"。在《续日本后纪》承和九年七月丁未条中有"一林之风，素心所爱，思欲无位无号诣山水而逍遥，无事无为玩琴书以淡泊"，嵯峨天皇的心愿是逍遥于山水之间，流连于琴书的世界里。

嵯峨天皇忘我地陶醉于唐朝流行的道教神仙思想。例如，他将自己居住的地方命名为"冷然院"和"嵯峨院"，比拟为神仙和隐士居住的场所。以《凌云集》为首的奉敕撰集三集中所收录的嵯峨天皇的汉诗文，也讴歌了道教的神仙世界。并且，他期待着自己也能如同神仙一样，逍遥于山水之间，徜徉于琴书之中，度过自己的一生。当然，嵯峨天皇的兴趣和爱好，也对当时的贵族知识阶层带来了很大的影响。在以嵯峨天皇为首的贵族知识阶层的汉诗文中，也经常能看到对道教神仙世界的思慕。

另一方面，以空海为代表的遣唐学问僧们，从唐朝带回了先进的密教思想，自然吸引了以天皇为首的贵族们的视线。同时，他们为了传教，运用自己的汉诗文能力，一边迎合着宫廷诗人的风雅，一边寻求着贵族们的支持。作为学问僧入唐的空海，不仅带回了真言密教，也带回了大量汉诗文的书籍。他将那些带回的书籍和文物奉献给了嵯峨天皇，并发挥了自己出色的汉诗文才能，与嵯峨天皇建立了密切的关系。空海在与宫廷汉诗人们进行诗文竞作的过程中，经常能看到他们诗文中表现出的对于道教神仙思想的思慕，当然不能熟视无睹。因此，他在《游山慕仙诗》中，将嵯峨天皇和贵族们喜爱的何劭和郭璞的"游仙诗"作为批评的对象。

二、对道教神仙思想的批判

如前所述,在《游山慕仙诗》的第 45 句～第 62 句,将已经在《三教指归》卷中描写过的道教神仙世界,再次以诗文的形式加以归纳描写。

可是空海在诗中描写了道教的神仙世界之后,马上又在第 63 句对其进行了批判,以"名宾害心实"这一句来指出道教思想的不足,认为神仙思想只不过是如同"宾客"这样外在表象的东西,是对于真实心灵的妨碍。这与《三教指归》卷下对道教的批判相比,在逻辑上更加暧昧,给人一种敷衍了事的感觉。正如前文已经指出的那样,《三教指归》的道教批判从前后的内容来看,存在着明显的矛盾,很难自圆其说。空海以"彼神仙之小术,俗尘之微风,何足言乎,亦何足隆哉"这一主观色彩浓厚的评价,来贬低道教思想。当然,这不过是空海为了称扬佛教的优势,而刻意贬低道教和儒教的表现。

空海对于道教神仙思想的理解,与他在唐朝跟随惠果学习并掌握的佛教学问不同,是源于他青年时代对于传入日本的道教经典的探索。由于专心于儒学与佛学的学习,他关于道教的学识,或许是通过阅读像《老子》《庄子》《抱朴子》《列仙传》这样一些社会上流行的道教理论书籍获得的,都是属于当时社会上流行的关于道教的常识性学问。并且,即使在入唐留学期间,也并没有关于他求学道教的相关记录。因此,很难说空海只是凭借阅读道教的经典著作,就能准确地把握道教的神仙思想以及修行方法。

前文提到,空海和最澄对姚辩的《三教不齐论》表现出浓厚的兴趣,将其抄写带回后,记录到《御请来目录》里面并奉献给朝廷。可是当时比《三教不齐论》流传更广泛的是《齐三教论》一类的文章,认为三教思想殊途同归,在本质上是一致的。这从姚辩的《三教不齐论》并未在中国流传下来就能管窥一斑,因为其文章内容在当时的中国并非主流思想。因此,从这个角度来看,加藤周一认为《三教指归》不过是空海的护教论的评价就不难理解了。

另一方面,空海回国之后,经常以道教神仙思想的境界来赞美天皇。关于这一点,静慈圆(1984:24)指出:

(前略)〈例 24〉(太上天皇,姑射之游与八仙无其极,襄城之德将千叶流其芳)的句子是弘法大师五十二岁的文章。意思是嵯峨上皇像遨游于姑射山的神仙一样长寿,其高尚的品德越来越隆盛,能够万世流芳。在这里将嵯峨上皇的行宫比作姑射山,以居住于姑射山的神仙的境界来比拟嵯峨上皇。

通过以上例子,可以清楚地看到,大师是以道教的境界来比拟淳和、嵯峨这两帝的境界,是为了对天皇进行赞美。

与《三教指归》中贬低道教神仙思想不同,从唐朝回国后的空海,在其汉诗文中经常用道教神仙思想的境界来赞美嵯峨天皇。上述文中的例句"太上天皇,姑射之游与八仙无其极,襄城之德将千叶流其芳",摘录自《被修公家仁王讲表白》(《性灵集》卷八)一文,是空海用道教中八位神仙的境界来比喻嵯峨帝。

在空海的汉诗文中,明显地存在着这样一些前后矛盾的地方。他在汉诗文中指出,即使成为帝王也不能拥有万年的寿命,所有的人不论贵贱都将迎来死亡的时刻,并且批判道教的神仙思想,认为即使成为神仙,其寿命也会如同雷击和闪电一样转瞬即逝,不可能从黄泉中逃脱出来。可是,又在上述表白文中,将嵯峨比拟为《神仙传》中所记载的游戏于姑射山的八仙[28] 一样的仙人,祈愿其寿命如同神仙一样万寿无疆。即使是空海故意迎合嵯峨的志趣,在否定了道教神仙思想,并指出即使成为帝王和神仙其寿命也会如同雷击一样短暂之后,又在表白文中祈愿嵯峨的寿命如同八仙一样万寿无疆,祈祷嵯峨长生不老,显示了他对道教思想表述的前后矛盾之处。换言之,如果从空海宗教思想的倾向性来看,以佛教思想的优越性来贬低儒教的忠孝思想和道教的神仙思想是可以理解的。不过,在批判了道教的神仙思想之后,又以道教的仙人来比拟嵯峨天皇,对其进行赞美和颂扬,不能不说是自相矛盾和难以自圆其说的。

注释

[1] 学研(1992:164):"可能有很多人认为道教是发祥于中国的民族宗教,与我们日本人关系不大。可是毫不夸张地说,道教实际上早已与日本人的行为方式、生活习惯以及信仰形态等几乎所有方面融合在一起了。它一面与神道和佛教以及其他风俗还有咒术等民间信仰等相互融合,一面在日本这片土壤中近乎完美地形成了血肉化,也正因为如此,我们在日常生活中反而没有觉察到它的存在……原本作为日本民族信仰的'神道'以及作为日本国

民统一的象征的'天皇',这些词汇本身就是来自道教。"

[2] 最早见于春秋战国时期的《庄子•大宗师》。

[3] 登徒子的妻子。

[4] 传说中仙人的名字。正统道藏《太平御览•道部十一•服饵上》中有:"又曰:董威辇,不知何许人,晋武帝末在洛阳白社中,褴褛不蔽,但吞一石子,终日不食。"

[5] 秋月观暎(1955:70)指出,"那么,黄帝和老子以黄老的形式出现,如同'黄老之名,始见史籍……《史记》以前未闻此名'(夏曾佑,《中国古代史》)所指出的那样,最初出现在《史记》的老庄申韩列传、孟子荀卿列传等中,可以想象,最迟在战国末期黄老开始并称在一起。"

[6] 郭璞的"游仙诗"中有"借问蜉蝣辈,宁知龟鹤年"。

[7] 《艺文类聚》卷四十八,引用的沈约《让五兵尚书表》中有"驽足蹇步,终取踬于盐车"。

[8] 班固《西都赋》中有"抗应龙之虹梁"。

[9] 指与日、月、星一样永恒不变。

[10] 见于《史记》卷二十八《封禅书第六》中记载。

[11] 张衡《思玄赋》中有:"舒妙婧之纤腰兮,扬杂错之袿徽。""纤腰"指的是美女。"鬼魅"是指妖怪变化。

[12] 《庄子•秋水篇》:"于是鸱得腐鼠,鹓雏过之,仰而视之曰:'吓!'。"

[13] 嵇康《养生论》:"滋味煎其府藏,醴醪鬻其肠胃。"

[14] 嵇康《养生论》:"薰辛害目,豚鱼不养,常世所识也。"

[15] 《抱朴子•畅玄》:"冶容媚姿,铅华素质,伐命者也。"

[16] 《太上灵宝五符序》卷中:"灵宝服食五芝之精,老君曰:松生千岁,脂凝通神,下入于地,藏姓易名,弃本即大,因根成形,名曰威僖,一字茯苓。"

[17] "心马"与"意车"都是对心的比喻,是将心比喻为马或车之意。心之动乱如狂马,故曰心马。又曰心猿意马。

[18] 指八方(四方•四隅)与中央。

[19] 指太阳。

[20] 指天帝的宫殿。

[21] 织女星。《诗经•小雅•大东》:"维天有汉,监亦有光,跂彼织女,终日七襄。"

[22] 指中国上古五帝中的第三帝轩辕帝。

[23] "淮犬"跟随神仙"八公"升天的故事,见于《神仙传》卷六。《太平广记》中也有相关的记载。

[24] 指与马相关的星宿,天马星。

[25] 指寂静的无色界的非想非非想天(非想天),据称非想天的寿命可达八万劫。

［26］见于《文选》第五十三卷中收录的李康《运命论》。

［27］黑板胜美（1984：445-446）《新订增补国史大系　续日本纪　后篇》第三十五卷，光仁天皇宝龟九年（778）十二月的条目中有："庚寅，玄蕃头从五位上袁晋卿赐姓清村宿祢。晋卿唐人也。天平七年随我朝使归朝，时年十八九，学得《文选》《尔雅》音，为大学音博士。于后，历大学头、安房守。"

［28］见于晋葛洪《神仙传》卷六。另外，《太平广记》中也有关于神仙"八公"的记载。分别为汉钟离、张果老、韩湘子、铁拐李、曹国舅、吕洞宾、蓝采和、何仙姑。

第七章

空海文学与法身思想

第一节　真言密教和法身思想

一、密教和"法身说法"

空海在《三教指归》和《游山慕仙诗》中,以真言密教的法身思想批判了儒教和道教思想的不足。如前所述,青年空海的烦恼是如何从人生的无常中超脱出来的呢?对于这个问题,他从"虚空藏求闻持法"的修行中找到了答案。从那时起,空海开始信仰密教的法身思想,并决心出家。此后,他的汉诗文经常以法身思想来称颂佛教的优越性。关于密教,通常认为很难给其进行确切的定义[1]。为了考察空海文学作品中的法身思想,首先有必要了解法身与密教之间的关系。松长有庆(1980:13)认为强烈主张法身思想的是密教:

密教这一词汇的定义很明确,可是同时也没有比密教这个词的用法更加暧昧且一直沿用至今的词汇了。在日语中,密教这个词原来是与显教相对应而使用的,是个充满了价值批判的词汇。弘法大师空海明确地规定了密教相对于显教的特质,在其判教论《辩显密二教论》中,提出了法身

说法、果分可说、即身成佛等区别于显教的密教的特质。或许可以说这是
关于密教的最初的同时也是最简洁的定义。

可以看出，密教这个词语是为了与显教进行区分而使用的，是基于宗教争
论所产生的。空海为了确立密教至高无上的地位，将其特质与其他教理相互区
别开来，分为显、密两种。这从他的《辩显密二教论》这本著作中就可以看出。
书中提出了密教法身说法、果分可说、即身成佛等区别于显教的特质。不过，其
根本是法身说法。空海在《劝诸有缘众应奉写秘密法藏文》(《性灵集》卷九)
中，叙述了他的法身思想：

> 夫教冥众色法韫一心，迷悟机殊感应非一。是故应身化身分影随类，
> 理佛智佛秘宫受乐。一乘三乘分镳驱生，显教密教逗机证灭。所谓显教者
> 报应化身之经是也，密藏者法身如来之说是也。显则以因果六度为宗，是
> 则菩萨行、随他语方便门也。密则以本有三密为教，具说自证理、如义语真
> 实说者也。……

文中指出，佛陀的教导本来只有一个，其理法潜藏在人们的心底。可是，心
地迷妄的人与觉悟的佛陀，对于隐藏在心底的真理的认识各不相同。显教是应
化佛释迦牟尼的说法，而密教是法身佛大日如来的说法。相对于显教的强调因
果、六度的菩萨方便法门，密教则直接揭示了身、口、意三密的诸佛自证之理。
在上文中，空海指出了密教与显教的区别。其实空海的法身思想最初出现在
《三教指归》中。他在卷下《假名乞儿论》的《生死海赋》中指出：

> （前略）是故自非发胜心于因夕仰最报于果晨，谁能拔淼淼之海底升
> 荡荡之法身？……然后舍十重荷证尊位于真如，登二转台称帝号于常居。
> 一如合理心莫亲疏，四镜含智遥离毁誉。超生灭而不改，越增减而不衰。
> 逾万劫兮圆寂，亘三际兮无为，……曾成之道始于八相，金山之体坐于四
> 康。神光神使驿于八荒，慈悲慈檄颂于十方。然后待于万类万品乘云云行，
> 千种千汇骑风风投，自天自地如雨如泉，从净从染若云若烟，……尔乃转
> 一音之鸾轮摧群心之螂械。……咨咨不荡荡哉大觉之雄，巍巍焉哉谁敢比

穷？此实吾师之遗旨。……

假名乞儿一边揭示了人生的无常，一边用佛教的法身思想来教诫虚亡隐士等人，指出觉悟了佛法的法身境界，是儒教或道教还没有达到的境界，是最殊胜的内容，同时指出，只要依据菩提心来修为，就能觉知法身的境界，从而超越生死无常。末木文美士（2009）指出，对于空海来说，最大的问题应该就是如何从无限的生死的世界中超脱出来。对于不满足于显教（密教以外的教化）学问的空海来说，密教属于能超脱这个世界、达到佛法觉悟之极、超越任何一项学识的内容。

可以看出，空海选择密教的原因，是因为他认为儒教与道教思想中没有关于如何超越生死的内容。同时，他认为密教是法身如来的说法，能够达到觉悟的极致，可以超脱生死之海。因此，他放弃了通过学习儒学来出人头地的想法，从就读的京城大学寮中退学，进入深山老林之中持颂"虚空藏求闻持法"，试图通过密教修持来获得可以超越生死的法身。同时，体现在《三教指归》中的法身思想，也经常出现在《性灵集》所收录的汉诗文之中。

二、法身思想的表现

1. 《游山慕仙诗》

《游山慕仙诗》的构思也是基于三教论思想，与《三教指归》一样，也是以"法身思想"来进行宗教批判的。如前所述，首先在第1句～第4句中揭示了真言密教思想中的法身境界。在开头部分，描述了宇宙空间的广大无边，并指出这样的世界是俗人无法察知的，只有大日如来的法身能够全完知晓。在诗文开头部分，空海指出了俗世众生虽然每日生活在这个世界中，却无法了解这个世界的真相。这个世界也就是大日如来的法身所居住的世界，或者称为法界[2]。空海在诗歌的开头部分就对法身世界进行了描述，指出这广袤无垠的世界的真相，只有觉悟了佛法的法身才能体察到。他在《即身成佛义》中也指出："法身同大虚而无碍，含众象而常恒"，指出法身与宇宙等同无碍，是隐藏在一切现象背后的真理。在提出了真言密教的法身思想以后，空海接着在第5句～第8句中指出，龟毛先生的儒教思想就好比腿短的野鸭子一样，虚亡隐士的道教思想就好比腿长的仙鹤一样，虽然都有各自的道理，但是都还没有达到佛教思想那样的觉悟境界，就好比叶公好龙一样，没有真实地反映出这个世界的真相。而真言密教则如同秦镜高悬那样，能够照察到法界的真相。

在第65句～第68句中，空海将法身比作"飞龙"，其遨游的世界是辽阔无尘的太虚法界。法界广袤无垠、清净无染，如同用珍珠装饰的宝阁一样始终光彩熠熠，又如同使用坚固的金刚石铸就的墙壁一样，始终坚固不坏。空海在自己的著作中，对于上述要素做了一一解释。所谓金刚，意思是指悟彻了佛法的法身就好比金刚石一样地坚固不坏。"心王"[3]在密教思想中是指大日如来。而所谓的"遮那"也即大日如来，正如诗文中"遮那阿谁号，本是我心王"所指出的那样，是对于悟彻了佛法的觉悟之心的拟人化表现，是指人们的自性真如。三密[4]是密教思想中"身密、口密、意密"的含义，六尘是指"色、声、香、味、触、法"。一字指的是密教观法中的"阿字[5]观"，密教思想认为"若见阿字则知诸法空无"（《吽字义》）。也就是说，空海在这一节中揭示了真言密教的法身境界。在第69句～第72句中，空海指出了法身如来即是觉悟之心。这个世界存在着诸多的现象，现象世界背后隐藏着不变之理，也就是真如。诸种现象由心而生，如同围绕着毗卢遮那佛的眷属们，而毗卢遮那佛则是指觉悟了真理的人们的自心。在第73句～第76句中，空海继续指出了人与法身的关系。诗中写到，真言密教中所谓身、口、意的三密，是众生即身成佛的必由之路。这一法身的秘密，遍满了三千大千世界。因此，虚空即是法身的庄严道场，大日如来在其中说法。山脉如同法身大日如来手中的笔，海洋如同法身大日如来之墨池，而天地乾坤就是装满了经典的法身大日如来的书箱。通过上述比喻，空海将密教的法身思想具体化、形象化，展现在读者面前。

在第77句～第84句中，空海继续指出了法身的本质。他认为千差万别的现象世界，都包含在"阿字本不生"的空点里面，其本质是"一切诸法本不生"（《吽字义》）。而且，被称为六贼的眼、耳、鼻、舌、身、意等六尘，是凡夫烦恼之根源，在佛典中有详细的说明。大日如来之法身说法吞吐自如，其说法的智慧如同刀刃一样锋利。三千大千世界举步即至，江河湖海之水也不足一尝。法身的寿命无始无终，永寿无疆。在第85句～第88句中，空海指出法身世界光明无碍，如果要想进入法身世界，首先必须进入真言密教的阿字门中。如果有人祈愿进入真言密教的法身世界，就应该见贤思齐，整理好装束入山修持。可知，空海在介绍了密教的法身与"法身说法"之后，又进一步唤起读者对法身境界的信仰。

第89句～第96句又提示了人生的无常,指出这个世界中的万事万物,都如同空中飘过的云彩一样,经常处于生灭的状态。并且,人们为爱情或欲望所束缚,其烦恼就像山谷里面蔓延生长的葛藤一样。与其陷入无常与烦恼之中,不如在禅室中静坐,身心淡泊,徜徉于清净的法身世界中才是最快乐的事情。真如智慧如同日月之光一样,静静地照耀着法界的虚空和海洋。如同风尘一样的烦恼不能妨碍到法身世界。在这一节中,空海指出了法身世界没有无常与烦恼的干扰,是一个清静大乐的世界,从而引导人们进入真言密教的修行。在第97句～第100句中,空海称颂了大日如来教导的可贵,指出无论是也好非也好,这个世界的所有现象,都是大日如来的法身说法,在法身世界中没有人我、自他的区别。其原因是,通过禅定觉悟的智慧,澄澈了人们原本充满欲望和烦恼的心灵,使人们进入了心地清净自然的状态。并且,法身大日如来的智慧之光遍照无碍,无论是否与佛有缘,都是他教化的对象,因为他的慈悲广大无边。

在第101句～第106句诗文的最后一节,空海指出了写作本诗的目的。因为千差万别的现象世界中充满了是非的对立,善与恶交织在一起。因此,乍一看似乎相同的事物,其本质上却有着很大的差别。由于世上的修行者不具备照察法界的能力,才写下这篇诗文,目的是向世人揭示真言密教关于法身的真理。

因此,《游山慕仙诗》是空海基于密教的法身思想写成的。他认为大日如来的法身等同于虚空法界,始终在对世人说法,也就是空海所说的"法身说法"。

2. 《东太上为故中务卿亲王造刻檀像愿文》

另外,空海在《东太上为故中务卿亲王造刻檀像愿文》(《性灵集》卷六)一文中,也对法身大日如来的境界进行了描写。

> 粤有大圣号薄伽梵[6],孕太虚而为体,豁纤壒而建都。其通也则汲溟海于毛端,其术也则入巨岳于小芥。四量用心六度为行,无亲无怨三界耶娘,不舍不倦四生则子,尘沙德海欲谈舌卷之也。……

在愿文中,空海描写了法身世界的景象。文中写到,法身大日如来,若伸展可以将太虚作为自己的身体,若缩小可入于芥子之微,能在纤细的微尘上建立国土；其神通广大可将大海汲于毛端，亦可将大山纳入微小的芥子之中；以四无量为念，以六波罗蜜为行；对于每个人无亲疏的差别，都平等对待。大日如来是三界所有存在的父母，将四生所有的生命当做自己的孩子。其恩德犹如恒河沙不可胜数，又如同广阔无垠的大海，无法用言语进行描述。空海在这篇愿文中描写了大日如来的法身世界。上述描写与《三教指归》以及《游山慕仙诗》中所见的法身思想相同，都是基于真言密教"法身说法"的理论。

3.《咏十喻诗》

空海在《咏十喻诗》（《性灵集》卷十）中也对法身进行了描写。这十首诗歌是根据《大日经》"入真言门住心品第一"中的十个比喻进行创作的[7]。下面就举例来进行说明：

（前略）

封著狂迷三界炽，能观不取法身清。

咄哉迷者孰观此，超越还归阿字营。　　　　　　　　　（《咏如幻喻》）

（前略）

瑜伽境界特奇异，法界炎光自相晖。

莫慢莫欺是假物，大空三昧是吾妃。　　　　　　　　　（《咏阳炎喻》）

（前略）

轮位王侯与卿相，春荣秋落逝如流。

深修观察得原底，大日圆圆万德周。　　　　　　　　　（《咏如梦喻》）

（前略）

三密寥寂同死灰，诸尊感应忽来访。

莫喜莫嗔是法界，法界与心无异详。　　　　　　　　　（《咏镜中像喻》）

（前略）

天堂佛阁人间殿，似有还无与此同。

可笑婴儿莫爱取，能观早住真如宫。　　　　　　　　　（《咏乾闼婆城喻》）

（前略）

因缘寻觅曾无性，不生不灭无终始。

安住一心无分别，内风外风诳吾耳。　　　　　　　《咏响喻》

（前略）

法身寂寂大空住，诸趣众生互入归。

水中圆镜是伪物，身上吾我亦复非。　　　　　　　《咏水月喻》

（前略）

即心变化不思议，心佛作之莫怪猜。

万法自心本一体，不知此义尤可哀。　　　　　　　《咏如泡喻》

（前略）

实相如如一味法，迷人妄见三界城。

四魔三毒空之幻，莫怖莫惊除六情。　　　　　　　《咏虚空华喻》

火轮随手方与圆，种种变形任意迁。

一种阿字多旋转，无边法义因兹宣。　　　　　　　《咏旋火轮喻》

　　此是十喻诗，修行者之明镜，求佛人之舟筏，一诵一讽与尘卷而含意，一观一念将沙轴以得理。故挥翰札以赠东山广智禅师，睹物思人千岁莫忘矣。上都神护国祚真言寺沙门少僧都遍照金刚。天长四年三月一日书之。

　　空海在诗文末尾的跋文中，记录了这十首诗歌是送给"东山广智禅师"[8]的，其内容是为了给修行人提供能照见自心真相的明镜，给求佛人提供能渡向觉悟彼岸的舟筏。根据文中记述，当时空海担任京都神护寺[9]少僧都，而创作本诗歌的时间是827年3月1日。他通过十个比喻，说明了现象世界与隐藏在其背后的真相之间的关系。相对于不变的真理，现象世界就如同幻相、阳炎、梦境、镜中像、海市蜃楼、声响、水中月、水泡、虚空华、旋火轮等事物一样，是虚妄不实的。

　　第一首《咏如幻喻》[10]，指出这个世界的一切存在都是虚幻不实的。人们由于执着于现象世界，因此在欲界、色界、无色界这三界之中流转，无法超越生死烦恼的苦海。如果能仔细照察现象世界，妄念和执着就会消失。如能进入观照"阿字本不生"这一真言密教的修持，就能从生死烦恼的苦海中超脱出来。

　　第二首是《咏阳炎喻》[11]，阳炎是指在春天的旷野中升起的热气。诗中指出这个世界的诸种现象，都如同阳炎一样虚幻不实。真言行者在进行瑜伽修行（冥想）的过程中，会进入心与境相互融合的竟界，就会觉知到事物的真相，会认识到只有隐藏在事物背后的"大空三昧"，才是一切现象之本源。这里将法身称为"大空三昧"。

　　第三首《咏如梦喻》[12]，指出所有现象都如同梦境一样是虚幻不实的。这个世界上的众生，都是如梦一样虚幻不实的存在，即使是获得转轮圣王之位[13]或如同王侯贵族这样的贵人们也无法从无常中超脱出来。通过深入地观想与修行，才能觉悟隐藏在现象世界背后的真理，进入圆满无缺的法身大日如来的境界中去。

　　第四首《咏镜中像喻》[14]，指出诸种现象都如同镜子中所映照出来的镜像。如果能进入真言密教身、口、意三密的修行，就能超越纷繁复杂的现象世界，进入清净寂静的法身世界中去。在禅定的时候，以大日如来为首的诸尊会突然出现在眼前，这时也不必感到惊讶，也没有必要喜悦，这是因为通过修行与诸尊相互感应进入了法界真如这一真理的世界中。所谓的法界，即是我们自己的心灵。

　　第五首是《咏乾闼婆城喻》[15]，"乾闼婆城"即是海市蜃楼之意。诗中指出天堂、佛殿乃至于人世间的楼阁等，看似实有，实则是虚无的。因为这个世界的所有现象，都是如同海市蜃楼一样的存在，都是虚幻不实的。诗中奉劝世人舍弃孩童般的执着心，通过修行来看破这个现象世界的虚妄不实，早日进入真如宫殿这一法身世界中去。

　　第六首《咏响喻》[16]，指出这个世界的诸种现象，如同空气鼓荡摩擦所产生的响声一样，在本质上都是虚幻不实的。因此，应该照察现象世界背后所隐藏的不生不灭的真相，安住于悟彻了万事万物之本源的真如心。并且，不应被由"内风"与"外风"引起的各种响声诬骗了耳朵，应舍弃经常分别善恶是非的执着心。

　　第七首《咏水月喻》[17]，指出了现象世界的一切存在如同水中月一样，都是虚幻不实的。大日如来的法身如同月光一样,存在于静寂的法界之中。众生如同水中月一样,与月光互相辉映。水中映出的月影不是月亮本身,我们的身体也无非大日如来的法身所生出的现象而已。因此,不应执着于我们的身体,而应该体察和证悟其背后隐藏的法性真如之身。

第八首《咏如泡喻》[18],指出了这个世界的诸种现象如同降雨时地面上激起的水泡一样,都是虚幻不实的存在。人世间的各种作为也类似于此,都是从心里生出的现象。心的变化真是不可思议,正如"即心是佛"所指出的那样,法身大日如来这一觉悟的境界也要通过净化身心来照察和感通。诸法由心而生,与自心本是一体,如果不能了悟这个真理,是很可悲的。

第九首《咏虚空华喻》[19],指出一切现象如同空中出现的虚空华[20]一样,都是虚幻不实的存在。尽管真理只有一个,可是人们却执着于由真理衍生的现象世界,也因此忘记了真理本身的存在。四魔、三毒也如同虚空华一样,实际上都是虚幻不实的存在。因此,既没有必要对其产生恐惧,也没有必要因此而受到惊吓。如果能祛除喜、怒、哀、乐、爱、憎等六情的干扰,自然能够进入静寂的法身世界中去。

第十首《咏旋火轮喻》[21]指出,如同旋转旋火轮可以自由地变换出方形或者圆形一样,"阿字"这一真言密教的修法也与此相同,通过修为可以与无限的法身世界相通。

空海通过十个比喻,揭示了真言密教"阿字本不生"的教理和大日如来"法身说法"这一法身世界的真相。另外,"十喻诗"每首诗歌的前半部分相当于空海所说的"明镜",而每首诗歌的后半部分则相当于"舟筏"(仇云波,2022)。

可见,空海的法身思想浸透在他的汉诗文中,在其汉诗文中关于法身思想的语句不胜枚举。除此之外,《入山兴》(《性灵集》卷一)、《奉为四恩造二部大曼荼罗愿文》《笠大夫奉为先妣奉造大曼荼罗愿文》(《性灵集》卷七)等文章,也都描写了大日如来的法身世界。在空海文学作品中经常能看到其对法身世界的描写,是为了教化特定的对象,通过文学描写的形式,将真言密教法身思想的奥义具体化、形象化的作为。

第二节　基于法身观的显教批判

一、空海与最澄的关系

最澄出生于奈良末期,比空海年长 7 岁,与空海一样都是渡来人的后裔。他于 785 年 4 月在东大寺出家。关于最澄的诞生及出家,宫崎忍胜(1982:86-87)做了如下记述。

> 最澄于神护景云元年(七六七)出生在位于比睿山麓的大津市濑田附近,他是归化人豪族三津守百枝的儿子,幼名广野。当时正是孝谦上皇的看病僧道镜受到宠爱并被授予法王之位而专横跋扈的时期。史学家对于道镜的评价总在变化,无论如何,将法王道镜扳倒并使其下野的和气清麿,不久就成为桓武天皇的智囊,并成为最澄的外护。在成为新时代的推动者时,我们并非感受不到时代的律动。广野十二岁时进入近江国分寺,十四岁时作为国分寺僧侣最寂圆寂后的补缺,得度出家成为正式的"官许僧"。延历四年(十九岁),最澄在奈良东六寺戒坛受具足戒,成为一名正式僧人。仅仅三个月后,他就离开了都城奈良,身影消失在比睿山中了。

上文指出最澄 767 年出生于滋贺县大津市,是出身于归化人家庭的豪门子弟。19 岁时,在奈良东大寺接受了具足戒,正式成为一名僧侣,并在三个月后又进入比睿山,开始了山林修行。最澄入山的原因,根据《睿山大师传》的记载,是因为感受到了世间的无常,希望迅速觉悟佛法并利济众生。关于最澄的出身,立川武藏(1998:72-73)指出:

> ……正如本章开始所叙述的那样,最澄于七六七年(神护景云元)出生于近江国(现在的滋贺县大津市)。……据传最澄父亲的名字叫三津守百枝。虽然根据记录最澄的户主名称是三津守净足,但是户主未必是父亲,目前的资料也只能了解到这些。据推测,三津守家是以后汉孝献帝的

子孙登万贵王作为祖先的出身门第,是在应神天皇的时代来到日本并在近江国滋贺郡定居下来的人们的后裔。

估计在最澄出生和成长的岁月里,三津守家日常生活里并未使用中文吧。事实上由于最澄不了解中文的发音,在他入唐时弟子义真也作为翻译一同前往。可是在他的家庭里也必定存在着作为中国系归化人的自我意识,社区也一定是将其家庭当做归化人来看待吧。据说居住在滋贺郡的中国系归化人从事文笔活动的人比较多(薗田香融《日本思想大系 最澄》岩波书店,一九七四年,四五七页)。最澄在五六岁这一不算长的生涯之中,致力于当时在日本几乎无人理解的天台宗教学,留下了众多著作,其背景就在于家庭的传统。

由此可知,最澄据推测是中国系归化人的后裔。空海的母系阿刀一族被认为与百济系的渡来人有关,可见二人的祖先都是渡来人。他们都出生于日本积极引进中国先进文化的时期,又都是地方豪族的子孙。与空海从少年时代起就开始学习儒学的经历不同,最澄在 12 岁时就已经进入国分寺了,并受到了朝廷高官和气清麻吕的外护 [22],随后又有幸得到了桓武天皇的外护。与最澄不同,空海在都城的大学寮学习期间,由于与某位沙门的交际而进入山林中修行。并且在入唐之前,他一直是私度僧的身份,直到终于以学问僧的身份被派往唐朝,并与最澄乘坐同一批遣唐使船入唐求法,这就造成了二人同台竞争的局面。二人都将引进当时的大乘佛教作为自己留学的目的,把振兴日本佛教事业当作自己的使命。

804 年 5 月,二人所搭乘的遣唐使团船队共四艘,从日本肥前国松浦郡田浦出发前往唐朝。最澄所乘坐的船只于 9 月下旬到达了台州,一行人拜见了台州刺史陆淳。通过陆淳的引荐,最澄拜当时正在台州的道邃(生卒年不详)为师,并靠道邃的斡旋,获得了很多典籍的抄本。道邃是被称为天台宗中兴之祖的第六祖湛然(711—782)的弟子。当时湛然整理完成了天台智顗的教义,而最澄恰在此刻来到了中国。随后,最澄前往天台山拜见修禅寺的行满,行满也是湛然的弟子,他向最澄传授了天台宗的教义。从天台山返回台州以后,最澄除了继续跟随道邃学习天台教义之外,还接受了菩萨戒。而空海则跟随藤原大使直接前往长安,拜师于青龙寺惠果门下学习密法。可见他们在入唐后都积极地

寻找密教导师求学密法。对于二人的竞争关系,宫崎忍胜(1982:86)指出:

在一千多年的日本佛教史的传承中,恐怕再也没有如同传教大师最澄和弘法大师空海那样,作为旗鼓相当的对手并以生机勃勃的形象浮现在我们脑海里的大宗教家或者称为我国古代精神方面的英雄人物。可以说很难再找到像最澄与空海那样的世纪对手,他们具有同时诞生于民族危亡的时代并发愿救济时代,在某个时间节点上坚定地握手交流,不久又分道扬镳的戏剧性的命运。

上文指出最澄和空海一起入唐,一同学习密教,并且在大体相同的时期回国,最后却变成了竞争对手。虽然最澄自己在唐期间所学习的内容也属于密教,但是无奈自己在唐期间真正跟随导师学习密法的时间很短暂。立川武藏(1998)指出,最澄认识到密教的学习是自己的要害和薄弱部分。他于入唐翌年的805年4月,了解到离回国船队出发还有一段时间,便去了位于天台山北方的越州,跟随灵严寺的顺晓学习了密教。但是就算接受了顺晓的集中教学,也只有一个多月的学习时间。密教修行必须从上师处获得"口传"与"身传"的教学。无从知晓最澄在一个月的时间里究竟能体悟多少密教的修法。立川武藏指出了最澄对于密法学习的不足。二人在度过了短暂的留学生活后,在回国途中先后途径越州,并收集了大量书籍。他们都对姚辩的《三教不齐论》产生了浓厚的兴趣,先后抄写并带回了日本。

当时日本佛教界把那些具有山林修行经验的僧侣作为内供奉[23]的一部分,又称为"宫廷僧"。内供奉又被称为内供奉十禅师,是于772年设置的僧职。被选中的高僧,效力于宫中的内道场,担负着祈祷天皇平安的任务。当时,皇室很重视山林修行僧所具有的治病、祈雨等的超能力。因此,从唐朝留学归来的最澄与空海带回的最新的密教无疑也受到了朝廷的期待,朝廷尤其期待他们能在密教修持上具有"独特能力"。虽然两人一同在唐朝学习了密教,不过最澄是以天台佛教为中心进行学习的,未能前往唐都长安求学,深知自己真正学习密教的时间很短,相对于从青龙寺惠果处求学归来的空海,自己无论从带回的密教典籍上,还是在掌握密教修法的完整性上,都无法与空海相比。因此,在二人回国后,他不但向空海借阅密教经典书籍,甚至不惜拜空海为师并接受灌顶。

然而，由于最澄急于回到比睿山创立日本天台宗，而导致师徒二人关系龃龉。虽然最澄对空海带回的密教有着很大的关心并因此短暂地成为空海的弟子，但是由于二人对于密教的认识不同，不久二人的关系就逐渐疏远并走向破裂了。

由此可知，虽然二人归国后曾有过短暂的师生之谊，但是无法改变二人在归国传法上相互竞争的关系。二人归国后都将从唐朝请来的与密教相关的文物奉献给朝廷，同时为了吸引皇室的关注，实际上展开了相互竞争。最澄因为获得桓武天皇的支持，完成了天台宗的创宗，其后，随着作为自己最大庇护者桓武天皇的死去，逐渐失去了影响力。而与他不同，空海在归国后近三年的时间里都不被准许进京，直到嵯峨天皇即位以后，才摇身一变而成为时代的宠儿。因为具有书法与汉诗文等共同的兴趣爱好，嵯峨天皇成为空海的最大外护者。在他的支持下，空海顺利地完成了日本真言宗的创宗。嵯峨天皇又将高野山下赐给他，使其成为能与最澄的天台宗相匹敌的佛教宗派。

二、《答睿山澄法师求理趣释经书》

最澄在唐朝留学时虽然也短暂地学习了密教，不过他知道空海带回的才是正统的密教。因此，对密教有着强烈关心的最澄，不得已成为空海的弟子。空海于809年7月获准入京，在8月份最澄就开始向他借阅密教的经典，与他展开了交流，随后又于812年11月，在高雄山寺从空海处接受了金刚界的灌顶[24]，12月又接受了胎藏界的灌顶。只是这些都属于密教的入门阶段的灌顶，空海希望最澄能跟随在自己的身边，至少用三年的时间来专心学习密教。可是，由于最澄急于创立日本天台宗，并没有按照空海的建议去做。他在返回比睿山以后，又于813年11月23日写信给空海，提出借阅《理趣释经》，同时表示"弟子之志诸佛所知都无异心，惟莫弃舍弟子幸甚，谨空"[25]，恳请作为老师的空海不要抛弃自己。空海写给最澄的回信是《答睿山澄法师求理趣释经书》(《性灵集》卷十)，文中写道：

> 书信至深慰下情，雪寒，伏惟止观座主法友胜常，贫道亦量。贫道与阇梨契，积有年岁。常思胶漆之芳与松柏不凋，乳水之馥将芝兰弥香。舒止观羽翼，高骞二空上。骋定惠骥骝，远跨三有外。分多宝座弘释尊法，此心此契谁忘谁忍？虽然显教一乘非公不传，秘密佛藏唯我所誓，彼此守法不

遑谈话,不谓之志何日忘矣!

　　由此可知,空海收到了最澄的来信后,立即给他写了回信。在信的开头部分,空海首先回顾了二人交往的经历。他称呼最澄为自己的道友,并且指出通过多年的交往,二人已经建立了如同胶漆、松柏、芝兰一样亲密的友情。空海对最澄的天台宗进行了评价,指出二人都抱有发扬新佛教的决心,认为作为显教一乘之法的天台宗只有最澄能够传承下去,而作为秘密佛教的真言宗是自己誓愿弘扬的内容。可知,空海认为天台宗是属于显教一乘的佛法,而将真言宗作为"秘密佛藏"的密教来理解。空海认为日本佛教事业振兴的重担,就落在他们二人肩上,随后才开始回应最澄借阅《理趣释经》的请求:

　　　　忽开缄具觉觅理趣释,虽然疑理趣多端,所求理趣指何名相? 夫理
　　趣之道释经之文,天所不能覆,地所不能载。尘刹之墨河海之水,谁敢得
　　尽其一句一偈之义乎! 自非如来心地之力,大士如空之心,岂能信解受持
　　乎? 余虽不敏略示大师之训旨。冀子,正汝智心净汝戏论,听理趣之句义、
　　密教之逗留。夫理趣妙句,无量无边不可思议。……又所谓理趣释经者,
　　汝之三密则是理趣也,我之三密即是释经。汝身等不可得,我身等亦不可
　　得。彼此俱不可得,谁求谁与? ……若求无我大我,则遮那三密即是也。
　　遮那三密何处不遍? 汝三密即是不合外求。……

　　在回信中,空海指出最澄借阅《理趣释经》的做法过于轻率,并认为最澄对于密教的传承存在着认识上的偏失。他批评了最澄认为只要通过经典的借阅就能学习和掌握密教深层次教义的错误做法。空海进而指出,虽然自己也不是头脑敏捷的人,但是斗胆阐述一下作为密教教主的大日如来的教导。他认为该经所包含的道理是广大无边且不可思议的,最澄希望通过经典的借阅来理解大日如来的教导,可是他却不能觉悟该经所揭示的道理,就是他自身所具有的身、口、意这三个秘密。空海指出,如果不能遵从密教传授的礼仪规矩跟随老师学习,而只是想通过借阅书籍来领悟其深邃内涵的话,就等于是违反了密教传法的戒律。或许空海对于最澄的离开已经抱有不满了,对于他提出借阅《理趣释经》这种轻率的态度,空海开始变得无法忍受了,他直接叱责最澄说:"冀子,

正汝智心净汝戏论,听理趣之句义、密教之逗留。"语气恰如老师训斥犯下过失的学生一样不留情面。空海直率地指出最澄应该纠正自己对于密教的错误认识:

> ……夫秘藏兴废唯汝我,汝若非法而受,我若非法而传,则将来求法之人,何由得知求道之意? 非法传受是名盗法,即是诳佛。又秘藏奥旨不贵得文,唯在以心传心。文是糟粕,文是瓦砾,受糟粕瓦砾则失粹实至实,弃真拾伪愚人之法,愚人之法汝不可随,亦不可求。又古人为道求道,今人为名利求。为名之求不求道之志,求道之志忘己道法,犹如轮王仕仙。途闻途说夫子亦听,时机不应我师默然。所以者何? 法是难思信心能入,口唱信修心则嫌退,有头无尾言而不行,如信修不足为信修。合始淑终君子之人。

空海指出密教传法的兴衰,与二人之间关于密教的授受有着密切的关系。如果最澄不遵从密教的求法礼仪来学习,如果自己不遵从密教传授的规矩进行传授的话,那么将来求法的人们就会失去求取密法的根据了。空海说如果不能按照密教的传授仪轨进行传授,那就等同于盗法,也就是对佛的诳骗。密教的传授,由于其教义深邃,不在于经典是否能够入手,而是以传法师的"以心传心"作为根本。空海指出,文章不过是如同瓦砾和糟粕一样的存在,最澄只想通过借阅佛教经典来学习密教的想法,犹如扔掉货真价实的宝物而将赝品当作宝物的愚人们的做法,希望他停止这样的做法。可见空海对于在学习密教时半途而废的最澄感到不快,认为以这样轻率的态度,是绝对不可能觉悟密教的理法的。空海认为最澄借阅《理趣释经》,不是为了寻求密教的真相,而是基于功利心。为了改变最澄的错误认识,空海继续写道:

> 世人厌宝女而爱婢贱,笑摩尼以缄燕石,好伪龙失真像,恶乳粥宝錀石,瘿者是钻左手则是,泾渭不别醍醐谁知。……

空海通过一连串的比喻,指出最澄并不了解真言密教的珍贵,认为他的愚昧心地就如同扔掉了如意宝珠,而爱惜貌似玉石的石头一样。并且,他的无知就好比叶公好龙，因为喜爱假龙而失去了真柜，也好似嫌弃使用牛乳做的美味的粥，而喜欢类似于黄金的鍮石。空海在文中用宝女、摩尼、真像、乳粥等来比喻真言密教的珍贵，用婢贱、燕石、伪龙、鍮石等来比喻最澄信仰的天台宗。并且，空海以分不清中国的泾水和渭水这二条河流的清浊、不懂得醍醐的滋味，来指出最澄不具备区分天台宗与真言宗这显、密二教的能力。可见，空海在文中俯视了天台宗的价值，强调只有真言宗才是最宝贵的。

> （前略）子若不越三昧耶护如身命，坚持四禁爱均眼目，如教修观临坎有绩，则五智秘玺旋踵可期，况乃髻中明珠谁亦秘惜？努力自爱，因还此示一二。释遍照。

空海最后告诫最澄，应该如同珍惜自己身命一样不越三昧耶戒[26]，并如同爱惜自己的眼睛一样"坚持四禁"。如果最澄能采取这样的态度，并按照传法导师的教导去修行的话，那么就有希望获得真言密教的传承，从而指出自己并非吝啬借出如同如意宝珠一样的《理趣释经》。由此可知，空海一边指出最澄对于真言密教的错误认识，一边解释了自己拒绝借出《理趣释经》的理由。关于"三昧耶戒"，高木訷元（2009：75）做了如下记述：

> 在《御请来目录》的上表文中，关于跟随惠果和尚学习真言密法，记录如下："授我以发菩提心戒，许我以入灌顶道场。沐受明灌顶再三焉，受阿阇梨位一度也。肘行膝步学未学，稽首接足闻不闻。"也就是说，空海首先接受了作为密教戒律的发菩提心戒，才开始了受法。这个密戒被称为三昧耶戒，指出我心、众生心和佛心这三个在本质上本来没有差异，誓愿绝对平等的自觉。

上文指出空海在《御请来目录》的上表文中，叙述了自己跟随恩师惠果学习密教的经过。空海说自己首先从导师惠果处接受了"发菩提心戒"，也即"三昧耶戒"这一密教入门阶段的戒律，然后才能进入灌顶道场，学习密教的修法。空海记述了自己"肘行膝步""稽首接足"地求教于导师惠果，才获得了密法的传授。因为接受"三昧耶戒"是学习密教的前提，空海批评最澄不听从自己的建议,私自返回比睿山,就等于是破坏了自己当初学习密教的誓愿,也就是破坏了"三昧耶戒"。关于空海和最澄的交往,上山春平(1987:94)指出:"最澄将天台宗和真言宗置于同等的一乘思想的平面上,认为二者是对等的思想。可是与此不同,空海从密教比显教更优越的观点出发,将作为密教的真言宗置于优于显教天台宗的地位。这种观点上的不同,加之彼此个性不同的相互作用,使二人的关系不断恶化,终于到了绝交的地步。"二人关系恶化的原因在于对密教认识上的不同。可见,空海和最澄围绕着《理趣释经》的借阅进行了书信的往来,在二人之间,存在着对于佛教教义认识上的差异。与最澄认为天台与真言二宗地位同等的观点不同,空海用法身思想俯瞰了最澄信仰的天台宗,目的在于维持真言密教的优势地位。因此,空海的法身思想实际上贯穿了他毕生的文学作品。从最初的《三教指归》,到后来的《性灵集》,都是基于佛教的法身思想展开的。并且,空海除了依据三教论来论述佛教相对于儒教和道教的优越性之外,还进一步强调了真言宗优越于天台宗。

三、法身思想与"十住心论"

法身思想是空海展开三教论的理论依据,同时也是空海构思文学作品的思想基础。他在文学作品中除了对儒教和道教进行批判之外,他还运用法身思想对同是佛教宗派的天台宗进行了批判,这是空海对三教论思想的进一步发挥,是为了确立真言宗独一无二的优越地位。空海在815年所著的《辨显密二教论》中,依据"法身说法"等要素,将真言密教与真言密教以外的佛教分为显、密两大部分。关于这一点,末木文美士(2009:200-203)指出:

在回国后较早时期写作的《辨显密二教论》中,空海不断地指出密教相对于显教的优越性,其论点首推密教的法身说法。"应化开说名曰显教,言显略逗机;法佛谈话谓之密藏,言秘奥实说。"(《辨显密二教论》)

所谓的应佛和化佛是以方便的姿态示人,称为显教,是为了对应众生的需求,简明扼要地进行解说的;而与显教相对,解说密教的法身佛是究竟的佛,与众生的能力等无关,是直接解说最深奥的真理。唯有如此,才能超越无常这一生死轮回的世界,开启真理的世界。那就是"此三密门者,所谓如来内证智境界也,等觉十地不能入室,何况二乘凡夫谁得升堂"

《辨显密二教论》），因此被称为秘密的教化。

空海的主要著作《秘密曼荼罗十住心论》与《秘藏宝钥》等，依据精神发展的十个阶段（十住心），解说了从显教向密教发展的过程。十住心大致如下。（中略）第十阶段是密教，余下的九个阶段是显教，称为九显一密。为了达到密教的阶段，必须经历这样的精神历程，绝不是一件容易的事情。经过精神上的磨炼最终达到密教阶段的时候，才开始进入到佛教最深奥的觉悟的世界。然而，如果到达了第十个阶段，就会明白整个世界都是佛的觉悟的世界，在此之前的阶段也并没有超出这个范围。之前的九个阶段的显教，也都包含在第十个阶段的密教的世界中，这样的看法是九显十密。九显一密是我们从下向上仰望的视角，九显十密是从佛觉悟的境地向下俯瞰而形成的。

空海在《辨显密二教论》中，以"密教是法身佛的说法"这一论点为中心，将密教以外的教理教说名之为显教，提出了显、密的概念，同时又在《十住心论》中，以居高临下的姿态，将儒教、道教等其他内容划分为高低不同的九个层次。也就是说，他认为密教是大日如来的法身说法，并将其定义为绝对唯一的真理。同时，以此为根据，又将人们的心地划分为高下不同的十个境界层次。而这种判教思想又萌芽于《三教指归》。空海为了宣扬佛教的优越地位以及宣扬密教至高无上的地位，在一生中经历了种种论战：在青年时代批判了阻拦他出家的亲友们所持有的儒教思想；从长安留学回国以后，为了弘扬真言密教，又批判了以天皇为首的贵族们所思慕的道教神仙思想；此外还批判了认为天台宗与真言宗地位同等的最澄，甚至到了绝交的地步。

吕建福（1995：506-507）指出："空海的判教论，后世称之为横判、竖判两种，以显密横判，以十住心竖判。显密横判的代表作是《辨显密二教论》2卷，其中空海依据显密各种经论，从七个方面判别显密之不同。……由法身佛所说者为密教，自性受用佛自受法乐故，与自眷属各说三密门。……十住心竖判的代表作是《秘密曼荼罗十住心论》10卷，和略本提要《秘藏宝钥》3卷。其中主要依据《大日经》等判释。……空海一生，建寺刹广弘密乘，在日本影响称最，如不空在唐，可以说其事业是辉煌的。而他的理论建树，也属独标义林，以唐密理论为渊源，但更多地却是他自己的独创。当然他的理论也不无粗疏独断之处，致遭教内外批评。"可见空海以密教法身思想为基础,对密教的思想体系进行了进一步发挥和创造,其目的就是为了维护真言密教独一无二的优越地位。

通过空海的文学作品我们就可以看到,基于宗教思想理论的批判实际上贯穿了他的一生。并且,这些批判都是依据他毕生所倡导的密教法身思想。其汉诗文作品的构思以及表现都是依据他的法身思想建立起来的。由于法身思想是极为抽象的概念,因此空海发挥自己出色的汉诗文才能,在他的著作中成功地描绘出了法身世界的景象。对于读者来说,通过阅读他的汉诗文作品,可以有机会了解真言密教"法身说法"的深奥含义。在阅读空海的《三教指归》与《性灵集》等文学作品的时候,只有了解空海的三教论思想和法身思想,才能很好地理解作品的真实含义。空海在一生中通过不断地批判和创新,最终创立了自己的佛教理论体系,奠定了日本真言宗弘扬与传承的基础。

注释

[1] 关于密教的定义,吕建福(1995:1)指出:"什么是密教? 密教究竟指一种什么样的宗教形态? 回答这个问题并不是很容易的,这不仅因为国际学术界没有一个公认的定义,使用的名称和指称的范围也极不统一,而且还因为密教本身就十分复杂,很难给它下一个确切的定义。"

[2] 法界即意识所缘之一切境界。《大般若经•法界品》云:"尔时最胜复白佛言,世尊,云何名为法界。佛告最胜天王,当知法界即是不虚妄性。世尊,云何不虚妄性。天王,即是不变异性。世尊,云何不变异性。天王,即是诸法真如。世尊,何谓诸法真如。天王当知,真如深妙但可智知非言能说。……"

[3] 心之主作用,对于心所之伴作用,而谓为心王。心王者,总了别所对之境;心所者,对之而起贪嗔等之情也。

[4] "三秘密":秘密三种业之义。一为身密,二为口密,三为意密。

[5]《大日经疏》七曰:阿字是一切法教之本,凡最初开口之音,皆有阿声。若离阿声,则无一切言说,故为众声之母。

[6] 薄伽梵(术语),又名婆伽婆,译曰世尊。

[7]《大日经》"入真言门住心品第一":"秘密主,若真言门修菩萨行诸菩萨,深修观察十缘生句,当于真言行通达作证。云何为十,谓如幻、阳炎、梦、影、乾闼婆城、响、水月、浮泡、虚空华、旋火轮。"

[8] 生平不详,或许是下野国都贺郡大慈寺的广智(慈觉大师圆仁的师父)禅师。

[9] 825年正月,空海入住神愿寺后,将其改称为神护国祚真言寺,又称神护寺。其弟子

真济曾于此住持。

　　[10]《大日经》云:"秘密主,彼真言门修菩萨行诸菩萨,当如是观察:云何为幻,谓如咒术药力能造所造种种色像,惑自眼故,见希有事,展转相生往来十方。然彼非去非不去,何以故,本性净故。如是真言幻,持诵成就能生一切。"

　　[11]《大日经》云:"复次秘密主,阳炎性空,彼依世人妄想,成立有所谈议。如是真言想唯是假名。"

　　[12]《大日经》云:"复次秘密主,如梦中所见,昼日牟呼栗多,刹那岁时等住,种种异类受诸苦乐,觉已都无所见。如是梦真言行应知亦尔。"

　　[13]古代印度理想中的帝王之位。

　　[14]《大日经》云:"复次秘密主,以影喻解了真言能发悉地,如面缘于镜而现面像。彼真言悉地,当如是知。"

　　[15]《大日经》云:"复次秘密主,以乾闼婆城譬,解了成就悉地宫。"

　　[16]《大日经》云:"复次秘密主,以响喻解了真言声,如缘声有响。彼真言者当如是解。"

　　[17]《大日经》云:"复次秘密主,如因月出故,照于净水而现月影像。如是真言水月喻,彼持明者当如是说。"

　　[18]《大日经》云:"复次秘密主,如天降雨生泡,彼真言悉地种种变化,当知亦尔。"

　　[19]《大日经》云:"复次秘密主,如空中无众生无寿命,彼作者不可得。以心迷乱故,而生如是种种妄见。"

　　[20](譬喻)如病眼之人,见空中如花者浮动,是名虚空华,譬事物之无实体也。

　　[21]《大日经》云:"复次秘密主,譬如火烬,若人执持在手,而以旋转空中,有轮像生。"

　　[22]从外部所加的保护的意思。也即在家的施主给僧尼提供衣食,或指国王等从外在的方面给予佛法的弘通以支援和保护。

　　[23]也称为内供、内奉。在宫中负责祈祷天皇平安等的僧职。772年初设置,定员10名。平安时代以后从真言、天台两宗的高僧中选出。

　　[24]使用象征五智的水注到佛弟子的头顶,表示继承了佛位。这是密教的仪式,有为了得到阿阇梨位的传法灌顶、成为弟子的受明灌顶、许多人为了与佛结缘的结缘灌顶等,种类很多。

　　[25]最澄写给空海的信件内容如下:"弟子最澄和南请借书事;新撰文殊赞法身礼方圆图并注义,《释理趣经》一卷。右限来月中旬所请如件,先日所借经并目录等正身持参不敢诳损,谨附贞聪佛子申上。弟子最澄和南,弘仁四年十一月廿三日。小弟子最澄状上。高雄遍照大阿阇梨座下。弟子之志诸佛所知都无异心,惟莫弃舍弟子幸甚、谨空。"

　　[26]三昧耶,即平等戒之义。又作三摩耶戒,略称三戒。

第八章
空海文学的修辞与表现

第一节　动物隐喻表现

一、《三教指归》的例子

空海在汉诗文中，经常借用动物来比喻人们心地的迷妄状态。例如，他在《三教指归》卷上设定了蛭牙公子这一人物形象。蛭是水蛭，是对品行不良者的比喻。为了论述三教的优劣，空海虚构了作为三教共同训诫对象的蛭牙公子，指出其不遵从宗教和礼仪的教化，他的恶劣品行简直就像狼和虎一样。

文中接着写道："是故仰善之类犹稀麟角，耽恶之流既郁龙鳞。"儒士龟毛先生受兔角公的委托训诫蛭牙公子。他首先指出世上的从善如流者如同麟角一样稀少，而愚痴之辈比龙鳞还要多，并告诫蛭牙公子说，由于人们的本性会随着环境的变化而产生改变，因此受到不良环境熏染的蛭牙，应该接受圣贤的教育和感化，进而指出由于受到不良环境的熏染，蛭牙的心地就好比人们长时间地处于"鲍廛"这样的干货市场之中，已经适应了那里的腥臭味；就如同在头发中筑巢的虱子一样，其颜色也会自然地变黑。虽然外表看起来好像装饰着虎皮的纹饰一样美丽，但是内在心性却如同盛在织锦袋子中的粪便一样令人唯恐避之不及。蛭牙的迷妄心性首先表现在他对于食物的贪欲上,每当吃动物走兽的肉时,他就像狮子和老虎一样吞咽,而吃鱼肉时就像鲸鱼和鲵一样鲸吞。龟毛先生指出他对于酒的贪恋就连口渴的猩猩也会感到羞耻;他对于食物的贪婪,即使因为饥饿而吸食人血的水蛭也感到害臊。酒醉之后,他就像蜩和螗一样聒噪,根本不顾及佛陀关于不许饮酒的教诲。龟毛先生指出他对于女人的渴望,就连好色的术婆伽也自叹不如。他对于异性的情欲就好比春马和夏犬一样,全然不遵从佛陀为了消除对于女性的贪恋而做老猿、毒蛇的观想这一教导。另外,他喜欢游戏玩耍,就像在树梢上嬉戏跳跃的猴子一样,而当来到学校学习时,却如同睡在树阴下的狡兔一样懒惰。如果像蛭牙这样,每天只想着美味的食物和暖和的衣服,徒然地度过一生,跟鸟兽或者犬豚又有什么区别呢?龟毛先生指出,当邻里乡亲有忧虑的时候,应该抱着同情心去安慰。否则,徒然有着人的形体,心地却与鹦鹉和猩猩这样一些禽兽无异。龟毛先生为了指出蛭牙的迷妄心地,叱责了他恶劣的习性;为了矫正蛭牙扭曲的心灵,又举出了中国古代孟仁、王祥[1] 等忠孝道德模范的例子,并以儒学的忠孝思想来告诫蛭牙,希望他尽早改掉种种恶行。龟毛先生劝诫他通过学习儒学来赢取功名,获得美满的婚姻,度过自己幸福的人生:

> 同牢同尊合卺合体。褰珠帘而对凤仪[2],拂金床而比龙体[3]。凌琴瑟以调韵,超胶漆而同契。笑偕老于东鲽,恒同穴于南鹣[4]。消一期愁快百年乐。

文中的"凤仪"即像凤凰一样的仪表,是对新娘子端正仪容的比喻;"龙体"指像龙一样的身体,用来比喻新郎威严的容貌。"东鲽"和"南鹣"分别指"比目鱼"和"比翼鸟",是新郎和新娘关系和睦的比喻。也就是说,如果能通过学习儒学获取功名的话,那么也会获得幸福美满的婚姻。

> 于是兔角公下席再拜曰:"猗欤善哉!昔闻雀变为蛤犹怀疑怪,今见蛭牙鸠心忽化作鹰,葛公白饭忽为黄蜂,左慈改形倏作羊类,岂如先生之胜辩变狂为圣乎!"

兔角公在听了龟毛先生的训诫后，不禁大喜并心怀感激地说："过去听说雀变为蛤蜊而心存怀疑，如今却看到蛭牙的心如同鸠化为鹰（见《礼记•月令》），真是令人赞叹。"但是，在场的虚亡隐士对龟毛先生的教训却难以苟同。虚亡隐士指出，在听了龟毛的教导之后，刚开始感觉就像遇到了如同龙虎一样威风凛凛的人，可是听到最后却感觉如同小蛇与鼩鼱一样渺小。他认为龟毛的教导无法治愈蛭牙的心病。于是就以道教的神仙思想来引导他们，指出如果人们能学习道教神仙的方术，即使是像"蜉蝣"一样短暂的寿命，也会变得如同"龟鹤"一样长久；即使像跛驴驽马一样缓慢的脚步，也能变得如同有羽翼的黄龙般快速地翱翔。他继续指出，神仙们高洁的志向，与俗世的人们有着云泥之别。龟毛先生儒学的志向，简直就像紧盯着腐烂老鼠的鸢一样狭隘。

> 今为卿相明为臣仆，始如鼠上之猫终为鹰下之雀[5]。恃草上露忘朝日至，凭枝端叶忘风霜至。咎可痛哉！何异鹤鸠曷足言哉？

虚亡隐士进而指出，那些执着贪恋于高官厚禄的人们，开始时的气势就像出击老鼠的猫一样威风，可是到后来，却如同被老鹰抓住的麻雀一样可悲。这就如同寄居于草叶上的露水，竟然忘记了朝日将至；也与那在芦苇叶子上面建造巢穴的苇莺鸟的愚蠢没有什么两样。在这里，虚亡隐士以道教的神仙思想来批驳龟毛先生。

随后，一位名叫假名乞儿的人偶然路过兔角公家门前，在听到龟毛先生与虚亡隐士训诫蛭牙的话语后，便以自己的佛教思想来引导他们。

> 有假名乞儿，不详何人……粉艳都失面疑瓦埚，容色憔悴体形羸尔。长脚骨坚若池边鹭，缩颈筋连似泥中龟[6]……折颔高匡颡颐隅目，哦口无须似孔雀贝，缺唇疏齿若狡兔唇[7]……。（卷下）

致力于佛教修行的假名乞儿，容貌憔悴，体格羸弱，骨瘦如柴，一双细足好似在池塘旁边儿伫立的鹭鸶，藏头缩颈简直就像拖曳在泥水中的乌龟一样。并且，没有胡须的嘴巴恰似子安贝一样，有缺陷的嘴唇简直就像兔唇一样。他托钵来到了兔角公的门前，偶然听见了二人的论战。

于是逢于龟毛与隐士论诤之战庭……甲蛛蝥网铠 [8] 蟛蜈骑 [9]，鼓虱
皮 [10] 而惊陈，旗蚊羽以标旅 [11]，杖我见戟弄寡闻剑，攘如霜臂战魍魉
原……各谓我是并言彼非。

假名乞儿认为二人展开辩论的阵势，就好像那身上披着蜘蛛网一样柔弱的
铠甲，跨着如同蟛蜈一般渺小的马匹，敲响用虱子皮制作的小鼓闯入敌阵的人
们，他们举着用蚊子的羽翼做成的旗帜虚张声势，举起执着于我见的戟，挥舞着
孤陋寡闻的剑，挥动着如同冰霜般脆弱的手臂，在如同魍魉般虚幻的原野之上
进行着征战……，都认为自己所说的才是正确的，相互指责对方的不是。假名
乞儿以此来比喻二人的见识都相当狭小。

于时自思，溜水微辨爝火小光犹既如是，况吾法王之子，盍摧虎豹之
钺 [12] 拉螳螂之斧 [13]。遂乃砥智慧刀涌辩才泉，被忍辱介驾慈悲骥 [14]，非
疾非徐入龟毛之陈，不惊不悼对隐士之旅。

此时，在旁边听二人争论的假名乞儿，心中暗想他们二人所说的理论，简
直如同水滴一样渺小，仅能发出恰似萤火那样的微光，而自己作为被称为法王
的佛陀的弟子，何不手握那如同虎豹一般有威力的钺，去对战他们手中那如同
螳螂一样渺小的斧子？于是，他砥砺了一下自己那已经觉悟了佛教智慧的刀
刃，发挥出自己思如泉涌的无碍辩才，以忍辱之心作为自己的铠甲，骑着慈悲的
骏马，不慌不忙地进入龟毛先生布下的战场中，从容不迫地来到虚亡隐士列下
的军阵前。

于焉出垒盘桓入壁跋扈，因兹先以孔璋檄，示以鲁阳书，将帅悚惧军
士失气，面缚降服无劳血刃。但野心难改情怀犹豫，即流泪摩首含悲喻曰：
夫举鳍滥觞 [15] 曾无由见千里之鲲 [16]，翕翮藩篱 [17] 何能知有九万之鹏？

假名乞儿展开辩论，如同攻击盘旋于敌阵之前，展现出威风凛凛的气势。
他先是如同孔璋那样发出讨伐的檄文，接着又如同鲁阳那样写下招降的战书，
则对方如同将帅失去了进攻的勇气、士兵们也丧失了对战的士气，因此束手就

擒而兵不血刃。尽管如此,二人的野心并未完全消除,心中疑惑依旧存在。于是,假名乞儿摩首流泪,怀着慈悲的心地,继续通过比喻来教诫他们:二人的议论就像在小水洼里面游泳的小鱼,不相信有身长几千里被称为鲲的这种大鱼的存在;又像是在篱笆间飞来飞去的小鸟,不相信有脊背翼展三千里、扶摇直上九万里的大鹏[18]的存在。在这里,假名乞儿用小鱼和小鸟来比喻儒教和道教的教导,指出了二人见识的狭小,而以鲲鱼和大鹏来比喻佛教思想的广大。接着,假名乞儿继续指出儒教和道教思想分别如同凫脚和鹤足一样,虽然各有各的道理,但是都没有达到佛陀那样的大觉。他建议二人遵从法帝佛陀的教导,借助如同秦镜一样的佛教思想,来照察和觉悟自我心地中本有的真相,从而改变类似于叶公惧怕真龙那样心地迷妄的状态。

如上所述,空海为了论述儒、道、释三教的优劣,突出佛教思想的优越性,在文中引入了各种各样的动物来进行比喻。它们分别是作为走兽的狼、狮子、虎、豹、猩猩等;作为鸟类的野鸭子、仙鹤、小鸟、鹦鹉等;作为昆虫类的蛭、蜩、蟑、蚊子、螳螂等;作为海洋生物的鲸鱼、小杂鱼、比目鱼、子安贝等;作为家畜类的马、驴、兔子、猪等;作为想象中动物的龙、凤、麒麟等,其种类相当丰富。并且,空海以这些动物来比喻人的容貌、姿态和习性等。从中可以看出,本文受到了来自中国的三教文化的深刻影响,不但受到《文选》《论语》《庄子》等儒教、道教典籍的影响,还受到了《广弘明集》等隋唐时期佛教典籍的影响。特别是对"断鹤续凫""叶公好龙""秦镜高悬"等中国古代典故的引用,给人留下了深刻的印象。

二、《性灵集》的例子

在《游山慕仙诗》第5～8句中,出现了在《三教指归》中已经运用过的"断鹤续凫""叶公好龙""秦镜高悬"等三个典故。也即空海在《游山慕仙诗》中,将已经在《三教指归》中借用过的中国古代典故,再次以诗歌的形式表现出来。诗中采用动物隐喻的方式写道,乌鸦的眼睛只是一味地盯着腐烂的老鼠,这与《三教指归》卷中"视纤腰如鬼魅,见爵禄如腐鼠"中的"腐鼠"相同,均出自《庄子·秋水》。而"狗心"是对人们贪恋执着心地的譬喻。狗的心只是一味地耽溺于污秽的臭味,人们贪恋苏合香的香味也与此相同,他们被爱情和欲望所束缚的状态,就如同蜣螂执着于推粪团一样。在这里借用乌鸦的眼睛、狗的心以及屎壳郎的执着,来比喻人们污秽不净的心地。

第13～16句指出心地迷失的人们,与怀有仁爱之心的麒麟有着很大的差异,就如同在混沌的生活中迷失了方向的犬和羊一样。他们能言善辩就好像鹦鹉,偏离了圣贤的教导。这里使用犬和羊来比喻每天耽溺于食欲和性欲本能的人们的迷妄心地。第17～20句中的"豺狼"是指豺和狼,"狻子"是指狮子。这样一些心地迷妄的人们,就像野狗和狼一样追赶着麇和鹿,或者像狮子一样咀嚼咬碎驼鹿和小鹿。"豺狼"与"狻子"都是用来比喻人们的贪婪欲望。第23～26句指出,那些心地愚昧的人们,心中充满了如同毒蜂和蝎子般的邪恶念头,他们用华丽的虎皮和豹皮来装饰自己,却没有人愿意反省自己刚强的个性。这里以毒蜂和蝎子来比喻人们心性的迷失。第57～60句指出老子和许由不为人世间的富贵和地位所迷惑,超越了俗人的境界。这里以"鸾凤"以及"大鹏"来比喻老子和许由的高洁品格。第63～66句中,"心实"是指人们心性的真实状态,而心地迷妄的人们,他们心中的欲望却如同反客为主的宾客一样,妨碍着人们认识到自己心灵的真相。"飞龙"比喻人们觉悟的心灵。文中指出如果能遵从佛教的教导,就能如同在天空中自由翱翔的龙一样,进入觉悟了佛法的法身境界中去。在最后的第101～104句中,空海指出了自己创作这首诗歌的理由:由于世上人们的心性就像那全身都是黑色的乌鸦一样,使人容易混淆而难以分辨;他们参差不齐的品格,又如同生活在周国的人们将老鼠称为"璞",使想购买玉石的郑国人误以为他们口中所说的"璞"就是自己想要买的玉石(亦称为"璞")。由于生活在这个世上的人们的想法千差万别,自己又如何能一一体察到别人的想法呢?因此,为了使修行中的人们都能获得觉悟,空海才写下了这首诗歌,为他们揭示出佛法的真理。

并且,在《赠野陆州歌》(《性灵集》卷一)中,也能见到动物隐喻这一表现手法。这首诗歌是空海赠送给平安贵族小野岑守的。如前所述,诗中描写了虾夷人的野蛮,认为他们有着"豺狼"般的心地;又用"毛人""羽人"来比喻他们的外貌,以"猛虎""豺狼"来形容他们恶劣的品行,并说虾夷人的眼睛就好像老鸦一样浑浊不堪,他们身上都穿着用野猪皮和鹿皮制作的皮衣,性格就像猛虎和豺狼一样凶狠,经常外出袭扰村庄,杀死了无数的人和牛羊。空海斥责他们如同罗刹鬼一样,并非人类的朋友。而他为了安抚小野岑守,指出"高天虽高听必卑,况乎鹤响九皋出",认为他的功绩就如同仙鹤在天空中鸣叫般引人注目,必定会获得朝廷的肯定和赞誉。诗中以仙鹤的鸣叫声来比喻小野岑守的功绩。

除此以外,在空海寄给贵族良岑安世的《赠良相公诗》中,也能看到动物隐喻这一表现手法。例如"飞雷犹未动,蛰蚑匪开封"中的"蛰蚑",就是用来比喻至今尚未领悟佛教思想的人们。空海表达了他对于将佛法的传灯挂念在心的安世的赞叹,同时表示了自己誓愿救助世上那些心地迷失的人们的决心。但是同时他又指出,由于世上人们的机心、尘念如同被污染过的水一样,很难映现出如同金波(即月光)般明亮的佛教的智慧;同时,恰似春雷还没有炸响,冬眠的昆虫们至今尚未复苏一样,必须等待适合传法的时机的到来。

如上所述,空海在《性灵集》中也使用了动物隐喻这一修辞手法。并且,所引用的典故及动物的用例等,都有与《三教指归》重叠的部分。除了反复借用豺狼、虎、乌鸦、龙、大鹏鸟等动物进行比喻以外,空海也重复借用了"断鹤续凫""叶公好龙""秦镜高悬"等中国古代的典故。

三、动物隐喻的特征分析

如果总结一下文中出现的上述用例,就会发现以下的特征。首先是空海积极地采用了动物隐喻这一表现手法。在《三教指归》中,不仅登场人物的名字是借用水蛭、兔子和乌龟等动物来命名的,对于蛭牙等人的容貌姿态、习性特征等,也都借用动物来进行譬喻,并且《性灵集》所收录的诗文中也经常能看到这种表现手法。

其次,被借用的动物种类相当丰富。例如,从马、驴、狗、兔子、猪、羊等,到想象中的鲲、大鹏、龙、凤、麒麟,从狼、狮子、虎、豹、猩猩、猿猴、貙貚、鹿、乌龟等,到乌鸦、鹦鹉、野鸭子、仙鹤、鸽子、鹰等,从蛭、蝈、蟷、蚊子、螳螂、毒蛇、蜂、蝎子等,到鲸鱼、小杂鱼、比目鱼、子安贝等,可以说借用的种类繁多。

另外,文中是根据文章内容表现的需要来借用动物。例如,以豺狼和猛虎等来比喻人的凶残和粗暴,以乌鸦和狗等来比喻人的贪恋和执着,以麒麟、龙和凤凰等珍禽奇兽来比喻圣贤教诲的珍贵。当然,在诗文中压倒性的场面是,一边借用习性恶劣的动物来比喻人们心地的迷失,一边对人们的错误言行进行叱责。

最后,作品中对于动物隐喻手法的运用,出现了很多重复之处。例如,在动物的借用上,除了豺狼和虎豹以外,对于《庄子·秋水》中腐鼠和拖曳在泥水中的乌龟等,也都是反复地进行了借用。特别引人注目的是,诗文中反复借用了"断鹤续凫""叶公好龙""秦镜高悬"等中国古代的典故,并以此来展开三教论。空海善于运用动物隐喻这一表现手法,可以说是他文学作品的突出特征之一,这也是平安时代文学作品的一个特例。这些都是因为他深受中国古代文化的影响,同时也是他弘扬真言密教思想的需要。

第二节　宗教家的文学性

一、"志向"的表明

正如空海在《三教指归》序文中写到的那样,他创作汉诗文的目的,是为了表明个人的"志向",是为了"言志"。关于这一点,小西甚一(1973:7)做了如下的叙述。

　　空海的"赋"接近于"诗",说到底在于重视"志向"的表达,其表现手法如同上述所举的例子那样精致而深远,不但如此,实际上他写的"诗"也是同样的表达方式。在作为《三教指归》附加部分的《咏三教诗》里,没有王勃《思春赋》中所见到的那样对于美丽景色的描写,而是专门将重点放在对于"志向"的表述上。毫无疑问,只有"何不言志"才是最能表明空海写作时贯穿整个《三教指归》写作态度的东西。

上文指出空海的汉诗文重视表达自己的志向。正如空海在他的著作《文镜秘府论》中写到的那样:"夫大仙利物,明教为基,君子济时,文章是本也。"这句话清楚地表明了他创作汉诗文的目的是利济众生。空海为了宣扬自己的佛教志向,援用三教的经典,并刻意地引入了比喻的手法。

一边借用中国古典的章句和典故,一边展开文章论述,是空海汉诗文的一个重要特征。在《三教指归》以及《性灵集》中,他都重复引用了很多的中国典故。兴膳宏（1995：137）指出："《三教指归》的全篇是摄取了以《文选》为中心的、从六朝开始到唐初的中国古典的词句和语法的成果。"宫坂宥胜（2001：64）指出："《三教指归》正如书名所体现的那样，纵横无尽地援引了三教的典籍，介绍了中国的典故由来，共涉及了多达 210 余部典籍的各类书籍，足以令人叹为观止。"不但是《三教指归》，就连《性灵集》中所收录的汉诗文，也是一边引用大量的汉文典籍，一边进行内容叙述的。静慈圆（2010）通过对空海的文章与中国古典的《论语》《庄子》《文选》等章句的对照研究，指出他的汉诗文受到了中国思想文化的压倒性的影响。对于中国古典的借用以及比喻手法的运用，不但对于文章内容的展开至关重要，也起到了丰富文章内容的作用。

并且，充分地运用动物隐喻这一表现手法，也可以说是空海进行文学创作时的思想源泉。这些都是为了劝诫如同蛭牙一样心地迷失的人们。空海在《十住心论》中指出："异生羝羊心者，此则凡夫不知善恶之迷心，愚者不信因果之妄执。"毫无疑问，蛭牙就是属于"异生羝羊心"这一动物本能的心地。同时，在《秘藏宝钥》中有以下内容：

> 异生羝羊心者何？凡夫狂醉不辨善恶，愚童痴暗不信因果之名也。凡夫作种种业感种种果，身相万种而生，故名异生。愚痴无智均彼羝羊之劣弱，故以喻之。……遂乃豺狼狡虎咀嚼于毛物，鲸鲵摩羯吞歠于鳞族，金翅食龙罗刹吃人，人畜相吞强弱相啖。（下略）

上文指出了尘世中不明因果的人们的迷妄心地。正如《声字实相义》中所写到的那样，空海把心地迷失的人们称为"众生"。由于这些人们的心地蒙昧无知又难以自觉，因此才需要通过佛教思想来引导他们。他引用了众多中国古典的章句与典籍，并且运用动物隐喻这一修辞手法，就是为了劝诫那些心性迷失的人们。可见，他胸怀着利济众生的志向，通过自己的汉诗文来宣扬佛教思想。

二、救济众生的抱负

正如空海在《三教指归》的序文中所指出的那样，三教的思想都是属于圣人的教诲，都是为了救助如同蛭牙公子一样的众生。关于《三教指归》草稿《聋謷指归》这一标题名称的意义，川口久雄（1984：47）做了如下的叙述。

曾有人这样评论：“所谓《聋謷指归》，就是指教育有耳疾或眼疾的人们的文章之意，由于对反对自己进入佛道修行的人们使用了十分刻薄的语言表达，最终觉得莫如改为能使人联想到内容的论述三教优劣的标题比较好吧。”（每日新闻社，昭和四十八年刊《空海的轨迹》，七十六页），不过我并不赞同上述见解。

认为人们是聋謷的观点，是包含空海自身在内的对于不明人生真相的人们的看法，正如《十住心论》第一中所说的“从冥入冥相续不断”。非浊的《三宝感应要略录》序文“（感应缘），良是浊世末代目足”，另外虽然宗派不同，源信所说的“往生净土法门乃末世之目足”等内容，也是建立在把人看作聋謷这一认识的基础上的吧。

上文指出，有人认为空海对于反对他出家的人使用了“聋謷”这一严厉而刻薄的词语，最后又觉得不妥，才最终将题目名称改为能够使人联想到三教优劣论的《三教指归》，川口久雄认为这种看法是对空海文学作品的误解。的确，从《三教指归》到《性灵集》，空海经常一边将人比喻为动物，一边指出其迷妄的心地，喜欢运用动物隐喻这一表现手法。《聋謷指归》题目直率地用“聋謷”这一词语来称呼如同蛭牙一样不具备宗教信仰的人们，但却并非是一种差别性的对待。这从《三教指归》以及《性灵集》等作品中所体现出的空海利济众生的誓愿中就可以看出。

《三教指归》的序文中写道：“俱陈盾戟，并箴蛭公”，指出文章的写作目的是劝诫蛭牙公子。并且，在最后的《十韵诗》中，空海一边指出蛭牙们的迷妄心地，一边引导他们进行佛教的修行。与此相同，在《游山慕仙诗》中，他也努力引导人们进入真言密教的修行中去。另外，在《喜雨歌》的下一节中，也能看到同样的部分。

（前略）
寄言六道无明客，我以佛言好心通。
男女若能持一字，朝朝一观自心宫。

　　自心亦是三身土，五智庄严本自丰。

　　欲知先入灌顶法，才入便持萨埵同。

　　天食天衣自然雨，无为无事忘帝功。

　　在这一节中，对于那些罪业深重的"无明客"，空海表达了希望他们信仰真言密教思想的愿望。空海认为无论男女，都应该遵从佛陀的教导，在内心中观照圆满无缺的智慧。如果想要了解心灵的真相，就要首先进入真言密教灌顶的修为中，如果能皈依佛门并去修行的话，那么就会如同菩萨一样明白自心的真相。如果众生都能遵循真言密教的教导，那么食物、衣服等就会自天而降，雨水也会自然地丰沛起来。除此以外，在《性灵集》收录的《赠良相公诗》中，空海也表明了自己的志向："传灯君雅致，余誓济愚庸。"

　　这首诗歌，是空海赠给良岑安世的五首诗歌中的第一首，诗中表明了自己的志向，那就是"余誓济愚庸"，也就是发誓要拯救众生。波户冈旭（1992：225）指出："（空海的）诗，在对安世的信件进行回礼之后，又述怀道'传灯君雅致，余誓济愚庸'，是说希望佛法永存是你的心愿，而我也发誓拯救众生，也即二人都抱有利他之心。在深谙安世之心的同时，空海也表明了自己的立场，指出二人誓愿拯救众生的志向是一致的。"也就是说，作为宗教家的空海，将拯救众生看作自己的使命。这与《三教指归》的"自利兼利济，谁忘兽与禽"，以及《游山慕仙诗》中的"难角无天眼，抽示一文章"，还有《喜雨歌》中的"寄言六道无明客，我以佛言好心通"等内容一样，都是空海志向的表现，反映了他救济众生的慈悲心。同时这也是他创作汉诗文的根本目的。

　　如上所述，空海喜欢运用比喻这一修辞手法，是为了表明自己的志向，也是他利济众生志向的反映。因此他在诗文中对于心地迷妄的人们的叱责，并非是因为在心里蔑视他们，而是为了劝诫和引导他们进入真言密教的修行当中去。

注释

　　[1]《艺文类聚》卷二十，引用谢灵运《孝感赋》中的"孟积雪而抽笋，王斫冰以鲙鲜"。

　　[2]《艺文类聚》卷五十五，引用简文帝《临安公主集序》中的"凤仪闲润，神姿照朗"的句子，是指如同凤凰一样端正的容貌和优美的姿态。

[3]《晋书·刘毅传》中有"龙体既苍,杂以素文,意者大晋之行,戡武兴文之应也"。

[4]《尔雅·释地》:"东方有比目鱼焉,不比不行,其名谓之鲽。南方有比翼鸟焉,不比不飞,其名谓之鹣鹣。"

[5]《左传·文公十八年》:"见无礼于其君者,诛之,如鹰鹯之逐鸟雀也。"

[6]《庄子·秋水》:"宁其生而曳尾于涂中乎。"

[7]《淮南子·说山训》:"孕妇见兔而子缺唇。"

[8]《文选》卷六:左思《魏都赋》:"薄戍绵幂,无异蛛蝥之网。"

[9]《列子·汤问》:"江浦之间生么虫,其名曰焦螟,群飞而集于蚊睫,弗相触也。栖宿去来,蚊弗觉也。"

[10]见《艺文类聚》卷十九引用宋玉《小言赋》中"亨虱脑,切虮肝,会九族而同唳"的构思。

[11]同上,见宋玉《小言赋》中的"体轻蚊翼,形微蚤鳞"。

[12]《后汉书·刘陶传》中有"而竞令虎豹窟于麑场,豺狼乳于春囿"。

[13]《庄子·天地》:"犹螳螂之怒臂以当车轶。"

[14]《广弘明集》卷二十八梁简文帝《四月八日度人出家愿文》中有"乘菩萨车,坐如来座"。

[15]郭璞的《江赋》中有"惟岷山之导江,初发源乎滥觞",另有"扬鳍掉尾,喷浪飞唌"。

[16]《庄子·逍遥游》:"北冥有鱼,其名为鲲。鲲之大不知其几千里也。化而为鸟,其名为鹏,鹏之背不知其几千里也。"

[17]《广弘明集》卷二十九《破魔露布文》中有"于时业风息吹六尘弗起,祥云四舒灵禽翥翼"。

[18]《庄子·逍遥游》:"鹏之徙于南冥也,水击三千里,抟扶摇而上者九万里。"

第九章
空海文学作品中的女性形象

在空海的汉诗文中,经常能看到有关女性的描写。在他的汉诗文中,对应各种各样的场景,描绘了不同的女性形象,对于女性进行了或褒或贬的描写,反映了他对女性的看法。

第一节 《三教指归》中的女性形象

一、有关女性描写的例子

《三教指归》一文,为了论述三教的优劣,对应不同的场景,也描写了许多女性形象。现举例考察如下。卷上是龟毛先生对不肖子孙蛭牙公子的训诫。他认为蛭牙不但有许多劣迹,对女色也有着深深的贪恋之心。容貌美丽的女子自不待言,就连头发蓬乱的侍女们他也十分迷恋,其好色的程度不逊于登徒子。蛭牙对于女色的执着,就好比因为心中贪恋王女最终焦渴而死的渔夫"术婆伽"一样,又好比发情的春马夏犬那样没有节制。龟毛先生指出蛭牙应该遵守佛陀的教诲,通过佛教中"老猿"和"毒蛇"的观法,来戒除自己心中对于女色的贪欲。

在这里,空海用"蓬头婢妾""冶容好妇""老猿""毒蛇"等词语来描写女性。其中头发蓬乱的侍女,是指卑贱的婢女;冶容好妇则是指相貌美丽的女子,即出身高贵的贵族女性。而佛教中将女色观想为"老猿""毒蛇"的观法,则是为了戒除修行者心中对女色的贪恋之心。龟毛先生教导蛭牙,不论是地位低贱的侍女也好,还是地位高贵的美女也好,对于女性的贪恋之心都是需要加以节制的。

由于《三教指归》是空海的处女作,因此这一节关于女性的描写,是其文学作品里所能见到的对于女性的最初印象。文中指出,对于女性的爱欲会妨碍修行者的精进。这样的认识,对于立志出家的青年空海来说,是很自然的。

（前略）天上牵牛犹叹独住,水中鸳鸟必欢比宿。所以诗有七梅之叹[1],书贻二女之嫔[2]。然则人非展季谁莫伉俪[3],世异子登何可只枕[4]？必须行雨之蛾眉筮彼姬氏[5],飘雪之蝉鬓占此羌族[6]。

龟毛先生告诫蛭牙公子不应贪恋女色以后,在这一节中又用儒教的思想来教导他,告诫他应该走通过学习儒学成为官僚和士大夫的道路,并努力寻求属于自己的美好姻缘。龟毛先生指出,人们通常会进入到婚姻生活当中去,因为就连天上的牛郎星也会为一个人生活而感到悲伤,他每年去鹊桥与织女星相会一次;即使是水中的鸳鸯,也喜欢过着同居的生活。因此,《诗经·召南·摽有梅》中有寻求美好配偶的"七梅之叹"上也记载了尧将二位女儿嫁给舜的故事。因此,人如果不是像展季那样心性清高的人,就会去寻求配偶;如果不是如同孙登那样的孤独隐士,就不会喜欢一个人睡。男子必然会选择巫山神女那样柔美的女性,或者是如同名门望族的姬氏那样的良家女子,或者是选择像洛水女神那样的美女,或者选择如同《诗经·卫风·硕人》中描写的庄姜那样的贵族女子作为自己人生的伴侣。

龟毛先生在此叙述了儒教的婚姻观,认为儒士在成功地获取了功名利禄以后,也应该选择佳偶作为自己结婚的对象:应该选择像尧的两位女儿一样的女子,或者是具有"蛾眉""蝉鬓"那样美貌的良家妇女,或者选择像出身于名门望族的"姜氏"那样的美女。因此,空海在这里想要表现的是儒教的婚姻观,也就是通过学习儒学成为官僚知识阶层,并寻求良家的美女结成姻缘,从而度过

美满的人生。在卷上部分,空海描写了良家美女的形象,以儒教的视野,呈现给读者以完美的女性形象。再看卷中的例子:

> (前略)又昔秦始皇汉武帝,内心愿仙外事同俗。钟鼓铿锵已夺耳聪,锦绣灿烂忽损目明。红脸朱唇[7] 不能暂离,鲜鳞生毛不退片食。
>
> (卷中 《虚亡隐士论》)

卷中是道教代言人虚亡隐士对龟毛等人的劝诫。文中指出道教的神仙们之所以能够长生不老,是因为他们能够保持自己自然的本性。从前的秦始皇和汉武帝,虽然心中希望成为神仙,但是他们的生活状态却与尘世中人们的行为没有什么区别。他们的耳中充斥着能使人丧失耳聪的乐器的喧嚣声,身上穿着能使人眼花缭乱的光鲜艳丽的衣服。他们的身边一刻也离不开美女的服侍,顿顿贪婪于美味的鲜鱼和鲜肉。虽然心中憧憬着成为神仙,但是言行却与红尘中的俗人没有两样。文中指出这样的做法实在是愚蠢。

文中的“红脸”和“朱唇”,是指有着如花一样的眉眼和红色嘴唇的女子,是宫廷中女性的美好形象。虚亡隐士指出要想成为神仙,必须远离这样一些美女的诱惑。因此,与龟毛先生以儒学来博取功名的教诲不同,虚亡隐士用道教的遁世思想来引导蛭牙,指出如果人们想成为神仙,就应该远离世俗生活的束缚。纵使有千金的财富放在眼前,也要视之如草芥而不屑一顾;即使是如同帝王那样高贵的身份地位,也要弃之如敝屣;对于那些腰肢纤细且柔美的女性,也要视同鬼魅般尽力避免与她们接触;应将高官厚禄之类的名闻利养看作如同腐烂的老鼠一样,避之唯恐不及。虚亡隐士否定了龟毛先生基于儒教思想的女性观,认为只有努力避免俗人所喜好的权力和美色等的干扰,才能进入道教神仙的修为中去。

并且,文中进一步批评了俗世中人们迷妄的生活状态,指出人们喜欢喝的酒,就好比断肠的刀剑,人们喜欢吃的肉类,如同缩短寿命的戟一样;对于修道者来说,那些云鬟高耸、蛾眉皓齿的美丽女子,就好比是夺命的斧子一样,而她们歌舞踊跃的婀娜姿态,就好似索命的钺一样。另外,大笑大喜、极忿极哀等情绪上的波动,也都会损伤人的性命。在人们的身心中,竟然存在着如此众多的敌人,如果不先消除这些危害生命的因素,却梦想着成为神仙,这是自古以来未曾听闻的。因为这些修道的障碍，世上的人们尤其难以摆脱，如果能够摆脱这些束缚，那么成为神仙就是一件很容易的事情了。文中虚亡隐士批评了龟毛所主张的儒教的婚姻观。如同卷上所描述的那样，作为官僚知识阶层的结婚对象的女性，是有着"蝉鬓""蛾眉"的良家美女。可是到了卷中，这些在儒教婚姻观中备受推崇的女性形象，却一下子变成了夺人性命的妖魔鬼魅与斧钺剑戟般的存在，成为修道者的敌人。可见，即使是同样的美女，由于儒教和道教的不同立场，对她们的看法也完全不同。

接着，虚亡隐士又描述了道教神仙世界中不同于俗世美女的仙女的形象。他描写了道教神仙们的快乐生活，指出如果修道者能够成为神仙，就能在被称为赤鸟之城的太阳的都市中游玩，还能徜徉于天帝的紫微宫殿，每天悠闲快乐地生活着。并且，除了可以去访问黄帝并成为他的朋友、去寻找神仙王乔作为自己的伙伴以外，还能前去探视正在织女星的织机上织布的织女，也可以去月亮里寻找正住在那里的姮娥。在前文将有着"蝉鬓""蛾眉"的美女们比喻成"鬼魅"与"斧钺"般的存在之后，虚亡隐士又描写了作为道教中仙女的织女和姮娥的美好形象。因此，空海在卷中部分，又以生活在天上的仙女的形象，来否定了卷上生活在俗世中的美女的形象。

可是，对于卷上儒教的女性观以及卷中道教的女性观，卷下的佛教又是怎样认识的呢？空海紧接着在卷下描写了佛教的女性观。在卷下的《观无常赋》中，空海以假名乞儿的名义，继续描写了生命的无常，指出无论是身份尊贵的帝王，还是容貌美丽的女性，全部都是无常的存在，叙述了佛教的无常思想。文中特别描写了人们所贪恋的京城中美女的无常：一旦无常到来，她们曾经美丽的柳叶眉就会被风吹走，雪白的牙齿也会随着朝露一起脱落；如花一样美丽的眉眼，已经化作沼泽中漂浮着的绿苔；曾装饰着耳饰的漂亮耳朵，也开始腐烂成了空洞，而任由松风从中穿过；青蝇聚集在已经腐烂的眼皮处，乌鸦则啄食着她们嘴唇上仅存的皮肉；曾经娇美动人的笑容，也化作泥水而消失在骨骸中；昔日为人们所陶醉的妩媚姿态，也化为了腐败的尸体……，此时，还有谁敢靠近她们呢？她们那曾经漆黑的云鬓，此时也散乱地挂在了附近的树丛中，在枝头随风飘拂着；曾经纤细而又白嫩的手臂，也腐烂在草丛中无法辨认；原本如同兰花一样的芳香气息，也都随风消散殆尽，只剩下臭秽的汁液从身体的九窍中汩汩流出；昔日里恩爱有加的妻子，如今却如同楚襄王在梦中见到的巫山神女那样，成为只能在梦里相会的空虚的存在。

空海在卷下的《观无常赋》中，将京城中那些美丽的女性作为无常的象征来进行描写，指出人们所憧憬的女性的美，在死去之后都会转变为反面的丑态，谁都不想靠近一步。文中对女性的蛾眉、皓齿、眼睛、耳朵、眼皮、嘴唇、笑容、身姿、头发、素手、香气等进行了一一的描写。与宋玉的《神女赋》中对于女性优美姿态的描写不同，空海通过对于死后女性身体腐败过程的描写，来否定世人所喜爱的女性的美，指出女性的美从本质上来说都是虚无的、无常的存在。帝王和美女是都城荣华的象征，也是世俗中人们的审美意识及价值观。空海通过对帝王和美女的无常的描写，揭示了京城的荣华富贵都是空虚不实的存在，从而否定了卷上龟毛先生的儒教思想。

卷下通过对美女生前的美丽与死后的丑态进行对比，来烘托出佛教的无常思想。可以说比起卷中虚亡隐士仅仅告诫应远离美女的教训更进一步，卷下直接否定了美女存在的价值。这样的女性观，其实与空海青年时代思想的转变有着密切的联系，正因为认为人们所憧憬的美女在本质上都是无常的存在，即使有幸与良家美女结成姻缘，最后的结果也是生离死别，才坚定了他转身出家的决心。可以说，《三教指归》就是空海决心出家的宣言书。那么，在佛教的经典之中是如何描述女性的呢？

（前略）则许顶珠以封疆[8]同彼鹙子授记[9]之春，奉颈璎以尽境[10]比此龙女得果[11]之秋，十地长路须臾经弹，三祇遥劫究圆非难。

（卷下 《假名乞儿论》）

文中假名乞儿引用《妙法莲华经》中譬喻品等内容，来为虚亡隐士等人解说即身成佛的道理：如来世尊为舍利弗授记并预言他于未来成佛，就如同转轮圣王以头顶秘藏的髻珠来授予战功卓著的部下并用来为他封疆一样。而龙女通过向佛陀奉献宝珠变成了男子身从而获得了成佛的果报，这也如同无尽意菩萨通过向观世音菩萨献上颈上所佩戴的璎珞宝珠而获得了自在神通力一样。假名乞儿指出如能按照佛陀的教导去修行的话，那么原本菩萨成佛所需要经历的"十地"的长路也会转瞬即到，获得修行境界的圆满也不需要经历三大阿僧祇劫那样遥远的时间了。文中提到了龙女，据说龙女是龙宫里龙王的女儿，在八岁的时候开悟,通过向佛敬献宝珠而变成男子,并最终获得了成佛的果报。

二、小结

如上所述,在《三教指归》中,空海分别从儒教、道教和佛教的视角对女性的形象进行了描写。由于所处的立场不同,对于女性的看法也各不相同。

在卷上的《龟毛先生论》中,空海借用龟毛的名义,表达了自己对于儒教的看法,同时也描写了儒教的女性观,那就是通过学习儒学成为官僚知识阶层,以良家美女作为人生伴侣,度过成功的人生。在卷中的《虚亡隐士论》中,空海叙述了自己对于道教思想的认识,同时也论述了道教的女性观,认为美女是修道成仙的障碍,是如同妖魔、斧钺一样的存在,告诫修行者不应贪恋女色,而应该遁世入山修行,同时也描写了生活在神仙世界中的织女与姮娥。而在卷下的《假名乞儿论》中,空海则通过描写美女的无常,彻底否定了卷上儒教以及卷中道教的女性观,指出应该像龙女那样,通过为佛陀敬献宝珠而获得即身成佛的果报。

第二节　《性灵集》中的女性印象

除上述《三教指归》中的描写之外,空海在《性灵集》中也有针对女性形象的描写。下面以《性灵集》中的汉诗文为例来进行探讨。

一、《性灵集》对女性的描写

卷一《游山慕仙诗》第37～44句描写了人生的无常。其中第41句"华容偷年贼"中的"华容(花容)",是以花的姿态来形容女性的娇美容颜。空海随后就指出,如同花一样的美丽姿容,也抵不过岁月的流逝,不久就会失去往日的光彩。另外,在空海写给平安贵族良岑安世的诗歌《入山兴》中有如下的描写。

（前略）

西嫱嫫母支离体,谁能保得万年春。

贵人贱人总死去,死去死去作灰尘。

歌堂舞阁野狐里,如梦如泡电影宾。

(《性灵集》卷一)

诗中的"西"指西施,是周代越国的美女;"嫱"是指毛嫱,也是古代的美女。"嫫母"是黄帝妃子中的一人,是丑女的代表。诗中指出,无论是美女也好,还是丑女也好,全部都是无常的存在。因为人们无论身份高低贵贱,总归都有逝去的那一天。就连美女们曾经跳舞唱歌的殿堂楼阁,最终也都会化为荒凉的废墟。在这一节中,空海基于佛教的无常思想,将已经在《三教指归》中论述过的美女的无常,再次以诗歌的形式进行了描述。

(前略)

兰肴美膳味无变,病口饥舌甜苦别。

西施美笑人爱死,鱼鸟惊绝都不悦。

(卷一 《徒怀玉》)

《徒怀玉》也是写给良岑安世的诗歌,是为了说明佛法的弘扬需要合适的时机、需要面对适合的对象才能进行。这就好比面对同样美味的膳食,人们却品尝出了甘、苦的两种味道,这是因为患病的人与饥饿的人的舌头对于味觉的感受不同;同样是面对着美女西施的娇美笑颜,那些爱慕她的人甚至甘愿为了她而去赴死,可是看到了她美丽笑容的小鱼儿和小鸟们,非但没有升起爱慕与喜悦之情,反而受到惊吓逃走了。

(前略)伏惟先妣从五位下王氏[12],柔范备妇仪圆[13],荷露莹心竹霜凝念,每至夕月坐窗晓钟彻听,慕金仙于香烟,耽玉句之假寐。

(卷七 《笠大夫奉为先妣奉造大曼荼罗愿文》)

这是空海为笠大夫(式部丞笠仲守)的亡母所写的愿文(祈祷文),描写了先妣从五位下王氏(传记不详)生前的情况,指出她作为女性的榜样,完全具备了妇女的四种德行(妇言、妇德、妇容、妇功)。她心地清净、信念凝重,每天早晚都要上香、读经,遵从大觉金仙佛陀的教导,进行着日常的修行。文中称赞了她作为女性所具备的四种德行。

> (前略)惟亡藤五娘[14],德容具而合卺[15],功言备而醮适[16],牲牲[17]之羽满门户,㺜㺜[18]之叶滋庭除。
>
> 　　　　　　　　　　(卷八　《大夫笠左卫佐为亡室造大日桢像愿文》)

这是空海为大夫笠仲守的亡妻(藤原氏的第五女)所写的愿文,描写了她生前心地善良、仪容整齐,婚后生育了许多的孩子,为家门的繁盛做出了贡献。文中同样也评价她具备了女性应有的四种德行。

> (前略)伏惟从四位下藤氏[19],旦莹四德晚崇三宝,朝厌阎浮[20]夕欣都率[21],身与花落心将香飞。
>
> 　　　　　　　　　　(卷八　《藤左近将监为先妣设三七斋愿文》)

上文是空海为左近卫府的判官(相当于从六位)藤原氏的亡妻写的愿文,指出她生前注重妇女的四种德行,晚年笃信三宝(佛、法、僧),白天厌倦了人世间的纷繁嘈杂,晚上欣喜于向往兜率天的清静美好。她的身体如同花瓣飘落般逐渐衰弱,而心绪却随着香烟飞上天空。文中描写了她生前的生活状态,指出她不但具备了四德,还笃信佛教。

> (前略)伏惟今日法主三岛真人氏[22],昔植良因今钟善果,……粤有一钟爱女息,妇容具而至孝,妇德备而醮人。
>
> 　　　　　　　　　　(卷八　《三岛大夫为亡息女书写供养法华经讲说表白文》)

这是空海为三岛真人助成死去的女儿写的表白文,描写了她生前的情况。她作为父母钟爱的女儿,具备了"妇容""妇德",是个非常有孝心的孩子,并且嫁为人妇。

（前略）世人厌宝女而爱婢贱[23]，笑摩尼以缄燕石，好伪龙失真像，……泾渭不别醍醐谁知？

（《性灵集》卷十《答睿山澄法师求理趣释经书》）

上文是空海写给最澄的回信。最澄给空海写信打算借阅《理趣释经》，空海写回信告诉最澄不能借出的理由。他通过一连串的比喻，指出最澄不明白真言密教的宝贵。最澄借阅经典的行为就好比丢弃如同珍宝一样的女性，却去追寻卑贱的婢女一样；也好比丢掉如意宝珠，去喜爱似玉非玉的石头一样。这里的"宝女"以及"婢贱"，都是对女性的描写，与《三教指归》卷上《龟毛先生论》中的"冶容好妇""蓬头婢妾"具有相同的含义。接着再看《咏如幻喻》（《性灵集》卷十）中的描写。

（前略）

春园桃李肉眼眩，秋水桂光几醉婴。

楚泽行云[24]无复有，洛川回雪[25]重还轻。

（卷十 《咏十喻诗》）

这是《咏十喻诗》的第一首。诗中指出春天的庭园里面有桃花和李花，使人眼花缭乱。并且，映照在秋水中明亮的月影也吸引了幼儿们的注意，他们误以为是真的月亮，想到水中去捞月。其实，这些人世间的景象，都是如同巫山的神女以及洛水的神女一样，是虚幻不实的存在。诗文中将已经在《三教指归》卷上引用过的"巫山神女"以及"洛水神女"的典故再次加以引用，用以表现佛教的无常思想。在空海的文学作品中，美女是等同于无常本身的存在，反映了他所持有的佛教思想。

二、小结

《性灵集》中关于女性的描写，其视角与《三教指归》基本相同。其中对应现实需求的愿文和表白文，主要以儒教的"四德"这一标准来评价女性，反映了当时的时代背景。因为空海所在的平安时代，儒学作为社会的主流学问，占有支配性的地位，以妇女的"四德"作为标准来评价女性也是必然的。并且，空海在他的汉诗文中把美女作为无常的代表,这也与他的佛教信仰有关,表现了他个人的女性观。

第三节　空海文学所见女性形象的分析

空海在他的文学作品中,对应场景的需要,描写了不同的女性形象,主要有以下特征。

首先,两部作品中所涉及的女性形象,主要来源于中国古代典籍中所见的人物。这与空海的学问背景密切相关,因为他出生于积极汲取中国文化的日本平安时代,来自中国的三教经典被源源不断地输入日本,造就了"和魂汉才"的空海。中国古代典籍的内容,对他来说如数家珍,在文学创作时,也都是信手拈来。

其次,空海在汉诗文中描绘出各种各样的女性形象,其目的是进行三教论的论述。儒、道、释三教,不但其关于思想境界的表述各不相同,对于女性的认识也存在着差异。儒教认为以良家美女作为婚姻的对象是人生成功的标志,道教则以神仙世界中的仙女作为伴侣,而佛教又批判了上述儒教和道教的女性观,将美女作为生命无常的象征。空海引用了佛教经典中关于龙女的典故,指出她在获得等正觉的瞬间转变为男子,这也反映了空海基于佛教思想的女性观。并且,空海反复借用了那些具有代表性的古代女性的典故。例如,《性灵集》将《三教指归》中已经借用过的巫山神女、洛水神女等的女性形象再次借用,体现了这两部作品的关联性。对于西施等一些代表中国古代女性形象的人物的反复引用,反映了他对于中国古典的热爱。

从诗文中的表现手法来看,空海将女性分为贵贱、美丑之别。例如,"蓬头婢妾"对应"冶容好妇","宝女"对应"婢贱"等。而巫山神女、洛水神女、西施、毛嫱等,都是美女的代表,嫫母是丑女的代表。在现实生活中,空海以是否具备儒教思想的"四德"来对女性进行评价。空海最后反复地强调,女性不问贵贱,不论美丑,都是无常的存在。

如上所述,空海在他的《三教指归》以及《性灵集》这两部作品中,将美女作为无常的代表进行描述,是基于他的佛教思想,反映了他的文学意识。

注释

[1]《诗经·召南·摽有梅》:"摽有梅,其实七兮。求我庶士,迨其吉兮。"

[2] 见于《尚书·尧典》。"二女"是指尧的两个女儿娥皇和女英,"嫔"指嫁为人妇,"贻"是指流传后世之义。

[3] 张衡《西京赋》:"展季桑门,谁能不营。""人非展季"是指柳下惠对于女性节操坚固之意。"伉俪"指配偶。

[4] 嵇康《幽愤诗》:"昔惭柳惠,今愧孙登。""柳惠"是指上句中的"展季",也就是柳下惠。"子登"即孙登。"支枕"是指独眠、独身之义。

[5]"行雨",宋玉《高唐赋》:"妾在巫山之阳,高丘之阻,旦为朝云,暮为行雨。""蛾眉"是对于美女的形容。"姬氏"指良家美女。

[6]"飘雪""蝉鬓",都是形容美女。"羌族"指古代美女庄姜。

[7]"红脸"指红色的眼睑;"朱唇"见于宋玉的《神女赋》:"眉联娟以蛾扬兮,朱唇的其若丹。"

[8] 顶珠指的是转轮圣王头顶的宝珠,是法华七喻之一的髻珠喻。意思是说如同转轮圣王将顶中秘藏的髻珠授予战功卓著者以封疆一样,如来授法于诸位菩萨。见于《法华经》第五卷。

[9] 鹜子即舍利弗,世尊为舍利弗授记,并预言舍利弗将于未来成佛。

[10] 见于《法华经》第七卷:"(妙音菩萨)到已,下七宝台,以价直百千璎珞,持至释迦牟尼佛所,头面礼足,奉上璎珞。"

[11]《法华经》卷四:"时舍利弗语龙女言,……女身垢秽,非是法器,……尔时龙女有一宝珠,价直三千大千世界,持以上佛,佛即受之。龙女谓智积菩萨尊者舍利弗言,我献宝珠世尊纳受,是事疾不。答言甚疾。女言,以汝神力观我成佛,复速于此。"

[12] 笠大夫(式部丞笠仲守)的母亲。

[13]"柔范"是指可以成为妇人模范的道德。"妇仪"是指妇人应该具备的四种德行,即妇言、妇德、妇容、妇功。

[14] 故去的藤原氏的第五女,笠仲守的妻子。

[15]"德容"是指心地善良,仪容整齐。"合卺"是指举行结婚仪式。

[16]"功言"是指妇人四德中良好的动作举止和良好的语言,也就是"妇功"和"妇言"。"醮适"是指结婚。

[17]"甡甡"是指众多的意思。比喻好像众多的羽毛一样,生了很多的孩子。

[18]"㝬㝬"是指繁茂的意思,也即无限延续的意思。"庭除"是指庭院和台阶,指家,也指庭院。

[19]从四位下藤原氏的女儿,藤左近将监(左近卫府的判官藤原氏,名字及传记不详)的妻子。

[20]"阎浮"是指阎浮提的略称。在佛教的世界观里面,指须弥山南面的洲,是人间居住的世界(南瞻部洲)。

[21]"都率"是指"兜率天",也即欲界六天的第四天。

[22]三岛真人助成,正五位上,令中敬大夫。见于《续日本纪》宝龟九年(七七八)的条目中。

[23]《涅槃经》卷二十:"如舍宝女爱念卑陋,如弃金器而用瓦盂,如弃甘露服食毒药。"

[24]见于宋玉《神女赋》。"楚泽行云"是指从楚国的七尺云梦台上望去,巫山神女旦为朝云,日暮化身行雨的典故。

[25]见于曹植《洛神赋》。"洛川回雪"是将洛水女神飘逸的美比作流风回雪,指虚幻的事物。

第十章
围绕着空海的东亚文化交流

第一节　与唐人以及新罗人的交流

一、与唐朝文人的交流

1. 写给阎济美的信件

日本遣唐使入唐时并非一帆风顺。由于当时造船技术的限制,遣唐使船比较简陋且缺乏抵抗风浪的能力,加之当时航海知识的缺乏,遣唐使船经常葬身于汪洋之中。因此,遣唐使入唐需要一定的勇气。当时也出现了遣唐使畏惧入唐的情况。根据《续日本纪》的记载,佐伯今毛人于 777 年被再次委任为遣唐大使以后,"称病而留",光仁天皇(709—781)只好下令让遣唐副使小野石根代行遣唐大使的职权前往唐朝[1]。同时也有遣唐使虽然来到了唐朝,但是在回朝时因为遭遇海难而不得不滞留于中国的情况。根据《日本后纪》第十一卷的记载,阿倍仲麻吕(朝衡)与遣唐大使藤原河清(？—779 年)[2]在回国时,由于在海上遭遇了暴风雨而漂泊到了安南(今越南),未能达成回朝的愿望,二人被迫折返回到长安。随后又遭遇了安史之乱(755—763),无法觐见皇帝,导致他们最终无法回国,而不得不一直在唐朝做官,最后均客死于中国。

遣唐使们在前往中国之前,也是怀着冒死前往的悲壮心情。例如,《日本后纪》第十一卷记载了藤原葛野麻吕为大使的遣唐使船队的情况,描写了 803 年桓武天皇为藤原大使举行送行宴会以及遣唐使船出发不久即遭遇暴风雨并被迫折返的情景:

> 癸未(延历廿二)年三月庚辰(廿九),遣唐大使葛野麿,副使石川道益赐饯,宴设之事一依汉法,酒酣,上唤葛野麿于御床下赐酒,天皇歌云……葛野麿涕泪如雨,侍宴群臣无不流涕。赐葛野麿御被三领,御衣一袭,金二百两,道益御衣一袭,金一百五十两。四月壬午(二),遣唐大使从四位上藤原朝臣葛野麿,副使从五位上石川朝臣道益等辞见,即授节刀,诏曰,云云。……癸卯(廿三),遣唐大使葛野麿言,今月十四日,于难波津头始乘船,十六日进发,云云。廿一日暴雨疾风,沈石不禁,未初,风变打破舟,云云。其明经请益大学助教丰村家长,遂波没不知所著。沈溺之徒不可胜数,云云。今遣右卫士少志日下三方,驰问消息,廻委曲奏上。乙巳(廿五),葛野麿等上表曰,云云。

803 年 3 月 29 日,桓武帝在神泉苑亲自为即将出发入唐的遣唐大使葛野麻吕与副大使石川道益举行了内宴,按照中国的饯行宴会的形式,天皇亲自为大使赐酒,并吟咏和歌为其壮行。歌词大意是:这个酒宴并非盛大,只是为了祈愿你能平安归来而准备的薄酒。葛野麻吕听后痛哭流涕、泪如雨下,群臣也无不流涕而黯然神伤。从桓武帝吟咏的和歌中可以看出,当时遣唐使出使唐朝是非常艰难的,可见当时的遣唐使节们是抱着必死的决心出使唐朝的。天皇随后为遣唐大使等人赏赐了二百两金等必需物资。4 月 2 日,葛野麻吕与副大使石川道益又入宫参见,被天皇授予象征着权力和荣誉的节刀。在接受了桓武天皇的赏赐之后,葛野麻吕一行人 14 日开始乘船,16 日从难波津(今大阪港)出发,目的地是中国扬子江河口附近。但是出发不久后的 21 日就遭遇了暴风雨的袭击,使船被海浪打破,船上的大学寮明经道请益生大学助教丰村家长(?—803)落水而不知所踪,溺水而死者也不在少数。葛野麻吕一行不得不折返回日本,于 5 月 22 日上奏朝廷,并将作为遣唐使派遣信物的节刀归还天皇。由于遣唐使船队损失惨重,当年的遣唐使派遣不得不中止。

　　而这次出使的被迫折返,却为等待入唐机会已久的空海提供了难得的机遇。空海自从离开大学寮进入山林修行以后,有7年的时间杳无踪迹,史料上也缺乏相关的记载。但是据称在这段史料记载的空白时间中,为了将来能到唐朝留学,空海在奈良积极求教于高僧大德,除了汉语之外,还事先学习了梵文,为自己将来的入唐求法做了充分的准备。元兴寺的唐僧泰信[3]禅师对空海赞赏有加,他向伊予亲王推荐派遣空海到唐朝留学,并为空海带来了遣唐使船的相关信息。西宫纮(2018:189-190)写道:

　　　　为空海带来这一信息的是他的老师泰信禅师。同时禅师向伊予亲王提出请求,希望派遣空海入唐留学。亲王对此进行了精心安排,到了八月,当桓武帝行幸伊予亲王所在的别墅爱宕庄的时候,给他看了空海写的书信和《聋瞽指归》。桓武帝一边对比着书信文章的书法笔迹和字面内容,一边表现出了颇为赞叹的神态,特别称赞了书信中体现出的入唐热情以及对于佛教的真知灼见和真挚的求道精神,并吩咐要好好处理这件事情。桓武帝只是对于空海的沙弥身份有些担心,认为以比丘(僧侣)的身份入唐求学比较方便,并且告诉亲王说,来年准备再次派遣遣唐使。

　　在泰信禅师的极力推荐以及伊予亲王的精心安排下,空海入唐留学的请求得到了桓武天皇的批准。泰信禅师将这一消息转达给了他,并说要在翌年1月份于宫中举行的御斋会上亲自推荐他。泰信禅师为了能让空海赶在出国前在东大寺戒坛院接受具足戒,旋即为他进行了指点,并告诉空海,由于时间紧迫,恐怕来不及在出发前为他发行作为比丘证书的度牒了。在恩师唐僧泰信的安排下,为了获得留学僧的资格,空海于804年4月7日在东大寺戒坛从元兴寺泰信处接受具足戒,由私度僧(沙弥)变成官度僧(比丘),具备了入唐求法的资格。空海从大学寮进入山林之后,经历了7年时间的修行和学习,时刻为入唐求学做好准备。原来反对他出家的舅舅大足也最终认可了他的选择,大安寺的勤操等人都为帮助空海入唐出谋划策,他们求助于伊予亲王,最终使空海获得入唐许可。804年3月28日,遣唐大使藤原葛野麻吕被重新授予节刀。5月12日,由四艘遣唐使船组成的船队重新由难波港出发。空海时年31岁,由于具有出色的汉诗文素养,因此被安排与藤原大使同乘第一艘船,目的是让他做汉语翻译。与他同船的还有留学生橘逸势。船队中途到达九州以后,在博多等待乘船的最澄禅师搭乘了第二艘船。7 月 6 日夜,船队又从肥前国松浦郡田浦港出发前往唐朝。共由四艘船只组成的船队,出发不久就被强风和海浪打散。空海乘坐的第一艘船出海后遭遇了暴风雨,在海上漂流了一个多月以后,8 月 10 日到达了距离目的地中国明州约 100 公里的福州长溪的赤岸镇。而最澄搭乘的第二艘船在漂流了 50 余日以后,于 9 月 1 日抵达了预定目的地明州宁波府。第三艘使船出发不久就被吹回了日本,虽然于 7 月 4 日再次出发,但又被风吹到了南方的孤岛上,判官三栋今嗣等人被迫弃船后历尽艰辛地回到了日本。而第四艘船则遭遇了海啸而不知所踪。

空海乘坐的第一艘遣唐使船到了远离目的地的长溪县后,渔民们发现这艘遇难船只后立即上报,赤岸镇镇将杜宁得知是来自日本的使船后,为他们提供了饮水和食物等补给,允许病号上岸治疗,并进一步上报长溪县令胡延沂。胡延沂对此也感到棘手,于是进一步上报福州刺史。而当时恰逢福州刺史柳冕因病辞职回长安,新任刺史尚未到任。胡延沂直到 9 月中旬才接到新任刺史阎济美到任的消息,阎济美同时兼任福州观察使。由于从陆路去福州山路险隘,不方便货物的运输,于是胡延沂让遣唐使船继续前往福州观察使所在地福州。由于得到了赤岸当地官民的热情关怀,一行人在答谢后继续前往福州。使船于 10 月 3 日到达了福州。由于没有携带国书(一说是国书和贡物等在另一艘副大使船上),不能证明日本国使者的身份,因此地方政府派人登船盘查原委。据说当时遣唐大使葛野麻吕向地方官提交了陈情书,但是并未获得回应。因此,他又请与他同船的空海代写陈情书,于是就有了著名的《为大使与福州观察使书》(《性灵集》卷五)[4]。文章内容节选如下:

　　贺能启:高山淡默禽兽不告劳而投归,深水不言鱼龙不惮倦而逐赴。故能西羌梯险贡垂衣君,南裔航深献刑厝帝。诚是明知艰难之亡身,然犹忘命德化之远及者也。伏惟大唐圣朝霜露攸均皇王宜宅,明王继武圣帝重兴,……故今我国主顾先祖之贻谋,慕今帝之德化,谨差太政官右大辨正三品兼行越前国太守藤原朝臣贺能等充使,奉献国信别贡等物。贺能等忘身衔命冒死入海,既辞本涯比及中途,暴雨穿帆戕风折舵,高波沃汉短舟裔裔……掣掣波上二月有余,水尽人疲海长陆远,飞虚脱翼泳水杀鳍,何

211

足为喻哉。

　　仅八月初日，乍见云峰欣悦罔极，过赤子之得母，越旱苗之遇霖。贺能等，万冒死波再见生日，是则圣德之所致也，非我力之所能也！……又建中以往入朝使船，直着杨苏无漂荡之苦，州县诸司慰劳殷勤，左右任使不捡船物。今则事与昔异遇将望疏，底下愚人窃怀惊恨。

　　伏愿垂柔远之惠，顾好邻之义，纵其习俗不怪常风。然则涓涓百蛮与流水而朝宗舜海，喁喁万服将葵藿以引领尧日，顺风之人甘心逼凑，逐腥之蚁悦意骈罗。今不任常习之小愿，奉启不宣谨言。

　　空海以遣唐大使贺能（葛野麻吕的中文名）的名义代写了陈情书，并呈送给了新到任的地方官阎济美。空海在文章开头首先称赞了唐朝皇帝的圣德，然后一边回顾了日本向中国派遣使节的历史，一边强调这次使节的派遣也是遵循以往的惯例，是为了奉献朝贡物品而来的。空海进一步叙述了肩负国家使命的使节们，是冒着生命危险渡海入唐，期间历经了种种苦难，来寻求他的理解。

　　由于当时日本的造船技术还不够先进，又缺乏必要的航海知识，因此，遣唐使船经常在航海途中遭遇困境。例如，本次使船入唐前后共花费了 34 天时间，而文中"掣掣波上二月有余"，应该是空海的笔误。即使在空海 835 年圆寂以后，遣唐使船仍然面临着同样的问题。《日本后纪》就记载了以藤原葛野麻吕之子藤原常嗣（796—840）[5] 为大使的日本最后一次成行的遣唐使团入唐的艰辛遭遇。836 年，以遣唐大使藤原常嗣、副使小野篁为首的承和遣唐使团解缆出海，请益僧圆仁（794—864）[6]、常晓（？—866）[7]、圆行等人也同船入唐。出发后由于遭受暴风雨的打击，四艘船擎波海上"任波飘荡"，导致船舶"并以无完"而不得不折返。第二年再次出航又以失败告终，直到 838 年才最终得以成功入唐。这期间还发生了遣唐副使小野篁（802—853）[8] 因与遣唐大使藤原常嗣不和而称病拒绝出海的事情，朝廷震怒，将其发配流放至隐岐国（现在岛根县之外岛）[9]。而藤原常嗣等人于翌年 839 年回国之际，由于来时所乘坐的日本船只不耐风浪，于是将其废弃，而搭乘了抗风浪能力较强的新罗船只回国。正因为有了这样惨痛的入唐经历，当日本朝廷又谋划于 894 年派遣遣唐使时，被任命为遣唐大使的菅原道真（845—903）[10] 提议废止遣唐使派遣，因此日本最后一批遣唐使以未能成行而告终，从而结束了日本长达两个半世纪的遣唐使派遣事业。可见空海在文中所叙述的渡海的危险并不夸张,遣唐使们相继奔赴中国,就是为了求学于大唐上国,问道于名山古刹,最终也是因为渡海的艰难以及遣唐使派遣所带来的财政负担,加之 845 年中国出现了武宗废佛等各种变故,而不得已中止派遣。

空海在陈情书中继续指出,以往的遣唐使船都是直奔苏州和扬州等地,而这次遣唐使船因为遭遇到了暴风雨,才漂流到了之前从未来过的福建沿岸,因此地方官登船调查也是理所应当的。他又在文中指出,由于与以往受到热烈欢迎的情景不同,遣唐使们心怀怨言。文中继续解释了遣唐使团之所以没有携带身份证明文件,是因为从很早以前就一直派遣入唐使节,双方之间已经建立了互相信赖的关系,认为这次入唐也不会因为没有携带国书而受到怀疑。然后,空海又在文章最后部分承认地方官派人入船进行临场检查行李货物等,都是在正常履行职责,是正当的行为。虽说如此,入唐使船漂流到福州附近也不是遣唐使们所希望的事情,因此文中恳请福州观察使能在了解了前因后果以后,按照惯例允许遣唐使登陆。当时,唐朝在选拔官僚时非常重视文章素养,无疑福州观察使阎济美在作为地方官的同时也是文人。因此,或许这篇文章打动了阎济美,他原本心中对于使节团的种种疑问,也随着空海陈情书的解释而消除了。阎济美不但允许他们即刻登陆,还为他们提供了宿舍等各种方便,并按照惯例热情地接待了遣唐使。这份请愿书被认为是空海屈指可数的有名的文章,也可以说空海以这篇文章开始了与唐朝文人们的交流。到目前为止,通常认为是凭借着空海这篇文章,才使遣唐使团一行人达成了登陆的目的。

不过,耿景华(2010)认为这篇文章的内容并不是当时的原文,而是空海回国之后修改过的文章。因为通过对比空海的《为大使与福州观察使书》和他留学一年半后的作品《与越州节度使求内外经书启》的声律规则,发现时间上在前面的《为大使与福州观察使书》反而比后期所写的《与越州节度使求内外经书启》在声律平仄方面更加工整,因而认为这篇文章是空海回国之后,依据在入唐留学时期学习的关于声律规则的知识,进一步添加内容修改而成的。虽然通常认为因为空海的这篇文章才使遣唐使团从困境中得以脱身,但是其背后也许隐藏着其他的史实。耿景华认为《性灵集》所收的《为大使与福州观察使书》的"福州观察使"有可能是"福建观察使",并且指出,遣唐使团到达福州的时候,不巧正值地方长官的交替时期以及后任阎济美调查前任柳冕贪污的时期,并非有意怠慢。耿景华更进一步指出,空海凭借出色的文章使遣唐使团从困境中被解救出来,这些内容其实都是他的弟子们最初主张的。

宫崎忍胜(1991)指出,由于遣唐使船偏离了既定目的地,漂流到了福建长溪赤岸镇,当地政府需要上奏中央政府,再加上当时福建观察使正处于人事变动之中,导致一行人在福建滞留了三个多月。当唐朝皇帝允许遣唐大使等人入京时,空海却未在允许入京的名单之内。这是由于他在入唐时,是作为缺员的补缺匆忙地被允许作为留学生入唐,并且由于来不及发行作为留学生的各种证明文件,因此他作为留学生的文件不完备,没有被列入进京许可的名册中[11]。因此空海不得不再次提笔,向观察使阎济美呈交了请愿书。这就是《与福州观察使入京启》(《性灵集》卷五)。

> 日本国留学沙门空海启:空海才能不闻言行无取,但知雪中枕胑云峰吃菜。逢时乏人簸留学末,限以廿年寻以一乘,任重人弱夙夜惜阴。今承不许随使入京,理须左右更无所求。虽然居诸不驻岁不我与,何得厚荷国家之凭,空掷如矢之序,是故叹斯留滞贪早达京。伏惟中丞阁下,德简天心仁普远近,老弱连袖颂德溢路,男女携手咏功盈耳,外示俗风内淳真道。伏愿顾彼弘道令得入京,然则早寻名德速遂所志。今不任陋愿之至,敢尘视听伏深战越。谨奉启以闻谨启。
>
> 贞元二十年十月某日,日本国学问僧空海启中丞阁下。

空海再次向阎济美呈送了请愿书,希望得到入京的许可。文中写到,自己作为来自日本国的留学生,在入唐前是缺乏才德和默默无闻的愚昧之人,只是幽居在白雪皑皑的山中修行,每日在云蒸霞蔚的山峰上度过修行的日子。正好国家选拔补缺学问僧,自己才有幸添作留学生的末席。根据国家的规定,为了学习大乘佛教,自己制订了20年的长期留学计划。空海深知自己所肩负的使命重大,又明知自己力有不逮,因此珍惜朝夕的光阴努力学习。空海指出如果自己被留在福州的话,就无法完成国家所赋予的使命,恳切地表达了进京的渴望。空海为了获得阎济美的同情,一边称颂他的功德伟业,一边请求能允许自己进京。于是空海又获准跟随藤原大使一同入京。

从福州到长安路途遥远,藤原大使一行23人于11月3日从福州出发奔赴长安,而余下的人则原地待命,等待藤原大使一行回程的时候,在回国出发地点明州会合。一行人于 804 年 12 月 21 日到达了上都长乐驿[12],这时朝廷内使出来迎接他们。在历经了旅途中的种种磨难之后,遣唐使一行人于 12 月 23 日到达了憧憬已久的唐都长安,受到了唐朝政府的礼遇。高木紳元(2009:61-63)写道:

> 在长安,靠近东市闹市的宣阳坊的外宅(公馆)被作为大使一行的宿舍。……唐朝的朝廷派遣刘昴作为监使,让他专门管理使院。二十四日,藤原大使托付刘昴将国信贡物等奉献给了德宗皇帝。次日,大使们为了谒见前往宣化殿,可是并没有获得接见,当天德宗在麟德殿接见了他们。据称"所请并允",可是究竟是什么样的请求呢?这时在大内设宴,并赐予大使官赏。并且,中使又在宣阳坊的官宅举行宴会,据说受到了非常优厚的待遇。正因为在赤岸镇对大使的处置可以说是有损国格的,也许因此在长安受到了唐朝朝廷的特别关怀。

唐朝朝廷也很重视藤原大使一行的到访,给予了厚遇。关于这一点,从《日本后纪》第十二卷上藤原大使 805 年 6 月回国时的上奏文[13]中就可以看出来。藤原一行到达长乐驿站以后,稍事休整两日,等待朝廷使者前来迎接。使者到来后,引领一行人列队进入了上都长安城。据《御遗告》记载,当时唐朝政府热情地欢迎了他们,"经五十八个日给存问敕使等,彼仪式罔极,览之主客各各流泪。次后给迎客使,给于大使以七珍鞍,次次使等皆给妆鞍。长安入京仪式无可说尽,见之满于遐迩也。"唐朝政府热情地接待了踏上大唐国土的日本使节和留学生们,按照规定,根据等级供给外来使节的在唐费用。不论他们抵达唐朝何处,都有当地官员予以接待,并提供食宿和路费等所有费用。他们到了长安城以后,还受到了皇帝的亲自接见,并"所请并允",尽量满足他们提出的各方面要求。毫无疑问,藤原与空海一行人也受到了热情接待。唐朝政府热情接纳外国来华使节,体现了博大的国际胸怀,这也是古代东亚文化交流得以顺利进行的原因所在。空海在入唐时发挥了自己出色的汉语能力,不但帮助团员们顺利登陆,随后又得以跟随藤原大使一起前往唐都长安。

2. 与唐人的汉诗文赠答

空海跟随藤原大使一行来到长安以后，住在位于东市附近宣阳坊的官宅中。当时的唐都长安能见到来自世界各地的人们，同时他们也带来了不同的文化风俗，使长安成为一个名副其实的国际大都会。当时长安作为唐朝的首都，通过丝绸之路汇集了来自世界各地的文化和物资，同时，也是包含密教在内的各种宗教的汇聚地。当然中国本土文化的发展也极为昌盛，以唐诗、书法等为代表的唐朝文化，无疑对于同属汉字文化圈的日本留学生空海具有极大的吸引力。而空海来到长安的时候，正是唐朝最鼎盛的时期。高度发展的唐文化吸引着周边国家和地区的人们前来留学，国际文化交流呈现出繁荣的景象。当时的唐朝政府不但欢迎来自各国的留学生，还尽力为他们提供各种便利条件。当时的外国留学生来到长安后，一般要进入到国子监[14]学习。李建超（1998：93-95）指出："外国留学生大部分进入供五品以上官僚子弟就读的大学学习。据《唐语林》一书卷五记载：'太学诸生三千员，新罗日本诸国，皆遣子入朝就业。'著名的阿倍仲麻吕（中国名字朝衡，又名晁衡）就是在太学学习的，他后来在中国做官，与李白、王维都有深厚的友谊。国子监的学生一律官费，住宿吃饭都是政府供给，对外国留学生也一视同仁。"而当时来到中国学习的留学生，以位于东亚的新罗和日本的留学生最多。由于唐朝允许外国人参加唐朝的科举，优秀的人才可以留在唐朝政府里面做官，当时也有一些外国人如同朝衡一样在唐朝做官，并受到唐朝皇帝的重用。可见当时的长安是一个海纳百川的国际化大都会，是世界各国人们向往的地方。唐朝也对于来华留学生有着相关规定，徐志民（2006：62-63）指出：

日本留学生在唐学习期间，必须遵守唐朝的风俗习惯和学业规定等。首先，他们在初次拜会老师时，要象征性地献上数量有限的见面礼。其次，日本留学生所用教材和学习时间与中国学生相同，即《孝经》《论语》共限一年，《尚书》《春秋公羊》《谷梁》各一年半，《周易》《毛诗》《周礼》《仪礼》各两年，《礼记》《左氏春秋》各三年。再次，按照学制规定，日本留学生必须参加旬试、岁试、业成试三种考试。……此外，还专门为外国学生准备了博取功名的"宾试科"，日本留学生阿倍仲麻吕（汉名晁衡）曾考中进士。

日本留学僧侣随着唐朝官制的变化,先后归鸿胪寺、祠部、左右街功德使等部门管理,并设有"崇玄署令一人,正八品下,丞一人,正九品下。掌京都诸观名数与道士帐籍、斋醮之事。新罗、日本僧入朝学问,九年不还者编诸籍"。即在唐朝留学超过九年者就被编入中国僧籍,所受待遇也完全同于中国僧侣。日本僧侣到唐留学之初,大都被安置到皇家西明寺、礼泉寺、慈恩寺、龙兴寺及镇国寺等寺院学习,并给予各种优厚的待遇。唐朝政府对于留学僧侣"每年赐绢 25 匹,四季给时服",并不时地给予破例的赏赐。……各地寺院非常热情地接待这些留学僧侣,解答各种疑难问题,认真传授佛法,使得唐代流行的佛教各宗相继传入日本。

当时空海与同船的橘逸势一起跟随遣唐大使葛野麻吕来到了长安。如前所述,按照日本的规定,"留住生(留学生)"与"还学生"不同,按照规定应该在中国学习二十年才能回国。而空海和橘逸势显然是属于这种情况的。以橘逸势为例,他作为贵族子弟,来到长安以后,本应该进入国子监下属的太学学习,可是他来到长安以后并没有像其他人那样进入太学学习,而是到处求访名哲,学习了自己喜欢的书法等相关内容。

而空海也有着明确的入唐目标,那就是求取最新的大乘佛教。空海是作为请益留学僧来到长安的,是为了解决对于密教学习中的疑问而来请教高僧大德,为了解开在学习《大日经》时自己心中的不明之处。来到长安以后,除了感觉非常新鲜以外,他主要专心寻找密教的导师,以求取印度最新传来的佛教。《御请来目录》中"上新请来经等目录表"的记载如下:

> 入唐学法沙门空海言,空海以去延历廿三年,衔命留学之末问津万里之外,其年腊月得到长安,廿四年二月十日准敕配住西明寺,爰则周游诸寺,访择师依,幸遇青龙寺灌顶阿阇梨,法号惠果和尚,以为师主,其大德则大兴善寺大广智不空三藏之付法弟子也,弋钓经律该通密藏,法之纲纪国之所师,大师尚佛法之流布,叹生民之可拔,授我以发菩提心戒,许我以入灌顶道场,沐受明灌顶再三焉。

根据空海回国后向朝廷进献的请来经典等目录表中记载,他于 804 年腊月进入长安,805 年 2 月,由于藤原大使一行就要踏上回国的旅途,空海在得到了唐朝皇帝的敕命之后,也离开了作为官宅的公馆,于 805 年 2 月 10 日搬到了西明寺[15]。西明寺在右街延康坊的西南角,曾以牡丹而闻名,白居易与元稹都曾经咏叹西明寺的牡丹。而同时西明寺作为留学僧的宿舍,接待了各国的留学僧。日本请益僧道慈、永忠等众多留学僧曾经在此居住过。西明寺又靠近西市,西市是各国商贾云集、非常热闹的地方。当时的长安城中既有来自印度、波斯等世界各国的人们,也有景教寺院、祆教寺院等。到达长安以后,空海开始周游长安城中的各个寺院,以寻访可以请益佛法的高僧大德。空海先是跟随来自印度的僧侣般若三藏学习了梵文和梵字以及印度的宗教情况,以便为学习密教做好必要的准备。他在官宅逗留期间,不仅拜访了周围的寺院,也走访并结识文人和书法家,极力搜集关于佛经、书法、汉诗文等的各种内外书籍。他曾跟随有名的书法家韩方明学习过书法。

对于空海来说,虽然学习并引进密教是他留学的主要目的,但是同时他也肩负着搜集各种书籍、最新情报信息的责任,因为这是国家赋予留学僧的使命。空海在西安城中不懈地寻找可以皈依的老师,一直到 5 月末,才在西明寺的志明(生平不详)、谈胜(生平不详)等人的引导下,去拜访了青龙寺的惠果。据空海的《御请来目录》记载:"空海与西明寺志明谈胜法师等五六人同往见和尚,和尚乍见含笑喜欢告曰:'我先知汝来相待久矣,今日相见大好大好。报命欲竭无人付法,必须速办香花入灌顶坛。'即归本院营办供具。"空海记述了自己与惠果相见的场面,惠果似乎早已知道他要来求法,是应付法之人,因此对于他的到来非常高兴,并催促他立即营办供具,以入灌顶坛接受灌顶。空海从 6 月 13 日开始求法于惠果,由于天资聪颖,并且有作为私度僧入山修行求闻持法等密教真言陀罗尼的基础,因此惠果对他的传授非常快,犹如泻瓶般顺利。空海 6 月受胎藏界灌顶,7 月受金刚界灌顶,8 月受传法灌顶。在短短的几个月中,空海接受了惠果的灌顶,成为真言宗的传承人,并在恩师的要求下,请朝廷画师李真为其制作了大曼荼罗十铺。如前所述,空海被认为是不空的转世,而从惠果早已知道并等候这位来自日本的弟子的到来中,可以看出密教的神秘色彩。而唐朝政府也对这些前来求学的留学生们给予了全方位的支持。徐志民(2006:62-63)继续指出:

唐朝政府还奖励和重用学有所成的日本留学生,给予其很高的荣誉和充分的信任。如玄昉入唐后,苦学法相宗,深得其奥妙,被唐玄宗赐紫衣,享受三品待遇。空海在青龙寺学习真言密宗,品行端正、学业精进,被施以灌顶之礼,赐法号"遍照金刚",并被指定为密宗的第八代祖师,唐顺宗还御赐其菩提念珠一串。园行在试举经文时,解慧博通,对答如流,被唐文宗赐冬法服,绿绫二十四。园载被唐宣宗迎入皇家西明寺,不时宣入宫中讲佛法,并赐紫衣。"名成太学"的阿倍仲麻吕得吏部奖掖,授校书郎,深得玄宗、肃宗的信任,多次升迁,官至从三品秘书监,被誉为"中国秘书史上日籍秘书第一人",770 年在长安逝世后,被追赠为从二品潞州大都督。井成真年仅 36 岁而终,被唐朝追封为从五品的"尚衣奉御",可见也深得唐政府的信任和重用。

唐朝政府一般都会同意留学生/僧归国要求,并提供各种方便。……留学生回国时,唐政府有时还赠送大批佛教经典和书籍。武则天就曾送给日本留学僧侣《经律论》等佛教经典。……唐朝政府对随同遣唐使回国的日本留学生,还照例给用于祈祷的牲畜及归程路费。对于那些逾期不归的留学生,或量才录用,授以官职,给俸禄而为唐臣;或编入中国僧籍,享受中国僧侣待遇;或仍由鸿胪寺和所在寺院继续供给,直到下次遣唐使前来带其回国,或者搭乘商船、新罗船回国为止。

从上述内容中可以看出唐朝政府对于留学生的要求都尽量予以满足,对于他们的留学生活给予全方位的支援,使得空海能顺利留学求法。

空海在唐朝滞留的过程中,也与唐朝的文人们进行了汉诗文的赠答。在《拾遗杂集》中,收录了《在唐日示剑南惟上离合诗》《过金心寺》《留别青龙寺义操阇梨》以及《在唐观昶法和尚小山》等诗歌。《在唐日示剑南惟上离合诗》的内容如下。

磴危人难行(磴危人難行),
石险兽无升(石嶮獸無昇)。
烛暗迷前后(燭暗迷前後),
蜀人不得灯(蜀人不得燈)。

　　这首诗歌是空海创作的离合诗,是送给同样是惠果弟子的剑南[16]惟上的诗歌。根据智灯撰写的《大师游方记》等记载,这首诗是空海夸示才能的一首杂体诗。离合诗,也就是一种通过拆合字形而成诗句的文字游戏,是当时流行的诗歌体裁之一。

　　如果对上述诗歌第一句的首字"磴"进行分解的话,就会发现"石"字成为次句的字首,如果对第二句的首字"燭"进行分解的话,"蜀"字也成为次句的字首,再继续将剩下的"登"和"火"字合在一起的话,就是末尾的"燈"字。这样通过分解组合形成的诗歌形式称为"离合诗",要制作这样的诗歌需要高超的修辞能力和相应的诗文素养。王勇(2001)写道,这首离合诗不但是单纯的文字游玩,其中还蕴藏着深刻的含义,在表达了空海跨越崇山峻岭以继承佛法传灯的坚定决心的同时,也捎带揶揄了惟上(蜀人)法师。而惟上的朋友马总(?—823)[17]看到这首诗后,除了赞叹空海的汉诗文才能之外,也以一首离合诗予以回敬。

> 何乃万里来(何乃萬里来),
> 可非炫其才(可非衒其才),
> 增学助玄机(增学助玄機),
> 土人如子稀(土人如子稀)。

　　马总的答诗,从"何"字中取"可"、从"增"字中取"土",并且余下的"亻"与"曾"又合成了"僧",这首诗歌也具备了离合诗的工整体裁。通过空海与马总的"离合诗"的赠答,可以看到空海在唐时的活跃状态。另外,还有《留别青龙寺义操阇梨》这首诗歌,诗文的内容如下。

> 同法同门喜遇深,游空白雾忽归岑。
> 一生一别难再见,非梦思中数数寻。

　　这是空海留给同门义操的离别诗。兴膳宏(2005:174-176)指出:"作为这首诗赠送的对象的义操,也是惠果的高徒,通过资料可以确认,空海在青龙寺逗留的当时,他居住在这个寺院的东塔。"空海在诗中记述了离别的心情。诗中写道，能与义操相遇并同为惠果的弟子，喜悦之情难以诉说，同门友谊情深似海。可是，如同天空中游荡的云雾倏忽间回归山谷一样，他转瞬间就到了要回国的日期，不禁感叹人生的空虚无常。这一次与义操分手后，恐怕再也难以相见了，回国后只能在梦中不断地回忆和追寻同门之间的友谊吧。空海以诗歌的形式表达了与义操的惜别之情。在诗中，空海充分地表达了同门之间的友情。

除此之外，空海还与胡伯崇之间有诗歌的赠答，在从明州港出发之前，朱千乘、朱少瑞、昙清、鸿渐、郑壬（以上人物生卒年不详）等人还为空海写了送别诗。空海在唐期间与许多文人进行了交往，并建立了亲密的关系。徐志民（2006：62-63）进而指出：

> 唐朝政府对日本留学生的友善政策，为中日文化交流创造了良好的氛围。中国各层人士对日本留学生平等相待，友好相处，广泛交往，结下了深厚的友谊，留下了很多感人的诗篇。沐浴盛唐文化的日本留学生对唐朝政府和中国友人的关怀与帮助充满了感激之情。公元804年入唐的菅原清公回国时，曾咏一绝："我是东蕃客，怀恩入圣唐。欲归情未尽，别泪湿衣裳！"代表了留学生们的心情。日本留学生与中国官吏、文人、僧侣等各层人士的友好交往已成为中日文化交流史上广为人知的佳话。

可知空海在唐时，与许多唐人进行了交往并建立了友谊。惠果于806年1月8日圆寂，空海于806年正月恩师惠果去世后不久，就上书请求提前回国。因此，空海在长安的逗留时间也仅有一年两个月左右。空海匆匆回国，也是按照恩师惠果"早回乡国"的要求，尽早地将密教弘扬到日本去。空海辞别长安回国时，将他在中国潜心搜集的经卷典籍计二百一十六部、四百六十一卷，以及大曼荼罗图像、各种法器、历代祖师转赠之物等请回日本（参见《御请来目录》）。他在学习和掌握密教以外，还有意地收集了《贞元英杰六言诗》（三卷）、《朱昼诗》（一卷）、《朱千乘诗》（一卷）、《王智章诗》（一卷）等中唐时期的最新诗集，搜集了与汉诗文的创作有关的最新理论书。另外，他又搜集了李邕（678—747）的真迹等墨宝以及与书法相关的各种资料。由于带回了大量文物经卷，以及具有书法汉诗文等出色的才能，他自然受到了嵯峨天皇的重视。因此，可以说空海不单纯是一位僧侣，同时也是在当时的时代背景下培育出的日本知性人才,是所谓"和魂汉才"的代表性人物。

二、赠给新罗僧人的诗歌

空海与新罗人之间的交流也应该加以关注。空海在《大唐神都青龙寺故三朝国师灌顶阿阇梨惠果和尚之碑》(《性灵集》卷二)中写道:"诃陵辨弘经五天而接足,新罗惠日涉三韩而顶戴,剑南则惟上,河北则义圆,钦风振锡渴法负笈。"文中记录了当时惠果的弟子们的名字。其中新罗的留学僧惠日,是空海的密教的同门。从上述的记述中可以看到,他在入唐期间已经在长安与来自新罗的留学僧们有过交流。

并且,空海回国以后,也继续与新罗的僧侣们保持着密切的联系和交流。这从《性灵集》卷三《与新罗道者诗并状》中就可以看出来。

> 忽见筑前大守说,承新罗上人[18]等过海入朝,喜惆何言。春华灼灼,伏惟上人等过海乍到,容体如何? 贫道久闭禅关不能迎慰,中心企谒日夕劳我,聊赋一篇诗以表相忆之至。又令造一两事法衣,早早不得附此使,必附后人上。推垂悉之。入京日必专候面披未闻,珍重珍重。
>
> 高雄寺金刚道场持念沙门遍照金刚状上。暮春十九日,青丘上人等(法前)
>
> 奉送新罗上人等入朝。
>
> 青丘道者忘机人,护法随缘利物宾。
> 海际浮杯过日域,持囊飞锡爱梁津。
> 风光月色照边寺,莺啭杨花发暮春。
> 何日何时朝魏阙,忘言倾盖襄烟尘。

这是空海赠予来自新罗的僧侣的诗歌,"青丘"[19]是古代朝鲜的别号。关于这首诗歌的创作时间,空海在序文里记录为"暮春十九日"。"暮春"是阴历三月的别名,这是一首在春天时写成的诗歌。关于这首诗歌的具体创作时期,兴膳宏(2005:174-176)指出,"这被认为是空海自唐回国以后,在高雄山寺居住的810年(大同四年)春天,或者翌年811年春天的作品。"并且,记录中没有留下关于这位来自新罗的僧侣名字的记载。空海自 806 年回国以后一直居住于筑前，在 809 年 4 月 13 日嵯峨天皇即位以后，他于 7 月 16 日入住平安京高雄山寺（又称神护寺）。而上述诗歌就是在空海入住高雄山寺后写下的。

正如从上述空海的信函中所看到的那样，他在欣闻"新罗上人"等一行人渡海来到筑前（现福冈）的消息后非常高兴，写信询问对方身体是否安康，并表达了自己的思念之情。空海在信中说自己在高雄山寺中闭关修行、全神贯注于禅定三昧之中，因而难以前往筑前迎接，在赋诗一首相赠的同时，还委托他人送去一件法衣作为礼物。空海说如果新罗上人日后能进京的话，一定会与法师见面寒暄。可见空海与这位新罗道者的关系十分密切。从"忽见筑前大守说，承新罗上人等过海入朝"这一句来推测，以新罗上人为首的一行人，可能是作为官方派出的访问团来到日本的。而空海又以汉诗文赠予新罗僧人，因此"新罗上人"也一定是精通汉诗文的，可见当时空海和新罗上人是以汉语作为交流语言的。虽然没有可以考据的资料，很有可能对方是空海在唐朝留学时相识的同道和契友。

空海在诗文中写道，新罗的上人，是长年累月地修行的得道高僧，早已忘却了俗念，已经进入了觉悟的境界；拥护佛法，并根据机缘说法，为了利益众生而不断地奔走四方。乘坐小船远渡日本的上人，身上带着头陀袋，手中拿着锡杖，专门以救济众生作为自己的事业。诗中对新罗上人充满了溢美之词。接着空海继续写道：月光经常照映在风光明媚的乡下古寺中，黄莺鸟啼叫着，杨柳也感受到了暮春的温暖并开始伸展枝叶。我虽然在这里专心地进行着坐禅的修行，也时刻期待着能进京与上人进行面对面交流的日子的到来。如果能够会面，我们之间的默契之交甚至不需要通过语言的交流，就能立刻吹散彼此心中的别绪离愁。如上所述，空海以一首七言诗，来记述了自己对于新罗上人的思念之情。

在《经国集》卷十中，也收录了一首空海写给新罗僧侣的诗歌：

南山中新罗道者见过

吾住此山不记春，空观云日不见人。
新罗道者幽寻意，持锡飞来恰似神。

　　不过,一般认为本诗与前一首《与新罗道者诗并状》中提到的新罗僧侣不是同一人。本诗作于818年,空海时年45岁。他于816年上书嵯峨,并于该年11月份首次入住高野山。诗中描写了他初次入山修禅的与世隔绝的生活状态,在渺无人迹的南山上仰望天空,看尽白云悠悠。忽然有一天空海见到了远来寻幽的"新罗道者",赞叹他恰似"持锡飞来"的神僧一样。

　　虽然没有关于这些新罗僧侣的详细记载,但是从上述两首诗歌中可以看出,回国后的空海仍然与新罗僧人保持着较为密切的联系和交流。由于当时航海条件的限制,空海远离身在唐朝长安的师友们,因此回国后几乎见不到他写给唐人的诗歌,但是却留下了上述两首写给新罗僧侣的诗歌,这也许是因为新罗与日本离得更近一些,便于往来交流。

　　值得注意的有两点。第一点是虽然空海与新罗僧人分别身为日本人和新罗人,却使用了汉语作为交流的媒介,而且是用赠送汉诗文的形式来做交流,可见当时的唐朝文化对于周边国家的辐射和影响是非常深远的,同处于汉字文化圈的东亚三国的文化联系是相当密切的。从来到日本的两位新罗僧人也与空海一样都擅长汉诗文的这一点来看,不排除他们都曾在唐朝留学过。可以了解到以空海为代表的遣唐僧和以"新罗道者"为代表的新罗僧侣们,不但在长安有过较为密切的交往,从唐朝留学归来后,继续进行着密切的交流。第二点,当时多有新罗僧人来到日本,并且受到了日本官方的欢迎和接待。尤其是有的僧人亲自登上荒凉的高野山访问空海,可见当时受到了嵯峨天皇器重的空海,在日本与新罗的佛教文化交流中起着至关重要的作用。

　　通过上述的诗歌往来,我们可以看到,当时的空海不但与唐朝的文人们有着密切的交流,建立了亲密的关系,也与新罗的僧人们有着诗文往来。可以说,从空海的汉诗文交往之中,我们可以管窥到当时古代东亚文化交流的盛况。

　　空海不惜冒着生命危险来到唐朝求取佛法,其求法的信念和作为与玄奘赴天竺取经很相似。值得注意的是,唐朝对于这些来到中国的留学求法人员报以极大的善意,在衣食住行等方面给予了来华留学人员以鼎力支持。因此,当井真成、阿倍仲麻吕、玄昉、永忠、空海、最澄等日本留学生来到中国,上至皇帝,下至地方官,乃至于普通百姓,都给予了他们以保护和支援,展现了最大的善意。而无论这些求法僧来到中国长安也好,天台山也好,五台山也好,凡有所求,高僧大德都竭尽相授,表现了无私的精神。

另外,空海诞生时的乳名为真鱼,进入山林修行成为私度僧后,法号为空海。他在唐朝长安青龙寺接受了惠果的灌顶,并被赠予了"遍照金刚"的法名。823 年空海受敕命入东寺弘扬密乘,东寺又称教王护国寺,他在此建立了真言密教的道场,宣讲密教思想,后又于 832 年回到了高野山。据《御遗告》所述,空海晚年身患恶疮,他将俗事委于弟子,隐居高野山中每日坐禅,于 835 年 3 月 21 日入定留身,入于涅槃之中。空海于 62 岁时在高野山圆寂。空海去世 86 年后的 921 年,在其徒子法孙们的努力争取下,空海被醍醐天皇(885—930)追授"弘法大师"的谥号。

第二节 法门寺地宫与唐密

如前所述,密宗正式传入中国,是由开元三大士善无畏、金刚智、不空在唐玄宗时期完成的。善无畏将胎藏界法脉、金刚智将金刚界法脉传给不空,不空又将其传给长安青龙寺惠果,惠果兼得胎藏、金刚两系密法,又将其传播到海内外。由空海带回日本的称为东密[20]真言宗;而由一行等人所传的法脉,被最澄带回日本,称为台密[21]。在唐武宗时的"会昌法难"以后,中国密教遭受了重大挫折,而东密真言宗却在日本流传了一千二百多年,被完整地保存了下来。

空海传承的真言宗,是接受了唐朝惠果的传授,是依据金刚界和胎藏界这两部大法创立起来的。最澄只学习了胎藏界的法。现在国内通常将唐朝的密教称为唐密宗[22]或者汉传密教,属于中期密教。而空海的真言宗则被看作是唐密的一个流派。关于这一点,岸田知子(2005:225-244)做了如下的叙述。

凤翔的法门寺是唐朝佛骨舍利信仰的中心,得到了王室的信奉,与历代皇帝有着密切的关联。法门寺的名称,一般是通过《唐宋八家文》中所收的韩愈的《论佛骨表》这一事件而为人所知的。(中略)法门寺作为唐朝以后的一个地方寺院一直延续到今天。由于一九八一年的大雨,导致了被称为"真身宝塔"的十三重塔的倒塌,以此为契机,众所周知,又在一九八七年发现了地宫及其所埋藏的宝物。虽然通过所发现的宝物我们可以了解到很多,但是没有什么比其中所揭示的唐王室的信仰之深这一结果更具压倒性的了。

唐代法门寺地宫(地下室)与其中埋藏的宝物,昭示着唐王室对佛骨舍利的虔诚信仰。法门寺是位于陕西扶风的唐代古寺,最初被称为阿育王寺。555年,由北魏皇室后裔、岐州牧拓跋育打开了塔基,供奉了佛指骨舍利。由于北周武帝(在位 560—578)的废佛,寺院遭遇了法难,只有两座塔残留下来。618 年寺院的名称改为法门寺。631 年,唐太宗敕命准许岐州刺史张德亮打开地宫,供养了佛指骨舍利。在 660 年时,唐高宗又打开地宫,将佛指骨舍利迎接到皇宫供奉,又修补了塔和地宫。这是通过 30 年一次的开函供养,来祈祷国家的安泰。另外,由于反对 819 年的佛骨舍利供养,韩愈提交了《论佛骨表》,他的批评触怒了宪宗,因此将他降职发配。在《旧唐书·韩愈传》中,有关于将释迦文佛指骨的一节封藏在法门寺塔内地宫中的记录。1987 年,发现了包括佛指舍利在内的众多文物。

但是,即使有废佛这样的法难,佛教在中国悠久的历史中也取得了很大的发展。现在被称为"唐密"的密教的系统,从那个时候开始,就已经通过密教祖师们的努力,将印度传来的密教中国化了。毫无疑问,空海的恩师青龙寺的惠果就是其中杰出的代表。可是,法门寺与空海传承的密教有着怎样的关系呢?关于这一点,越智淳仁(2005:192-221)指出:

在法门寺出土的五重宝函的第四重鎏金宝函上,可以看到四十五尊浮雕风格的金刚界曼荼罗,包括四周的金刚界三十七尊与盝顶鎏金八忿怒尊。

……从以上的考察中,可以清楚地了解到,法门寺五重宝函的第四重上所描绘的盝顶八忿怒尊,不是先行研究比定的四神·四大明王,而是在佛顶系的曼荼罗中所出现的八大明王。

另外,法门寺系地宫的曼荼罗和四天王的构成,与空海所建立的东寺讲堂的构成在理念上是一致的。

因此,空海东寺讲堂的二十一尊立体曼荼罗的构成,是依据青龙寺系的中国密教所建立的,而不是空海的独创。关于这一点,通过对法门寺四十五尊曼荼罗的八大明王以及对构成地宫的四天王的分析,相信已经非常清楚了。

越智淳仁论述了东寺讲堂的立体曼荼罗的构成,与作为中国密教寺院的法门寺地宫出土的五重宝函的第四重上雕刻的 45 尊金刚界曼荼罗之间的关系,得出了空海的东寺讲堂的 21 尊立体曼荼罗的构成,是源于青龙寺系统的中国密教,而不是空海的独创这样的结论。因此,空海带回的真言密教,是属于在唐朝形成的中国密教的系统,是唐密的一个流派。

另一方面,在中国的西藏地区,从 7 世纪左右开始,从印度和中国内地接受了密教,8 世纪以王室和贵族阶层为中心而获得了昌盛。惠果之后,唐武宗于 845 年进行了废佛运动。由于遭遇法难,中国密教的传承也遭到了破坏,但是也并非完全中断。从法门寺出土的文物来看,在晚唐时期密宗也具有很大的影响力。同时,1988 年在朝阳双塔镇北塔[23](原名延昌寺塔)的修缮工程中,发现了"天宫"和"地宫"。通过对"天宫"的发掘,出土了一千件以上的文物,同时也发现了"佛真身舍利"[24],并发现了与唐密以及唐朝以后传来的后期密教相关的文物,说明当时密教也曾在这个寺院中流传过。

根据法门寺地宫以及朝阳北塔出土的密教相关的文物来看,在唐朝会昌废佛以后,密教并非完全中断了,而是在一部分地区继续流行。并且,为了避开密教的法难,晚唐以后的中国密教长期在民间流传[25]。现在除了藏密[26]之外,中原密教[27]也取得了发展。被称为东密的日本真言宗,由于空海的努力发扬,虽然具有了一些日本化的特征,但是本质上还是从长安青龙寺带回的唐密。为此,在中国兴起了复兴唐密的各种尝试和努力。真言宗作为唐密的一个主要流派,也开始为中国的密教研究人员所重视。从民国时期开始,有少数人开始赴日留学,试图请回被空海带回日本的唐密真言宗。此外,中原的密教也获得了发展。能海[28](1886—1967)是其代表人物之一。他于 1953 年当选为中国佛教协会的副会长,通晓显密二教。除此之外,值得关注的是,除了在寺庙中流传的密宗之外,自唐代以来一直在贤侠剑道中潜流而隐循不见的雪山飞龙密也重现于世间。作为唐代密教的潜流脉传而发展起来的"雪山飞龙宗"这一密宗流派,其第九代传人为李兆生(1949—2013)[29]也向世人揭示了一直在武林中发展和流传的另一支中国密教。

关于汉传密教的传播途径,严耀中(1999:5-52)指出:"密教传入中国后也就有了汉传密教之说。密教进入中国有两大流,一支传向西藏,与当地原有的本教相融合,被称为藏密,或有俗称其为喇嘛教的。……另一支更早进入中国的密教流向内地,主要在汉族居住或有汉族杂居的地域内流传,与汉文化互相交融,故称之为汉传密教。"严耀中将密宗在广义上称为"密教",将在汉地流传的密教统称为"汉传密教",并认为:"会昌灭法之后,汉传密教不仅没有消亡,而且高潮迭起。五代二宋是一个高潮;元代极力尊崇藏密,也带动了汉传密教的发展;明清两朝,密教继续表现在与佛教其他诸宗的结合,与民间信仰民间风俗的结合,乃至对文学艺术的渗透等方面,显示了相当的活力。此外,明清也仍有专致于密教者,如清僧弘赞说其'录诸经真言',以'俾知归向,进趣有门,依之修持,则功高于知足内院'。可见自汉魏至明清,汉传的密教史迹是连绵不断的。"通过上述内容我们可以看出,在唐武宗的"会昌灭佛"以后,密宗虽然遭到了严重挫折,但是并未中断,而是继续得以发展。关于这一点严耀中指出:"一般佛教史家认为,汉传密教之高潮在于唐代所谓'开元三大士'来华至'会昌灭法'期间,其后衰落。然考诸实际情况,宋代密教在经典之翻译、皇室之尊崇、民间之普及等方面,与唐代相比,可以说各有千秋,仅在传日传韩的'国际影响'上逊色之。"同时,关于明清密教的传播,严耀中指出:"明清的密教是处于五代二宋密教发展高潮与元代藏密广泛流播中土之后,故有着继续的势头是理所当然的。汉传密教在明清的存在,除了继续表现在与佛教其他诸宗的结合,与民间信仰民间风俗的结合,乃至对文学艺术的渗透等方面外,仍有着行迹突出的密僧与信徒和密法仪轨的实行场面,……宋元之后,密教并未见衰。明初,'今之学佛者曰禅曰讲曰瑜伽'。是则天下佛教,密教居其三分之一,势力不可谓不盛。此见于明太祖朱元璋正式诏书,当然不会错。"

关于汉传密教,蒋维乔(2015:381)指出:"密教自唐以后即衰;宋代施护、法贤等,虽曾翻译密部经论,而未见有金刚阿阇黎,开坛传授;故志磐作《佛祖统纪》,即谓'唐末乱离,经疏销毁;今其法盛行于日本,而吾邦所谓瑜伽者,但存法事'云云。可见密教,在唐后即仅存瑜伽焰口,为民间作法事之用;而其宗久亡矣。"蒋维乔认为汉传密教在"会昌法难"以后基本上断绝。

但是,1988年,在朝阳双塔镇北塔的修缮工程中,发现了"天宫"与"地宫",出土了大量的文物。辽宁省文物考古研究所、朝阳市北塔博物馆的考古发现(2007:140-141)表明:"辽重熙年间再度重修延昌寺塔,……塔身雕刻四佛,加上原置于塔心室佛殿的一尊,统称密宗金刚界五方如来。……这是按照密宗特有的仪轨——曼荼罗(义为坛、坛城)布置的,反映了一定的密宗教义,既起到宗教宣传的效果,也是寺院所属宗教派别的显著标志。其实,辽代曼荼罗图像相当常见,如朝阳北塔地宫经幢八角座上就刻有'八菩萨坛'图。大量辽塔雕刻曼荼罗图像,表明密宗在辽国境内特别盛行。……天宫地宫发现的文物多属佛教密宗。密教自唐开元年间传入中国后,流布甚广,直至唐末,在中原地区才趋衰微。在中国北方辽国境内,因中原汉民的大量北徙和契丹贵族的极力提倡,密宗信仰极其普遍,成为最发达的教派之一。北塔所出密宗文物,为了解密宗在北方的传播、发展和密宗思想、仪轨等问题提供了丰富的实物资料。"朝阳北塔出土的关于密宗流传的相关文物,说明密教在辽代时曾在中国北方盛极一时。因此,可以说在唐代"会昌法难"以后,密教并非如同蒋维乔所说的那样"其宗久亡矣",而是继续在中国某些地区以某种方式得以保存、流传和发展,以至于今日。如上所述,在盛唐所兴起的密宗,除东密真言宗流传海外千载之外,在中国范围内,尚有藏传密教与汉传密教两大支流在历史的长河中不断交融并得以继续发展。那么,汉传密教除了惠果传下的"中原密"之外,是否还留有其他的派别呢?

李兆生(2009:474-491)指出:"中原密由唐代流传,隐于武林,形成雪山飞龙派的密,在中原从唐宋一直流传在大陆的中原密,这两种密在历史上代有传人,形成学术交流。"文中指出,唐宋以来,流传着中原密以及由中原密分化出去的雪山飞龙密,这两种密一直在中国流传并代有传人,而并非如同有的学者所指出的那样,汉传密教"自唐以后即衰","其宗久亡矣"[30]。1992年,李兆生应日本佛教界人士的邀请,在东京佛学会馆讲授了佛教的戒、定、慧。在日本逗留期间,李兆生专程去成田山考察了不动明王像等的密教情况,并绘制了弘法大师空海的画像,称为《真如明月图》,也带回了金胎两界曼荼罗。李兆生在其著作中绘制了包含空海所传真言宗在内的密教源流图,揭示了中国密教的本源。

岁月如梭,往事悠悠,出生于1200多年前的空海,在古代东亚文化交流的时代背景下,成为国际文化交流的杰出代表,并留下了许多著作资料,为我们回顾古代东亚各国文化交流的历史,提供了宝贵的史料。

注释

[1]《续日本纪》后篇第三十四卷中记载:"夏四月……戊戌,遣唐大使佐伯宿祢今毛人等辞见,但大使今毛人到罗城门,称病而留。……六月辛巳朔,敕遣唐副使从五位上小野朝臣石根,从五位下大神朝臣末足等,大使今毛人,身病弥重,不堪进途,宜知此状,到唐下牒之日,如借问无大使者,量事分疏,其石根者著紫,犹称副使,其持节行事一如前敕。"(黑板胜美,1984)

[2]《日本后纪》第十一卷文中记载:"癸未(延历廿二年)三月丁巳,诏曰,入唐大使赠从二位藤原朝臣河清,衔命先朝修聘唐国,既而归舶迷津飘荡,物故于他乡,可赠正二位。……天宝十二载与留学生朝衡同舟归朝,海路逢风漂泊安南。……宜取南路早归命,于是河清悲伤流涕,遂以大历五年正月薨,时年七十三。"(黑板胜美,2007)

[3] 空海的授戒师,唐乾僧侣。

[4] 汤原公浩(2011:42):"《日本后纪》延历二十四年六月乙巳条中有藤原葛野麻吕大使的报告,其中写道:'曳波涛之上,都卅四箇日天,八月十日到福州长溪赤岸镇已南海口。'在海上漂流了一个多月以后,到达现在福建省的北部,也就是漂流到了距离原来的目的地长江沿岸地区很远的南方。漂流至岸边的船只被封锁,因为他们没有携带国书,也没有朝贡品的印信文书,被当作海盗受到了屈辱的待遇。此时,代替藤原大使给福州观察使写信的就是空海。"

[5] 藤原葛野麻吕第7子,年轻时就学于大学寮,熟读《文选》等古典。于834年被任命为遣唐使,前后两次因暴风雨而被迫折回,最终于838年得以入唐。

[6] 天台宗僧侣,下野人,谥号慈觉大师。808年15岁时登上比睿山,跟随最澄学习止观。838年跟随遣唐使藤原常嗣入唐,在中国各地学习显密两教,获得经疏类802卷,在遭遇武宗会昌年中废佛的变故后,于847年回国。是台密大成者,著有《入唐求法巡礼行记》《金刚顶经疏》。

[7] 三论宗的僧侣。815年跟随元兴寺的丰安学习三论并受戒,随后跟随空海学习真言。838年作为留学僧入唐后,从扬州栖霞寺的文璨处受太元帅法,翌年8月回朝,进献了由唐朝请来的太元帅画像。

[8] 日本平安前期的学者、歌人、汉诗人。博学,擅长诗文,是《凌云集》的编纂者之一。其祖上是遣隋使小野妹子,其父是小野岑守。由于性情豪放狂野,人称野宰相、野相公。在838年遣唐使第三次出海之时,由于不满遣唐大使藤原常嗣要求将其已破损的船与自己所乘坐的船只交换,因此佯装生病而拒绝登船,并写下了《西道谣》以暗讽遣唐使,触怒太上天皇嵯峨帝,被发配流放,于2年后召回。

[9] 据《日本纪略》记载："十二月乙亥。……是日敕曰：小野篁，内含纶旨，出使外境，空称病故，不遂国命，准律条，可处绞刑，宜降死一等处之远流。仍配隐岐国。"（黑板胜美，2007）

[10] 平安时代贵族、廷臣，有名的汉诗人与学者。其祖父菅原清公（770—842）曾与藤原葛野麻吕、空海、最澄等人一同入唐，担任第二船判官。

[11] 宫崎忍胜（1991：141-142）指出："因为在针对遣唐大使一行的进京许可的名册中，不知道为什么没有空海的名字，一般认为是由于入京的许可没有下来，所以他才提交了这个请愿书。至于理由，就像刚才也涉及的那样，因为空海是在匆忙之中被敕许批准作为入唐的留学生，因此没来得及发布祠部牒的命令，也没有交到空海的手上，当时遣唐使船的船员、技术人员、乐团等使节团的大部分人留在靠岸的地点处，只允许被中央指定的二三十人进入长安。因此，可以推测文件也不完备而且无名的空海，被放入留守的那一组中了。"

[12]《长安志》卷十一："长乐驿在县东十五里长乐坡下。"

[13] 在《日本纪略》的条目中记了藤原葛野麻吕回国后的上奏文："（延历）廿四年六月乙巳，遣唐第一船到泊对马岛下县郡，大使藤原葛野麿上奏言，云云，去年八月十日到福州长溪，十二月廿一日到上都长乐驿。廿三日入京城。第二船判官菅原清公等廿七人，去九月一日从明州入京，十一月十五日到长安城，于国宅相待，廿四日国信别贡等物，附监使刘予（日本后纪作刘昂）进天子。廿五日于宣化殿礼见。（唐贞元）廿一年正月元日于含元殿朝贺，二日天子不豫，廿三日天子雍王（德宗）适崩，春秋六十四，廿八日，太子（顺宗）即皇帝位，皇太后王氏临朝称制，六月五日，臣船到对马岛云云。"

[14] 国子监是隋炀帝时开始设置的教育行政机构，下辖国子学、太学、四门学、律学、书学、算学等六个学馆，是国家的最高学府。分为设在洛阳的"东监"和设在长安的"西监"，只招收三品以上官员的子孙以及"外蕃"的皇子王孙入学。

[15] 西明寺是律宗的寺院，656 年唐高宗（628—683）和武后（624—705）为了祈祷治愈孝敬太子弘的病，在长安修建的寺院。据说西明寺位于西市附近的延康坊，是模仿祇园精舍的制度建立起来的。当时作为观赏牡丹的名胜地而闻名。

[16] 指作为唐朝的行政区划之一的剑南道。在现在的四川省内。

[17] 马总（？—823），扶风人，字会原，是中唐的政治家，作为武官的经历较长。是曾与韩退之频繁地进行诗酒交流的大学者。

[18] 所谓上人，是对僧侣的尊称，是指长年累月地修行、具备了高尚的智慧和道德的高僧。

[19] 青丘［邱］（청구）是古代朝鲜的别号，"青"是五色光中出现在东方的光，"丘"是表示土地的词语。所谓"青丘"是指"东方的世界"的意思。（李弘稙，1983：1348）

[20] 是指以东寺作为传播中心的真言密教。从唐朝回国后的空海，以东寺为中心开始了密教在日本的弘扬。从空海传至真雅、真然、源仁，以后又以广泽、小野这两个流派为首，

分化为众多的流派。东密宣扬金刚胎藏两界的密教学说。

[21] 即天台宗密教,是相对于东密真言宗的称谓。由最澄、圆仁、元珍等人从中国带回日本,在延历寺、圆城寺等地弘扬。宣扬胎藏界、金刚界、苏悉地等三部大法。教义跨越显密二教,包含了圆密禅戒的4宗,提倡圆密一致。最澄的根本大师流(或称山家大师流)、圆仁的慈觉大师流、圆珍的智证大师流等被称为根本三流,之后分化成川流、谷流等13个流派。

[22] 顾净缘、吴信如(2012:187):"善无畏、金刚智就是唐玄宗时期从印度来到中国的大阿阇黎,这两位大阿阇黎把印度密法传到中国来了。传到中国的叫唐密。因为是在唐朝时候,而且是由中国僧人传承下来的,所以叫唐密。"

[23] 北塔是北魏孝文帝太和时期(公元485前后)修建的,其后木制的建筑由于火灾而被破坏了。隋文帝仁寿时期重新建塔,唐朝时更名为开元寺塔。其后,在辽代也经历了两次修缮,并改名为延昌寺塔。

[24] 辽宁省文物考古研究所、朝阳市北塔博物馆(2007:140-141):"辽代密檐式砖塔……塔身……密宗金刚界五方如来……,表明密宗在辽国境内特别盛行。天宫地宫发现的文物多属佛教密宗。"

[25] 日本的密教研究学者赖富本宏将唐朝密教衰退后的中国密教称为后期中国密教,认为是以民间流传等形式继续存在着。

[26] 藏传佛教,或称西藏密宗(西密),属于后期密教。

[27] 是指以中国的内陆地区为中心流传的密教,依靠寺院的僧侣以及民间人士流传。

[28] 能海(1886—1967),俗名龚学光,出生于四川绵竹,毕业于陆军学校。

[29] 李兆生(1949—2013),出生于吉林市,号真阳。

[30] 李兆生(2009:490-491):"雪山以飞龙一脉为尊,此乃佛祖当年雪山修道勇猛精进留下之宗源。教外别传后,佛学真谛融入贤侠剑道之宗风。(中略)自庚午年《雪山密笈》传宗之后,初露雪山真谛,使世间法律参真,宗传密律,法秉真宗。"

参考文献

[1]〔日〕弘法大師．弘法大師全集（電子版）[M]．大阪：小林写真工業，2011．

[2] 王建新．西北大学博物馆收藏唐代日本留学生墓志考释 [J]．西北大学学报（哲学社会科学版），2004，34（6）：18-20．

[3] 马一虹．日本遣唐使井真成入唐时间与在唐身份考 [J]．世界历史，2006，176（1）：58-65．

[4] 徐志民．唐朝怎样对待日本留学生？[J]．世界知识，2006（8）：62-63．

[5]〔日〕陳舜臣．空海—宇宙の体温を感じさせる思想—[M]// 松長有慶．＜宗教別＞日本の仏教・人と教え 2 真言宗．東京：小学館，1985：79-85．

[6] 王颂．日本佛教（从佛教传入至公元 20 世纪）[M]// 魏道儒．世界佛教通史（第九卷）．北京：中国社会科学出版社，2015：37-38，52，148-150．

[7]〔日〕宮崎忍勝．私度僧空海 [M]．東京：河出書房新社，1991：11，33-39，141-142，247．

[8]〔美〕斯坦利•威斯坦因．唐代佛教 [M]．张煜，译．上海：上海古籍出版社，2015：55-56，59．

[9]〔日〕武内孝善．弘法大師伝承と史実—絵伝を読み解く [M]．大阪：朱鷺書房，2008：18，48-54．

[10]〔日〕立川武蔵．最澄と空海—日本仏教思想の誕生—[M]．東京：講談

社,1998:68-73,80-84,166-169.

[11]〔日〕加藤精一.弘法大師空海伝十三講[M].東京:大法輪閣,2015:9.

[12]〔日〕西宮紘.釈伝 空海[M].東京:藤原書店,2018:32,189-190.

[13]〔日〕高木神元.空海 生涯とその周辺[M].東京:吉川弘文館,2009:
6-9,11-13,15-17,29,61-63,75.

[14]沈仁安.倭五王遣使除授考[J].日本研究,1990(4):34.

[15]〔日〕西谷正.古代朝鮮と日本[M].東京:名著出版,1990:6-14.

[16]〔日〕坂本太郎等.日本書紀[M].東京:岩波書店,1967:105.

[17]〔日〕笹山晴生.詳説日本史史料集[M].東京:山川出版社,2007:17.

[18]〔日〕松尾光.早分かり古代史[M].東京:日本実業出版社,2002:96-
97.

[19]〔日〕上田雄.遣唐使全航海[M].東京:草思社,2006:19.

[20]刘岳龙.唐代日本遣唐使述略[C]//郑梦星.空海研究 第四集.香港:
香港天马出版有限公司,2008:394.

[21]王金林.唐の東アジア交流における遣唐使の使命および地位につい
て[J].アジア遊学,1999(3):132-144.

[22]王勇."丝绸之路"与"书籍之路"——试论东亚文化交流的独特模
式[J].浙江大学学报(人文社会科学版),2003,33(5):5-12.

[23]〔日〕尾藤正英.日本文化の歴史[M].東京:岩波書店,2000:48-50,63-
64,131-132.

[24]〔日〕朝尾直弘、宇野俊一、田中琢.角川日本史辞典(新版)[M].東京:
角川文芸出版,2008:630.

[25]李宇玲.平安朝文章生试与唐进士科考——试论平安朝前期的省试
诗[J].日语学习与研究,2009(141):23-29.

[26]〔日〕静慈圓.弘法大師の三教思想[J].密教文化,1984(150):16-17,
24.

[27]〔日〕渡辺照宏.沙門空海[M].東京:筑摩書房,1993:34-35,44,57,80-
83.

[28]〔日〕和島芳男.中世の儒学[M].東京:吉川弘文館,1965:8.

[29]〔日〕福永光司.日本の名著3(中公バックス)最澄・空海[M].東京:中

央公論社,1996:36-43,50,54-59.

[30]〔日〕頼富本宏.空海と南都古密教[M]//湯原公浩.別冊太陽日本の
こころ 187 空海 真言密教の扉を開いた傑僧.東京:平凡社,2011:26-
31.

[31]〔日〕上坂喜一郎.若き空海の批判思想—＜三教指帰＞の成立—[J].
密教文化,1970(91):41-43,46-53.

[32]〔日〕北尾隆心.弘法大師の虚空蔵菩薩求聞持法(一)[J].教学研究紀
要 佛教文化論集,2003(9):360.

[33]〔日〕宮家準.修験道[M].東京:講談社,2001:20,31-34.

[34]〔日〕竹村牧男,高島元洋.仏教と儒教—日本人の心を形成してきた
もの[M].東京:放送大学教育振興会 NHK 出版,2013:18-20,130-131,
145-147.

[35]〔日〕坂上康俊.日本の歴史 5 律令国家の転換と「日本」[M].東京:
講談社,2009:133-153.

[36]〔日〕井筒信隆.空海若き日の書『聾瞽指帰』[M]//湯原公浩.別冊太
陽日本のこころ 187 空海.真言密教の扉を開いた傑僧[M].東京:平
凡社,2011:40-42.

[37]〔日〕沢田ふじ子.空海—真言宗[M].京都:淡交社,2014:72.

[38]〔日〕麦谷邦夫.三教交渉論叢—京都大学人文科学研究所研究報
告[M].京都:京都大学人文科学研究所,2005:1-2.

[39] 黄心川.道教与密教[C]//吕建福主编.密教的派别与图像.北京:中
国社会科学出版社,2014:179-180.

[40] 郭天沅.空海入唐时代的三教历史背景[C]//陈国强主编.空海研究.北
京:华夏出版社,1990:161-166,172.

[41]〔日〕松長有慶.空海の生涯・思想と『三教指帰』[M]//福永光司訳.三
教指帰ほか.東京:中央公論新社,2003:2-25.

[42]〔日〕藤井淳.研究報告書「伝教大師最澄・弘法大師空海により請来さ
れたる『三教不斉論』の研究—儒教・道教・仏教の比較思想」[J].研究助
成番号 10—026 公益財団法人 松下幸之助記念財団,2010(1):1.

[43]〔日〕藤井淳.姚辯撰『三教不斉論』(石山寺所蔵)写本の翻刻[J].高野

山大学密教文化研究所紀要,2011(24):1-2.

[44]〔日〕中垣内清貴.「三教指帰」成立考[C]//.園田学園女子大学論文集編集委員会.園田学園女子大学論文集.尼崎:園田学園女子大学,1967:27-33.

[45]〔日〕加地伸行.弘法大師と中国思想と―『指帰』両序に寄せて―[M].//中野義照.弘法大師研究.東京:吉川弘文館,1978:73,69-99.

[46]〔日〕波戸岡旭.上代漢詩文と中国文学[M].東京:笠間書院,1989:143.

[47]〔日〕興膳宏.空海と平安朝初期の漢詩[J].和漢比較文学,2006(36):10-13.

[48]〔日〕藤井淳.最澄・空海請来になる姚辯撰『三教不斉論』より得られた知見について[J].印度学仏教学研究,2011,60(1):106-110.

[49]〔日〕藤井淳.最澄・空海将来『三教不斉論』の研究[M].東京:国書刊行会,2016:61-62.

[50]〔日〕興膳宏.古代漢詩選[M].東京:研文出版,2005:112-114,168-169,174-176.

[51]〔日〕吉岡義豊.遊山慕仙詩とその思想的背景[J].智山学報第二十二輯(『御誕生千二百年 弘法大師研究論集』),1973,22(37):83-104.

[52]〔日〕波戸岡旭.空海作「遊山慕仙詩」について―その出典論的考察―[J].國學院雑誌,1976,77(8):43-56.

[53]〔日〕菅野礼行.平安初期における日本漢詩の比較文学的研究[M].東京:大修館書店,1988:193-194,204.

[54]〔日〕上山春平.空海[M].東京:朝日新聞社,1992:43-44.

[55]〔日〕長尾秀則.空海筆「聾瞽指帰」考―弓状に湾曲した巻子の秘密を探る―[J].京都語文,2011(18):69.

[56]〔日〕佐藤信.詳説日本史研究 改訂版[M].東京:山川出版社,2008:91.

[57]〔日〕井実充史.空海詩賦の方法―<道><俗>対立と<俗>への対抗―[J].言文,2005(53):23-24.

[58]〔日〕小林真由美.河原寺倭琴無常歌2首[J].成城文藝,1992(138):

85-86.

[59]〔日〕末木文美士. 仏典をよむ―死からはじまる仏教史―[M]. 東京：新潮社, 2009：199-203.

[60]〔日〕中谷征充. 良岑安世に贈った詩五首[J]. 密教文化, 2006（216）：45-71.

[61]〔日〕波戸岡旭. 空海―その文学性と同時代への影響―[J]. 国文学　解釈と鑑賞, 1990, 55（10）：63-64.

[62]〔日〕中谷征充. 雑言詩「贈野陸州歌并序」について[J]. 密教文化, 2005（214）：1.

[63]〔日〕中谷征充. 喜雨歌の制作時期と解釈[J]. 高野山大学密教文化研究所紀要, 2012（25）：1-15.

[64]〔日〕福崎孝雄.「エミシ」認識について―『日本書紀』と『性霊集』を中心に―[J]. 現代密教, 2000（11-13）：313.

[65]〔日〕川口久雄. 空海文学における大唐文化の投影[J]. 密教文化, 1984（148）：40, 47.

[66]〔日〕武内孝善.『十住心論』―真言宗の深層を体系化―[J]. 国文学　解釈と鑑賞, 2001, 66（5）：86-87.

[67]〔日〕宮坂宥勝. 三教指帰―発心出家の決意―[J]. 国文学　解釈と鑑賞, 2001, 66（5）：62, 64.

[68]〔日〕村上保寿. 空海の衆生利済の思想[J]. 密教文化, 1994（185）：7.

[69]〔日〕小西甚一. 日本文藝史Ⅱ[M]. 東京：講談社, 1985：55.

[70]〔日〕静慈圓. 弘法大師と「文選」―「遍照発揮性霊集」にみられる「文選」の影響―[J]. 密教文化, 1979（130）：1-25.

[71]〔日〕金原理. 平安朝漢詩文の研究[M]. 福岡：九州大学出版会, 1981：13.

[72]王勇. 唐詩に詠まれた空海像[J]. 国文学　解釈と鑑賞, 2001, 66（5）：186-187.

[73]〔日〕宮坂宥勝. 空海　生涯と思想（ちくま学芸文庫）[M]. 東京：筑摩書房, 2003：159-160.

[74]〔日〕渡辺三男. 嵯峨天皇と最澄・空海（下）[J]. 駒澤國文, 1991（29）：

8-9.

[75]〔日〕市河寛斎．日本詩紀［M］．東京：吉川弘文館，2000：14．

[76]〔日〕中谷征充．「奉謝恩賜百屯綿兼七言詩詩一首并序」と「御製詩」［J］．密教文化，2007（219）：63-64．

[77]〔日〕中谷征充．空海漢詩文研究　詩を通じての空海と嵯峨天皇の一齣—「獻柑子表」について—［J］．密教文化，2006（217）：1-20．

[78]〔日〕静慈圓．弘法大師空海の金言をひらく　改訂版［M］．東京：セルバ出版，2014：17-18．

[79]王仁波．唐长安城的佛教寺院与日本留学僧［J］．文博，1989（6）：13-20．

[80]〔日〕NHK取材班．『空海の風景』を旅する［M］．東京：中央公論新社，2002：261．

[81]卿希泰．中国道教史　第二卷［M］．修订本．成都：四川人民出版社，1996：13．

[82]〔日〕福永光司．道教と古代日本［M］．京都：人文書院，1987：9．

[83]〔日〕学研．道教の本—不老不死をめざす仙道呪術の世界—［M］．東京：学習研究社，1992：164．

[84]〔日〕上田正昭．古代の道教と朝鮮文化［M］．京都：人文書院，1989：15．

[85]〔日〕森三樹三郎．老荘と仏教［M］．東京：講談社，2003：72．

[86]〔日〕秋月観暎．黄老観念の系譜—その宗教的展開を中心として—［J］．東方學，1955（10）：70．

[87]〔日〕秋月観暎．道教史［M］．東京：平河出版社，1987：35-36．

[88]〔日〕吉原浩人．平安朝漢文学における赤松子像—神仙への憧憬—［J］．早稲田大学大学院文学研究科紀要，2003（49）：69-83．

[89]〔日〕松田智弘．古代日本の道教受容と仙人［M］．東京：岩田書院，1999：243，304．

[90]〔日〕窪徳忠．道教入門［M］．東京：南斗書房，1983：229．

[91]〔日〕加藤周一．日本文学史序説［M］．東京：筑摩書房，1999：138．

[92]〔日〕小尾郊一．文選［M］//宇野精一．全訳漢文大系32．東京：集英社，1976：1．

[93]〔日〕黒板勝美．続日本紀（國史大系　新訂増補）［M］．東京：吉川弘文

館,1984:445-446.

[94]〔日〕岡田正之.日本漢文学史[M].増訂版.東京:吉田弘文館,1954:
90,169-170.

[95]〔日〕小島憲之.上代日本文學と中國文學―出典論を中心とする比較
文學的考察 下―[M].東京:塙書房,1971:1445-1456.

[96]〔日〕川口久雄.平安朝の漢文学[M].東京:吉川弘文館,1996:248.

[97]〔日〕石島快隆.道家と神仙との思想史的研究[J].駒澤大學文學部研
究紀要,1969(27):12-13.

[98]〔日〕西本昌弘.嵯峨天皇の灌頂と空海[J].關西大學文學論集,2007,
56(3):15-16.

[99]呂建福.中国密教史[M].修订版.北京:中国社会科学出版社,1995:1,
506-507.

[100]〔日〕松長有慶.密教経典成立史論[M].京都:法蔵館,1980:13.

[101]仇云波.「詠十喩詩」の構想と表現―その「空」の思想と衆生救済をめ
ぐって―[J].密教学,2022(58):45-75.

[102]〔日〕宮崎忍勝.伝教大師と弘法大師[M]//宮坂宥勝.空海 思想読
本.京都:法蔵館,1982:86-87.

[103]〔日〕上山春平.空海と最澄の文通[J].学叢,1987(9):94.

[104]〔日〕小西甚一.空海の詩文[J].国語と国文学,1973,50(10):7.

[105]〔日〕興膳宏.空海と漢文学[M]//今野達.岩波講座日本文学と仏
教 第9巻.東京:岩波書店,1995:137.

[106]〔日〕静慈圆.日本密教与中国文化[M].刘建英,韩昇,译.上海:文汇
出版社,2010:1-17.

[107]〔日〕波戸岡旭.空海の詩文と宮廷漢詩[J].日本学,1992(19):225.

[108]〔日〕黒板勝美.日本紀略 前篇(國史大系 新訂増補第10卷)[M].
東京:吉田弘文館,2007:278.

[109]耿景華.空海の「爲大使與福州觀察使書」についての考察[J].二松,
2010(24):151-207.

[110]李建超.日本留唐学生橘逸势史迹述略[J].西北大学学报,1998,
101(28):93-95.

[111]〔日〕岸田知子．唐代の仏舎利信仰—法門寺仏舎利と韓愈「論仏骨表」をめぐって—[C]// 静慈圓．弘法大師空海と唐代密教—弘法大師入唐千二百年記念論文集—．京都：法蔵館，2005：225-244．

[112]〔日〕越智淳仁．中国・法門寺所出金剛界曼荼羅の八大明王[C]// 静慈圓．弘法大師空海と唐代密教—弘法大師入唐千二百年記念論文集—．京都：法蔵館，2005：220-221．

[113] 严耀中．汉传密教[M]．上海：学林出版社，1999：5-52．

[114] 蒋维乔．中国佛教史[M]．北京：中华书局，2015：381．

[115]〔韩〕李弘稙．增補 새국사사전[M]．서울：(주)교학사，1983：1348．

[116] 顾净缘，吴信如．密乘一品一论讲略[M]．北京：民族出版社，2012：187．

[117] 辽宁省文物考古研究所，朝阳市北塔博物馆．朝阳北塔—考古发掘与维修工程报告[M]．北京：文物出版社，2007：140-141．

[118] 李兆生．太乙金编[M]．长春：吉林人民出版社，2009：490-491．

[119] 丁福保．佛学大辞典[M]．上海：上海书店出版社，2015．

[120]〔日〕山本智教，今鷹真，等．弘法大師空海全集[M]．東京：筑摩書房，1984．

[121]〔日〕今鷹真，金岡秀友，金岡照光，牧尾良海．遍照発揮性霊集（弘法大師空海全集 第六卷）[M]．東京：筑摩書房，1984．

[122]〔日〕山本智教．三教指帰 弘法大師空海全集 第六卷[M]．东京：筑摩书房，1984．

[123]〔日〕遠藤佑純，福田亮成，宮坂宥勝，吉田宏哲．秘密曼荼羅十住心論．弘法大師空海全集 第一卷．[M]．東京：筑摩書房，1983．

[124]〔日〕空海．弘法大師全集 増補三版[M]．高野町：高野山大学密教文化研究所，1967．

[125]〔日〕渡辺照宏，宮坂宥勝．三教指帰・性霊集（日本古典文学大系 第71）[M]．東京：岩波書店，1974．

[126]〔日〕弘法大師．弘法大師文集[M]．北京：宗教文化出版社，2019．

[127]〔日〕高楠順次郎．大正新脩大蔵経[M]．東京：大蔵出版，1934．

[128]〔日〕望月信亨．望月仏教大辞典[M]．京都：世界聖典刊行協会，1983．

［129］〔日〕密教文化研究所．定本弘法大師全集［M］．高野町：高野山大学密
　　　教文化研究所，1993.

［130］〔日〕須藤隆仙．世界宗教用語大事典［M］．東京：新人物往来社，2004.

［131］〔日〕中村生雄．肉食妻帯考—日本仏教の発生—［M］．東京：青土社，
　　　2011.

后 记

　　在滚滚向前的时代激流中,每个国家都会出现自己的文化荷担者。空海就是日本历史上一位杰出的文化传承者。他留下的诸多著作,即使在1200余年后的今天,依然为人们所阅读与研究。他可以说是一位连结古今的文化使者。

　　空海的著作基本都是以古汉语写成的,阅读难度较大,但是直到最近国内才正式出版了《弘法大师文集》(2019年,宗教文化出版社)这一简体校对版。而笔者出于浓厚的兴趣,从15年前就开始关注并搜集关于空海文学作品的相关研究资料,既是为了自己了解空海,也是为了向国内读者进行介绍。为了更好地再现空海的一生,本书中引用了许多最新的研究成果。

　　本书从搜集资料到成书,前后经历了15年的时间。虽然其间经历了诸多艰辛,但令人欣慰的是本书最终能于甲辰龙年得以付梓。本人所在单位大连大学承担了本书的出版经费,中国海洋大学出版社为本书的编辑付出了很大精力。在本书的资料搜集与成书过程中,笔者得到了国内外许多友好人士与相关部门的积极支持与大力协助,在此难以一一列举,值此付梓之际,表示衷心的感谢。由此亦可见,文化的传播确需付出艰辛的努力,需要得到众多有缘人的帮助,才能有所建树。谨以本书的出版,聊表答谢之情。

　　虽然书中依然有不尽如人意之处,但是能够向国内读者较为详细地介绍空海,同时一瞥古代东亚文化交流的史实,也可以慰藉笔者多年以来的心愿了。也希望本书的出版,能为东亚各国文化交流的继续推进,作出微薄的贡献。

如果本书的出版能够使读者对古代东亚文化交流有一个概观，并认识到我们自身肩负着文化传承和文明传播的责任与使命，那么本书写作的目的也就达到了。

仇云波

2024 年 7 月 1 日

记于大连金普新区

大连大学外国语学院